冯骥才作品精选

名家作品精选

冯骥才 著

长江出版传媒 | 长江文艺出版社

图书在版编目（ＣＩＰ）数据

冯骥才作品精选 / 冯骥才著. -- 武汉 ：长江文艺
出版社，2019.11
（名家作品精选）
ISBN 978-7-5702-1074-9

Ⅰ. ①冯… Ⅱ. ①冯… Ⅲ. ①中篇小说－小说集－中
国－当代②短篇小说－小说集－中国－当代③散文集－中
国－当代 Ⅳ. ①I217.2

中国版本图书馆 CIP 数据核字(2019)第 189283 号

责任编辑：李 艳　　孙晓雪　彭秋实　　　责任校对：毛 娟
封面设计：沐希设计　　　　　　　　　　　责任印制：邱 莉　杨 帆

出版：长江出版传媒　长江文艺出版社
地址：武汉市雄楚大街 268 号　　　邮编：430070
发行：长江文艺出版社
http://www.cjlap.com
印刷：武汉珞珈山学苑印刷有限公司

开本：640 毫米×970 毫米　　1/16　　印张：22　插页：1 页
版次：2019 年 11 月第 1 版　　　2019 年 11 月第 1 次印刷
字数：267 千字

定价：33.00 元

目　录

小　说

俗世奇人

散　文

冯 骥 才

作 品 精 选

小

说

小　　　说

炮打双灯

一

都说静海县西南那边，地里不是土，全是火药面子。把那干结在地皮上白花花的火硝刮下来，掺上硫磺木炭，就是炸药。再加上盐碱，土里的火性太大、太强、太壮，庄稼不生，野草长不到三寸就枯死；逢到大旱时节，烈日暴晒，大开洼地无缘无故自个儿会冒起黑烟来……可有一种灌木状丛生的碱蓬，俗称红柳，却成片成片硬活下来，有时候不知为什么，一下子全死了，死时变得通红通红，像一团团热辣辣的火苗。在夕照里望去，静静的，亮亮的，好像地里的火药全都狂烧起来。老百姓靠山吃山，靠水吃水，靠火药吃火药，自来不少村子，家家户户都是制造鞭炮烟花的小作坊，屋里院里总放着一点就炸的火药盆子，一不留神就屋顶上天、血肉横飞；土匪、游勇、杂牌军常窜到这里来，不抢粮食，专抢火药，弄不对劲儿就药炸人亡。那么此地人的性子又是怎样？是急是缓是韧是烈？拿人们常用的话说便是：点着一根药芯子瞧瞧。

牛宝，人称"卖缸鱼的牛宝"，今年二十三，陈官屯人。他祖宗神道，名字起得像算命一般准，牛宝二字就是他的一切。先说牛，他浑身牛一般壮实的肉，一双总睁得圆圆、似乎眨也不眨的牛眼，还有股牛劲，牛脾气，头上没角却好顶牛，舌头比牛舌还硬，不会巧说话；再说宝，他天生一双宝手，虽长得短粗厚硬，手掌像肉饼

子，却从杨柳青外婆家学来一手好画，专画大年贴在水缸上求福求贵的缸鱼：一条肥鲤仰头摆尾，配上莲蓬荷花，连年有余呀！那红鱼绿水，金莲粉荷，一看照眼；图样出得富态，版线刻得活泛，颜色上得亮堂，画缸鱼的人多的是，可这喜庆兴旺的劲儿谁也学不来。年年腊月大集上，不少人专等着"卖缸鱼"的牛宝来。一露面，全出手，腊月里攒的钱，够一年四季零花，真像是手里捏个宝，想什么变什么。

腊月十四这天，静海县城的大集已经很有年味了。牛宝肩扛三百张缸鱼到集上，找一块人流往返的地界儿，站不多时候，卖个干净，别无他事，便轻轻爽爽去往顶西边的炮市看热闹。

这里的炮市，天下少有。原本是条河，年年秋后河水干涸，三九天河泥冻硬，这河床便成了卖鞭炮的集市。牛宝最爱看这阵势，远近各村赶来一车车鞭炮，都停在两岸河堤上，车上鞭炮用大红棉被蒙盖严实，怕引上火。牲口的眼睛一律使红布遮住，耳朵使红布堵上，怕给炮声吓惊。为什么使红色的布？造鞭炮的都是铤身走险，灾祸四伏，据说红色辟邪。人们拿着自家制造的鞭炮，走下堤坡，到河床上去放，相互争强斗胜，哪家的鞭炮出众，自然招引很多人来买。这一截子差不多二里长的河床里，浓烟裹眼，烟硝呛鼻，连天炮响震得耳朵生疼。这股子火爆凶猛的劲儿，叫牛宝看得快活，不觉下了堤坡，但还没到鞭炮阵的中央，满脑袋就全是鞭炮屑儿了。

把事情挑出头来的是这女人。这女人一下子跳进牛宝的眼睛里。怎么能说是这女人跳进他眼里？她还离着远呢！可世上好看的女子，都不是你瞧见的，而是她自己招灾惹事活灵灵跳到你眼里来的。她顶大二十出头，头上扎块大红布头巾，两鬓各耷拉下一片黑发，像是乌鸦的翅膀，把她那张有红有白鲜活透亮的小鼓脸儿夹在当中。她人在那么远，牛宝怎么能看得这般清楚？魂儿给勾了去呗！渐会儿，才看明白，北边堤坡一棵歪脖老柳树下，停着一辆驴车，她坐在蒙着大红棉被的满满一车鞭炮上，倚车站着两个小子，一个大，一个小，各执一根放鞭用的长竹竿子，这两个小子什么模样，牛宝满没瞧见。

他像驾了云，双脚由得也由不得自己，幻幻糊糊一步步朝那女人走去。看这女人像看花，愈近愈好看，那眉眼五官，画也画不出这般美，而且清清楚楚，白处雪白，黑处乌黑，红处鲜红，像羊肠子汤那样又鲜又冲……忽然，一杆竹竿横在他身前，牛宝怔住才看清，原来就是站在那女人车前的小子，年龄较大的一个，估摸十八九年岁，圆头圆脑，四方厚嘴，肥嘟嘟的嘴巴子冻得像唱戏打脸涂了胭脂，倒是虎虎实实样子，只可惜长了一双单眼皮。这圆头小子问道："你是买炮的，还是卖炮的?"口气很不客气。

牛宝正要回话的当口，从这小子肩头刚好与那女人眼对眼，只觉得两个深幽幽、晃着天光的井眼对着自己，弄不好就要一头栽进去。心里一恍惚，说出的话便岔出道儿去。

"卖炮的，干啥?"

他哪卖过炮，为什么偏偏这样说? 这话一错，可就把自己送上绝路了。

圆头小子说："这边是俺们蔡家卖鞭炮的地界儿。你要来买炮，俺不拦你；你要卖炮，对不住! 你先放一挂叫俺们瞧瞧，要是比俺们强，这地界儿就归你了。"说罢，嘴唇朝天噘，不信天下还有老大，也不信还有老二。

牛宝涌上来一股劲。说不清是叫这小子的傲气激的，还是叫那女人的美色挤的，反正他顶上牛。听完圆头小子的话，拨头就走，到那边炮市中央，在呛鼻震耳的浓烟烈炮中转了两圈，寻到一家卖鞭的，个大，贼响，掏钱买了四挂，都是千头大查鞭，还高价把人家放鞭使的大竹竿也买下来，返回到这圆头小子面前，闲话不会讲，剥开大红包纸，挑起一挂就放，一阵火闪烟腾，声如炸雷，噼噼啪啪连珠般响起来，真是好鞭! 惹得不少人围上来并纷纷喝彩叫好。可这挂鞭放完，圆头小子站在原地并没动，嘴仍噘着，一脸不屑的神气。牛宝一瞅他绕在竿子上的一挂鞭，差点没笑出声来；这挂硬纸卷的小钢鞭，分外细小，像是豆芽菜，而自己的大查鞭却同小指

头粗，摆在一起，只怕那小钢鞭像一堆耗子屎啦。想必是这圆头小子心虚不敢比试，故作高傲，再不端端架子还不倒下来？明摆着对方叫自己比趴下了！抬眼瞧那女人，愈发兴奋起来，把余下三挂大查鞭扎成一束，使竿子高高挑起，拿火一点，三挂齐响，声音翻番，成百上千小爆竹喷火刺烟，纷纷炸落下来，好似一阵恣肆的弹雨。牛宝不懂放鞭炮的门道，竿子举得过直，许多爆竹就落到他头上肩上手上，还有几个从领口掉进衣服，在前胸后背炸了，这一炸，尤其透过火光硝烟看见那女人正在笑他，立时撒起欢来，粗声吆喊，尖声欢叫，似唱非唱，腿又蹦，肩又摆，手中的竹竿子像是醉汉的腰，东摇西晃，甩得爆竹四下散落，逼得围观的人叫着笑着往后退，有人认出卖缸鱼的牛宝，不知他遇上喜还是撞上邪，跑到这里来瞎闹，耍活宝。

就这时候，空中一声"啪"！清脆之极，像是清晨车把式将那带露水的鞭子，在凉冽的空气里麻利地一抖。

牛宝没弄明白这声音打哪儿来，跟着就听这鞭子在半空中"啪啪"抽打起来，愈打愈紧愈密，声音毫不粘连，每一响都异常清晰、干脆、刚烈，上下左右，响在何处都一清二楚。牛宝这才瞅见，原来是圆头小子把他那挂小钢鞭点响了。奇了！他这鞭怎么声声都像是钻到耳朵里炸，直要把耳膜炸裂？这炸声还把三挂大查鞭的响声从耳朵里赶了出来，赶到外边，变得像拍打棉袄或吹破猪尿脬的那种闷响，完全成了圆头小子那小钢鞭的陪衬了。真奇了！他豆芽菜似的小鞭，哪来如此大的炸劲儿？当两人竿子上的鞭炮全放净，对面站着，牛宝瞪大眼发傻，圆头小子指指地面，牛宝一瞅更是惊讶。圆头小子身周一片炸得粉粉碎的鞭炮屑儿，像是箩过，细如粉末，足见炸药的劲力；自己四周却有许多爆竹根本没炸开，到处是烧净了火药黑乎乎的纸筒子，围观的人给他起哄，喝倒彩，这算栽到家了。他抬头硬叫自己向歪脖柳树下边望去，那女人也在嘿嘿笑话他。这笑比任何人嘲弄挖苦都叫他难堪。他要是土行孙，当即就扎进地里。羞恼之下，把竹竿子一扔，朝圆头小子说：

"十八号大集，咱再到这儿见！"

"干啥等到十八，"圆头小子神气活现地说，"你要不服，带着好货去独流镇找俺们，那儿后天就是集！"

周围一片叫好，此地人就喜欢这种带劲的话。

二

转过两天，牛宝在独流镇的炮市上拉开阵势。

独流镇的炮市与静海县城不同。十来亩平平坦坦一块场子，四外围着泥坯垒的一道墙，多处坍塌，任人跨出跨进；地上光秃秃，只是戳着高高矮矮许多拴牲口的木桩，平时这是买卖牲口的地界儿。可一入腊月，卖花炮的渐渐挤进来，鞭炮一响，牲口吓走了，自然而然改做临时的炮市。

今儿牛宝好精神。一身崭新的棉袄棉裤，乌鞋净袜，脑袋一早洗过，此刻太阳一照，墨黑油亮。卖炮的人从没有这般打扮，烟熏火燎，鞭炸炮崩，衣衫多是旧破与糊洞。牛宝平时最不爱新衣，这样一身全新，架架棱棱，生生板板，像是相亲来的。他身边站着一个苍白消瘦的小子，带着病相，一双小眼倒是亮亮闪闪，十二分的精神。这人是他堂弟，名唤窦哥，专门折腾花炮的小贩。昨天牛宝请他买来一批上好鞭炮。窦哥既钻钱眼，也讲义气，买卖道上很有情面，这批鞭炮是他打沿儿庄"万家雷"家里买出来的。这"万家雷"不单名满静海，还在天津卫宫前大街和北平的厂甸设炮摊，挂字号，有几分名气。人说"万家雷"能开山打洞，装进大炮膛里当炮弹使。

牛宝连夜把鞭炮上凡有"万家雷"的戳记都扯下来，换上红纸，临时使块杜梨木刻条大鲤鱼盖上去。自打静海造炮千八百年来，还没见过这字号。转天满满装一小车，运到集上，车上车下摆得漂漂亮亮；大挂的万头雷子鞭，一包三尺多高，立在车上，像半扇猪，极是气派。牛宝和窦哥各拿一根大竹竿，足足两丈长，左右一站，

好比守阵门的两员武将。

对面是圆头小子，手握长竿，挑一挂红纸大鞭，横刀立马站在前头。后边是装满鞭炮的驴车，那女人面雕泥塑般坐在车上。车前，除去那年龄小的小子，还多出一个黑瘦瘦的男子。他们腰上全扎一条辟邪用的红布腰带。炮市上的人看这阵势，知道要比炮，都围了上来。

窦哥一瞅对方，眼珠惊得差点没掉在地上，扭脸对牛宝低声说：

"牛宝哥，你咋跟他们斗上气儿了？人家是文安县蔡家啊！在天津卫'蔡家鞭'和'万家雷'齐名，前二年蔡家老大给火药炸死，蔡家人不大往咱静海这边来了，'蔡家鞭'也见不着了。哎，你瞧，坐在车上那俊俏人就是蔡家大媳妇，名叫春枝，方圆百里，打灯笼也难找着这么俊的人儿！可惜守了寡！这圆脑袋小子是蔡三，倚车站着的是蔡家老二和老四，都是放炮的好手。咱的炮再好，也放不过人家，更别说人家'蔡家鞭'了！"

牛宝听了，脑袋里只多了春枝，根本没有"蔡家鞭"，还要多问，可不容他说话，圆头圆脑的蔡三已经将竹竿子使劲画起圈儿来，直把拴在竿尖上的那挂鞭甩成一条直线，在空中呜呜响。卖鞭的人都这么做，显示自己编炮使的麻绳结实不断。跟着，蔡三又变了手法，耍起花活，叫手中的竿子转起来，半圈紧，半圈松，一紧一松，有张有弛，那鞭就忽弯忽直，忽刚忽柔，蛇舞龙飞，十分好看，还没点炮，就引得人们叫好。随后，竹竿往地上"噔"地一戳，鞭炮垂下来，点着就炸，声音比上次那小钢鞭响几倍，震得周围一些拉车的牲口慌慌挪动身子和腿，受不住，要跑。

牛宝挑起一挂雷子鞭也点响，"万家雷"名不虚传，个个爆竹都像炸雷，带着一股烈性与豪气，只比蔡家的大鞭强，绝不比蔡家弱，也招来一阵喝好。

两边就紧紧较上劲儿。

只见蔡三往右边一闪，小小蔡四从车子那儿走来，手提一挂巨型大鞭，每只都有黄瓜一般粗，总共十二只，像是提着一串长茄子，引得人们喊怪叫奇。蔡四身小，虽然斜向上举，最下边的一只大鞭依然嚓嚓蹭地。牛宝头次瞧见这般大的鞭。窦哥告诉他："这叫'一步一响'，走一步，炸一个，这是蔡家鞭的看家货，已经多年见不到，你一听就知道了。"他掏钱给了身边一个熟人，嘀咕些话，然后对牛宝说："我叫人去买他几挂，有几挂这鞭当幌子，今年多赚一倍钱。"

蔡四走到场子中央，蔡三帮他点着药芯子，大鞭炸天，响声像打炮，震得看热闹的人不单堵耳朵，还闭眼。小小蔡四却毫不为之所动，炮炸身边，浓烟蔽体，他却像提着笼子遛鸟，从容又清闲，叫人佩服蔡家人鞭炮这行真有功底。

蔡四稳稳当当走了十二步，一停，手里的大鞭刚好放完。一时不少人涌上来，争买大鞭。窦哥扬手大叫："别急，还有更好的家伙哪！"他从车上抱下来一个天下少见的大雷子炮，立在地上，一尺多高，快要齐到膝盖，小胳膊粗，药芯子像根麻绳，大红纸筒，上边盖的戳记是条墨线大鱼。

"娘哟！这不是炸城池子用的吧！"有人惊叫道。

"你瞧炮上那条鱼，挺像是牛宝的缸鱼，哎，那壮小子是牛宝吧，他咋改行卖起炮来了？"

人们议论着。

春枝在车上，仍旧像娘娘庙里的泥像，端坐不动，只是眼睫毛偶尔惊颤一下，那是听到人们议论时的反应，这反应却不为任何人发现。

牛宝拿香点着大雷子炮，轰地炸开，烟腾火起，声如天塌地陷，近前的人溅了一身黄土，没人叫，都呆了，像是出了大事。连牛宝都发蒙，一时竟不知发生什么意外。面皮生疼，是大炮炸开气浪拍打的。惟有蔡家人眼皮眨也没眨，但这一炸，却使春枝对眼前的事全然明了了。

随后两边各逞其能，蔡家人放炮似有用不尽的花样，可牛宝一招不会，新棉袄叫炮打煳了两大片，一只耳朵打红了，差点丢人现

眼，多亏窦哥常年贩炮，见多识广，会使小伎俩，支应着局面，但要不是"万家雷"货真价实，东西地道，也早叫蔡家打趴下了。看来，真东西没吃亏，此亦万事之理。

蔡家老二放"二踢脚"的本事叫人赞叹不已。他打开两把"二踢脚"，一个个插在红布腰带上，站在场子中央，先照寻常手法放上天空。蔡家鞭好，炮一样是头等；这"二踢脚"飞得高，炸得脆，高空一炸，碎屑飞散，像是打中一只鸟，羽毛迸开，飘飘飞去。他这样一连放三个，便换了手法，把"二踢脚"倒拿手里，点着药芯子，先叫下边一响在手上炸了，再用力抛上天空，炸上边一响。想叫它在哪儿炸就在哪儿炸。圆头圆脑的蔡三在两丈开外举起一挂鞭，蔡二看准，点着"二踢脚"，炸掉一响后，把余下一响抛过去，正好在那挂鞭下端炸开，当即引着那鞭，噼噼啪啪响起来，更引得周围一个满堂彩。这蔡老二得好却不罢手，更演出一手绝活。他像刚才那样倒拿"二踢脚"，炸掉下边一响后，却不抛出手，而是交给另一只手，抓住炸开的下半截，叫上边一响在另一只手上炸。两响不离手，一手一响，这招极是危险，换手慢了，就把手炸伤。但他黑瘦瘦紧绷绷的脸上老练而自信，动作从容又娴熟，好像玩一条鱼。

牛宝见对方压住自己，心里着急。

窦哥说："在天津卫大街上摆炮摊，不叫你乱放'二踢脚'，怕引着房子，崩着人，'二踢脚'就这样拿在手里，放给人看。蔡老大，就是那女人死了的爷儿们，还有手活儿更绝，他把大雷子夹在手指头缝里，一个指缝夹一个，两手总共夹八个，平举着，八个药芯子先后点着，哪个快炸，松开哪个。叫雷子掉下来炸，可又不能碰地，碰地会弹起来崩着人。这火候拿不准，手指头就炸飞了。如今蔡老大一死，没人敢要这手活了。哎，牛宝哥，你咋直眼了？"

牛宝听着这话，眼盯着春枝，脑袋里轰地涌出个念头，他对窦哥说：

"你给俺把大雷子夹在手指头缝里，俺试试。"

"你疯啦，这手活是拿空炮筒子练出来的，咋能使真的试？炸坏手，你使啥画缸鱼，俺不干！"窦哥说。

牛宝不理他，从车上取些大雷子，一个个夹在手指缝里，平举双臂，瞪大眼，用一种命令口气对窦哥说："点上！"

窦哥见事不好，想扔下香头跑掉。

谁知牛宝这么一来，蔡家哥仨如同中了枪弹，怔住。春枝脸色十分难看，像是闹心口疼；蔡三红着脸喊道："这小子当俺们蔡家没人，欺侮俺们嫂子，拼啦！"哥仨疯了似的冲过来，还有蔡家同乡和要好的也一齐拥上。

牛宝还没弄懂这缘故，就给蔡家人摁在地上，窦哥也被揪扯住。对方喊着要把雷子插进他们屁眼儿点上，窦哥吓得叫救命求饶，想解释，却不知牛宝与蔡家究竟什么仇。牛宝给十来只大手死死摁着，摁得愈死，他犟劲愈大，用力一挣，脑袋刚抬起来，嘴巴反被压下来，在冻硬的地皮上蹭破，火辣辣的疼痛，蔡老三问他要干啥，他火在身体里撞，嘴更笨，索性大叫：

"俺想做你哥，俺想做蔡老大！"

这话叫在场的人全傻了！傻子也没有这么说话的。蔡家哥仨气得发狂，把他拉起来，用几十挂大鞭把他浑身上下缠起来，要炸他。牛宝使劲使得脖子脑门全是青筋，叫着：

"点火，点火呀！死活我是你哥啦！"

蔡三攥着一把香火，指着牛宝说："你欺人太甚，俺豁出去吃官司，坐大牢，今儿也要把你点了，大伙闪开，我个人做事个人当——"说着就要冲上去点。

"慢着。"忽然响起一个清亮的声音。

牛宝瞧见春枝竟站在他身前，一手拦着蔡三，面朝自己。这张脸就是在杨柳青年画《美人图》上也找不着，可此刻满面愁容，两眼亮晃晃，厚厚包着泪水，像是委屈极了。在牛宝惊讶中，春枝说："你不好好卖你的'缸鱼'，弄来这些'万家雷'来闹啥？你要再来搅扰俺，俺就亲手点这鞭！"然后对蔡家哥仨说，"回家！"一扭身，一大片眼泪全甩在牛宝当胸上。牛宝觉得，像是一排枪子打在自己

身上。

春枝和蔡家人去了，浑身缠着大鞭的牛宝，像那拴牲口的木桩，直呆呆戳在那儿。

三

如果牛宝不去沿儿庄，他和春枝这段纠缠也就此罢了。自己一时迷糊、冒傻、犯浑，把人家好好一个女人逼成那份可怜相。究竟春枝因何这般痛苦不堪，他琢磨不透。眼盯着溅在他棉衣上春枝的泪痕，后悔到头，不住地骂自己，最后把剩下的半车鞭炮堆在大开洼里点了，炸成火海雷天，惹得邻村人敲锣报警，以为谁家造炮，中了邪火，炸了窝。

转过两天，窦哥提着两瓶老白干、一包天津卫大德祥的鸡蛋糕来找他，要一同去沿儿庄谢谢人家姓万的，不管牛宝自己的事如何，人家"万家雷"真给使劲儿，那巨型的大雷子炮是万老爷子特意做的，真叫激动人心！这事关着窦哥生意道儿上的情面义气，牛宝便随窦哥来到沿儿庄。

沿儿庄人上至七老八十，下至童男童女，倘若不会造炮，非残即傻。尤其在这腊月里，家家院子的树杈上、衣杆上、屋檐下，都晾满整挂整挂沉甸甸的大鞭，好比秋后拿线穿成串儿晒在屋外的大辣椒；墙头摆满捆成盘的雷子两响，像是码起来的大南瓜，极是好看。那些进村出村的大车装满花炮，蒙上大红棉被，在冰天雪地里更是惹眼。这腊月的鞭炮之乡虽然十二分的热闹，却听不到一声炮响，静得绝对，静得离奇，静得叫人揪心。

牛宝万万想不到，这位跟火药打一辈子交道的万老爷子，竟然胆小如鼠。三九寒冬，屋里和屋外一般冷，炕不生火，灶不烧柴，茶碗里水全结成冰，惟有说话时从嘴里冒出点热气。牛宝和窦哥一进门，万老爷子就嘀咕他们身上有没有铁器、抽烟打火的家伙，鞋底钉没钉"橘子瓣儿"？还非叫他俩抬脚亮鞋底，看清楚才放心。窦哥假装不高兴地说：

"万老爷子每次都这么折腾我，下次我得光屁股来了。"

"别怪我疑神疑鬼。火是我们这行的灾。我不认字，我爹说灾字就是下边一个'火'字，上边三个火苗。所以俺们非到做饭时才生火，烟也不抽，家里除去做饭的锅，不准使一点铁器。那九十堡的'炮打灯'杨四，就是称火药时，秤砣掉在地上，迸出火星子，把一桶火药引炸，炸得杨四没有尸首，秤砣飞出半里多地。火这东西不知打哪儿来的，有时两家隔一道墙，这家点烟，火竟能穿墙过去，把那家屋里的鞭炮引着，火可邪啦……"万老爷子说到这儿，两眼发直，像是见到鬼，"哎，窦哥，你可小心点桌上那盆火药！"

待窦哥把"万家雷"前天在独流镇显威风的情景，一说一吹一捧，万老爷子才松开面皮，满脸直垂的皱纹也打弯了，龇开一嘴黄牙笑了。这儿井水盐碱也大，人牙焦黄。他神情得意地问道：

"俺那大活咋样？"

"还用说。生把土地炸个大坑，人说再炸就炸出个井来了。是不是这么说的，牛宝哥？"窦哥朝牛宝挤挤眼，叫他帮腔，哄万老爷子高兴。

牛宝嘴拙，找不着话说，只傻笑，点头。

万老爷子愈发得意，笑眯眯再问：

"你们跟谁家比炮？"

"俺们咋能拿您的'万家雷'去跟无名小辈比试，那不成请关老爷和小兵小卒比高低了？对手是文安县'蔡家鞭'蔡家，行吧？"

"噢？"万老爷子惊讶得很。他说，"蔡老大一死，都说蔡家关门不造炮了，挂在天津卫的牌匾都摘了，怎么又出头露面，是不是假冒？"

"咋能假冒呢？蔡家四个大活人都在场呀！"

"咋四个？"

"蔡家老二、老三、老四，哥仨……"

"对呀，才三个，咋四个呢？"

"还有人家蔡老大的那俊媳妇春枝呢。春枝她——"窦哥说到春枝，看牛宝直了眼，便赶紧停住口。

"窦哥，你嘴动，胳膊别乱动，小心俺那火药盆子!"万老爷子叫道，然后叹口气说，"春枝那孩子命够苦，三个跟她贴近的男人全给炸死了——她爹，她公公，她爷儿们! 俺说她是火命! 是火! 是灾!"

牛宝听得惊异不已，他死也想听明白；窦哥完全清楚牛宝的心思，何况他自己也想知道这闻所未闻的事，便死乞白赖，东绕西套，终于从万老爷子肚里掏出下边的话：

"哎，窦哥，俺当你万事通呢，你咋不知春枝姓杨，她爹就是九十堡'炮打灯'杨四啊。还是大清时候，天津卫炮市上就有句话，是'蔡家鞭，万家雷，杨家的炮打灯'，这都是上两辈人创的牌子，到今儿全是百年老炮了。那时，因为杨家是本县人，跟俺们万家熟识，蔡家远在文安，相互只知其名罢了。到了俺们这辈，杨家跟蔡家认识了，很要好，两家给春枝和蔡老大定了娃娃亲。可春枝十岁就死了妈，跟她爹相依为命过日子。后来孩子们长大，该成亲了，蔡家老头子就去找杨四商量嫁娶的日子，杨四怕春枝走了，一个人受不住孤单，非要蔡老大倒插门。其实蔡家有四个儿子，少一个在身边怕啥? 蔡家老头子偏不肯，谈崩了，都上了火气，蔡家老头子回家喝闷酒，一头醉倒，睡成烂泥巴，忘了热炕上还烤着几十挂受了潮的大鞭呢! 一下烤过了劲儿，炮炸火起，怪的是四个大小伙子愣没打火里弄出他们爹，活活烧死了。蔡家人恨死杨四，没人提那婚事。过两年，哎，就是俺刚头说过的——杨四同村人来找他借点火药，提着杆秤来称分量。造炮的人弄火药绝不准使铁器，勺用木勺，铲用木铲，他怎么忘了秤砣是铁疙瘩呢! 秤杆一斜，秤砣砸在石头上，火星子迸进火药里，生把人炸得净光光，连根骨头也没找到。你们说奇不奇? 好好一个人，像是变成一股烟，影都没留下，这是遭了啥罪? 啥灾? 杨家只剩下春枝孤孤单单一个闺女。那蔡老大来向她求婚，她不肯，不知因为她爹欠着蔡家一条命，还是怕一走，'炮打灯'杨家的根儿就此绝了？蔡老大打小跟春枝要好，知道这闺女的性子比火药还强，他竟造了一百个'炮打双灯'去到杨家门口放。意思是你杨家祖业给我蔡老大接过来了，绝断不了根脉。蔡老大是造炮好手，更是放炮好手，他把'炮打双灯'一个个立在手掌上托着放。凡是打上天的炮，头一响都得用'竖药'，只往高处蹿，不往横处炸。顶多觉出点坐力来，绝不会伤手。这又表示，他蔡老大已经把杨家的'炮打灯'学到家了。一百个放完，春枝流着泪出屋，二话没说，跟他去了文安……哎，窦哥，这些事你咋会不知道呢？"

"只只片片听见过，可各村各庄造花炮的年年出事，年年死人，哪会连成您这么长的故事！"窦哥说，"俺倒听人说过蔡老大的死，他是惹了大仙吧？"

"说是也是。春枝嫁到蔡家第二年，也是年根底下，她做了一盘'炮打灯'，打算三十夜里自己放，祭祖呗！她剩下一捧炸药没处放，就使高丽纸包个包儿，塞到鸡窝后边夹缝里。这地方平时绝没人去碰，最保险，谁知夜里闹黄鼠狼钻进鸡窝后边夹缝里，这也奇了，它上房翻墙，跑哪儿去不成，偏扎到火药包上。蔡老大拿棍子一捅，嘿，正好，'轰'地生把蔡老大炸得人飞起来，撞在屋檐上，再摔下来，成了血人……唉，怎么这样巧，又都巧到春枝一个人身上？也是命呗！出殡那天，春枝把自己编了十天十夜的两挂大鞭，足有几十万头，挂在大门两边老树上，放起来足足响了整整一夜，直叫整个村的人听着听着，都听哭了……"

牛宝听到这里，忽地翻身趴在地上，给万老爷子叩头。万老爷子蒙了，忙弯腰挽扶，说道：

"俺哪句话伤着你了，快起来，快起来，告诉俺，俺赔不是！"

牛宝却不起身，脑门撞地，咚咚山响，然后抬起泪花花的脸说："您得教俺造'炮打灯'，您得教俺造'炮打灯'，您得教俺造'炮打灯'……"反反复复只这一句话。

万老爷子更糊涂了，窦哥心里却很明白，他害怕牛宝再去惹事，

但牛宝犟上劲儿的事，愈拦愈坏，因此他非但没有劝阻，反也趴在地上给万老爷子叩头说：

"您成全俺哥哥吧！"

这句话像是在万老爷子脑袋里点盏灯。万老爷子先是惊讶，随后摇着头低声说：

"要说春枝是个好闺女，懂事明理，知情讲义，可惜她天生是火命，是灾祸！你去问问文安县的光棍，还有人敢娶她做老婆吗？听俺一句吧，老弟！你只要一沾她，灾祸就扑上身，快快绝了这念头！"

牛宝额头顶着地，一动不动，说话的声音便又闷又重："俺、俺死活要当蔡老大。"他不会再多说一句。

乡里人之间并不靠说，哼哼两声，谁都能知道谁的意思。万老爷子叹口长气，无奈地说道："都是命里有啊！好，都起来吧，俺教！"他屁股没离凳子，一转，旁边就是一头吊在房梁上的赶版。他使这赶版一下一个，赶出四五十个炮筒子交给牛宝。然后把桌上的火药盒子和几个料碗端过来说："一硝、二磺、三木炭，火药就这三样东西。你要想往天上打，少放磺，多放炭，这叫竖药；你要想往横处炸，多放磺，少放炭，这叫横药。'炮打灯'是把灯往天上送，下边一响必得用竖药。听明白了？硫磺好买，县城里铺子就卖，木炭你自己会烧？"

"俺画样子就拿木炭起稿。把柳树枝用泥封在洋铁罐里烧，行不？"牛宝说。

"这可不行！造炮的木炭不能使柳枝，只能用青麻秆。"

"麻秆倒有，可硝到哪儿去弄？"

"碱河边有的是，白花花一片片。人说文安任丘那边地上的硝更好，是火硝。"窦哥插嘴说。

"使那硝造炮，还不如放屁响。俺告你们个绝密。你们要是说给外人，俺就使炮炸了你们——"万老爷子凑过织满皱纹的老脸，表情神秘，压低嗓音说，"你们就到俺家对面那茅厕后的墙上去刮。"

"那是尿硝啊！"窦哥说。

"谁说不是。这村里人身上全是硝，尿出来的尿烫手，结成的尿硝才有劲儿哪！我家的不行，人老了，没火力。对面崔家五个小子，个个像小牛，那硝面子才是好东西。"万老爷子说，"这硝弄回去，可不能直接使，先用锅熬，熬成水，泼在木炭上，晾干压成粉再掺硫磺。记着，一份硝炭，一份半硫磺。'炮打灯'使竖药，还得多放硝炭！"

"那打到天上的灯，咋做法？"牛宝问。

万老爷子说："这东西叫明子，你不会配，俺送你些吧。"他从身后拿出两个瓦坛子，里边装着黄豆大小、药丸似的东西，各拿出几十粒，分别使红绿纸包上。"这红纸包的，打到天上就是红灯，绿纸包的打到天上是绿灯。'炮打灯'有很多样儿，有一响一灯，有两响七灯，欲称'炮打七灯'，可灯色都是黄色的。惟有这'炮打双灯'，一红一绿，打到天上才好看哪！听俺爷爷说，大清时候，男的向女的求婚，就在人家房前放这炮。当年蔡老大在杨家房前放'炮打双灯'，多半就是这意思。"

牛宝呼啦一声又趴地上，给万老爷子连叩响头，像是遇到救命大恩人。他动作太猛，差点把桌上火药盆子撞下来，幸亏窦哥眼疾手快抱住了。

待牛宝与窦哥千恩万谢告辞回去，万老爷子一人叹息、摇头，还狠狠砸了自己几拳，好像自己伤天害理、送人上西天了。

牛宝和窦哥出来就绕到对面茅厕后边。一看沿墙根白白的，果然都是尿硝，又厚又硬，使瓦片刮下来，晶莹闪亮。两人正刮得带劲，有个孩子喊："有人偷硝了。"吓得他俩赶紧使帽头兜上硝面子，慌张逃出村，再逃回家。

牛宝照万老爷子的法儿，买料、配料、装活，他平日里干活认真，可此时脑袋着魔了，总一闪一闪老年间求婚使的那一双双红灯绿灯，糊里糊涂弄不清硝炭同硫磺，该是哪多哪少，装了一半，便不敢再装。傍晚时候，窦哥来了，两人一说，窦哥笑道：

"你脑袋里净是那春枝啦，咋弄不清呢？'炮打灯'使竖药往天上打呗，多掺些木炭不就行了！"牛宝往药里又加些木炭。两人在房后空地上试了两个，真鼓捣成啦！一响过后，打炮筒里飞出两条亮线，一红一绿，直上天空，老高老高，跟着变成一红一绿两盏灯，极亮极艳，照得天都暗了。窦哥看去，这双灯不在天上，而是在牛宝眼里；那大眼眶子中间，绚烂五彩，烁烁逼人。可窦哥哪知，刚刚牛宝往火药里加木炭之前，已经装成的一些炮，配料正好弄反，竖药成横药！

四

静海县城逢四逢八是大集。今儿是腊月二十八，大年根儿，赶集是最后一遭儿，买卖东西的人便都翻几番，穿戴也鲜活多了；炮市上更是气势压人，河床上烟火连天，炸声如雷，像是开了战；两岸堤坡装鞭炮的车排得密不透风，好似千军万马列成长蛇阵。牛宝和窦哥手拿一包"炮打双灯"，蹲在一辆牛车后头，等候天晚人少。牛宝目光穿过大车轮子，一直死盯着春枝。她依旧在那歪脖柳树下，坐那驴车上，依旧黑衣服、白脸儿、红头巾，但她不像前两次木雕泥塑般纹丝不动，而是把俊俏小脸扭来扭去，东张西望，像是找什么。蔡家哥仨放鞭卖炮，忙前忙后，她却像没瞧见。

下晌后，炮市明显歇下劲来，停在堤上的大车走了许多，零零落落，不成阵势；河床中央的硝烟也见稀薄，看出一个个人来。日头西沉，景物、天空乃至空气全变暗，火光反显得分外明亮。渐渐剩下的人多是鞭炮贩子，吆喝喊叫加劲闹，无非想把压在手里的货甩出去。鞭炮这东西，压过腊月二十八，就得压上一年。地上炸碎的鞭炮屑儿，已经铺了厚厚一层，歪脖树下的蔡家人开始收摊子，也要返回去了，就这时牛宝带着窦哥突然出现在蔡家人面前。

春枝眼睛一亮，像是这才定住魂儿。

蔡家哥仨马上抄起家伙走上来。他们见牛宝立眉张目，嘴角紧张得直抖，有股子决然神气，以为并非比炮，只是要报复前仇，拼命来的。可牛宝不动手也不动嘴，他把厚厚大手平着向前一伸，掌心朝上，中央摆着一个"炮打双灯"，大红炮筒，绿纸糊顶，还使黄纸盖个鲤鱼戳记粘贴中间，鲜艳漂亮，不是画画的牛宝，谁能把花炮打扮成这个样儿？蔡家哥仨一看，立即明白牛宝要干什么，气急眼红，竹竿子给抖动的膀臂震得哗哗响。他们回头看春枝，等待嫂子下令，他们就把这欺侮人到家的小子活活打死。只见春枝脸刷白，没一点血色，紧咬着嘴唇，两眼却像一对小火苗，闪闪冒光，叫蔡家哥仨不明白。

牛宝拿香头把立在手心的炮点着，一声响过，一对浓艳照眼的红绿双灯，腾空而起，他人也觉得随同升起，绚烂地呈现在幽蓝的晚空上。一个放过，窦哥就递上一个，一双双火弹连续不断打上天，美丽、响亮，又咄咄逼人。春枝抬头看，这双灯是她的过去——她最好的日子和最美的希望；而双灯一亮一灭，便是她坎坷多难的岁月经历，她入迷了。

突然，一声巨响，一个炮在牛宝手心爆炸，没往天上蹿，却往横处崩，手心登时裂开，血淌下来。窦哥急得忙把塞在牲口耳朵里的红布拉出来，要给牛宝缠手，一边叫着："牛宝哥，别再放了。人家春枝不会跟你的……"

牛宝抢过红布一扬，朝窦哥喊道："拿来，拿炮给俺！你不给俺就宰了你！"他瞪圆一对牛眼，像门神，很吓人，脑门上的青筋鼓起来嘣嘣直跳。

一个炮递过去，又炸了手心，眼瞅着皮开肉绽，手掌像托着一盘炒鱿鱼卷儿。窦哥忽想到万老爷子的话，一股子不祥感透入骨头，不觉心寒胆战，掉着眼泪哀求道：

"咱中了万老爷子的话了，再放下去没命了，求你快回家吧！"

牛宝不吭声，像是没听见。一个个炮立在血肉模糊的手掌上，点着药芯子，有的飞上去，有的往横处乱炸，完全没有准，血点子滴了一片。蔡家哥仨和周围的人都看呆了。决死的人跟神仙差不多，

叫人敬畏。那打上去的双灯，像是带着血，变成血灯。牛宝后牙咬得咯咯咯响，努力不叫托炮的胳膊打颤，两眼死死盯着春枝。春枝坐在车上一动不动，但双手紧紧抓住盖在车上的红棉被，好像一松手，人就要掉下车来。

牛宝又点着一个"炮打双灯"，他万没想到这炮筒子里硫磺这么多，几乎是炸弹，猛烈一声巨响，火光闪着血光，牛宝倒在地上，春枝倒在车上。

一年后，还是腊月里，牛宝赶车往县城赶集，左手扬鞭，残断的右手缩在袄袖里。他拿不成笔，不能再画缸鱼了，改卖"杨家的炮打灯"，而且只卖"炮打双灯"。满满一车花炮盖着大红棉被，上头坐着一个鲜艳如花的女人，便是春枝。

但人们说到他俩，都暗暗摇头。窦哥无意间，把万老爷子应验了的预言泄露出来，大家更信春枝这女人是火、是灾、是祸，瞧！她还没进牛家门，就叫牛宝先废了一只手，而且是干活画画的手，这跟搭进去半条命差不多。牛宝听到这些闲话，憨笑不语，人间的苦乐惟有自知。

神　鞭

楔子

古古古古古古古，今今今今今今今，
古非今兮今非古，今亦古兮古亦今；
多向精气神里找，少从口眼鼻上认，
书里书外常碰巧，看罢一笑莫细品。

那年头，天津卫顶大的举动就数皇会了，大凡乱子也就最容易
出在皇会上。早先只有一桩，那是嘉庆年间，抬阁会扮演西王母的
六岁孩子活活被晒死在杆子上。这算偶然，哄一阵就过去了。可是
自打光绪爷登基，大事庆贺，新添个"报事灵通会"，出会时，贾宝
玉紫金冠上一颗奇大珍珠，硬叫人偷去。据说这珠子值几万，县捕
四处搜寻，闹得满城不安。珠子没找着，乱子却接二连三地生出来。
今年踩死孩子，明年各会间逞强斗胜，把脑袋开了瓢。往后一年，
香火引着海神娘娘驻跸的如意庵大殿，百年古庙烧成了一堆木炭。
不知哪个贼大胆儿，趁火打劫，居然把墨稼斋马家用香泥塑画的娘
娘像扛走了，因为人人都说这神像肚子里藏着金银财宝，急得善男
信女们到处找娘娘。您别笑，您也得替信徒们想想：神仙没了，朝
谁叩头？

天津人，好咋呼。有人直眉瞪眼说，他看见娘娘给人藏在鼓楼
东海福南味店的后院里。一伙人不管掌柜伙计阻拦，跳墙进去，把

堆在院角两垛黄酱坛子胡乱折腾一遍，也不见影儿，肝火没处泄，就砸酱坛子，还有的往上边撒尿。偏巧这家掌柜和知府大人沾点亲，便把闹事的抓起几个来。索赔却赔不起，因为，这几个都是整天惹祸招灾、无事生非的土棍儿，家里顶多一床褥子，两床被，几十个臭虫，连吃饭的家伙都没有。这下子，主张禁会的老爷儿们算逮住理儿了，到处嚷嚷说，天津卫这地方五方杂处，民风霸悍，重义尚气，易滋事端，不宜举办这种倾城出动的皇会。可谁能把会禁掉？

您再想想，天津卫是靠渔盐漕运发的家。行船出海，遇上黑风白浪，就得指望海神娘娘护佑了。即使头品顶戴，大聚宝盆，也拿灾病没辙，更别说命同猫狗的小百姓们。所以人们就借着海神娘娘诞辰吉日，百戏云集，万人空巷，烧香祝寿，讨娘娘高兴。还要把娘娘的塑像从东门外的天后宫里请出来，黄轿抬，华辇推，各会随驾表演逞技，城里城外浩浩荡荡绕几天，拿娘娘的威严，压一压邪魔妖怪。

人都说，人管不了的事，全归神仙管。天津卫这里的"三界、四生、六道、十方"，都攥在娘娘的手心里。可是娘娘也有偷懒耍滑的时刻，又把一些扎手的事推回到人间来。原来神仙也会推活船儿。人不尽天职，天不从人愿，于是就生出今年皇会上这桩稀奇古怪的事来。

第一回　邪气撞邪气

三月二十二，照例是娘娘"出巡散福"之日。

这天皇会最热闹。津门各会挖空心思琢磨出的绝活，也都在这天拿出来露一手。据说今年各会出得最齐全，憋了好几年没露面的太狮、鹤龄、鲜花、宝鼎、黄绳、大乐、捷兽、八仙等等，不知犯哪股劲儿，全都冒出来了。百姓们提早顺着出会路线占好地界，挤不上前的就爬墙上房。有头有脸的人家，沿途搭架罩棚，就像坐在包厢里，等候各会来到，一道道细心观赏。

干盐务的展老爷今年算是春风得意了。他顺顺当当发了一笔财，又娶了一房如花似玉的小婆，心高气盛，半月前就雇了棚铺，在估衣街口最得看的开阔地，搭一个气派十足的大看台。上头用指头粗的宜兴埠苇子扎成遮阳棚顶，下头用冒着松香气味的宽宽的白板松子铺平台面，两边围着新席，四匹红绸包在外边，又打胜芳买来几盏花灯挂起来。另外还雇了几个打小空的，换上一色青布裤褂，日夜轮班站在台前护棚。

俗话说，这叫拿钱壮的，也是拿气壮的。怕事的小百姓们不觉站远些，不知哪股邪气要是和这股气撞上，非出大事不可。谁知这预感居然应验了。请往下看——

自打出会那天，展老爷新娶的小婆就闹着要登台看会。谁不知，这小婆是打侯家后小班里赎来的姑娘子，本名紫凤，善唱档调，艺名唤做飞来凤。这飞来凤本是弱中强，如今绝不像一般从良女子，隐姓埋名，稳稳当当过起清闲富足的日子。她偏偏要到这紧挨着侯家后的估衣街上露个脸儿，成心叫人认出她，看她，咬着耳朵议论她，却不敢对她这个摇身变成官眷的老娘指指点点。她还有另一层意思：以她这种贫贱身份，只要在人前一出头，展家大奶奶死也不肯同时露面，这就能压过大奶奶一头。但她没料到，大奶奶不来，展老爷也不敢来，死缠硬逼全没用，她便赌气自己来，而且打好主意闹出点名堂，叫姓展的一家子知道她不是软茬儿。

她坐在一张铺着绣花垫子的靠椅上，戴着翠戒指的雪白小手有姿有态地往扶手上一摆；在她的身后，站着一个老妈子，头上梳着苏州鬏儿，横竖插满串珠、绒花、纯银的九连环簪子，足蹬小脚细羊皮靴，青洋绸肥腿裤，月白色大襟褂子绷着四寸宽的花袖箍儿，襟口掖着一条纺绸帕子。她姓胡，人叫她胡妈，是展家最会侍候人的老佣人。当下她站在飞来凤椅子后边，还在飞来凤身旁放一张茶几，摆好各类零食，像大官丁家的糖堆儿、鼓楼张二的咸花生、赵家皮糖、查家蒸食等等，名家名品，应有尽有，罩上玻璃罩子，防备暴腾上尘土。但飞来凤很少掀开罩子捏点什么吃，却偏偏让胡妈

把台下挎小篮卖杨村糕干的村姑叫上来，张口就说"包圆儿"了。其实她根本不吃这种街头小食，她一是摆份儿，二是成心糟践展老爷的钱。这还不算，每逢一道会来到棚前，她必叫仆人拿着展老爷的名帖去截会。依照皇会的规矩，有头有脸的人家，如果专意看哪一道会，便叫仆人拿着名帖到会头前，道一声辛苦，换过帖，请求表演，就算把会截住了。会头把旗子一摇，小锣当当一敲，全会止住，表演一番，像狮子、重阁、法鼓、杠箱等，都有一段精彩的功夫。演过一段，会头的小锣当当再响两声，就走过去，后一道会便跟上来。截会的人必须送上事先预备好的点心包，作为犒劳答谢。

飞来凤早就使钱请来"打扫会"，把台前街面喷水扫净。这几天，她不管有没有看头，逢会必截。展老爷财大势大，捧出他的名帖，谁敢拨棱脑袋。何况她犒赏极厚，看台上一边堆了数百包点心，一码十斤大包，正经八百都是祥德斋的大八件。即便天津八大家，也没这么大手大脚过。这一来，她看会，人家都看她，看看这个走了红运的小娘儿们怎么折腾法。

虽说她赌气这么干，可是拿钱大把大把往台下撒，也是神气之极。此刻，鹤龄会的鹤童们，舞着"飞"、"鸣"、"宿"、"食"四只藤胎布羽的仙鹤，转来转去，款款欲飞，还朝着她唱吉祥歌。胡妈在她耳边说：

"二奶奶，您瞧，那小童子脖上套着的银圈圈，就是乾隆爷看会时赐给的。听说，乾隆爷当年是坐在船上看会，还不如您这儿得看呢，嘻！"

飞来凤忽然想到，去年皇会，她还在侯家后，同宝银、自来丑、月中仙几个姑娘子，嘴里嚼着冰糖梅苏丸，在人群里挤得一身臭汗。说不定那姐儿几个现在正在人群里，眼巴巴望着自己呢！想到这里，鹤龄会已然演完，她心中高兴，叫仆人拿点心，赏给敲单皮鼓的、吹唢呐的、舞龙旗的，连同扛软硬对联的，每人一大包；六个鹤童和会头每人两大包。

鹤龄会收获甚丰，兴冲冲就要起行，忽见一人拿着朱漆大凳子，

"啪"地迎头一摆，一撅屁股坐下来，大模大样架起二郎腿，翘着下巴朝会头冷口叫道：

"等等。照刚才那样儿，给你三爷演上十八遍。点心包——二奶奶那儿有的是，她替你三爷给啦！"

这几千人开了锅似的热闹场面，好像折一大盆凉水，登时静下来。再瞧这人的打扮，可算各路——

古铜色湖绸套裤，裤腿紧缠着宝蓝腿带，净袜乌鞋，上身一条半长的深枣红拷纱袍子，挺像本地小阔佬，可袍子外边紧巴巴套着件没袖没领的小短衣，像马褂又不是马褂，倒像张七把摔跤时那件坎肩。这件小短衣做工挺讲究，上边耷拉着怀表链，胸口上还挂着七八个稀奇古怪、不金不银的牌牌儿。有些在鸟市看过洋片匣子的人，认出这是洋人身上的东西。可是他帽翅上插着那小梳子干嘛用？广东娘儿们好在头发上插一把小梳子，随时拢拢头发，但从没见过老爷儿们玩这套。别看这小子一身四不像的侉打扮，还挺得意，好像人人看他这身穿戴都眼馋。

有人才要拿话逗弄他，一瞅他帽子下边瘦瘦的青巴脸，梆子头底下一双横眼，尤其左边那只花花眼珠，一缩脖子赶紧把话咽进肚里。这原来是大混星子玻璃花！

在这城北估衣街上，甭说招他，谁敢多瞧他一眼？连老娘儿们哄孩子都轻轻唱这么两句："别哭啦，快睡吧，玻璃花，要来啦！"这也算是一种传统教育方式——在怀抱里就加入浓烈的社会内容。

可是，玻璃花今儿要做嘛？

凡是在这一带世面上混日子的人，心里都有数，玻璃花今儿并不是胡闹来的。要问这根由，那就得提到他那只花眼珠子的来历。

够份儿的混星子，都得有一段凶烈、带血的故事。

十年前玻璃花还是一个无名的土棍，小名三梆子。有一次，他闯进香桃店，闹着"拿一份"。香桃店是侯家后俗称"大地方"的大妓馆，店大人多，领家招呼七八个伙计操着斧把儿围起他来。那时打架兴用斧把，因为斧把一端是方的，有棱有角，抢上就皮开肉

绽。依照混星子们的规矩，必须往地上一躺，双手抱头护脑袋，双腿弯曲护下体，任凭人家打得死去活来。只要耐过这顿死揍，掌柜的就得把他抬进店，给他养伤，伤好了便在店里拿一份钱，混星子们叫"拿一份"。这天，三梆子就这样抱头屈腿卧在那儿，叫人打上一袋烟工夫。他仗着年轻气盛，居然没吭一声。一个在这店里拿份的混星子死崔，将斧把头砸在他左眼上，血糊糊的，只当瞎了。伤好后，眼珠子还在，却黑不黑白不白成了花花蛋子，那个打坏他眼珠儿的死崔，在江叉胡同的福聚成饭庄花钱摆一桌请他，当面赔罪。这死崔心毒手黑，暗中在靴筒掖一柄小刀，只要他闹着赔眼珠，就拔刀下手。谁知道，三梆子非但不闹，却花钱买下这桌酒饭，反过来谢谢他。这因为混星子们不带伤不算横，弄上这点彩儿，正是求之不得。真怪！这世上真是嘛人都有：有的对别人下狠手表示厉害，也有人对自己下狠手显威风，有的把伤藏起来，以为耻辱，有的就挂在脸上，成了光荣的标记。从此，三梆子得号"玻璃花"也就名噪津门了。侯家后的妓馆，无论大店小店，随他抽份拿钱。遇到客人找茬儿闹事，花丛荆棘，叫他知道，必来报复。那些身不由主的姑娘子，争着要他当后戳，求他作劲，哪个不是他的相好？飞来凤在侯家后也是个人物，没在他怀里打滚撒娇才怪呢！精明人拿这些瓜葛一连，就明白玻璃花今儿成心是恶心攀上高枝的飞来凤来了。天津人管这叫"添堵"。

其实，飞来凤一瞧突然扎进来这人的装束，就认出是玻璃花。虽说这混星子是地道的土造，偏偏喜好洋货，飞来凤脖子上挂鸡心盒的洋金链，还是这小子送的呢！她从良之后，就一直揪心玻璃花会跟她捣乱，没想到今儿当着成百上千的人给她难看。她不知道玻璃花要把事闹得多大。眼下，这小子正犯劲，软硬法子都使不上。如果叫仆人轰他，非惹得他翻天覆地，搅成满城丑闻不可。她急得心里有点发躁。

会头是个识路子的明白人。二话没说，旗子一摇，指挥鹤童们面向玻璃花，一连演两遍，然后走到玻璃花面前掬着笑说：

"三爷，你老给个面儿，改天再去拜会您。"

玻璃花面不改容，声不改调：

"去你妈的！向例出会都兴截会，怎么就不准你三爷？"

"这不是单给您连着演过两遍了吗？"会头小心翼翼，生怕玻璃花借个词儿，闹得再大。

"你耳朵长倒了？没听三爷说，叫你演十八遍！"玻璃花说。

会头给难住了。他明白，绝对不能动肝火，就稳稳当当地说：

"三爷，我们这会停了不少时候了，后边还压着三四十道会呢！压长了人家不干。您是天津卫最开面的老爷。三爷您要看得起我们鹤龄会，改日给您演上整整一天，怎么样？"

"去去去，别他妈择好听的说给我！"玻璃花非但不动心，反而把话凿死，"你三爷是嘛人，你拿耳朵摸摸去，说过的话嘛时候改过？"

两下这算僵住了。后边挤上来几个穿戏装、勾花脸的汉子。这是五虎杠箱会的人，压在后边，等不及了。那扮演濮天鹏的汉子，人高马大，再给硬衬的一托，显得魁梧粗壮。他上来对玻璃花一抱拳，说话却挺客气："您先受我一拜。"声音嗡嗡贯耳。

玻璃花斜瞅他一眼，没当回事，跷着二郎腿，仰脸朝天，故意变尖了嗓音说：

"今儿不刮西北风，怎么吹得夜壶直响。"

人群里发出呵呵笑声。

这一句话把杠箱会的汉子噎回去。天津人说话，讲究话茬。人输了，事没成，话茬却不能软。所谓"卫嘴子"，并不是能说。"京油子"讲话，"卫嘴子"讲斗，斗嘴也是斗气。偏偏这汉子空长一副男人架子，骨头赛面条，舌头赛凉粉，张嘴没一句较上劲儿的话：

"三爷，眼瞅着快下晌了，弟兄们耍了一天，还饿肚子呢！不看僧面看佛面，不看佛面，也看娘娘的面子，就叫我们快点过去吧！"

"嘛？看娘娘的面子？娘娘的面子也不如二奶奶的面子。那台上堆着的都是祥德斋的点心，饿了就找她要去！"玻璃花说着，用他那

只灰不溜秋的花眼珠向飞来凤瞟一眼。

看来他今儿非要向飞来凤脸上抹一把屎不可了。

飞来凤坐在台上一动没动。站在身边的胡妈看得出，二奶奶涂了红油的嘴唇都发白了。

这一来，几方面的人全说不出话来。玻璃花占了上风，神气十足，打怀里掏出一个磨花的洋料小水晶瓶，打开盖，往掌心倒出点鼻烟，在上嘴唇两边抹个大蝴蝶，吸两下，打几个喷嚏，益发来了精神，索性把脚拿到凳子上，看样子今儿要在这儿过夜。

四周的百姓看不成会了，却都瞪大眼珠子，瞧这局面怎么收场。天津卫逢到这种硬碰硬，向例是不碰碎一个不算结。

第二回　跳出一个大傻巴

反正老天爷不会一边倒。这世道就像一杆秤，不会总摆不平，无论身内身外的事，都好比撂在这秤上。一头压下去，另一头就该翘起来。月光照完东窗，渐渐去照西窗；运气和霉气一样，在众人头上蹦来蹦去。日头太毒，便逼来浓云疾雨；雨下得过狂，又招来一阵大风，直把云彩吹得一丝不见。就说眼下玻璃花把会硬截在估衣街口，人们干瞪眼、愣没辙的当口，忽然，一个三十来岁的汉子走进人圈，朝玻璃花作个长揖，说道：

"这位大爷，你老开心顺气，抬抬胳膊放他们几位过去就算了。"

敢出头管事，胆子就算好家伙，但他的话茬并不硬，不像个打算使横的人。玻璃花打量这汉子：中等个子，方面大耳，秤锤鼻子，眯缝着小眼，脸颊上粗粗拉拉净是疙瘩，还带点傻气。再瞧他身上那件崭新的蓝布大褂，甭猜，一准是个缺心眼的穷汉子，换上新衣专意来看会，碰到这场面，不知轻重地想当个和事佬。因此玻璃花更上了劲，撇嘴一笑，站起身，晃晃悠悠走到这人跟前：

"嘿，傻巴，哪位没提裤子，把你露出来了？你也不找块不渗水的地，撒泡尿照照自己。这是嘛地界，你敢扎一头！"

这话不错。眼前这种事躲还躲不开，竟还有人往里边掺和，可见此人多半是个大傻巴。他瞅玻璃花这架势，非但没有赶紧缩回去，偏偏觍着脸笑嘻嘻地说：

"今儿，大伙都图个吉利，多一事不如少一事，你老也少生气。"

"看来，你小子倒挺孝顺。告诉你，三爷向来肚子里没气，专会气人！"说着又瞟了飞来凤一眼，然后拿这傻巴找乐子，"头次咱爷儿俩见面，你拿嘛孝敬我？脱下你这大褂，三爷正少个门帘。哎，要说你这辫子真不赖，就揪下它来送你三爷吧！"

傻巴头上盘着一条少见的粗黑油亮的大辫子，好像码头绞盘上的大缆绳。若非精足血壮，绝没有这样好的头发。不等他说话，玻璃花上手抓住，打着哈哈说：

"给你三爷还舍不得？"

说话一扯，竟没扯动。这傻巴就像一根铁柱子，辫子就像拴在铁柱上的粗绳子一般。玻璃花本想吓唬他一下，叫他疼得嚷两声，开开心，只用了四成力，可这一下没扯动，立即把他的肝火逗起来。得势人的脾气是沾火就着的。他大叫一嗓子："我揪下你这狗尾巴！"这回使足了十成力，猛一扯。只听"啪"一响，四周的人不禁抬手捂脸，不忍看这把辫子生扯下来的惨状。谁知道，这一下根本没扯动，由于用劲过大，反倒把玻璃花带过来了，跟跟跄跄几乎和这傻巴撞个满怀，傻巴忙用双手搀住他说："你老站好了！"那样子，就像晚辈给老辈叩头行礼那样。

人们止不住"哄"的一声笑了。玻璃花大怒，待他把傻巴的辫子挽上一道，要加劲狠扯时，忽觉得攥在手心的辫子哧溜一下没了，跟着眼前黑影一闪，哧——啪！好像一条皮鞭抽在自己脸上。由左眼角到右嘴角，斜着一道，火辣辣地疼，他瞪眼一瞧，那傻巴倒背手站在他对面。大黑辫子已经松松绕肩一圈，辫梢搭在胸前。玻璃花蒙了，不知这一下怎么挨的，但傻巴的小眼睛却露出吃惊目光，仿佛他自己也不知道这是怎么档子事。

玻璃花不觉向飞来凤瞅一眼，那小娘儿们脸上竟显出几分神气。

"好你妈的，今天三爷算碰上对手啦！来，三爷非把你卸了不可！"玻璃花一边脱去袍褂，一边吼，"三爷叫你爹从今天就绝后！"面对傻巴拉开动武的架势。

傻巴双手直摇，不愿意动打。

看热闹的人见要出事，胆小的赶紧溜走，胆大的也往后退。只有一些土棍儿们站着不动，拍着手，念着歌，起哄架秧子：

　　　　打一套，闹一套，
　　　　陈家沟子娘娘庙，
　　　　小船给五百，
　　　　大船给一吊。

虽说混星子只讲使横逞凶，耍光棍儿，不讲功夫，玻璃花却跟一位本领高强的师傅练过一年半载，但他凡事不经心，心浮气躁，半拉咯叽会几下子，仅仅能对付一气。他见傻巴站在那里不肯出招，先下手为强，上去劈胸就是一拳。这拳将要碰到傻巴，忽然一条黑蛇似的东西已到眼前。他脑子一闪，又是那条辫子！他赶忙收拳闪躲，辫梢闪电般在他眼珠上一扫，眼睛顿时睁不开了；紧接着"咻——啪"，前身重重挨了一下，好像钢条抽的，劲力奇猛，他胸口发闷，眼前一黑，脚底朝天摔在地上。四下登时一片喊叫，有的惊叫，有的呼好。

玻璃花的脑袋像拨浪鼓那样摇两下，稍稍清醒就赶紧一个滚儿跳起来，却见傻巴照旧那样背手站着，长辫子仍然搭在胸前，好像根本没动劲，但一双小眼烁烁放出光彩。这一下真可谓神差鬼使。玻璃花虽然给打得蒙头转向，还没忘了瞅一眼飞来凤。飞来凤那里正笑吟吟嗑瓜子儿，好像看猴戏一般。

玻璃花狂叫一声："三爷活腻啦！"回身操起朱漆凳子朝傻巴砸去。他用劲过猛，凳子斜出去，把鹤龄会的灯牌哗啦一声砸得粉碎，破玻璃满天飞。众人见事情闹大了，吓得呼啦散开，由于不知东西南北，反而挤在一起。有的土棍儿们便往人群里扔砖头了。不知谁叫了一嗓子："台上的点心管饱呀！"一群土棍儿就像猴子纷纷爬上台，抢点心包。玻璃花挤在人群里，左一脚，右一脚，踢打挤来挤去的人，他心疼刚才脱下身的袍褂怀表给人乱踩，又想揪住那傻巴拼命，但傻巴早已不见，台上的飞来凤也不知飞到哪儿去了。

一个头扣平顶小帽的矬混混儿挤上来，扯着脖子叫着：

"三爷！嘛事？哥儿们来了！"

"去你奶奶的，死崔，早干嘛去啦？快给我揪住那傻巴！"

"傻巴？哪个傻巴？"

"他——辫子，揪住他的辫子！"

这话奇了！在那年头哪个爷儿们脑袋后面没辫子，揪得过来吗？

第三回　请神容易送神难

玻璃花鼻青脸肿，一头扎进估衣街上的大药铺瑞芝堂里，找冯掌柜要了后院一间房躲起身。一来因为他把皇会搅乱，保不准官府跟他找点麻烦，好汉不吃眼前亏，躲过势头再说。二来因为像他这种大混星子，当众栽了，脸皮再老也挂不住，那几下挨得又不轻，挂着彩去逛大街，岂不更难看！三来因为冯掌柜是个脓包，在这药铺养伤再好不过，吃药用药随便拿，冯掌柜还精通医道，尤擅推拿按摩，可以给他医治。

冯掌柜巴不得有机会叫玻璃花使唤，拉好关系，以后少跟自己搅和。他细心给玻璃花疗理，还好酒好菜侍候。玻璃花的伤愈来愈见好，心里也就愈烦躁。他不知该怎么出去露面，要想重振雄风，非得把傻巴那条辫子扯下来不可，偏偏找不到傻巴踪影。如果那傻巴是外地人，碰巧撞上闹一下就滚了，他还真没处捞回面子。但听傻巴口音还是地道的天津味儿，这小子究竟在哪儿？自打那天，玻璃花一直躲在药铺里，外边一切消息都靠死崔打听。死崔整天在外边转，非但没找着傻巴，捎回来的全是气煞人的传闻。据说傻巴扬

言，还要拿辫子把他两眼抽成一对"玻璃花"，往后叫他连饭锅茅坑都分不出来。还说只要他脱下裤子在估衣街口，屁股上插一串糖堆儿，撅一个时辰，今后傻巴绝不在天津出现。还有些更难听的话，气得玻璃花连喊带骂，非要找到傻巴，分个雄雌。但他冷下来一琢磨：自己不是个儿。于是只能屋里摔桌子打板凳，把冯掌柜摆在条案上的一对乾隆官窑的青花帽筒都摔了。弄得冯掌柜直挠头，不敢言声儿。请神容易送神难，只好挨着。

一天，展家的老妈子胡妈来了，说要见玻璃花。玻璃花藏身在此是绝密的，因此冯掌柜只好摇着脑袋说没见过玻璃花。胡妈笑了笑，把一包东西交给冯掌柜说："这是我家二奶奶送给他的。"转身就走。

冯掌柜把包儿拿到后院。玻璃花打开一瞧，竟是一件碧青崭新的洋马褂，兜里鼓鼓囊囊，掏出来看，竟然是张帕子包着一块真正洋造的珐琅表，上边画着洋美人打秋千。这是飞来凤送给他的。她准是猜到，闹事那天，自己丢了怀表马褂，便照样弄来两样更好的叫自己高兴。这小娘儿们真念旧！他对冯掌柜说：

"瞧这洋货多爱人！哎，你他妈为嘛不卖洋药，我听说有种洋药，比指甲盖还小，无论哪儿疼，吞下去眨眼就好。你是不是有药不给我用？看着我疼得冒汗，你好解气！"

冯掌柜赔着笑说：

"三爷说到哪儿去了！有好的，还能不尽着您？我这是国药店，没洋药，你老要吃，我叫伙计到紫竹林去买，那药叫嘛名号？"

"叫……叫白、白……你是卖药的，干嘛问我？"他忽然瞪起眼。

"洋人的东西我哪懂？您这件坎肩就没见过。"

"这哪叫'坎肩'，这叫'洋马褂'，洋人穿在小褂外边的，你他妈真老赶儿！"他嘴里骂骂咧咧，心里却挺美，手指头捏着表链玩。

"你老帽子上的小梳子呢？"冯掌柜见玻璃花高兴，自己也轻松了。有意卖个傻，好显得玻璃花有见识。

"这也是洋打扮！你真是不开眼，土鳖！"

冯掌柜虽然挨了骂，却挺舒服，他搓着手，笑道：

"赶明儿，我也学你老，头上挂个梳子。"

"屁，土豆脑袋也想挂洋梳子！"玻璃花说着，不知想到哪儿，神气忽然一变，问道，"哎，展家送东西来的那个老妈子怎么知道我住在这儿？"

冯掌柜摇头说不知道。其实眼下满城已经无人不知，丢人现眼的玻璃花躲进瑞芝堂药铺。自打他藏到这儿的第三天，就常常有人假装买药，扫听他的下落。药铺里的人都瞒着他。不是怕他，而是怕死崔。

但愿死崔这号人只在这书里，世上一个别有。

这小子原先家住在河北粮店街，人刁心毒，原名崔大珠。有一次，他灌了几挂肉肠子，晾在当院，被人隔墙用竿子挑了去。一般人碰到这种事儿，爱闹的就四处查找，无能的自认倒霉，往后再晾肠子换个地方挂也就算了。崔大珠偏不，他买包砒霜掺在肉里，灌了一挂肠子，仍旧挂在老地方，转天又被人偷去。再过一天，就听说前街上开水铺的皮五一家四口都死了，据说是给砒霜毒死的。县里下来人查来查去，把崔大珠抓了去。崔大珠毫不含糊，上堂就点头承认是他在肉肠子里下了毒，但他说这是药耗子用的，谁叫皮五偷嘴吃？这话不能说没理。官府把这案子翻来倒去，也没法给崔大珠治罪，只好放了。可是从此粮店街上，没人再敢搭理这个心比砒霜还毒的人了。那年头，没有"道德法庭"一说，他在人心中被判了死刑，得了"死崔"这个外号。他自知在河北那边呆得没味儿了，就挪窝到估衣街上来。估衣街上有两个人人恨又人人怕的家伙，一个是面狠的玻璃花，一是心毒的死崔。当下，两条狼都扎在冯掌柜的羊圈里。

玻璃花转转眼珠，问冯掌柜："你说，为嘛飞来凤那娘儿们送我这洋表洋马褂？"脸上明显冒出一股气来。

冯掌柜不知这是哪股气，又不能不答，便说：

"讨您喜欢呗。"

"滚你妈的！那天我给她添堵，她知道我丢了洋表洋马褂，今儿成心拿这玩意儿给我添堵！"玻璃花甩手把衣服怀表狠狠摔在地上，大叫，"明儿，我弄瓶镪水泼在她脸上，叫她成活鬼！"此时已然满脸杀气。

冯掌柜吓得腿发软，想跪下来。他不知怎么对付这个说火就火、软硬不吃的混星子了。他弯腰把马褂怀表拾起来，说话的声音直打哆嗦：

"幸亏这洋表结实，没坏，一点儿没坏。还是你老这洋货好！"

"拿榔头来，我把它砸瘪了！"玻璃花吼着。

这时，门儿"呀"地一响，进来一个细高爽利的年轻汉子。这是冯掌柜新收进铺子的小伙计，名叫蔡六，精明能干，刚进铺子一年，一个人已经能当俩人使唤。蔡六知道掌柜的被玻璃花缠住了，在窗根下偷听一会儿，心里盘算好了才推门进来。他进门就说：

"三爷，小的有句话，明知您不爱听，也得说给您听。"

玻璃花拿眼一瞄他，分明一种找茬儿的神气：

"有屁就放！"

蔡六并无怕意，反而坐在玻璃花对面的椅子上，笑道：

"你老纯粹给自己蒙住了！"

冯掌柜见自己的伙计敢这么讲话，吓得头发根冒凉气。玻璃花伸出的手指尖几乎碰到蔡六的脸：

"嘛意思？"

蔡六纹丝儿没动，还是笑呵呵：

"小的估摸，您到今儿还不知道那玩辫子的是谁？"

"谁？你知道，为嘛瞒着你三爷！？"

"三爷是嘛人，您不叫小的张嘴，小的哪敢在您面前逛大尾巴鹰？"

"三爷叫你说！"玻璃花没想到这小子知道傻巴，急啾啾地问。

玻璃花的火气明显落下一截，蔡六含着笑点点头说：

"好，我告您，那玩辫子的在西头担挑儿，卖炸豆腐，人叫'傻二'，这是贱名。"

天津卫的孩子从小都有个贱名，叫什么傻蛋、狗剩儿、狗蛋、屁眼子、大臭、二臭、三臭、秃子、狗不理等等。据说，那是为了叫阎王爷听见，瞧不上，就写不到生死簿上去，永远也点不走，能长命。不管人们信不信，大家都这么做，图个吉利。

"这傻王八蛋的大名呢？"

"臭炸豆腐的，谁叫他大名？"

"他的窝在哪儿？"

蔡六见玻璃花被自己的话抓住了，便有意说得静心静气，慢条斯理，好压住玻璃花的火气：

"多半在西头吕祖堂一带，哪条街哪个门可说不准。我小时候，家就在吕祖堂后边。记得六七岁时，我娘领我去庙里烧香，认师父，打小辫儿。不是说，那么一来，就算入佛门了；有佛爷保着，不会再惹病招灾。那天，正赶上傻二去剃小辫儿。按照庙里的规矩，凡是认师父的，到了十二岁再给老道点钱，老道在大殿前横一条板凳，跳过去，就出家成人，熬过了'孩灾'，俗例这叫做'跳墙'。照规矩，跳过板凳，就不许回头，跑出庙门，直到剃头铺，把娃娃头剃成大人样。这例儿三爷您听说过吧？"

"往下说——"

"傻二的辫子长得特足。十二岁跟大人一般粗细，辫梢长过屁股。他跑出庙门，没去剃头铺，直奔回家，听说他舍不得头上的辫子。所以他现在才长得这么粗，像条大鞭子。"

"你总提他穿开裆裤时候的事儿干嘛？三爷问他那狗尾巴上有嘛功夫？"

"您别急，小的全告诉您，半句也不留。听人说他爹有两下子，可从来没跟人使过，天天都在西头那边走街串巷，卖炸豆腐，听说他家是安次县人，那边人多练查拳。但傻二能耍辫子，从来没人知道。再说天下谁听说过辫子上还能有功夫？外边人都议论着，拿辫

子当刀枪使唤，真是蝎子屎——毒（独）一份儿了。"

"那傻巴的功夫是他爹传的？"

"多半是吧，还能有谁？对了，从小听说，他爹罚他，就把他小辫拴在树上吊着。人都说他爹做买卖挺和气，对孩子却够狠的。他家就爷儿俩。还有人说，傻二是他爹领来的。亲骨肉谁舍得把儿子的小辫拴在树上吊着？现下再回回味儿，想必那就是练功吧！"

"说完了？"

"啊——"

"就这点屁，顶嘛用，滚吧！"

蔡六没动劲儿，稳稳当当说：

"您别急。事说完，话没完。小的想告诉您，那傻二虽然有功夫，三爷您能耐却比他强！"

玻璃花用他那浑球般的花眼珠盯蔡六一眼：

"你小子拿我找乐子，还是捧我？"

"哪的话。小的再有胆，也不敢跟您开涮！小的虽然不会武艺，却看得出来，傻二全靠着那条辫子占便宜。您琢磨，动手时谁还防着对方的辫子？可他的辫子一甩出来，就等于两条胳膊再加上一条。三条胳膊对您两条胳膊，您还不吃亏？"

玻璃花听得入神，不觉点两下头。冯掌柜忙说：

"那辫子一转，何止三条胳膊，简直是千手观音。"

玻璃花没搭理冯掌柜，直盯着蔡六一张白净的脸儿问道：

"你说三爷拿嘛法儿降他？"

蔡六这才给玻璃花指出一条明道：

"您有那么多有能耐的朋友，谁有绝招就叫谁来，他们还不全听您三爷的招呼！"

"去你妈的！三爷打架向来一对一。"玻璃花说着照蔡六当胸就一拳。蔡六却看出玻璃花尖巴脸上有了活气，显然是听得中意，也中了自己"移花接木"之计。

这时，矬壮的死崔闯进来。蔡六忙给冯掌柜使了眼色走出来。

到了前屋，蔡六笑着对冯掌柜说：

"这下子，玻璃花该滚蛋了。"

冯掌柜迷迷糊糊，没弄明白。蔡六说：

"我知道他怕傻二那条辫子，便出个道儿，叫他去找人帮忙。他一去，咱就算把这位爷请出去了。"

"他肯去吗？"

"他恨不得吃了傻二，怎能不去？"

"要是打不过傻二，不又回来了？"

蔡六笑道：

"您放心，无论胜败都不会回来了！如果胜，就用不着住咱铺子里；如果败，甭说咱铺子，连估衣街上也呆不住了。"

冯掌柜依然忧虑未解地说：

"崔四爷未必肯叫他去吧？"

蔡六说："您还没看透，死崔不是不叫他出头露面。他这一招够绝——他先把玻璃花关在咱药铺里，然后在外边散风说，玻璃花藏着不敢见人。为了叫人们嚷嚷玻璃花尿了，把玻璃花名声弄臭。下边，他巴不得撺掇玻璃花去找傻二拼命，好借傻二的辫子除掉他！"他的口气很肯定，好像把下面三步棋全看在心里。

"这不能，他们是一伙的！不是哥儿们爷儿们吗？"

"别信那套！嘛叫哥儿们爷儿们？不过为了给自己助威。轮到两人分一块肉时，刀尖又专往哥儿们身上要命的地方捅。"

冯掌柜听到这儿，白胖胖的脸现出笑容，他没料到这新来的小伙计有脑子又有办法。他像危难中碰到保护人，好像大雨中找到一块房檐。他不由自主提起茶壶的铜提梁，给蔡六斟茶，一边问蔡六：

"你刚才说傻二那些事都是真的？"

"管它真假，唬住他就成！"蔡六接过茶碗，不客气地喝了。

他故意这样不客气，好像应该应分一样。因为这么一来，他在这个脓包掌柜面前的身份就不同以往了。

第四回　不信也是真的

不等天大亮，玻璃花就叫死崔陪着，打药铺出来，到南门外去请打弹弓子的戴奎一。两人横穿出估衣街，到了北城门口，并没走"进北门出南门"那股近道，而是沿着城根儿往西，绕城半圈才到南门外。这因为玻璃花怕人瞧见他，一路还穿街走巷，专择僻静人稀的路走。混星子们在街上向来爱走街心，车轿驴马都得躲着他们，他们还拿眼东瞅西瞅，谁要是多瞧他们一眼，茬子就来了。今儿玻璃花却使劲低脑袋，恨不得把脑袋揣在怀里。死崔在一旁心想：我叫你小子打今儿甭想再露脸儿啦！

那时，南门外一片大开洼，净是些蚊子乱飞的死水坑，柳树秧子，横七八叉的土台子，没人添土的野坟，再有便是密不透气的芦苇荡。住在这儿的多是雁户。拿排枪打野雁、绿头鸭、草鹭和秧鸡，到墙子那边去卖。这是个常年热热闹闹的野市，俗叫"南市"，凡吃、穿、用的，随便买卖，应有尽有。鲜鱼新米、四时蔬果之外，还有些打八叉的小商小贩，倒腾各种日用的新旧杂货。江湖上的"金、瓶、彩、挂"，什么拆字的，算马前课的，拉骆驼或"黄雀叼帖"的，打把式卖艺的，变戏法的，耍滦州影儿的，唱包头落子、哈哈腔、西河大鼓的等等，都聚在这儿混吃糊口。天津这地方，有块地儿就有主儿。河有河霸，渔有渔霸，码头上有把头，地面上有脚行，商会有会长，行行有师祖，官场里上上下下，大大小小，一个衙门里有一个说一不二的老爷。在这集市上，欺行霸市要数"三大块儿"——戴奎一，何老白，包万斤，都是"安座子"已久的老江湖（"大块儿"是指身上的钢筋铁骨腱子肉）。这三位"大块儿"能耐最大的便是戴奎一，他手里的一把弹弓可称天下奇绝。顶拿手的一招，是把一个薄瓷的小酒壶横放在桌上，瓶口放一颗泥弹儿，这泥弹儿与瓶口大小不离，他站在三十步远的地方一弹射去，把那泥弹儿打碎在壶中，绝不损伤瓶子。他用这手绝顶功夫招人观看，实是卖"化食丹"。只要演过几招弹弓，他就捧着一块血淋淋的鲜牛肉，生嚼生吃，再吞下几粒羊屎蛋似的丸药，口称这丸药到肚里，生冷俱消。他拿这种叫人目瞪口呆的法儿卖药，人们花钱买药，并非相信这药真能化食，而是害怕他这股恶劲。据说，光绪二十年，河南来个马班儿表演"小刀山"。河南的马班子大都会几手少林功，恃仗本领在身，没有先去拜会他，把他惹恼了。当一个年轻的女把式爬上三四丈高的大杉篙拿大顶时，戴奎一站在远处大叫一声："戴爷给你换个左眼！"开弓一打，"啪"地把一个泥珠射进那女把式的左眼窝，马班子的男男女女都要跟戴奎一动武，眼望着这把上了子儿的弹弓，谁敢靠前？从此谁也不敢招惹他了，就是玻璃花那左眼放着没用，也不愿意换个泥球。

"戴爷，咱哥儿们麻烦您来了！"玻璃花拱拱手说。他此时气不壮，说话时精神也不足。

"您这是嘛话，三爷！哥儿们我在城南，您在城北，城隔着人，不隔着义气。前儿，崔四爷来，把您的话捎给我。我跟四爷说了，只要您三爷一句话，咱哥儿们掉脑袋也认！不过……我刚才用脑瓜又琢磨琢磨，那个卖炸豆腐的傻小子，值我戴奎一的一个泥球吗？啊？哈哈哈哈……"

戴奎一咧大嘴岔子，仰面狂笑。他光着膀子，这一笑满身疙瘩肉像活耗子那样上下直动。他长得人高面阔，猿背蜂腰，鹰鼻豹眼，宽宽一条橘黄色亮缎腰带上，别着一根柳木叉架、牛皮筋条的大弹弓子。当下，他正站在自家店门口，店内迎面墙上挂着两副死人的骨头架子。这背景和打扮一衬一托，就愈发显得凶厉。本来戴奎一答应好今天为玻璃花去拔撞。虽说他向来天不怕地不怕，但是个人就有脑子，这两天耳边经常听到有关傻二的辫子的传言，传得神乎其神。在将信将疑之间，他开始掂量起来，为这个从来也没对自己出过力、眼下正走背字的混星子，去碰碰那个不知根底的傻二，值不值得……

死崔好像看见了戴奎一心里怎么拨棋子儿。他想，如果戴奎一

不帮忙，就会挤着玻璃花对傻二暗中下手。反正玻璃花绝不敢再跟傻二明着较量，而且已经几次计划着，派几个小混星子暗中对傻二下手。暗着干向来比明着干能成事，只要把傻二弄残，玻璃花就会在估衣街上重新抖起来。故此，必须设法使戴奎一去和傻二打一场。如果戴奎一赢了，就在外面散风说，玻璃花没能耐，借刀杀人，玻璃花的脸上也不光彩；如果傻二赢了，戴奎一必然恨玻璃花毁了他的名声，还会有玻璃花的好？想到这儿，他就拿话激戴奎一：

"戴爷，听那傻巴说您根本算不上咸水沽人。"

"怎么讲？"戴奎一没听明白这话是嘛意思。

"那傻巴是咸水沽人。他说，咸水沽水硬，人也硬，不出螃蟹。"死崔说。

"我听不懂你的话。"戴奎一说。

死崔含笑道：

"就是骂您呗！螃蟹的骨头长在外边，肉长在里边，外硬里软，不过看上去挺硬罢了。您先别生气，那傻巴还有话，——他说，要论胳膊大腿之外的功夫，谁也顶不住他的辫子，您的弹弓子不过是小菜儿！"

对付人的本事，全看能不能摸准对方的要害。看准要害，一捅就玩完。死崔深知，戴奎一虽然人高块大，心眼并不比针眼大。他更懂得，嫉妒这东西挺狠：男人嫉妒男人，女人嫉妒女人，同辈嫉妒同辈，同行嫉妒同行；出家在外，同乡还嫉妒同乡。——没听说过，山海关一个名厨子，会嫉恨起广东一个卖字画的，哪怕这舞笔弄墨的家伙比他名气再大。

果然，戴奎一的胸膛里盛不下这几句话，气得骂开了。

死崔火上再浇油：

"人家都管傻巴那辫子叫'神鞭'！"

这"神鞭"是他为了气戴奎一，顺口编出来的。

"嘛叫'神鞭'？"戴奎一吼着。他心里的火顺着血流遍全身，手背、胳膊、脖子、太阳穴上的面条粗细的青筋，根根都鼓胀起来。

"他说，只要是凡人，想抽谁就抽！"死崔说着拿一双乌黑的小眼瞅着戴奎一发怒的脸。他要眼看着这炉火，直把戴奎一的胸膛烧透了才成。

戴奎一大叫道："他是神仙，我也把他射下来！"说着，把腰间的弹弓取在手，扭身来一招"回头望月"，把两个泥弹儿连珠射上去。只听天上"啪"一响。第二个泥弹儿飞去得更急，直把第一个打得粉碎。

玻璃花拍手叫道：

"好功夫！管叫那傻巴的脑袋成漏勺！"

戴奎一听了，脸上立见笑容。他叫徒弟进屋取出一个缎面绣花弹囊，再从一排排晾在青石板上的泥弹儿中间，择出一些最圆最硬、颜色发黑的胶泥弹儿装满袋囊。戴奎一转了转眼珠儿，进屋拿了两个铁弹丸掖在腰间，便走出屋来，带着两个徒弟，与玻璃花、死崔去找傻二打架。

从西关街走到头儿，有个土坯打墙围着的院子。墙挺高，上边只露出三两个青瓦顶子，几棵老枣树黑紫黑紫，没发芽儿，带刺的树杈，密密实实罩在上边。院里没动静，树上没鸟叫，烟囱眼里没有烟往外冒，倒像什么奇人怪客住在里头。

有人给玻璃花壮胆，他顿时精神多了。上去"啪啪"拍门，扯着脖子叫喊：

"耍狗尾巴的，三爷找上门儿来了！"

砸了一会儿，毫无响动。他找了半块砖刚要朝门板砸去，忽听一个哑嗓音：

"我在这儿！"

他们不觉回头瞧，只见不远处的几棵大柳树下，站着傻二。还是那件蓝布大褂，粗长的辫子盘在头上。玻璃花跑上去，恨不得把傻二撕了：

"你别以为三爷栽了，今儿找你结账来啦！"

名家作品精选

傻二态度谦恭，话说得诚心诚意：

"三爷说到哪儿去了？我哪有能耐跟您闹。那天我也是稀里糊涂，赶巧碰您三爷两下，您不当回事就算了！"

"好小子，你还想寒碜我！你他妈'稀里糊涂'就把我打了？好大口气！傻巴，明白告你，今儿还不用三爷教训你。这位，瞧见了吗，戴奎一，南市打弹弓的戴爷——你三爷的兄弟，来给你换眼珠子来了。有能耐你就使！"

戴奎一站着没动，拱拱手说："我这个属螃蟹的，来会会神鞭！"这几个字，酸不溜秋，拿着劲儿，好像从牙缝里挤出来的。

傻二听蒙了。嘛是属螃蟹的？神鞭？神鞭是嘛玩意儿？他说：

"我别听差了音儿。闹不明白您说的是嘛话，劳驾再说一遍。"

戴奎一嘿嘿一笑："你是听美了，还想再听一遍。我可从来不用嘴皮子侍候人。既然咱俩都是咸水沽人，拿咸水养大——有你没我，有我没你，来吧！"他脱去外衣，取弓上弹。

玻璃花凑上前说："戴爷真行，往后城北有事就找我。哎，您可小心他的辫子！"

傻二又听什么喝咸水的话，更加莫名其妙了，不等他问明白，戴奎一狠巴巴逼着他：

"怎么玩法？"

傻二说：

"算了，您的功夫我见过，咱们何必做仇呢？"

死崔在旁边叫道：

"您听明白了吗？戴爷，他只说见过您的功夫，可就不说好坏。见过算嘛？吹糖人、捏面人的也见过！"

这是往火头上再吹一口气。戴奎一气呼呼盯着傻二的脸说："你不动，我动！"他已然把弹弓抻开，拉紧的牛筋直抖。

傻二想了想，走到三丈远的地方站好，对戴奎一说：

"您打我三个泥弹儿，咱就了事，行不？"

戴奎一说：

42

"三个？不用，一个就穿瓢！看着——"

说着，右腿往后跨一大步，上半身往后仰，来个"铁板桥"。这招也叫"霸王倒拔弓"。随即手指一松，弓声响处，一个泥弹儿朝傻二飞去，快得看不见，只听得"咻"的穿空之声，跟着，啪！泥弹儿反落到场地中心，跳了三下，滚两圈儿，停住了！再瞧，傻二的辫子已经从头顶落在肩上。这泥弹儿分明是让辫子抽落在地的。这一下真可谓"匪夷莫思"，使戴奎一和众人亲眼看到傻二辫子上不可思议的神功了。

戴奎一输了一招，顾不得刚才自己说过的话，出手极快，取出那戴在腰间的两个生铁弹丸，同时射去。这叫"双珠争冠"，一丸直取傻二的脑袋，一丸去取下处，使傻二躲过上边躲不过下边。这招又是戴奎一极少使用的看家本事。

铁弹丸又大又沉，飞出去呜呜响，就听傻二叫声"好活"，身子一拧，黑黑的大辫子闪电般一转，画出一个大黑圈圈。啪！啪！把这两个弹丸又都抽落在地。重重的铁弹丸一半陷进地皮。傻二却悠然自得地站在那儿，好像挥手抽落两个苍蝇，并不当回事儿。众人全看呆了。

这一下，如果不是亲眼瞧见，谁都会不信。但事有事在，不信也是真的。

戴奎一大脸涨成红布。他不能再打了。原本说好打一个弹儿，已经打出三个；再说，自己也没有更厉害的招法，只有认输。他把弹弓子往腰带上一插，拱手说：

"该你的了，撒开手来吧！"

傻二摇着双手说：

"戴爷，您要再打，我也绝不还手。今儿咱们算交个朋友，不算比功夫。您不过打几个弹儿玩玩罢了。"

这几句话丝毫没有带着钩儿刺儿，明摆着这傻二不想多事。戴奎一心里盘算，要是就此打住，还能带着脸儿回去；要是闹下去，非把脸儿丢在这里不可。自己绝对顶不住傻二这条神出鬼没、施过

法术似的辫子。还是识路子，借傻二的话赶紧下台阶为好。这时，傻二又说：

"戴爷，我是炸豆腐的，不是武林中人，也没打算往这里边扎。故此，不愿跟任何人做仇。您刚才说的那些话，我琢磨不透——你干嘛说我是咸水沽人？我往上数八辈都是安次县人，我也生在乡下老家。还有，您说那'神鞭'指的又是谁？是不是您弄拧了，还是有人拿瞎话赚您？反正我说的都是实在话，没一个字儿虚的。"

这几句话，登时把戴奎一心里的火全撤了。他没答话，双手抱拳朝傻二拱一拱说："你是亮堂人，我——走了！"转身没答理玻璃花和死崔，径自去了。

傻二见事情了结，也回家了。

玻璃花赶上戴奎一说：

"戴爷，不能就这么算了。甭听傻巴得便宜卖乖的话。您一走，可就算栽给他了。您不是还有一手'换眼珠'吗……"

戴奎一好似胸膛鼓满气，不吭声，大步蹭蹭往前走，走着走着，忽然停住，张嘴大骂玻璃花："滚你妈的，我差点叫你砸了牌子！你他妈打不过人家，拉我来垫背。我姓戴的从来没像今天这么窝囊过，你还把我往死里推。我先给你换个眼珠子！"说着，扯起弹弓就要打，皮筋一下拉得像线儿那么细。看来，他要把心里怒气全拿这泥弹子发泄出来。

玻璃花一害怕，竟然扑腾跪在地上，惊恐地大叫：

"戴爷，戴爷，您是我爷爷！您千万不能废我，我家里还有八十岁老母和怀抱的儿子呢！"

其实他光棍一条。这是江湖上求人饶命的套话。

混星子们哪能怕死？玻璃花向来拿死当儿戏，今儿为嘛脓了，难道叫傻二的辫子把脊梁骨抽折了？这一来，众人可就瞧不起玻璃花了。

"死崔，你还不打个圆场！"玻璃花想叫死崔了事。

死崔嘿嘿阴笑，一句话不说。他要的正是这个结果。

玻璃花只好跪在地上向戴奎一求饶。

戴奎一使劲一扯弹弓，泥弹子没往外打，倒把双股的牛筋条"啪啪"全扯断了，弓架撇在道边沟里。他板着铁青大脸二话没说，带着徒弟走了。

玻璃花跪了一阵子，忽然想到死崔，扭头一看，空无一人，死崔早不见了。

他站起身，想了想，觉得事情有些不妙，便直奔北大关的"锅伙"。这"锅伙"是混星子们聚会议事的地方。死崔正在里边，他进屋就和死崔闹翻了。死崔不像往常，不单不怕他，反而比他还横；平时跟在他屁股后边的小混星们，也都跟他上劲儿。以往，他给一股恶气顶着，在估衣街上说一不二，今儿仿佛气散了，怎么也硬不起来，竟叫混混们像轰狗一样轰出来。他没处去，又跑到瑞芝堂药铺，还惦着住到后院那间屋去。此时，照看铺面的已是蔡六。这小子皮笑肉不笑，话里话外使点损腔，没叫他进去，反把他请出来，气得玻璃花在街上大骂：

"好啊！破鼓乱人捶呀！等三爷把傻巴儿的辫子揪下来，就砸你的铺子！"

蔡六拿鸡毛掸子轻轻抹着柜台上的尘土，好像没听见。路上的人都站住脚，看玻璃花大吵大闹，就像看笼子里边的恶虎，样子虽然可怕，却又没什么可怕的了。

第五回　谁知是吉是凶是福是祸

一连好些天，傻二没有担挑上街卖炸豆腐了。甭说出门，只要门儿开条缝，就有小孩子在外边叫："神鞭出来喽！"还有些闲人，蹲在家对面的大树下边，等着瞧他，好像等着瞧出门子的新媳妇。平时，他整天进进出出也没人瞧，站在街头扯着嗓子叫喊："油炸——豆腐！"声音从这条街传到那条街，也叫不来几个。看来世上的事，不是叫喊就成的。

他真后悔！那天万万不该使唤辫子。他还觉得对不起死去的爹。他爹咽气前，拿出一辈子最后一点劲儿，把平时叮嘱过成百上千遍的话，吭吭巴巴再重复一遍：

"这辫子功……是咱祖宗一代代传下来的。我一辈子也没使过……记着……不到万不得已，万万别使……露出它来，就要招灾惹……祸，再有……传子传孙，不传外人……记好了吗？……"

临终的话，就是遗言。老子的话平日少听两句没嘛，遗言不能违背。可是，那天见到玻璃花截会，自己哪来那么大的火气？整个头皮都发烧，连辫子好像也有了感觉！头发根发抖，辫子往上撅，好似着了魔，控制不住要痛快地发泄一番。他抽玻璃花头一下，几乎想也没想，辫子自己就飞出去了。哪里知道辫子上竟有千斤力呢！

他自小跟爹学辫子功，不曾与人交手，不知如此神速和厉害！而且使起来，随心所欲，意到辫子到，甚至意未到辫子已到。这辫子上仿佛有先知先觉。他疑惑，是不是祖宗的精灵附在上边？

正如父亲再三嘱告的话，辫子一使出来，就给他招惹一串麻烦，先是玻璃花，玻璃花引来戴奎一，戴奎一引来在西市上的砸砖头的王砍天，王砍天又引来鸟市上拉硬弓的柳梆子……全都叫他抽跑了。几天前，四门千总马老爷打发人拿来帖子请他去，想派给他一个小缺，在护城营当什长，只教授武功，别的不干，饷银不高，倒是清闲得很。但他家世代不沾官场，他相信：进了官场，没好下场。当即对千总爷说，自己只会耍辫子，属于歪门邪道，拳脚棍棒，一概不通，推掉了这个差事。千总爷也不勉强他，只叫他耍耍辫子，当玩意儿看看，他不好再推辞，花里胡哨耍一通，耍上性，还当场打落飞来飞去的几只蜻蜓，千总爷看得眼珠子都瞪圆了，当即把府、县、镇、署、前后左右中各营的几位老爷用轿子抬来，叫他重新再耍一遍。他只得照样再耍耍，不用真本事，几位老爷已经开了眼，赏了他许多财物。老爷们一点头，傻二的大名就不是歪名。于是，从早到晚，都有人来拜师。人们不知道他的姓氏名号，又不好问，人家都出了名，还好问人家姓嘛叫嘛，只得尊称他"傻二爷"。他三十来岁，一直被人称呼贱名"傻二"，忽然贱名后边加个"爷"字，反而有点别扭。他还想叫傻二，还想卖豆腐，但已经不行了，眼下，只有一条祖传的规矩得牢牢把住，便是不收徒弟。他不管那些求师心切的人怎么死磨硬泡，索性拴上门，砸门也不开，饿了就炸豆腐吃。但是，总不能天天吃炸豆腐活下去吧。

他捏着自己这条大辫子，耳听外边把那个不知从何而来的"神鞭"的绰号，愈叫愈响，真不知是祸是福，是吉是凶。一方面，他想到这辫子居然把地面上那些各霸一方的有头有脸的人物，统统打得晕头转向，暗暗自得；另一方面他又犯嘀咕，天津卫这地方，藏龙卧虎，潜龙伏蛟，强中自有强中手，能人后边有能人，以后不知还要引出嘛样的凶神恶煞呢。他总有点不祥的预感！

第六回　祖师爷亮相

不出所料，三天后，有人又嚷又叫，使劲砸门了。听声音，就知不是好来的。开门看，又是玻璃花。但这小子一见傻二就后退三步，好像是怕叫辫子抽上，看来他是给辫子抽怕了。

然而，今儿玻璃花精神挺足，大拇指往后一挑，撅着下巴说：

"傻巴，你看看，今儿谁来会你了？"

大门外停着一顶双人抬的精致的轿子。前后跟着八个汉子，一水青布衫，月白缎套裤，粉绿腰带，带子上的金线穗儿压着脚面；脚上穿薄底快靴，头上各一顶短梁小帽，显得鲜亮爽利。单从这跟随的衣着上看，轿子里坐的绝非一般人。此地人多官多，官儿从七品数到一品，城里城外到处都竖着旗杆刁斗，老爷便是各种各样的了。谁知这是谁？但这阵势已经把傻二唬住了。

"怔着干嘛？"玻璃花朝傻二厉声叫道，"还不有请索老爷。"

傻二说："有请索老爷！"心里却糊里糊涂，不知这索老爷是哪位。

轿夫扬起轿杆，两个跟随上去左右一齐撩起轿帘，打里边走出

一个老者：清瘦脸儿，灰白胡子，眉毛像谷穗长长地从两边奔拉下来；身穿一件扎眼的金黄团花袍子，宝蓝色贡缎马褂，帽翅上顶着一块碧绿的翡翠帽正，镶在带牙的金托子上。他奔拉眼皮，像闭着眼，似乎根本没瞧傻二，大气之极。看上去，不是微服私访的大官，就是家财万贯的大老爷，多半是来请自己去做武师或护院的。他正盘算，万一这位大老爷请他，自己怎么谢绝。但玻璃花一说出这老头姓名，叫他心里像敲锣似的一响：

"索天响，索老爷。津门武林的祖师爷，不认得，还是装不认得？"

天津谁人不知索天响的威名！他在武林中稳坐头把交椅。都说，单指拿大顶，脚踢苍蝇，躺在蜘蛛网上睡觉，是他的"三绝"。他住在西门里镇署对过的板桥胡同，但幽居深院，找他不见，也从不在公众前露面，他的名帖却没有走不通的地方。大人物都是金脸银脸儿，本都是难得瞧见的，今儿居然找到他门上。傻二不明其故，又有些受宠若惊。他恭恭敬敬给索天响作了长揖，说道：

"你老要是不赚脏，就请屋里坐，我给您泡茶。"

索天响好像没听见他说话，眼睛仍旧半闭半睁，不说话，也不动地方。

玻璃花便朝傻二叫道：

"索老爷是嘛身份，能进你狗窝？索老爷听说你小子眼里没人，叫你见识见识，也教教你今后怎么做人。"

傻二慌忙摇手，惊慌地说：

"不成，不成，我哪是索老师傅的对手！身份、辈分、能耐，都差着十万八千里，绝不成！索老师傅，傻二在您面前，屁也不是。"

索天响的神气好像睡着一样。待傻二说完，他却开口冷冷地说："你不是要拿什么'神鞭'，把我当'冰猴'抽吗？"嗓音又哑又硬，像是训人。

"我可不敢这么狂！索老师傅，我……"傻二不知是惊是怕，说不出话来。

"好，我问你，你的功夫跟谁学的？"索天响依旧半闭着眼。

"傻二这点能耐是家传的。"

"哪门哪派？"

"门派？提不上门派。我爹也没跟我说过。"

索天响轻蔑地一笑，依旧闭着眼说："没有门派，叫嘛功夫？那不成了戴奎一的江湖之技了？好，我先考考你的见识，你——"他虽然听见傻二惶恐的推辞声，还是硬逼着问道："天津卫谁的功夫最高？"

"自然是您索老师傅，您底下才是霍元甲、鼻子李、铁手黄。"傻二说完脸上掬出笑容，以为索天响听了准高兴。

谁知索天响听到霍、李、黄三个，两边嘴角同时向下一撇，似乎说那三个在他名字后边也不行，应当只提他一个才是。索天响干咳两声，又问：

"武林人常说，南拳北脚。你会几种南拳？"

"我——一种也没见过。"傻二挺窘。

"哼，你这也自称练武之人。那你说，你听说过几种南拳？"索天响的口气，很像主考官。

"……听人说，梅花拳厉害得很。我还听……"

"胡说！"索天响截住他的话说，"南北都有梅花拳，你说是哪个？北方查拳分十路。一路母子，二路行手，三路飞脚，四路升平，五路关东，六路埋伏，七路才是梅花。南拳分大小梅花拳，并非十分厉害。厉害的要数——刘拳、蔡李佛拳、洪佛拳、白眉拳、虎鹤双形拳、龙形拳、南杖拳、螳螂拳、插拳、黑虎拳、太虎拳、龙门拳、铁线拳、天罡拳……"

索天响一口气顺溜地说出一百多种，傻二听得瞪圆小眼，心想今儿碰上高人，该栽跟头了。

玻璃花得意之极，叫着：

"傻巴，听傻了吧！你有师娘吗？"

索天响的跟随们也都面露讥笑。

索天响接着问道："你上辈说没说，你这点功夫，是从哪路拳里化来的？"这口气愈加咄咄逼人。

"形意吧——好像是。"

"好，你说，形意为谁所创？"

"说不好！是不是达摩老祖创的？"

"哈哈，达摩老祖！那都是乡野之人，不学无术，以讹传讹。你连形意拳的开山鼻祖都说不出来，也敢把自己和形意扯到一块。这形意本是国朝初年山西蒲州人姬龙丰所创。张芸的《形意拳述真》说，'明清之交有姬公际可，字隆风者，蒲东诸冯人，精大枪术，遍游海内，访求名师，至终南山，得岳武穆五拳谱，意既纯粹，理亦明畅，后受之于曹继武，于是传衍下来。'这在雍正十三年的《心意六合拳谱》、马学礼的《形意拳谱》上都有记载。形意分三派。河南一派，传马学礼，山西一派传戴龙邦，河北一派由戴龙邦传给李洛能。你既是安次县人，家学形意，可知道李洛能？"

傻二听得汗都下来了，他摇摇头，但不甘心在玻璃花和周围一些人眼里一无所知，草包一个，想了想便说：

"我爹曾对我说，我祖上创这辫子功，是从豹子甩尾悟出来的。这便是得到'形意'的要领。"

"更是胡说！你要说'少林五拳'，还扯得上。'少林五拳'为龙、虎、豹、蛇、鹤五形拳，内应心、肝、脾、肺、肾五脏，外应金、木、水、火、土五行，并与精、力、气、骨、神交互修炼，其中确有一门'豹形拳'。形意的'十二形'为熊、鹞、龙、虎、龟、燕、蛇、猴、马、鸡、鹰、鸟台，哪来的'豹'？形意要六合，心与意合，意与气合，气与力合，肩与胯合，肘与腰合，手与足合。还有三层道理，三层功夫，你可懂？"

"嘛叫'三层'？"傻二搭不上腔，真像个不掺假的傻巴了。

"嘿，今儿可算费了牛劲。听着，三层道理是——练精化气，练气走神，练神还虚。三层功夫是——一层明劲，二层暗劲，三层化劲。你连这个也没听说过？我的徒孙也能背出来呢！"

"我真正嘛也不懂。你老跟我盘道，我嘛也说不出来。"

"好笑！凭你这点道行，也想往津门武林中插进一脚来？还要称王？可笑！你年轻，不懂事，才这样轻狂。我可以告明白你，打你没生下来，这世上的每一寸地面上都有名有姓。你想立足，谈何容易。你别是缺心眼儿吧！"

玻璃花和众人一齐哄笑。

"索老师傅，我绝不想往武林里扎。我只会耍几下辫子，身上的功夫就像破鞋跟儿——提不上。"傻二认真地说。

"噢？"索天响一直半闭的眼睛忽然睁开，一双灰眼珠淡而无光。他问："你身上没功夫？"

"我能骗您？您不信就试试我。"

"好，我试试你。你动辫子吗？"索天响说。

"不动辫子，就试腿脚，您一摸就知我身上没功夫。"

索天响说："咱有话在先，说好就试腿脚啊！"然后双手一分，就要用武。

一个跟随上来问索天响，是否脱去袍褂，索天响摇摇头，只把袍子的前襟提起来别在腰带上，对傻二说一句："我这叫'三十六招连环脚'，瞧！"说着就来到傻二跟前，两条腿使出踢、蹬、踹、点、扫、铲、勾、弹，专取傻二下盘。一招一式，有姿有态，出手绝非寻常，颇有大家气派。傻二忽想起春和营造厂的粉刷师傅毛吹灯，每次粉刷房子，都穿一身黑，一举一动，像天福戏园老生马全禄的做派那么讲究。刷完浆，身上居然一个白点不沾。凡是这种高手，举动就不一般，自己绝不可有半点大意。他想到父亲教过他的八字身法——吞、吐、沉、浮、闪、展、腾、落，一边回忆，一边用心使用，虽然生疏，倒能躲左避右，应付一气。他因有言在先，不动辫子，逢到机会也绝不甩出辫子来。打了一阵子，觉得有点奇怪，这索老师傅的拳脚固然有招有式，举手投足讲究又好看，怎么没有叫人触目惊心、突兀险奇的招数？看来，这老头不愿意欺侮晚辈，有意对自己摆摆样子，并不打算伤害自己。这也是人家祖师爷该有

的气度。

这是五月天气，今儿芒种，天阴发闷。索天响两边太阳穴已经沁出汗来，脑袋晃动，太阳穴，就像蝉翼一般，闪闪发亮。按说索天响这种轻功极佳的人不该这样，也许年岁大了，毕竟不如年少，再过数招，居然"呼呼"有些微喘。傻二说："你老是不是歇一歇?"索天响乘他说话，不大留意，冷不防扬起一脚，直端傻二的小肚子，这一脚可是往要害的地方去的。傻二不由得来个"嫦娥摆腰"，刚好把这脚让过去。索天响踢空，用劲又过猛，险些把身子带出去。他赶忙收腿，一时立不稳，慌乱中两只手摆了摆，才算立住身子，就势手一指傻二，说道：

"你既然累了，我让你喘喘。"

在场的人都看出索天响有些气力不济。傻二心想，这老头儿远道来，闷在轿子里，中了暑热吧，便收住式子，说："我去给你老端茶。"刚转身，只觉得身后寒光一闪，一阵冷森森的风直奔自己的后脖子。他心想不好，头上的发辫反应比他的念头更快。"啪"一响，再扭身，只见地上插着一柄半尺多长扎眼的快刀。索天响像木头柱子戳着发呆，右手的手背上有一条红红的印子，显然是给自己的辫子抽的。而自己的发辫已然搭在肩上，就像玩蛇的，绕在肩上的大青蛇，随时都会再蹿出来。这突然的变化，叫众人看傻了。有人想到，怪不得索天响刚才不脱袍褂，原来怀里藏刀，那傻二又是怎么比眨眼还快，把这刀抽落在地上的?

索天响偷袭不成，一不做二不休，抢上一步要去拔插在地上的刀子，傻二的辫子比他的手快得多，辫梢一卷刀把，往上一拔，就劲刷地扔出去，嚓! 直剁到左边一棵大柳树上，深入寸许，震颤有声。

四下响起叫好声!

索天响浑身上下，数脸皮没色了。他对傻二说话的口气依然挺大："你小子言而无信，称不上武林中人，说好不动辫子，乘我不防动了。你等着，改天叫你尝尝少林正宗'山'字辈儿的佛门拳。所谓内、初、山、寺、团、同、胜、国、少、年、用、者、思、多、獣、民，都是大架佛门，'山'字是前三辈，使出这功夫，保叫你断筋折骨，皮开肉裂！"说完这套话，一头钻进轿子，不等跟随上来落轿帘，自己就把轿帘拉下来，跟着就走。那玻璃花已然跑到轿子前边去，走得更快。

傻二站着没动，眼瞅着飞快而去的轿子，心里纳闷，这等声名吓人的人物，怎么一动真格的就完了。见面先盘道，拿辈分当锤子，迎头先一下，论功夫，一身花拳绣腿，全是样子活。一分能耐，两分嘴，三分架子。能耐不行就动嘴，嘴顶不住还有架子撑着。他原先以为天底下的人都比自己强，从来不知自己这条辫子，把这些头头脸脸的人全划拉了。原来大人物，一半靠名，那名是哪来的，只有他妈鬼知道了。他开始相信自己的本领了。他高高兴兴走进院子，关上门，站在当院，拿桩提气，认认真真耍了一套祖传的一百单八式的辫子功。他愈发感到这辫子真是随心所欲，挥洒自如，刚猛又轻柔，灵巧又恢弘，似有一股扫荡天下、所向无敌之势。他脑袋一晃，刷，辫子顺溜溜盘绕在头顶，这时他心里拱起一股暖乎乎的美劲儿，但冷静下来之后，又觉得这美劲儿里头，还是混着一些模模糊糊、说不清楚的不安。是啊，世上的事不知道的总比知道的多，想象的总比实在的容易得多。走着瞧吧！

第七回　广来洋货店的掌柜杨殿起

人像蜜蜂，哪儿开花往哪儿飞。

您点儿高时，乱哄哄一大团围住您，没法分清；可是等到您点儿低的时候，真假远近，可就立时看得一清二楚。天津卫有句俗话，叫做：倒霉认朋友。

这几个月，落了坏的玻璃花算尝到了倒霉的滋味。没人理他，也没人怕他。一个人，就是一股子精气神。像他这类人，没人怕，一切全完。他没胆子在估衣街上露面了，那里的威风、便宜、势头、

气候，连侯家后大小店铺以及姑娘班子里的油水，一概都叫死崔霸去。他后悔，当年他势头最硬时，没借着死崔打坏自己一只眼，把他废了。现在干瞪眼、生气，也没辙。谁叫自己栽给傻二？怨谁，怨天怨地，不如怨自己，往往坏事的根由还是自己。

他不敢再去找人帮忙。戴奎一，王砍天，柳栅子，全弄得身败名裂。他指望索天响打败傻二，谁想到这祖师爷竟是唬牌的。索天响挨了一辫子，露了馅，回去后，家里边差点儿叫徒弟们端了。傻二"神鞭"的威名便加倍叫响。人们一谈起"神鞭"，自然扯到玻璃花。就是他在皇会上一闹，才惹出这条"神鞭"，要不傻二今天还在卖炸豆腐，埋没着呢！因此无论谁说神鞭，还都得从他那天"四脚朝天"的大跟头说起。愈是把神鞭说神了，就愈得把他说得惨些。他还能牛气起来？只有甘心当小狗子。

有一天，他没钱花了，就来到东北城角三义庙左近的展家，敲门后，找飞来凤借钱。胡妈出来拿一包碎银子，说是二奶奶给他的。他觉得这样有点像打发要饭的，又一想自己当下还不如要饭的呢，便接过银包，对胡妈说："告诉你家二奶奶，钱花完了，还来找她。"他用这些银子混了二十天，花完了，真的又来敲后门，胡妈出来告诉他：大奶奶把二奶奶锁起来了。他不信，以为飞来凤不理他。便隔着那堵磨砖对缝的高墙，往里边扔砖头，把院子里的金鱼缸砸碎了，引出展家几个男仆要抓他，吓得他一口气跑到海河边，在盐坨里藏了一天一夜，饿了就抓点盐末子往嘴上抹抹。第二天清早才爬出来，刚走到宫北，忽听有人叫"三爷"。他心里一惊，因为这几个月没听人叫他"三爷"了。扭头瞧，原来是广来洋货店的掌柜杨殿起。

杨殿起专门倒腾洋货，卖美国斜纹布、英国麻布、日本的T字布和绉纱。各国的瓷器、金属器、纸张、烟卷、针线等等小商品也够齐全。这几年，喜好洋货的人渐渐多起来，有人见洋货得使，有人买个新鲜，有人拿洋货为荣，这就使他的买卖愈做愈赚钱。他还带手收罗土产的红枣、黄麻、驼毛、花生、蚕茧、草帽辫、牛皮羊毛以及骨角等等，卖给洋人运出海去，得利也不少。那年头，没有进出口一说，实际上进出口全都叫他包了，做的是来回都赚钱的买卖。这人细高挑儿，小白脸儿，目光锐利，精明外露，脑子快得很。他在紫竹林里结识不少洋人，能说几种洋话，家里有的、摆的、拿的、吃的，净是稀奇好玩的洋玩意儿，叫洋货迷们看了眼馋。有时他还陪着蓝眼睛、红胡子、金头发、白手套的洋人们在城里城外逛一逛，比洋人更不把中国人放在眼里。那时，攀上洋人算一种荣耀。站在洋人堆里，自己也觉得比中国人高一截儿。别看玻璃花喜欢洋货，在杨殿起看来不过是个土鳖。不过，杨殿起来船运货，必须同玻璃花这类人打交道。玻璃花也弄点古董玩器，来和杨殿起换些新鲜洋货，这样一来二去，两下就算很熟了。

杨殿起把玻璃花请到后屋，茶水点心照应，一口一个"三爷"，却绝口不谈玻璃花当下的处境。

玻璃花心想：自己的事，有耳朵不聋就能知道，多半这小子刚打外边做生意回来，还没听到自己的事，不然不会这么待承他。买卖人无论看货看人，都瞧行情。但如果姓杨的真不知道，就该唬着他。

"三爷新近又弄到嘛好玩意儿？"杨殿起问。

"好玩意儿倒是常有。估衣街上那些老板掌柜的，哪个弄到新鲜东西不孝敬我？"玻璃花说。

杨殿起粉白的脸上浮现一丝嘲笑，才出现又消失了。他接着问："有嘛，拿一件瞧瞧。"

玻璃花忽然想到飞来凤送给他的那块怀表在身上，便掏出来往桌上一撂，说："瞧吧！"那神气，好像还有十块八块。

杨殿起根本没伸手去摸，只用一种不以为然的眼神扫一下，起身从柜子里取出一个鸡心样的洋缎面的小匣子，也放在桌上："你瞧瞧我这块，打开——"

玻璃花也想装得吃过见过，不去动，但心里痒痒，止不住动手打开匣子，里边平放着一块辉煌锃亮、式样新奇的大怀表，个儿大，

又讲究。自己那块表摆在旁边，就像不入品的小乡甲站在人家一品中堂身边一样。杨殿起从匣里拿起表来，用手指轻轻一推表壳上小小的金把儿，里边居然发出比胡琴还好听的悦耳之声。玻璃花看得那只花眼珠都冒出光来。杨殿起对他说：

"这比你那块画珐琅的怎样？三爷，你听了别生气，你那块是平平常常的洋货，我这块在洋货里才是上等的，这叫'推把带问'。瞧！镂金乌银壳，打点打刻不打分，一个钟点打四次，每刻一次。你要是想问几点，不用看，一推这把儿，响几下，就是几点。"

杨殿起说着又推一下小金把儿，叮叮当当打了八下，墙上的挂钟的时针正指在"Ⅷ"字上。

"里边好像有个人儿。"玻璃花情不自禁叫起来。

"比人报得还准！人还有遗忘的时候呢！"杨殿起笑道。

"嘛价儿？"玻璃花问。

杨殿起说："这是压箱底的宝贝，哪能卖呢？"说着把表收在匣里。匣子却摆在玻璃花面前。

玻璃花忍不住总去瞅，一瞅心里就像有个小挠子，挠他的心。他瞟了杨殿起一眼，忽然说道：

"你他妈别来这套，不想出手你给我看？你箱子里绝不止这块表，还不是装满了洋货！"

杨殿起笑而不答，好似默认了，跟着把话扯到另一件事上去：

"您那两个小铜炉还在手里吗？"

于是两人斗起法来。杨殿起一边贬他的铜炉是宣德炉，年份太浅，一边还追着要。这铜炉原是北大关落子馆唱莲花落的一斗金孝敬他的。他曾经拿这炉子，打算和杨殿起换一副玳瑁架的洋茶镜，没有成交，这次又嚼了半天舌头，还是没谈妥。杨殿起掏出一个洋指甲剪子，嘎嘎剪指甲，玻璃花头次见到这稀奇玩意儿，看得入了迷，再也沉不住气了，说拿自己两个铜炉加上飞来凤给他的珐琅表，换一块"推把带问"的怀表，外加这把指甲剪子。杨殿起觉得很合适了，但仍不吐口，非要玻璃花把铜炉拿来细看一看再说。

"我那两个炉子存在一个小混混家，今晚我去取，明早给你送来。"

"那好。明早我正要你跟我走一趟。"杨殿起说。

"哪儿？"

"紫竹林。"

"干嘛去？"玻璃花一怔。紫竹林是洋人的租界，那时候，一般人都怕去租界地。

杨殿起笑了。

"瞧你，喜欢洋货，却怕洋人。我不告诉你，但准有你的好处。"

玻璃花脖梗一歪说：

"三爷怕过谁？好处不好处，咱爷儿们不在乎，你得说明白，嘛事？"

"有位洋大人要会会神鞭。你不是跟他交过手吗？洋大人请你去说说，神鞭那小子有嘛绝活，这还不容易。你就劲还可以逛逛洋场。"

玻璃花一听这话才明白，原来杨殿起早就知道自己的景况。他没给自己白眼，是因为有用于自己。准是洋人给他什么好处，他才为洋人找自己的。好小子！想白使唤人，没那样便宜事！他就故意说自己明天有事去不成，想挤杨殿起现在就拿出表来。杨殿起立刻明白玻璃花这点蠢念头，他换了一种教训人的口气说：

"你挺明白的人，怎么犯傻了？这洋大人是东洋武士，要找神鞭打一架。你琢磨，咱国货抵不上洋货，国术哪能抵得过洋术？这东洋武士要把神鞭撂倒，你三爷不是又精神起来了，这事情一半也是帮你的忙哪！难道你打算后半辈子就这样窝窝囊囊下去了？东西算嘛？都是身外之物，再说，我还能少你的？"

玻璃花一晃脑袋，登时明白过来，马上答应明天去紫竹林。他把桌上的点心全划拉到肚子里，起身走出洋货店，趁着肚里有食，胡混一天，天擦黑就去金钟桥边那个小混混家去要铜炉。他踢开门，掏出一把刀子在自己胳膊划一道，鲜血直淌。小混混以为玻璃花报

复来的，"扑通"趴在地上直叩头，没想到玻璃花开口却是要铜炉。他当即拿出铜炉来，用纸包好，交给玻璃花。玻璃花见床上放着一顶崭新的珊瑚顶子的小帽翅，不知这小混混打哪抢来的，他顺手操起，扣在头上就走了。

第八回　出洋相

转天大早，玻璃花换上出会那天不中不洋的打扮，袍子外边特意套上飞来凤送给他的那件洋马褂，来到广来洋货店。杨殿起见了就笑道：

"袍子外边怎么还套上西服坎肩？哈哈哈哈，到洋人那儿去，哪能这种打扮，甭说你这套行头不伦不类，就是穿上地道的洋装，在洋人眼里也是中国人，洋人反而看不上。"

杨殿起的穿装是顶顶考究又华美的国服。横罗大褂，拷纱马褂，两道脸儿的银缎鞋，一码崭新，用料上等，做工更是精致讲究。腰带上坠着九大件：扳指儿啦，怀表啦，笔筒啦，眼镜啦，胡梳啦，鼻烟壶啦……一概装在镶金嵌银的绣花套子里，下边垂着八宝流苏，一走三摆，手里还拿一把香妃竹的绢面扇，上边有字有画。

"好啊，铃铛寿星全挂齐啦！"玻璃花叫道，"八大家的老爷儿们也不过这一身吧！"

杨殿起笑一笑，没吭声。

玻璃花觉得自己跟人家一比，就露穷相了。这要在过去，他准得开口向杨殿起借身行装，现在不知为嘛，舌尖嘴皮都不硬气。他一面脱去洋马褂，一面把纸包的铜炉交给杨殿起。杨殿起打开一看，就说："呀，那天我在灯下没看清楚，一直以为是宣德炉，谁知竟是假宣德，你瞧这锈，都是浮锈，纯粹是做出来的；再看底上的字儿，多赖！算了算了，带去当做见面礼送给洋大人吧！"说着交给同去的小伙计。

"你他妈别拿它借花献佛，我没钱时，还指着它当点钱花呢！"

玻璃花说。

"你堂堂三爷，干嘛说话露这种穷气。我嘛时候叫你流过血？和你交朋友，就得认赔！你凭良心说，是不？"

杨殿起说着笑着，两人一同穿过二道街，来到河边，那里早停着一辆大胶皮轮子的东洋马车。两人钻进四面透亮玻璃车篷，伙计登上车尾的踏板上，车夫"当——叮"一踩罐子样的大铜车铃，车子直上新修官道，刷刷地奔往东边的紫竹林租界。

玻璃花几年没进紫竹林，隔着玻璃窗子认出道边的江苏会馆、风神庙、高丽馆，以及邢家木场堆成大山小山似的蒿秆木板，溜米厂晾晒的东一片西一片的白花花的小站米，都是老样子。可是一进马家口，满认不得了。洋房、洋行、洋人，比先前多许多。各种各样的洋楼都是新盖的，铺子也是新开张的；那些尖的、圆的、斜的楼顶上插的洋旗子，多出来好几种花样。还有一些树直花斜的园子，极是雅静；路面给带喷嘴的洒水车淋湿，像刚下过小雨，又压尘，又潮湿，男女老少的洋人，装束怪异，悠闲地溜达，活像洋片匣子里看的西洋景。玻璃花恍惚觉得自己留洋出海，到了洋人的世界中来。

杨殿起叫车夫停了车子。两人下车，伙计付了车费。没等玻璃花闹明白这里原先是哪条道，忽然一个东西飞来，又硬又重，"啪"的一下砸在他的腮帮上。他晕晕乎乎，还以为是谁扔来的砖头；前几天，在东门里就不明不白挨了一下，多亏歪了，砸在肩上。他捂着生疼的脸大骂：

"操你姥姥，都拿三爷不当人！"

"别乱骂，这是洋人的球。"杨殿起说着，拾起一个毛茸茸的球儿给玻璃花看，"瞧，这叫网球。"

只见左边一片绿草地上，一男一女两个洋人，中间隔着一道渔网似的东西。每个人手里都攥着一个短把儿的拍子，朝他咯咯笑，那男的愈笑愈厉害，索性躺在地上，笑得直打滚儿，一会儿肚子朝上，一会儿屁股朝上。那女的边笑边朝这边喊着洋话，杨殿起也朝

他们喊洋话。

"你说的嘛？"玻璃花问。

"他们向你道歉，我说别客气。"

"客气？他打了三爷，就该赔罪！"

"您真不明事理。洋人能朝你笑，还道歉，就算很客气了。我看这两个洋人年轻，要是年岁大的，对你客气？不叫狗来轰你，就算你走运。"

"我他妈要是不客气呢？"

"叫白帽衙门的人碰见，起码关你三个月，还得挨揍，挨饿，外带罚银子。行了，三爷，别瞧您在天津城算一号，在这儿，随便一个洋人，就比咱知府大三品。这儿不是咱的地盘。咱平平安安，把东洋武士请去给您消消那口气，比嘛不强！"

玻璃花捏捏这又硬又软、挺稀罕的球儿，说道：

"行，三爷不跟他生气。但也不能白挨这一下，这洋球归我啦！"

他扭身刚要走，那女洋人穿着白纱长裙，像个大蝴蝶，跑上来两步，喊几句洋话。杨殿起叫玻璃花把球扔给她，少惹麻烦，玻璃花心里窝囊，也没辙，发泄似的把球狠狠扔过去，口中骂道：

"拿彩球往你三爷头上砸，三爷也不要你这臭娘儿们！"

那边两个洋人都不懂中国话，反而笑嘻嘻一齐朝他喊了一句洋话。玻璃花问杨殿起：

"他们说嘛？三块肉？是不是骂我瘦？"

杨殿起笑着说：

"这是英国话，说是'谢谢'的意思。这两个洋人对你可是大大例外了。我来租界不下一百次，也没见过这么客气的！"

嘻嘻，玻璃花心里的怒气全没了。

没走多远，杨殿起引他走进一座洋人宅院。头缠青布的黑脸印度仆人进去报过信，他们便登上摆满鲜花的高台阶，见到一个名叫"北蛤蟆"（实际叫"贝哈姆"，是玻璃花听了谐音）的洋人，秃脑袋，黄胡子，挺着松松软软的大肚子。人挺和气，总笑，还是哈哈大笑，好像觉得一切都很好玩。此外，还有两个上了岁数、身上散香气的洋女人，眼珠蓝得像猫，腰细得像葫芦，仿佛一碰就折。玻璃花头次在洋人家做客，真有点蒙头转向。特别是处处洋货：洋房、洋窗、洋桌、洋椅、洋灯、洋书、洋画、洋蜡、洋酒、洋烟和种种古怪有趣的洋零碎，叫他眼睛花得嘛也看不清楚，而且一半连名字也叫不上来。连养的一只长毛的花花大洋狗也各路，趴在地上看不出哪儿是脑袋。以前，弄点洋货，好比大海捞针，这次算是掉进"洋"海里了。

杨殿起和北蛤蟆去到另一间屋，不知干嘛，甩下玻璃花一人。他正好得机会把这些洋玩意儿细心瞅一瞅，否则就白来了。他一眼先瞧见桌上有个黄铜小炮，心想多半是个小摆设，好奇地一按炮上的小钮，"卡"一下，从炮口射出一个东西，掉在地上，吓他一跳，再看原来是根洋烟卷。他把洋烟卷拾起来，却怎么也塞不回去了。他以为自己把这东西弄坏了，便将烟卷揉碎，偷偷掖在座垫下边。他老实地坐了一会儿，不见人来，斜眼又见手边有个倒扣着的小银碗，上边有柄，柄上刻着两个光屁股的女人。他轻轻一拿，只听"叮叮叮"响，原来是铃铛。应声就有一个大胡子的印度人跑进来，瞪圆眼睛对他说话，他不懂，以为人家骂他，可这大胡子立即端来一杯又黑又浓又甜又苦的热水。

他不通洋话，吃亏不小。杨殿起和北蛤蟆有说有笑，说来道去。那北蛤蟆对杨殿起腰上拴的九大件感兴趣，从进门到出门，不断地摸摸这个，捏捏那个，不住地怪声呼叫，还拉来那两个女人看，好像见到什么宝贝。他坐在一旁，不知做什么，又不懂得洋人礼节，只好随着杨殿起去做去笑，人家点头他点头，人家摇头他摇头。一举一动都学人家，可活活累死人。后来北蛤蟆似乎对他发生了兴趣，总对他笑。到底是喜欢他，还是他脸上蹭了黑？弄不明白。一直到他与杨殿起告别时，北蛤蟆连说几声"拜拜"，又看着他，拍着自己的秃脑壳狂笑不止。

杨殿起进紫竹林，就像回老家，东串西串，熟得很，也神气得

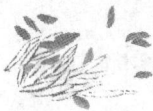

很。他叫玻璃花在一个尖顶教堂门前稍稍等等，自己进去一阵子才出来，然后带他往左边拐两个弯，再往右拐三个弯儿，走进一家日本洋行。这儿从院子到走廊都堆着成包成捆的中国药材、皮货、猪鬃、棉花之类。打这些冒着各种气味的货物中间穿过，在一间又低矮又宽敞的屋子里，与洋行老板喝茶。杨殿起换了一口日本话与老板谈了一会儿，老板起身拉开日本式的隔扇门，只见当院一张竹榻上，盘腿坐着一个穿长衫的日本人，垂头合目，似睡非睡，倒挺像庙里的老和尚打坐。

洋老板会说中国话。他告诉玻璃花，这就是东洋武士佐藤秀郎先生。跟着，洋老板朝佐藤咕咕嘎嘎喊了几句日本话。

佐藤把他谢了顶的脑袋一抬，露出一张短脸；眼儿一睁，一双藏在眉棱子下边的鹰眼，灼灼冒光。他双臂一振，像只大鸟，款款跳下竹榻，立在地上，原来是个矮子，矮身短腿，胳膊奇长，评书上说刘备"两手过膝"，原来世上真有这样的人。这家伙阴森森，真有点吓人。

洋老板叫玻璃花讲讲神鞭的能耐，玻璃花虽与神鞭交过手，又亲眼见过神鞭大败戴奎一、索天响等人的情景，但至今他也没弄明白那辫子怎么来怎么去，一闭眼只觉得晃来晃去，有如一条蛇影。此时，他为了在洋人面前表示自己是有用之人，便把那神鞭真真假假、云山雾罩地白话一通，真说得比孙猴子的金箍棒还厉害。

没料到，东洋武士听得上了火。他叫人拿来一杆赶大车的马鞭，交给玻璃花，叫玻璃花抽他。玻璃花哪敢。

洋老板说：

"佐藤先生叫你抽，你自管用劲抽。"

杨殿起也说：

"东洋武士瞧不起没能耐的，你不抽我抽。"

玻璃花心想，三爷不抽你是客气，打便宜人谁不会。他挽起袖口，抡起鞭子死命朝佐藤抽去。"啪"一响，并没抽上佐藤，鞭梢好像挂在什么地方了，抬头看看，头上无树，也没有别的东西缠绕，再一瞧，原来是给佐藤抓在手里。玻璃花吃惊地叫出声来：

"这——"

佐藤已撒开鞭梢，叫他再抽。他一鞭鞭，上下左右地，一鞭比一鞭狠。但每一下都给佐藤抓住，出手之快，看也看不清。玻璃花把鞭子扔在地上，抱拳说：

"佩服，佩服，佐爷！我没见过这种本事。"

杨殿起笑道：

"你就知道洋货好。洋人不强，洋货能强？"

老板把这些话翻译给佐藤，佐藤脸上毫无得意之色，大声喊来四条身材矮粗的日本汉子，看上去个个结实蛮勇，一人手里一杆长鞭。四人站四角，挥鞭抽打佐藤，佐藤左腾右跃，鞭子渐渐加快，佐藤的身子化成一条鬼影也似，分不出头脚，却没有一鞭沾上他，只听得鞭子在空气里挟带劲风的飒飒声。玻璃花看得发晕，一只眼显然更不够使的了。

忽然，鞭影中发出佐藤一声怪叫，佐藤就像大鸟从闪电中蹿出来一样转眼间落在竹榻上。四条日本汉子傻站在那里，鞭子挥不动，原来四条鞭子的鞭梢竟给佐藤挽个扣儿，扎结在一起了。

杨殿起大声叫好称绝。玻璃花连"好"都喊不出来，为了表示自己不是外行，他琢磨一下，对佐藤说：

"佐爷，原来您练的是专门抓小辫！"

佐藤秀郎不答话，神气却傲然，好似天下所有人的辫子都能叫他抓在手里。玻璃花真算不白来，大开眼界，由此便知，天底下，练嘛功夫的人都有，指嘛吃饭的也有。当下，佐藤拜托玻璃花，送一张战表给神鞭傻二，约定三日后在东门外娘娘宫前的阔地上比武，到时候不到人就算认输。玻璃花见有这样的后戳，胆气壮起来，答应把战表交到傻巴手心里，把话捎到那傻巴的耳朵眼里。随后，杨殿起又用日本话同老板佐藤说了一小会儿，玻璃花插不上嘴，有些气，心想杨殿起这小子不是有话背着自己，便是有意向自己炫耀通洋语。分手时，玻璃花为了表示自己不是土鳖，就把刚才从"北蛤蟆"那里听来的两个字儿的洋话说出来：

"拜——拜！"

这一来，反弄得日本人大笑。

在返回城去的马车里，玻璃花问杨殿起，洋人为嘛总笑自己。杨殿起说：

"三爷不知，洋人和咱中国人习俗大不相同，有些地方正好相背。比如，中国人好剃头，洋人好刮脸；中国人写字从右向左，洋人从左向右；中国书是竖行，洋人是横排；中国人罗盘叫'定南针'，洋人叫'指北针'；中国人好留长指甲，洋人好剪短指甲；中国人走路先男后女，洋人走路先女后男；中国人见亲友以戴帽为礼，洋人就以脱帽为礼；中国人吃饭先菜后汤，洋人吃饭先汤后菜；中国人的鞋头高跟浅，洋人的鞋头浅跟高；中国人茶碗的盖儿在上边，洋人茶碗盖儿在下边。你刚才在贝哈姆先生家把碟子当碗盖，盖在茶碗上，当然人家笑话你了。"

杨殿起说这些话时，有一股精神从小白脸儿上直往外冒。

"你敢情真有点见识！"玻璃花感到自愧不如。可是他盯了杨殿起的脸看了两眼，忽然说道："我明白了——你小子原来两边唬——拿中国东西唬洋人，再拿洋货唬中国人。今儿你腰上拴这些铃铛寿星，就是为了唬北蛤蟆的。对不对？哎，我那两个铜炉子呢？"

杨殿起没说话，从怀里摸出两样东西给他。一样是指甲剪子，一样是块亮闪闪的金表，正是昨天见到的那种"推把带问"的。但不是昨天镂金乌银壳那块，而是亮光光、没有做工的镀金壳，显然是杨殿起刚从洋人手里弄来的。

"你小子，拿我那两个铜炉子换了几块表？"玻璃花问。

杨殿起看他一眼说："你不要就别攥在手里，拿来！我把那两个假宣德还你。你知道我往里搭进多少东西？一大挂五铢钱，还有一盒子血浸铜浸的玉件！"

"好小子，反正真假都由着你说。你和北蛤蟆跑那屋捣嘛鬼，我也不知道。认倒霉吧！"玻璃花推了一下表把，放在耳边，美滋滋地听一听，随即把表揣在怀里，链卡子别在胸前。

"你可还得给我再搜罗些铜佛、掸瓶、字画什么的。我——还有些好玩意儿，你见也没见过呢！"杨殿起说。

玻璃花身子随着车厢的摆动，眼瞅着在胸口上晃来晃去的金表链，听着杨殿起的话，忽然精神抖擞起来：

"等东洋武士打赢，三爷我翻过把来，咱他妈就大折腾折腾！"

第九回　佐爷的本事是抓辫子

四名长衣短裤的日本汉子在娘娘宫前的阔地上，用刀尖画个大圈，场子就打出来。不管人多挤，谁的脚尖也不敢过线。

这儿，除去山门对面的戏台不准上人，四边的楼顶、墙沿、烟囱，能站人的地方都站满了人，还有些人爬到过街楼"张仙阁"，推开窗子往下瞧。只见东洋武士佐藤秀郎和神鞭傻二面对面站着。东洋武士浑身全黑，短身长臂，鼠面鹰目，那样子非妖即怪。傻二还是宽宽松松一件蓝布大褂，辫子好像特意用蓖麻油梳过，上松下紧，辫梢夹进红丝线头绳，漂漂亮亮盘在顶上。人们都盯着他这神乎其神的辫子，巴望亲眼看见他显露神功。

东洋武士一抬手，玻璃花捧上一根碗口粗、四尺长、上平下尖的木桩子。东洋武士接过木桩，尖儿朝地，拿拳当锤，哐、哐、哐、哐，硬往下砸，眼见木桩一寸一寸往地下扎。这一出手就把人们看呆了，玻璃花高兴地又喊又叫。

玻璃花纯粹傻蛋一个。前三天说好，今天比武，日本洋行的老板不来，这边全靠杨殿起和玻璃花照应，杨殿起还得当翻译。偏巧昨晚杨殿起说铺子里有急事，坐船去了宁河的东丰台。玻璃花哪知道杨殿起由于天津人自打咸丰九年望海楼那桩教案，仇洋的情绪好比涨满的河水，使点劲就会溢出来，他怕招惹众怒，耍个滑儿躲开了。玻璃花竟然挺美，他以为杨殿起不在，日本人又不懂中国话，

他想怎么说就怎么说了：

"傻二，瞧！今儿东洋的哥儿们，替三爷我拔撞来了。怎么样？三爷的路子野不野？今儿叫你小子明白明白，是洋大人神，还是你那狗尾巴神。看谁还敢骑着三爷的脖梗子拉屎！谁他妈恶心过三爷的，今儿东洋哥儿们就替三爷出气！哎，傻巴，你怔着干嘛？"

傻二确是有点发怔。

大前天，有人把战表包块砖头扔进他家院子，他就懵头。为嘛？说也说不明白。反正那时候中国人懵洋人，谁也不知道为了嘛。有原因就有办法，没原因就没办法。直到昨天后晌，他还犹犹豫豫，依然没有回表应战。这当儿有人敲门，他坐在屋里没开门，转眼却见一个人站在跟前，就是一阵风刮进来，也没这么快。这人身材瘦小，鼻子奇大，单看目光透彻的双眼，就知有修行深厚的功夫在身。没等他开口，这人纵身往后一跃，竟然毫无声息地贴在墙上，两脚离地三四尺，原来他左手的无名指勾在墙壁的钉子上，凭借这一指之力自由自在地悬起整个身体，就像蜻蜓落在上边一样，这功夫可是天下少见。这人笑嘻嘻对他说：

"我看你的神气不对。哥儿们，难道你懵洋人？那你还算不上一条好样的汉子。洋人不过眼珠、头发、皮肤的颜色和咱不同，说话两样，至于其他么——喜怒哀乐，行止坐卧，吃喝拉撒睡，还不都和咱一样？他们吃饱不打嗝儿，受凉不打喷嚏，睡觉不打呼噜吗？要说能耐，各有各的长处，要说比武打架，非压他们一头不可。哥儿们，论功夫，你在我之上。可是我都不把洋人当回事，你呢？咱初次见面，总不能叫我把你看尿了吧！尿给谁，也不该尿给洋人！洋人的武功再各色，总离不开手眼身法步，你只要留神他用嘛法子，破法拆招，保你打赢。何况你还多一条辫子呢……哎，兄弟，你给我把扇子，这天跟下火差不多。"

傻二转身拿扇子，边问：

"师傅尊姓大名？"

"鼻子——李。"

只听这三个字，回身已然不见墙上那人。头两字"鼻子——"声音还是在那面墙上，最后一个"李"字，已经是从门外边传进来的。

原来此人竟是赫赫有名的鼻子李。轻功盖世，名不虚传。人家既然如此看重自己，胆气也就足了。至于人家说功夫在自己之下，也并非一般客套话。像这种有真本事的人，总爱把自己藏在别人的后边；没真本事的人才总往前蹿，生怕丢掉自己。怕人忘掉是最悲惨的事——这是题外的话了。

且说这时，东洋武士已经把木桩子砸进地里一尺半，地面上露二尺半，他双臂一展，落在木桩上，像只老鹰落在旗杆顶上。他并不进攻，而是朝傻二比画两下，叫傻二进招。傻二想到鼻子李嘱咐他的话，用心琢磨对方的招法，悟到东洋武士身材矮小，够不上自己的发辫，故此先立个木桩，站在桩上，居高临下，逮机会好捉自己的辫子。傻二看破对方招数，也就马上有了对策，他纵身贴前，拳掌并用，就是不动辫子。东洋武士手法极快，把他的来拳来掌，一一抵住，而那双鹰眼始终死盯着他头上的发辫。傻二主意拿定，不到紧要关口，绝不使唤神鞭。东洋武士也看透了他的用意，故意卖个破绽，待傻二贴前，猛出双掌，快若迅雷疾电，傻二赶忙招架，两双胳膊顿时绞在一起，傻二的左腕被拨在中间，只要对方发力，就可能被拨断。使辫子！他刚一动念，辫子已经抽在东洋武士的脸上，这一下，打得东洋武士立即松开双臂，身子一晃，险些掉下木桩，但傻二这一辫子打出去，似乎感觉辫梢碰到什么，这是东洋武士的手！他立即明白东洋武士今天憋足劲是来捉自己的辫子的，挨了打也没忘了抓他的辫子。他变个招数，不用横抽，而是如蛇出洞，寻到空隙直戳出去。软软一条辫子，使得像铁杆扎枪，刚猛异常。玻璃花在一旁叫道："佐爷！小心辫梢扫眼睛！"东洋武士不懂中国话，怔了一下，就给傻二的辫梢飞快地戳上眼睛，不等他睁开眼睛，傻二抡起辫子就抽，"啪"声如霹雷，打得东洋武士在木桩上转了两

圈，若不是脚下有根，早跟土地爷热乎去了。

这两下把东洋武士打糊涂了，他闹不清辫子的来龙去脉，甚至不知这辫子究竟在哪儿。可是他忽然见傻二的辫子一甩，像棍子一样横在自己眼前，东洋武士见这机会绝好，出手抓辫，指尖将将沾上辫子，这辫子又变成链条在他手腕"刷"地缠了两道。跟着傻二来个"狮子摆头"，硬把东洋武士从木桩上甩起来，同时一拳打在东洋武士胸口上。这一拳为了不叫东洋武士借机抓他辫子，因而运足气力，锐不可当，直把东洋武士晕头转向地扔在对面的戏台上去。就这一瞬，傻二已然站在那木桩上，神鞭乌光光又松松地绕在肩上，双手倒背，神气顶足，好像站在那儿看戏。

在众人叫好和哄笑中，东洋武士就像名丑刘赶三，傻乎乎立在戏台上。不知谁大喊一声："打他妈洋毛子呀！"跟着一大群人跳进场子和四条日本汉子打成一团。看热闹的人见闹事了，有的往南跑，有的往北跑，反而挤成大瞎团。一时拳飞棒舞，不知谁揍谁。死崔忽然带着一帮小混混，冲进人群，围住玻璃花，一把将他胸前的金表夺去，跟着混混们手舞斧把、竹竿、门栓，把玻璃花打得杀猪一般嚎叫，一直把嗓子喊劈了，出不来声音。

第十回　它本是祖宗的精血

傻二鞭打东洋武士，不单威震津门，也落得美名四扬。本地乡绅送来厚礼和钱帖，才子们送来条幅对联，还有梅振瀛写的两对大漆描金的横匾。一块是"张我国威"，一块就是这"神鞭"二字，尤其这"神鞭"写得尤见气势。"鞭"字最后一捺甩出来，真像傻二的辫子一甩那股劲——又洒脱又豪猛。可惜他房小屋低，没处悬挂。本地的山西、闽粤两家会馆就召集买卖人募捐银钱，张罗泥工瓦匠，给他翻盖房屋。因为他这一鞭，压住了洋人的威风，也压住了洋货如潮、猛不可当的势头。一连多少天，卖国货的铺子盈利眼看着往上增。故此，无论傻二怎样推却，也推不掉众人这份盛情。

紧接着，就有更多好武少年求他开山收徒，传授神功。他祖辈的规矩非子不能传，但不知谁在外边嚷嚷，说他大开门庭，广收弟子。每天叩门拜师的人很多，杂七杂八，嘛样都有。有的脑袋后边的辫子不比老鼠尾巴长多少，毫不自量，也要学辫子功。有一天，来一个黑脸的胖大汉子，辫子比棒槌粗，长得几乎挨地，竟然比傻二的神鞭还长。傻二愈看愈不对，上去一抓，掉下来一多半，原来掺了假发！傻二没工夫和这些人胡缠，便关上门，门板上贴张黄纸，写明不收徒弟。可外边照样有人自称是他的嫡传弟子。大仪门口的益美丰当铺迎面墙上，挂出一条大辫子，说是当年"傻二爷"送的。下边贴张红纸，写着"神鞭在此，百无禁忌"八个大字，引得不少人去观看，说真说假，议论不已。后来各买卖铺一窝蜂都挂出辫子来，也就没人再论真假了。

市面上闹得这样厉害，傻二是凡人，凡人不能免俗，难免得意扬扬，迷迷糊糊像驾了云。他想自己出人头地，穿着打扮都得合乎身份，便在人家送来的礼品中，择了一套像样的袍褂，刚要试穿，忽听门外传来拨动橛头的声音，知道这是担挑儿剃头刮脸的王老六。自己也正该把辫子精心梳洗整理一番，便开门把王老六招呼进来。

王老六是宝坻县人，本领出众。据说他当年在老家学艺时，师傅叫他抱着挂霜的老冬瓜剃，只准剃去瓜皮上的一层白霜，不准划破瓜皮。老冬瓜都长得坑坑洼洼，练过这一手才算真本事。王老六在西头一带，走街串巷二十多年，没听人说他划破过谁的头皮。可他今儿有点反常，不一会儿已经在傻二的头上划破五条口子，每划破一道口，就赶紧用胰子沫堵住，不叫血出来，杀得头皮好疼。傻二抬眼见王老六握剃刀的手直抖，便问：

"你怎么啦?"

这话问得直。王老六以为傻二看出自己心里的鬼来，扑腾跪在地上，浑身都抖起来，声音都发抖：

"您饶了我吧，傻二爷!"

傻二摸不着头脑，但觉得事情里边有事，往深处一追，王老六招出。原来玻璃花和杨殿起把他找去，说洋人要花一百两银子买傻二头上的辫子。他们先给王老六十两，待王老六割下辫子，再把赏银补齐。王老六一时贪财应了这事，临到动手心里又怕起来。王老六说到这儿，把头磕得山响，掉着泪说：

"不管您打我骂我，还是饶了我，从今儿我都再不在天津卫担挑剃头了。我白活了六十岁，什么发财的机会没碰上过，如今百十两银子就把我买了。别看我岁数大，到老不做人事，也不算人！"

这事叫傻二听了吃惊不小。

他好言把这财迷转向的老东西安慰一番，打发走后，西城的金子仙来访。这位金先生在各大南纸局挂举单，卖字画，自然一手好字好画，以画"八破"称名于世。这八破，即破碎的古瓶，虫咬的古书，霉烂的古帖，锈损的古佛，熏黑的古画，断残的古钱，磨穿的古砚和撕裂的古扇。他原先最爱吃傻二的炸豆腐，现在就自称是傻二的"老哥儿们"，常来串门。每来必送一幅字，都是用最考究的红珊瑚笺帛写的。

傻二把刚刚发生的事告诉金子仙，并说：

"我纳闷，他们割去我的辫子有嘛用？至多半年不又长出一条？"

金子仙慌忙说："不，不，你快敲木头，这话不能说。这神鞭既是你父母的精血，又是国宝，焉能叫洋人弄去。"他沉一下，放缓口气又说："老哥儿们，虽说你神功盖世，要论您这人……我下边要说的话就有点愣了……"

"你有话干嘛留在肚里！"

"您——哩！您这人可算冥顽不灵。对外，看不明白世道；对己，看不明白……您这神鞭。"

傻二想一想，连连点头说：

"对、对、对！是这么回事。你怎么看，说说。"

金子仙的话题非同一般，神色也变得庄重起来，皱成干枣儿似的眉头上，还颇有些忧国忧民之意：

"如今这世道是国气大衰，民气大振，洋人的气焰却一天天往上冒。他们图谋着，先取我民脂民膏，再夺我江山社稷。偏偏咱们无知愚民，不辨洋人的奸诈，反倒崇尚洋人。就说市面上那些怪怪奇奇的洋货，都是海外洋人的弃物，愚民竟当做珍宝，怪哉！还有洋人的图画，徒有形貌，毫无神韵，更是无笔无墨，上无刘李马夏，下无四王吴恽，全然以媚俗取悦于人，愚民也好奇争买。有人瞧见，紫竹林一家商店摆着一件塑像，名号叫'为哪死'（维纳斯），竟是赤身裸体的妇人！这岂不是要毁我民风，败我民气！洋人不过都是猫儿狗儿变的，能有多少好东西？民不知祖，就有丧国之危！老哥儿们，您再想想自己头上这辫子，哪来这样出神入化？您自己也说过，想到哪儿，辫子就到哪儿，想多大劲儿，辫子就多大劲儿。凡人岂有这样的能力？这本是祖先显灵，叫你振奋国威民志，所谓'天降大任于斯人'！洋人想偷神鞭，意在夺我国民之精神！身上毛发，乃是祖先的精血凝成，一根不得损伤。您该视它为国宝，加倍爱惜才是。老哥儿们，我看您为人过于憨厚，凡事不计利害，怕您吃亏，才不管您爱不爱听，把话全扔出来！"

这一席话，已然使傻二听得浑身起鸡皮疙瘩。人们常说，神呀，仙呀，灵呀，魂儿呀，现在竟都在自己身上。他瞥一眼自己的辫子，仿佛弄不明白是嘛玩意儿了。好像脑袋后边拖着的不是辫子，而是整个大清江山，那么庄严，那么博大，那么沉重。但再寻思寻思，这事情确乎有点神。谁有这辫子，谁又听说过这样的辫子？一时，他有种当皇上那样的气吞山河之感。还有种感觉——那时没有"使命感"这个词儿——他就是这种自我感觉。他心想，既然自己的功夫不能外传，就该赶紧娶妻生子，否则便会打他这儿中断了祖辈传衍的神功，对不起祖宗。他见金子仙是个古板人，循规蹈矩，能信得过，便拜托金子仙帮他找个媳妇。金子仙家正好有个老闺女，就送过门来。这女人名叫金菊花，模样平常，人却勤恳诚实，对他的辫子真当做宝贝一样爱惜，三日一洗，一日一梳，为了安全，剃头的事都由她自己来做。梳洗好拿块蛋黄色绣金花的软绸巾包上；还专门缝个细绢套，睡觉时套上，怕压在身子下边挫伤了。逢到场面

上的事该出头露面，她在这辫子每一节都插上一朵茉莉花，香气四溢，黑中缀白，煞是好看。这女人就一步不离地守在他身边，防备歹人意外偷袭，这样子极像四月初八城隍庙赛会上，各所看守古董玩器的童子。

第十一回　神鞭加神拳

光绪二十六年，有个歌儿唱彻天津城：

> 一片苦海望天津，
> 小神忙乱走风尘。
> 八千十万神兵起，
> 扫除洋人世界新。

这歌儿来得突然，事情来得更突然。天下闹起义和拳！但如果您要在那时候活过，身子叫在教的二毛子们当驴骑，眼见过知府大人在洋人面前不如三孙子，您又不会觉得义和拳来得离奇突然。俗话这叫：事出有因嘛！

清明一过，直隶省遍地义和拳纷纷树旗立坛。一入五月，文安、霸州、静海、丰润、青县、沧州、安次、固安等地团民，呼啦啦潮水般拥进天津卫，凭借着两丈高的城垣，与紫竹林的毛子们交上火。炮弹来回来去，像蝗虫一样飞。人都说义和拳能避洋枪洋炮，天津卫的哥儿们应声闹起来，把各个庙宇、祠堂、公馆、公所、学院，甚至大家宅院，全都占做坛口。镇守天津的总督裕制军弹压不住，换个笑脸，穿着朝衣补褂，方头靴子，向各路拳首三拜九叩行大礼。这一来，满街走的都是义和拳了。文官遇上下轿，武官碰上下马，叫这些平时仰头走路的大老爷儿们垂头丧气，小百姓们自然高兴。这时，像广来洋货店那样的字号，在"洋"字上边贴个"南"字，像玻璃花去紫竹林坐的那类东洋车，也改称作太平车。一切沾"洋"

字都犯忌。信教的二毛子、三毛子、直眼们大都给团民们捉去。腿快的逃往租界。杨殿起虽然不在教，平时发了洋财，无人知，他机灵得很，不等义和拳闹起来，便提早躲进紫竹林，后来"天下第一团"的首领张德成，用八十一条火牛往租界里一冲，他怕租界守不住，就随同贝哈姆的家眷坐轮船出海渡洋，从此不当中国人了。

这些日子，外边人都嚷嚷傻二去紫竹林拿神鞭打毛子，其实他一直呆在家。他心里痒痒，想摆个坛口，但又犯嘀咕，不大相信义和拳真能闭住洋枪洋炮。金子仙更是不叫他和乱民掺和一起。他整天闷在屋里，并不死心。

五月十七日，傻二在家，听大街上有人叫喊，传告各家用红纸蒙严烟囱，不许动火吃荤，三更时向东南方供馒头五个，凉水一碗，铜钱五枚。义和拳大师兄要到紫竹林去拆洋人大炮上的螺丝钉，如果马到成功，洋毛子的炮弹就落不到城里来了。不一会儿，又有人喊叫，各家都用竿子挑起红灯一盏，红灯照仙姑今晚要降神火烧教堂。傻二将信将疑，叫金菊花照样做了，一天一夜，竟然真的没有洋人炮弹落下来；当晚城那边果然起了大火，冒起三柱粗粗的黑烟，夹着一闪一闪的大火星子，直把东半边天都烧红了，比正月十五放烟火盒子还要辉煌壮观。一打听，原来是西门内、镇署前、仓门口的三座洋教堂，给红灯照借来神火烧着了。

转天，傻二在家中无事，忽听有人敲门找他。开门进来一个穿团服的矮小老头儿，倒梨样的圆脸儿，腰间别着一根九孔小管，自称是傻二老乡——安次县廊坊西边香芦村人。他忙请老头儿屋里说话。他不认得这老头儿，老头儿却知道他。因为老头儿和傻二的爹同辈儿。

"你听说一个外号叫'青头愣'的吗？"老头儿问他。

傻二想起，爹爹生前提到过此人，吹一口好笛，在村里的"吹歌会"领头。这会是纯粹的音乐会，红白喜事不吹，只在逢年过节演奏一番，讲求音调和味道。"青头愣"本姓刘，排行老四，由于头皮青得发蓝，乡人给他起了这个蚂蚱的绰号。傻二说：

"原来您是刘四叔啊！"

老头儿高兴地咧开嘴唇，直露出牙花，连连点头。这刘四说，早在乡间就听说天津卫出了一个"神鞭"，他猜到这是傻二爹，谁知这次到天津一扫听，没料到傻二爹没了，但功夫已经传到他身上。傻二问刘四，怎么会猜到是他家。刘四说，天下还有谁会这独门奇功？跟着，他告诉傻二所不知道的事儿——

传说傻二的老祖宗，原先练一种问心拳，也是独家本领，原本传自佛门，都是脑袋上的功夫。但必须仿效和尚剃光头，为了交手时不叫对方抓住头发。可是清军入关后，男人必须留辫子，不留辫子就砍头，这一变革等于绝了傻二家的武艺。事情把人挤到那儿，有能耐就变，没能耐就完蛋。这就逼着傻二的老祖宗把功夫改用在辫子上，创出这独异奇绝的辫子功……

刘四啧啧赞赏地说：

"你祖辈有能耐，这一变，又是绝活！"

傻二好似一下子找到自己的根儿，心里十分快活，呼叫金菊花备些酒菜招待。刘四说，团有团规，不准吃荤、喝酒、逛窑子、诈钱财，违者挨一百杖，还要给赶出坛口。然后就问傻二身怀绝技，为什么呆在家，不去树一杆旗，上阵灭敌，光宗耀祖。他正色说：

"东洋武士都败在你手下，难道你还怕洋人？你匾上写着'张我国威'，挂在这儿给谁看的？你要是把这辫子当做古玩，它可就成死的了。如今，大男儿不去为民除害，以身报国，等啥？我老汉乡下还扔着一大家子人呢！"

"您……今年高寿？"

"整整七十啦！"刘四说。但乡下人操心少，活动多，吃新米鲜菜，都显得年轻硬朗。

"这样高龄也上阵吗？"

"不上阵，我一百多里下卫来干啥？虽然舞不动铁枪钢刀，穷哥儿们杀毛子时，我也吹吹笛，鼓鼓劲儿呗！"

傻二心里一动，眉毛也一动，问道：

"刘四叔，我入你的团如何？"

金菊花一旁想要阻拦，却给傻二的目光逼得没敢张嘴。

刘四笑道：

"不瞒你说，今儿是义和拳的总头领曹福田老师叫我请你来的，当下就在近边的吕祖堂。说啥入不入团，请你去做老师！神鞭一到，团民立刻要精神十倍呢！"

傻二把搁在心里的话说出来：

"人都说义和拳都避枪炮，这话当真？"

刘四看他一眼，说：

"不假。你要看，就随我来！"

傻二把"神鞭"往头上一盘，对刘四说声："走！"就拉着刘四走出大门。

他们来到吕祖堂，这清静的庙宇如今大变模样。殿顶墙头插满牙边绣面的黄红团旗，就像戏台上武生后背插着的靠旗，好不威风！大殿前月台上，团民正操演排刀，殿前摆一条大香案，供着大大小小许多神牌。一尊水缸大的生铁炉子插着数百棵线香，团团浓烟往上冒，直与那些旗子卷在一起。团民们齐刷刷站了一圈，四周还有不少百姓，观看团民拜神上法，表演过刀。这场面可是既奇特又神秘，傻二以前在乡间看过白莲教、红枪会铺坛，连气氛都很相像。

义和拳按八卦中的乾、坎、艮、震、巽、离、坤、兑，分八门，又分红黄白黑四色。曹团是乾字团，主黄，故团民一色黄包头，黄褡膊，黄裹腿。有的青蓝布衫外边罩一个金黄兜肚，镶滚紫边，当胸拿红布缝个"三"字，高矮胖瘦，老少豪秀，嘛样都有，却一概威风凛凛，神情庄重，若有神在。

一个年轻团民跳到月台中央。这小子圆胖小脸，肥嘟嘟小撅嘴，左眼下有块疤，嗓门又哑又尖，一口地道的天津话。他脚上穿一双白布孝鞋，十分刺眼，自称能求来孙猴子附体。他走到香案前对着神牌先叩三个头。这些木头做的神牌上，用墨笔写着神仙的姓名，

却都是戏里的人物。有关羽、姜太公、诸葛亮、张天师、周仓、孙行者、黄天霸、黄三泰、窦尔墩、杨六郎、武松、秦叔宝等等，他叩过头，站在香案旁一位络腮胡须、个子高大的师兄，拿起一道符，口中念道：

> 快马一鞭，
> 几山老君，
> 一指天门开，
> 二指地门开，
> 要学武技请师傅来。

这穿孝鞋的圆脸团民也口念一咒语：

> 北六洞中铁布衫，
> 止住风火不能来，
> 天有天道，地有地道，
> 齐天大圣护我身，五雷刚。

念过后，闭上眼，浑身猛地一抖，好像有神附入体内，跟着就陡然旋身疾转，手舞足蹈，每一动作都极像猴子。傻二看出这是"猴拳"的招式。大个子师兄问团民："何人下山？"这团民尖声答道："我乃悟空，刀枪不入也。不信就拿刀来试一试！"这声调与戏台上孙猴子的道白差不多。师兄操起一柄开了刃的九环大刀，朝这团民哗哗响举起来。这团民并不怕，拉开衣裤，一运气，肚子鼓得像扣上去的一个小盆儿。师兄一刀砍在肚子上，但听"咔"一响，居然皮肉不伤，刀刃砍过之处，只有一道白印，渐渐变红。这一来，团民愈发神气，对师兄叫道："你拿洋枪来，我也不怕！"师兄就从香案下取出一支洋枪。这洋枪里没上子弹，而是塞满掺了砂子的火药，抬起来，枪口对着团民。这场面可够惊心动魄，谁料这小子胆大包天，非但不避，反而把肚子凑近枪口，带着股刚烈气息，尖声叫得刺耳："来呀，毛子们来呀！"只听轰一响，硝烟飞过，这小子毫无损伤！他像掸尘土那样，把打在肚皮上的沙子用手都拂下来。众人看得说不出话来。傻二心想，这团民用的是不是硬气功！即便如此，这也是顶上乘的功夫。他从未见过，也没听说过。因此对这附神上法也就信多疑少。哪知道，那时义和拳就是用这样的高手，稀世的绝招，鼓动士气，使人相信上阵能避枪炮、灭洋人，以此招徕团众。经过这叫人信服的操演，那些要去打洋人、却畏惧枪炮的哥儿们，就都嚷嚷着要入坛了。

这时，忽从五仙堂走出几个团首，簇拥着一个背披斗篷、腰悬大刀、气度非凡的黑瘦汉子。这汉子正是津门义和拳总头领曹福田。刘四忙引傻二登上月台去见曹老师。

曹老师是行伍出身，浑身带着干练精悍的劲头，见傻二就单手打个问心说：

"神鞭一到，不愁赶尽洋毛子！"

众人见是神鞭傻二来入坛，一齐欢呼起来，气氛很是热烈。

傻二说：

"曹老师为咱中国人雪耻，要率弟兄们去紫竹林与洋毛子一决雌雄，胆量气节，都叫我五体投地。"

曹老师说：

"哪的话！您的神鞭给我添了十倍的力量。就请您当众略施神功，壮我士气！"

傻二马上慨然答应，叫八名团民挥刀砍他，眨眼之间，啪啪数响，不及看清，那八柄腰刀早给横七竖八抽落在地。惊得众人一时无声，然后哄地同声喊起好来。

傻二这几辫抽出精神来，他对曹老师说：

"几时去紫竹林接仗，我愿同往！"

"今日后晌就去。我给您两队团民，由您带领，殷师弟——"曹老师扭头对刚才演排刀、穿孝鞋那个圆脸团民说，"你跟着去！"

"好！"殷师兄过来对傻二说，"只要您叫我上，迎着枪子儿也上，如有半点含糊，就是狗娘养的！"

傻二对他含笑点头。他已经深为这团民的豪气所感动。

"眼看晌午，我就不回家送信了，快快上阵。"傻二说到这儿，心想还是上法在身更牢靠些，便抱拳对曹老师拱拱手说，"愿借神威！"

曹老师当即拿出黄表朱墨，写了咒符一张给他，傻二接过来看，上边写着：

> 家住东海南，
> 日没昆仑山，
> 砂子赛冰凌，
> 闭炮不冒烟。

这四句咒语后边还画个"五雷正法"的符图：

他看了半天，似懂非懂，等他把这符咒折成三折，塞进辫根里，感到满脑袋的头发都发烫，似乎真有法力注入他的辫子里。他想：神鞭加神拳，毛子全玩完。心里有种纵入紫竹林，一扫洋人的渴望。

这时，曹老师已经派遣三名精壮团民到紫竹林去下战表。那战表上这样写着：

> 统带津、静、盐、庆义和神团曹，谨以大役布告六国使臣麾下：刻下神兵齐集，本当扫平疆界，玉石俱焚，无论贤愚，付之一炬，奈津郡人烟稠密，百姓何苦，受此涂炭。尔等自恃兵强，如不畏刃避剑，东有旷野，堪作战场，定准战期，雌雄

立见，何必缩头隐颈，为苟全之计乎？殊不知破巢之下，可无完卵，神兵到处，一概不留，尔等六国十载雄风，一时丧尽，如愿开战，晌后相候。

晌午，傻二随同团民饱餐一顿百姓送来的得胜饼和绿豆汤，然后，列齐队伍，刀上贴了符纸，开拔上阵。兵分做二路，曹老师一路出东门直捣马家口，傻二一路出南门径取海光寺。临行时，曹老师赠给傻二一块缝着乾字图样的头巾。他掖在怀里没戴，而是故意把那四尺多长的神鞭乌光光顶在头上。

一时，城中人都说，这一下，傻二爷要把毛子们都赶到海里去，就势还要拿神鞭将紫竹林里的洋楼和电线杆全都抽倒。说到电线杆，因为那时百姓们都认为电线杆里藏着洋人的妖法。

第十二回　一个小小的洋枪子儿

地有准，天没准，说阴就阴。虽然没有倾盆瓢泼往下浇，空中飘起又细又密的雨毛毛，不一会儿，树皮草叶就湿乎乎冒光，地皮也发滑了。

刚刚，傻二带领团民与毛子们打了一场硬碰硬的交手战。毛子果然有各路的招数，挺着枪刺只捅不扎，与咱中国人使唤扎枪的法子大不相同，傻二也使出拿手好戏，辫梢专抽毛子们的眼睛，只要毛子睁不开眼，团民上去挥刀就砍。毛子吃了大亏，忽然脱开肉搏，退到土岗子后边放一排枪。傻二头一次与毛子们交战，这洋枪子儿比戴奎一的泥球神得多，连声音都听不见，辫子自然也毫无举动，身后的团民却一个个倒下去。待他们冲上土岗子，毛子们连影儿也没了。傻二见倒在身边一个团民，胸口给洋枪子儿穿三个洞，鲜血直冒，心里犯起嘀咕，还有几个年少的团民看着发怔，似乎也对"刀枪不入"起了疑惑。那个穿孝鞋的殷师兄走过来说：

"这几个哥儿们功夫没练到家，请不到神仙附体，就顶不住洋枪

子儿!"

话刚说这两句,忽然跑马场那边毛子们打起炮来。西瓜大的乌黑的弹丸,眼瞧着远远地飞过来,落在开洼地里,炸得泥水、土块、小树乱飞。殷师兄一点也不怕,对众团民叫道:

"站好啦,甭怕,怕鬼才被鬼吓着!等大炮咋呼完了,毛子们就该出窝啦!"

团民们都迎着又凉又湿的风站着,没一个躲藏。

这阵炮没伤着人。随后,在前边墨绿色的树丛后边竖起一杆小洋旗来,摇了两摇,小鼓咚咚响,毛子们出来了,前后三排,端着枪,踩着鼓点直挺挺走过来。团民们正待迎上去肉搏,毛子们忽然变化阵势,头排趴下,二排单腿跪下,三排原地站着。轰!轰!轰!三排枪,立即就有许多团民向前或向后栽倒。其余团民不明其故,仍旧站着不动,殷师兄尖声喊道:"趴下!趴下!"于是团民们和傻二都趴在泥地上。

毛子们换上子弹,轰!轰!轰!又是三排枪。

子弹贴着傻二他们的头和后脊梁骨飞去,压得他们抬不起头来。殷师兄就趴在傻二身边,他的头巾被打燜了一块,压得他必须把脸贴在泥地上,他嘴巴上蹭了一大块泥印子,气得他脸憋得通红,眼珠子直掉泪,奶奶娘地大骂,愈骂火愈旺,忽然跳起来,用那撕扯人心的尖嗓子大叫一声:"操他祖宗,我娘叫他们糟蹋,我把他们全操死!"就像疯了一样舞着宽面大刀冲上去。他那穿着白孝鞋的脚,几步就闯入敌阵中间。

应声的团民们立即全都蹿起来,迎着飞蝗一般洋枪子儿上,不管谁中弹倒下,还是不要命往前冲。傻二自然也不管身上有没有法了,夹在团众里,一直冲入毛子们阵中,挥刀舞鞭,碰上就打。耳边听着哧哧枪子儿响,跟着还有一阵阵助阵的鼓乐声从身后传来。这乐曲好熟悉!是《鹅浪子》吧!它这悲壮的、尖啸的、凄厉的、一声高过一声的声音,好像带着尖,有形又无形,钻进耳朵,再使劲钻进心里,激起周身热血,催人冒死上前,叫人想哭、要怒,止不住去拼死！呀！这就是刘四叔那小管儿吹出来的吧！他来不及分辨，连生死都不分辨了。一路不知辫子已经抽倒了多少毛子。忽然轰一响，眼一黑，自己的身子仿佛是别人的，猛地扔出去，跟着连知觉也从身上飞开了。待他醒来，天色已暗，周围除去几声呱呱蛙叫，静得出奇，他糊里糊涂以为自己到了阴曹地府。再一看，原来是在一个水坑里，多亏这坑里水浅，屁股下边又垫着很厚的水草，鼻尖才没有沉到水面下边，不然早已憋死。他从水里站起来，身上腿上都没伤，肩膀给洋枪子削去一块肉，血染红了左半边裤子。

他爬上坑边一看，满地都是死人，有毛子，也有团民，衣服给小雨淋得颜色深了，伤口的血却被雨水冲淡，一片片浅红濡染尸体与草地。他忽然发现殷师兄和一个毛子死死抱在一起，一动不动卧在地上。他用手一掰，原来殷师兄的大刀扎在毛子的胸口里，毛子的枪刺捅进殷师兄的肚子，早都死了。在湿地上，那孝鞋白得分外刺眼。他四下把团民的尸体翻翻看，没发现一个有气儿的。不知为嘛，他急于走开这地方。

他辨明方向，往城池那边走。走不多远，忽见一个黄土台上，横躺竖卧一堆死人。细看竟是他老家来的吹歌会，已然全部捐了性命。牛皮大鼓被炸裂，木头鼓梆还冒着烟儿，地上扔着唢呐、笙、小钹、鼓槌。在这中间，斜躺着一个老头儿，头上的包布脱落，脑壳露在外边，给雨淋得像瓜似的，冒着幽蓝幽蓝的光。他手里紧紧攥着一根九孔小管，呀，正是刘四叔！他差点叫出声来。当他俯下腰给刘四合上眼皮时，心里一阵难受，并涌起一股火辣辣的劲儿来，头发根儿都发炸，他猛仰头，一甩辫子，要只身闯入紫竹林决死一拼，但他忽然感到脑袋上的劲儿不对，再一甩，还不对，辫子好像不在脑袋上，扭头看，还在后背上垂着，真怪！他把辫子拉到胸前一看，使他大惊失色，原来这神鞭竟叫洋枪子儿打断了，断茬烧焦起来，只连着不多几根。掖在辫子里边的黄表符纸也烧得剩下一小半。嘛？神鞭完啦？

啊！他蒙了，傻了，不知道是怎么回事。一时好似提不住气，

一泡尿下来，裤裆全湿了。

天黑时，他才回去，却不敢回家，又怕路上撞到熟人，叫人看见。他用曹老师给他的那块头布包上脑袋，进城后赶快溜进丈人金子仙家。金子仙听了，惊得差点昏过去，待他神智稍稍清醒，就忙把傻二严严实实藏起来，千万不能叫外人听到半点风声！

第十三回　只好对不起祖宗了

天津城陷后，很长时候，没人提起傻二。有人说，他去紫竹林接仗那天，踩响毛子埋的地雷，丧了性命；也有人说，他叫毛子们施了法术，关进笼子，还用电线捆起神鞭——那时人们不知电线怎么回事，以为其中有魔——装上船，运到海外展览。庚子变乱之后，一连几年，人心不定，社会不宁。毛子们拆去天津城墙，又把租界扩大一倍，天津地面上的毛子更多起来。中外一仗，有人打明白了，不再怕毛子；有人打糊涂了，更怕毛子。他们想，天上诸神下界，都拿毛子没辙，一条神鞭，即便真是祖宗显灵，也顶不住。

金子仙人够精细。他把傻二这么一个五六尺、咳嗽喘气的大活人，藏在家里半年多，居然没人知道。傻二养好肩上的伤，断辫子却一直没长好。那辫子是给洋枪子儿斜穿肩膀打断的，上边只剩下半尺多，养了半年，长过了二尺却愈长愈细，颜色发黄，好比黄羊屁股上的毛，而且尖头出了叉儿。头发一生叉就不再长，辫子少了一尺，甩起来不够长，也没劲，打在人身上就像马尾巴扫上一样。

这些天，金子仙父女和傻二的心情极糟，真像打碎一件价值连城、祖辈传下来的古董。金子仙跑遍城内外的药铺，去找生发的秘方。直把腿肚子跑细了一寸，总算打听到估衣街上瑞芝堂的冯掌柜有这样的秘方。金子仙马不停蹄来到估衣街，谁知药铺的掌柜早换了蔡六。蔡六说冯掌柜在半年前，洋人洗城时，叫一堵炸塌的山墙压死了。金子仙不死心，又幸亏他鼻子下边长了一张不嫌费事的嘴，终于在北大关"一条龙"包子铺后边找到冯掌柜。冯掌柜如今在一间豆腐块大的门脸房摆小糖摊。一提药铺，冯掌柜就哭了。

原来，庚子变乱之时，聂军门武卫军的马弁们在估衣街上，乘乱烧抢当铺，大火把瑞芝堂药铺引着。蔡六抢在水会来到之前，把账匣子扔到火里。药铺的钱账，早就由冯掌柜交给蔡六掌管，花账、假账肯定不少，这一烧就没处查对。火灭之后，蔡六买通一伙人，自称是债主，向冯掌柜讨债，冯掌柜拿不出账来，蔡六又里应外合，点头承认铺子欠着这些人债款，只有人家说多少给多少，直把冯掌柜逼得倾家荡产。最后把药铺盘出去，才把债还清，谁知收底盘下这铺子的正是蔡六。冯掌柜抹着泪说：

"这应了一句老话，真能治死你的，就是身边的人。"

金子仙感慨不已。人活五十，都经过九曲八折，都有追悔莫及的事，联想傻二的辫子，他后悔变乱时，不该叫傻二和菊花住在城外，若在身边，他绝不叫傻二去和洋枪洋炮玩命。他见冯掌柜胆小怕事，老实软弱，不会在外边多说多道惹麻烦，就悄悄把傻二辫子的事告诉冯掌柜。他明白，如果他胡诌一个什么亲戚得了鬼剃头，冯掌柜不会拿出秘方来。他话到嘴边，犹豫一下，不自主用点心眼儿，只说傻二喝醉酒，辫子叫油灯从中烧断的。冯掌柜听了，叫道：

"呀！神鞭断了，这还得了！你老别急，我这儿有个祖传秘方，还是太后老佛爷用的。这方子我没给过任何人。前年头里，阮知县得秃疮，掉头发，我也没给他使过这方子，只给他抄一个偏方。偏方和秘方是两码事。我祖上传这方子时，有四句诀：'青龙丹凤，沾上就灵；黑狗白鸡，用也白用。'傻二爷不是凡人，那辫子是祖传法宝，只要用上这方子，保他眨眼就生出黑油油的头发！"

金子仙叫道：

"太好了！我就信祖传的！人家告我紫竹林一家德国药店，卖什么'拜耳生发膏'，灵透了，我就不信。不信洋人比咱祖宗高明。"

冯掌柜听得眉开眼笑。他先收了摊子，关上门，然后打开屋角的花梨木箱子，从箱底取出一个紫檀小匣，开了铜锁，捧出一个用宋锦裹得方方正正的小包，上边系着一条皇绫带子，解带剥包，再

把一层又一层缎的、绸的、绢的、毛纸的包皮打开，最后才是一块玉片压着的几张药方。药方的纸儿变黄，那些拿馆阁体的蝇头小楷写的字依旧笔笔清晰。他恭恭敬敬把药方放在桌上，用镇纸压牢，取了纸笔，一边郑重其事誊抄，一边把各药的用法细心讲解出来：

"这是《千金方》。桑叶、麻叶……各三两……米泔水煮汤，要等它不凉不热时拿它给傻二爷洗发，它有促生毛发健旺之效。这是《圣惠方》，本是太后老佛爷最喜爱的梳头药。总共三味药：榧子，三个，去壳；核桃，两个，带皮；侧柏叶，一两，生用，放在一起捣烂了。切切记住，药引子必须是雪水，千万不能用一般河水井水。要用雪水泡透药末，再用梳子蘸这药水梳发。这核桃的功效在于'润肌黑发'，如果新发赤黄，就在里边多加一个核桃……你能记得住么？"

金子仙拍着手说："行了，行了，这下神鞭保住了！"他又问道："多少钱，我付！"

冯掌柜虽然软弱，却好激动。他见金子仙这样高兴，又激动起来。摆着手说："分文不取！保住神鞭，也是保住咱祖宗留下的元气。我情愿赠送！"他又另给金子仙抄了两个秘方。一是《老佛爷护发膏》，一是《老佛爷香发散》。这样，洗梳撒涂的药，全都齐了。冯掌柜嘱咐他，把这药分在几个药店去买，别叫人暗中抄去了方子。医药之道，剽窃抄袭更是厉害。

金子仙心想，自己真是碰上大好人。千恩万谢之后，便揣起方子快快活活去抓药。回去按方一用，果见成效。这药仿佛藏着神道，不多天，傻二的头发渐渐变黑变亮，仿佛用油烟墨一遍遍染上的。随后就眼看着粗起来，有如春天的草枝。半月后，忽见每根头发都拱出乌黑崭亮的尖子来，好像蹿芽拔节，叫金家父女惊喜得直叫。而且，用药以来，金菊花用新鲜的雪水泡药，拿它天天给傻二梳洗头发，眼看日长三分，过年转春，那一条光滑乌亮、又粗又长的神鞭完全复元了。

傻二耍几下，和先前那条并无两样。

这时候，外边到处传说，傻二没死，也没给洋人运到海外，他的辫子叫油灯烧断了，像秃尾巴鸡一样躲在老丈人金子仙家里。于是就有好事的人，假装到金家串门，包打听。金子仙反而从这些"包打听"口中套出，这些传说竟是打冯掌柜嘴里说出来的。他想，没错！这些话正是自己告诉冯掌柜的。幸亏那天留个心眼儿，真话没全说，否则人们都会知道神鞭是给洋枪子儿打断的，岂不坏了大事！这真叫他后怕得很。他愈想愈气，直拍桌子，还要去找冯掌柜算账，但沉下心一想，对冯掌柜这种软弱的人，骂他一顿又有嘛用？别看这种人脓包，更坏事。他心中暗道：

"这也应上一句老话：可怜人必可恨！"

傻二宽慰老丈人：

"何必气呢，明儿我上街一逛，露露面，保管嘛闲话全没了！"

第二天，金家父女陪着傻二城里城外转一大圈。人人都看见傻二，也看见傻二头上耀眼的神鞭，传言立时无影无踪了。看来，谣言不管多厉害，经不住拿真的一碰。就像肚子里的秽气，只能隔着裤子偷偷往外窜。

尽管在外人眼里，神鞭威风如旧，但傻二的心里不是滋味。那天，在南门外洼地上，看不见的洋枪子儿穿肩断辫的感觉，始终沉甸甸压在他心上，高兴不起来。虽然他在众人面前强撑着"神鞭"的功架，"张我国威"的大匾依旧气势昂扬地挂在家中。他五脏六腑总觉得空荡荡，没有根，底气不足。这辫子在头顶上就像做了一个灿烂又悠长的梦。现在惺惺懂懂地醒来，就像有股气从辫子里散了。

近一年来，金子仙的日子不好过。花钱买他的"八破"自来多是遗老遗少，而遗老遗少总是愈来愈少。他每天唉声叹气，不知要念上多少遍"古调虽自爱，今人多不弹"。但不卖画就没饭吃，肚皮常常会瓦解人的硬气劲。他便改用费晓楼的笔法，给活人画小照，给死人画小影。偏偏这时，洋人的照相业传进来，花不多钱，就能把人的相貌神气，一点不差留在小纸片上。洋人的照相术虽然奇妙，却也有缺陷，相片不能大，画像要多大有多大。但没等他发挥画像

的长处，排挤照相，跟着打海外又传来一种擦炭画法，把相片的人放大，并且画得和相片一样逼真。这纯粹不叫金子仙吃饭了，气得他大骂洋人，逢"洋"必骂，发誓不买洋货，还把家里一台对时的洋座钟砸了。可是庚子之后，城拆了，没城门，不用按时辰开门关门，鼓楼上又驻扎洋人的消防队，那"一百零八杵"大钟早就停止不打。他便无法知道时辰，只有看太阳影和猫眼睛里那条线了，遇事常常误点。他犯上犟劲，就是不买洋钟洋表，于是就这样一误再误地误下去。

这时傻二与金菊花早搬回西头的家去住，日子却要靠金子仙接济。他见老丈人手头一天天紧起来，再下去该勒裤带了，就对金子仙说：

"我和菊花一直没孩子。辫子功必须传给子孙这条规矩，看来是行不通了。我寻思，一来，总不能把这门祖宗留下的功夫绝了，二来，一日三餐，柴米油盐，没钱不成。反正肚子空了，到时候准叫。我打算开个武馆，教几个徒弟，不知这样做，是不是犯了祖宗？"

金子仙没言语，想了三天，回答他：

"我看也只有这样了。反正功夫没传给洋人，就算对得起祖宗。但收弟子时千万要挑选正派人，宁肯少而精，切忌多而滥，万万不可辱没家风。"

傻二以为老丈人古板得很，这种违反祖宗的事，必定反对。听了这话，自己反倒犹豫起来，害怕祖宗的魂儿来找他。

金子仙之所以同意，还有一个说不出口的原因，就是金菊花不能生育，傻二无后，但如功夫不传外姓，便会生出再娶一房小婆的打算，因此金家父女极力撺掇他开武馆，收徒弟，金菊花还总拿着空面袋、空盐罐、空油瓶给他看。傻二被逼无奈，一咬牙，开山收徒。一时求师的人真不少，他从严挑选了两个，并给这俩取了艺名。姓汤就叫汤小辫儿，姓赵就叫赵小辫儿，待到功夫练成，再称呼大名。傻二还和金子仙商量出武馆的八则戒条，为"四要"和"四不准"，由金子仙用朱砂纸写好，贴在墙壁上：

一、要知尊师敬祖；

二、要知忠孝节义；

三、要知礼义廉耻；

四、要知积德累功；

五、不准另拜别师；

六、不准代师收徒；

七、不准泄露功诀；

八、不准损伤发辫。

收徒那天，傻二向祖宗烧香叩头，骂自己大逆不道，改了祖宗二百年不变的规条；但又盟誓，要把辫子功发扬光大，代代传衍。这才是真正不负古人，不违先辈创造这神功的初衷。

其实，他是给事情赶到这一步，不改不成，改就成了。祖宗早烂在地下，还能找他来算账？总背着祖宗，怎么往前走？

第十四回　到了剪辫子的时候

傻二开了武馆，一直教授这两个徒弟。徒弟都是富裕人家的子弟，学艺钱和额外的孝敬，足够傻二夫妇糊口了。他一心传艺，两个徒弟碰上这样难得的高师，自然认认真真学本事。几年过去，一百单八式的辫子功，实打实地学会了三十六式。可是这时候，大清朝亡了，外边忽然闹起剪辫子。这势头来得极猛，就像当年清军入关，非得留辫子一样。不等傻二摸清其中虚实，一天，胖胖的赵小辫儿抱着脑袋跑进来。进门松开手，后脑袋的头发竟像鸡毛掸子那样乍开来。原来他在城门口叫一帮大兵按在地上，把他辫子剪去了。

傻二大怒：

"你没打他们？你的功夫呢！"

赵小辫儿哭丧着脸说：

"我饿了，正在小摊上吃锅巴菜，忽然一个大兵拦腰抱住我，不

等我明白嘛事，又上来几个大兵，把我按在地上。更不等我知道为嘛，稀里糊涂就给剪去了。"

"等？等嘛！你不拿辫子抽他们！"

"辫子没啦，拿嘛抽……"

"混蛋！你不懂大清的规矩，剪去辫子，就得砍头！"

金菊花在一旁插嘴：

"你真气糊涂了。大清不完了吗？"

傻二一怔，跟着明白现在已是民国三年。但他怒气依然挺盛，吼着：

"他们是谁？是不是新军？我去找他们！"

"眼下这么乱，看不出是哪路兵。他们说要来找您。有一个瘦子还说，叫我捎话给您，他要找上门来报仇。"

"报仇？报嘛仇？他叫嘛？"

"他没自报姓名，模样也没看清。是个哑嗓子，细高挑儿，瘦得和咱汤小辫儿差不多，有一只眼珠子好像……"

正说着，有人在外边喊叫："傻巴，滚出来吧，三爷找你结账来啦！"随这喊声，还有一群男人起哄的声音。

傻二开门出去，只见一个瘦鬼儿，穿着"巡防营"中洋枪队的服装，站在一丈开外的地方，后边一群大兵穿着同样的新式军衣，连说带笑又起哄，傻二不知是谁。

"你再拿眼瞧瞧——连你三爷都不认得了？还是怕你三爷？"瘦子口气很狂。

傻二一见他左边那只不灰不蓝的花眼珠子，立时想到这是当年的玻璃花，心里不由得一动，听玻璃花叫着："认出来了吧，俗话说'君子报仇，十年不晚'。庚子年，那个曾经祸害你三爷的死崔，给洋人报信，叫义和拳五马分尸干了，也算给你三爷出口气。不过，毁你三爷的祸根还是你的辫子。今儿，三爷学会点能耐，会会你。比画之前，先给你露一手——"说着把前襟一撩，掏出一个乌黑乌黑的家伙，原来是把"单打一"的小洋枪。

傻二一见这玩意儿，立时一身劲儿全没了，提不住气，仿佛要尿裤。当年在南门外辫子被打断时的感觉，又出现了。这时，只听玻璃花说声："往上瞧！"抬手拿枪往天上一只老鹰打去，但没有打中，把老鹰吓得往斜刺里飞逃而去。

几个大兵起哄道：

"三爷这两下子，还不到家。准是不学功夫，只陪师娘睡觉了！"

玻璃花说："别看打鸟差着点，打个大活人一枪一个。傻巴！咱说好。你先叫我打一枪，你有能耐，就拿你那狗尾巴，像抽戴奎一的泥弹子那样，把我这洋枪子儿抽下来，三爷我今晌午就请你到紫竹林法租界的'起士林'去吃洋饭。你也知道，三爷我一向好玩个新鲜玩意儿，玩得没到家，不见得打上你。要是打不上，算你小子走运，今后保准再不给你上邪活；要是打上了，你马上就得把脑袋上那条狗尾巴剪下来，就像你三爷这样——"说着，摘下帽子，露出一个小平头。

大兵们大笑，在一旁瞎逗弄：

"你叫人家把辫子剪了，指嘛吃饭？人家就指这尾巴唬人钱呢！"

"三爷，你先叫人挨一枪，可有点不够，给他上一段德国操算了！"

"三爷可得把枪对准，别又打歪啦，栽面儿，哈哈！"

玻璃花见傻二站在对面发怔，不知为嘛？一点神气也没有。这样玻璃花更上了劲："傻巴，别不吭气，你要认脓，就给我滚回家去，三爷绝不朝你后背开枪！"一边说，一边把一颗亮晶晶的铜壳的洋枪子儿，塞进枪膛。

傻二瞅着这洋枪子儿，忽然扭身走进院子，把门关上。汤小辫儿和赵小辫儿见师傅皱紧眉头，脸色刷白，不知出嘛事了。墙外边响起一阵喊叫："傻巴傻啦，神鞭脓啦！神鞭神鞭，剪小辫啦！"一直叫到天黑。大兵走了，还有一群孩子学着叫。

神鞭傻二一招没使，就认栽给玻璃花，真叫人摸不着头脑。外边人都知道，玻璃花在关外混了多年，新近才回到天津，腰里掖着

些银钱，本打算开个小洋货铺子，谁知在侯家后香桃店里又碰上飞来凤。原来大清一亡，展老爷气死，大奶奶硬把飞来凤卖回到香桃店，这么一折腾，人没了鲜亮劲儿，满脸褶子，全靠涂脂抹粉。玻璃花上了义气劲儿，把钱全使出来，赎出飞来凤当老婆。自己到巡防营当大兵，拿饷银养活飞来凤。他这人脑袋浑，手底下又糙，嘛玩意儿都学不到手。这洋枪是从管营盘的排长手里借来的，没拿倒了就算不错。今儿纯粹是想跟傻二逗闷子，怄一怄，叫他奇怪的是，傻二这么厉害，为嘛连句硬话没说，掉屁股就回窝了？他想来想去，便明白了，使他镇住傻二的，还是这玩意儿。于是他只要营盘没事，就借来小洋枪，别在腰间，找上几个土棍无赖陪着，来到傻二门前连喊带叫，无论他拿话激，拍门板，往院里扔砖头，傻二就是闭门不出。他们拾块白灰，在傻二门板上画个大王八，那王八的尾巴就是傻二的神鞭。这辱没神鞭的画儿就在门板上，一连半个多月，傻二也不出来擦去。他想，莫非这傻二不在家？

有一天，玻璃花在街上碰上赵小辫儿，上去一把捉住。赵小辫儿没了辫子，也就没能耐，好像剪掉翅膀的鸽子，不单飞不上天，一抓就抓住。玻璃花问他师傅在家干嘛，赵小辫儿说：

"我师傅早已经把我赶出来，我也半个月没去了。"

玻璃花不信，又拉了几个土棍，拿小洋枪顶着赵小辫儿的后腰，把他押到傻二家门前，逼他爬上墙头察看。赵小辫儿只好爬上去，往里一望，真怪！三间屋的门窗都关得严严的，而且一点动静也没有。院里养的鸡呀、狗呀、鹅呀，也都不见，玻璃花等人听了挺好奇，大着胆儿悄悄跳进院子，拿舌尖舔破窗纸往里瞧，呀，屋里全空着，只有几只挺肥的耗子聚在炕头唶什么。哎呀呀，傻二吓跑了！傻二为嘛吓跑了？管他呢，反正他跑了。玻璃花抬脚踹开门，叫人把梁上那块"神鞭"大匾摘下来，拿到院子里，用小洋枪打，可惜他枪法不准，打不上那两个字，只好走到跟前，在"神鞭"两个字上，各打了一个洞。

第十五回　神枪手

一年，才刚开春，草木还没发芽子，远远已经能够看见点绿色了。南门外直通海光寺的大道两边开洼地，今儿天蓝水亮，风轻日暖，透明的空气里飘着朵朵柳絮。这时候，要是在大道上放慢腿脚溜达溜达，四下望望，那才舒服得很呢！

玻璃花来到道边一家小铁铺，给营盘取一挂锁栅栏门的大链子。他来得早些，铁匠请他稍候一候。他骂一句街，便在大道上闲逛逛，逛累了，在道旁找到一个石头碾子，跷腿坐在上边，看见过路的大闺女小媳妇，就哼哼一段婆娘们哄孩子的歌儿，找个乐子：

> 小小子儿，坐门墩儿，
> 哭哭啼啼要媳妇儿，
> 要媳妇儿干——嘛，
> 做鞋做袜儿，穿衣穿裤儿，
> 点灯说话儿，吹灯亲嘴儿。

女人家见他这土痞模样，不敢接茬，赶紧走去。他见道上行人不少，忽然想到要显一显自己才弄到手的小洋货，便打怀里摸出一根烟卷，叼在嘴上，还模仿洋人，下巴一甩劲，烟头神气地向上撅起来。跟着他又摸出一盒纯粹洋人用的"海盗牌"的黄头洋火，抽出长长一根，等路人走近，故意手一甩，"嚓"地在裤腿上划着，得意扬扬点着烟，嘴唇巴巴响地一口口往里喥，就这当儿，忽然"啪"一下，烟头被打灭，他还没弄清怎么回事，"啪"又一下，叼在嘴上的烟卷竟给打断；紧接着，"啪"帽子被打飞了。三声过后，他才明白有人朝他开枪。他原地转一圈，看看，路人全吓跑了，正在惊讶不已的时候，打开洼地跑来一个瘦瘦的少年，递给他一张帖子说：

"我师傅要会会您。"

他帖子没看就撕了，问道：

"你师傅是哪个王八蛋？"

瘦小子一笑，说："随我来！"走了几步，故意回头逗他一句，"您敢来吗？"

"去就去，三爷怕嘛！神鞭都叫你三爷吓跑了！"玻璃花毫不含糊，气冲冲跟在后边走。

他随这瘦小子从大道下到开洼地，走不多远，绕过一小片野树林子，只见那里站着一个四十多岁的汉子，阔脸直鼻，身穿宽宽绰绰的蓝布大褂，头上缠着很大一块蛋青色绸料头巾。他见这人好面熟，再瞧，哟，这不是傻二吗！怎么这样精神？脸上的糟疙瘩都没了，一双小眼直冒光，可是玻璃花立即也拿出十足的神气唬住对方："傻巴，你是不是想尝尝'卫生丸'嘛味的？"他一撩前襟，手拍着别在腰间的小洋枪啪啪响，叫道："说吧，怎么玩法？"他拿傻二最怕的东西吓唬傻二。

谁知这傻二淡淡一笑，把双襟的褂子中间一排扣儿，从上到下挨个解开，两边一分，左右腰间，居然各插着一把六眼左轮小洋枪，他双手拍着左右两边的枪，对瞪圆眼睛的玻璃花说："眼下，我也玩这个了。你既然要玩这东西，我陪着。我先说个玩法——咱们一人三枪，你一枪，我一枪，你先打，我后打。你那两下子我知道，我这两下子你还不知道。我要是不告诉你，那就算我欺负你了！你看——"傻二指着前边，十丈远的一根树杈上，拿线绳吊着一个铜钱，在阳光下锃亮，像一颗耀眼的金星星。

"你瞧好了！"

傻二说着一扭身，双枪就"刷"地拿在手里，飞轮似的转了两圈，一前一后，"啪啪"两响，头一枪打断那吊铜钱的线绳，不等铜钱落地，第二枪打中铜钱，直把铜钱顶着飞到远处的水坑里，腾地溅出水花来。

玻璃花看得那只死眼都活了。他没见过这种本事，禁不住叫起来："好枪法，神枪！神枪！"再一瞧，傻二站在那里，双枪已经插在腰间。这一手，就像他当年甩出神鞭抽人一样纯熟快捷，神鬼莫测。玻璃花指着傻二说："你那神鞭不玩了？"

傻二没答话，带着一种莫名其妙的微笑，抬手把头布一圈圈慢慢绕开取下，露出来的竟是一个大光葫芦瓢，在太阳下，像刚下的鸭蛋又青又亮。玻璃花惊得嗓音变了调儿：

"你，你把祖宗留给你的'神鞭'剪了？"

傻二开口说：

"你算说错了！你要知道我家祖宗怎么情况才创出这辫子功，就知道我把祖宗的真能耐接过来了。祖宗的东西再好，该割的时候就得割。我把'鞭'剪了，'神'却留着。这便是，不论怎么变，也难不死我们；不论嘛新玩意儿，都能玩到家，绝不尿给别人。怎么样，咱俩玩一玩？"

玻璃花这才算认了头：

"三爷我服您了。咱们的过节儿，打今儿就算了结啦！"

傻二一笑，把头布缠上，转身带那瘦徒弟走了。玻璃花看着他的身影在大开洼里渐渐消失，不由得摸着自己的后脑壳，倒吸一口凉气，恍惚以为碰到神仙。他回到营盘后，没敢跟任何人说起这件事，怕别人取笑他。不久，听说北伐军中有一个神枪手，双手打枪，指哪儿打哪儿，竟说一口天津话，地地道道是个天津人，但谁也说不出这人姓名，玻璃花却心里有数，暗暗吐舌……

三寸金莲

书前闲话

人说，小脚里头，藏着一部中国历史，这话玄了！三寸大小脚丫子，比烟卷长点有限，成年论辈子，给裹脚布裹得不透气，除去那股子味儿，里头还能有嘛？

历史一段一段。一朝兴，一朝亡。亡中兴，兴中亡。兴兴亡亡，扰得小百姓不得安生，碍吃碍喝，碍穿碍戴，可就碍不着小脚的事儿。打李后主到宣统爷，女人裹脚兴了一千年，中间换了多少朝代，改了多少年号，小脚不一直裹？历史干它嘛了？上起太后妃子，下至渔女村姑，文的李清照，武的梁红玉，谁不裹？猴不裹，我信。

大清入关时，下一道令，旗人不准裹脚，还要汉人放足。那阵子大清正凶，可凶也凶不过小脚。再说凶不凶，不看一时。到头来，汉人照裹不误，旗人女子反倒瞒爹瞒妈，拿布悄悄打起"瓜条儿"来。这一说，小脚里别有魔法吧！

魔不魔，且不说。要论这东西的规矩、能耐、讲究、修行、花招、手段、绝招、隐秘，少说也得三两天。这也是整整一套学问。我可不想蒙哪位，这些东西，后边书里全有。您要是没研究过它，可千万别乱插嘴；您说小脚它裹得苦，它裹得也挺美呢！您骂小脚它丑，嘿，它还骂您丑哪！要不大清一亡，何止有哭有笑要死要活，缠了放放了缠，再缠再放再放再缠。那时候人，真拿脚丫子比脑袋当事儿。您还别以为，如今小脚绝了，万事大吉。不裹脚，还能裹

手、裹眼、裹耳朵、裹脑袋、裹舌头，照样有哭有笑要死要活，缠
缠放放放放缠缠，放放缠缠缠缠放放。这话要再说下去，可就扯
远了。

这儿，只说一个小脚的故事。故事原带着四句话：

> 说假全是假，
> 说真全是真；
> 看到上劲时，
> 真假两不论。

您自管酽酽沏一壶茉莉花茶，就着紫心萝卜芝麻糖，边吃边喝，
翻一篇看一篇，当玩意儿。要是忽一拍脑门子，自以为悟到嘛，别
胡乱说，说不定您脑袋走火，想岔了。

今儿，天津卫犯邪。

赶上这日子，谁也拦不住，所有平时见不到也听不到的邪乎事，
都挤着往外冒。天一大早，还没亮，无风无雨，好好东南城角呼啦
就塌下去一大块，赛给火炮轰的。

邪乎事可就一件接一件来了。

先是河东地藏庵备济社的李大善人，脑袋一热，熬一百锅小米
粥，非要周济天下残人不可。话出去音儿没消，几乎全城穷家穷户
的瞎子、聋子、哑巴、瘸子、瘫子、傻子，连癞痢头、豁嘴、独眼
龙、罗锅、疤眼、磕巴、歪脖、罗圈腿、六指儿、黑白麻子，全都
来了。闹红眼发痄腮的，也挤在当中，花花杂杂将李家粥厂围得密
密实实，好像水陆画的小鬼们全下来了。吓得那一带没人敢上街，
孩子不哭，狗不叫，鸡不上墙，猫不上房。天津卫自来没这么邪
乎过。

同天，北门里长芦盐运司袁老爷家，也出一档子邪乎事。大奶
奶吃马牙枣，叫枣核卡住嗓眼儿，吞饽饽、咽水、干咳、喝醋、扯

着一只耳朵单腿蹦，全没用，却给一个卖野药的，拿一条半尺长的细长虫，把枣核顶进肚子里。袁老爷赏银五十两，可不多时那长虫就在大奶奶肚子里耍巴开了。疼得床上地下打滚翻个捶肚脑袋直撞墙，再找卖野药的，影儿也不见。一个老妈子懂事多，忙张罗人拿轿子把大奶奶抬到西头五仙堂。五仙堂供五大仙，狐黄白柳灰。狐是狐狸，黄是黄鼠狼，白是刺猬，灰是老鼠，柳就是长虫。大奶奶撅屁股刚磕三个头，忽觉屁眼儿痒痒，哧哧响滑溜溜，那长虫爬出来了。这事邪不邪？据说因为大奶奶头天早上，在井边踩死一条小长虫，这卖野药的就是大仙，长虫精。

邪乎事绝不止这两件。有人在当天开张的宫北聚合成饭庄吃紫蟹，掀开热腾腾螃蟹盖，里边居然卧着一粒珍珠，锃光照眼滴溜圆。打古到今，珍珠都是长在蚌壳里，谁听说长在螃蟹盖里边的？这珍珠不知便宜哪家小子，饭庄却落个开市大吉。吃螃蟹的，比螃蟹还多。这事算邪却不算最邪，更邪乎的事还在后边——有人说，一条一丈二尺长（另一说三丈六尺长）"金眼银鱼王"，沿南运河南下，今儿晌午游过三岔河口，奔入白河归东海。中晌就有几千号人，站在河堤上等候鱼王。人多，分量重，河堤扛不住，轰隆一声塌了方，一百多人赛下饺子掉进河里。一个小孩给浪卷走，没等人下去救，脑袋顶就不见了，该当淹死。可在娘娘宫前，一个老船夫撒网逮鱼，一网上来，有红有白，以为大鲤鱼，谁知就是那孩子，居然有气，三弄两弄，眨眨眼站起来活了。在场的人全看傻了，这事算邪到家了吧？

谁料时过中晌，这股邪劲非但不减，反倒愈来愈猛，一头撞进官府里。

东北城角和河北大街两伙混星子打群架，带手把锅店街四十八家买卖铺全砸了。惊动了兵备道裕观察长，派了捕快中的强手，把两边头目冯春华和丁乐然拿了，关进站笼，摆在衙门口，左右两边一边一个。立时来了四五百小混星子，人人手攥本《混星子悔过歌》。这正是头年十月二十五日，裕观察长来津上任时，发给城中每个混星子一本，叫他们人人背熟，弃恶从善。今儿，他们就冲衙门黑压压一片跪着，捧本齐声念道：

> 混星子，到官府，多蒙教训，
> 混星子，从今后，改过自新；
> 细思量，先前事，许多顽梗，
> 打伤人，生和死，全然不论。
> 纵然间，逃法网，一时侥幸，
> 终有日，被拿访，捉到公庭；
> 披枷锁，上镣铐，王刑受尽，
> 千般苦，万般罪，难熬难撑。
> ⋯⋯⋯⋯

念到这儿，几百个小混星子，脸色全变，脑门上的青筋直蹦，眼里射凶光，后槽牙磨得咯咯响，好像五百个老鼠一起嗑东西。裕观察长坐在后堂听这声音，心里发疹，浑身起鸡皮疙瘩。他本是气盛胆壮的人，可也顶不住这阴森森声音，竟然抖抖打起冷战来，赛要发热病。三杯烈酒下去也压不住，只好叫人出去，开笼放人。混星子们一散，身上鸡皮疙瘩立时消下去。

再说，县衙门那边，邪得更邪。十七位本地有头有脸有名有姓的人物，平时也都是好事之徒，联名上呈子说，西市上拉洋片的胡作非为，洋片上画的净是光膀子，露脖子，还露半截大腿的洋娘儿们。勾引一些浪荡小子，伸头瞪眼，恨不得一头扎进洋片匣子里去。呈子的措辞有股逼人之气，说这是洋人有意糟蹋咱中国百姓。"污吾目，即污吾心；丧吾心，即丧吾国也。"还说，"洋片之毒，甚于鸦片，非厉禁净除不可！"向例，武人闹事在外，文人闹事在内，故此，文人闹起事更凶。可这次是朝洋人去的。邪乎劲一直冲向洋人。天津卫有句俗话：谁和洋人顶上牛，自有好戏在后头。看吧，大祸临头了！

　　果然，当天有人打租界那儿来说，大事不妙不好，租界各街口都贴出《租界禁例》，八大条：

　　　　一、禁娼妓；二、禁乞丐；三、禁聚赌酗酒打架斗殴；四、禁路上倾积废物垃圾灰土污水；五、禁道旁便溺；六、禁捉拿树鸟；七、禁驴马车轿随处停放；八、禁纵骑在途飞跑狂奔疾驰横行追逐争赛。

　　都说，这八大条，就是那呈子招惹的。你禁一，他禁八，看谁横？半天里，府县大人们碰头三次，想辙，躲避洋人的来势。估摸洋人要派使者找上门来耍横。大热天，县太爷穿上袍子补褂，备好点心茶水，还预备好一套好话软话脓话，直等到日头落下西城墙，也没见洋人来。县太爷心里的小鼓反而敲得更响。洋人不来，十成有更厉害的招儿。

　　这儿一大堆邪乎事，扰得人心赛河心的船，晃晃悠悠，靠不着边。有些人好琢磨，琢磨来琢磨去，就琢磨到自己身上。呀！原来今儿自己大小多少也有些不对劲的事儿。比方，砸了碟子和碗儿，丢东西丢钱，犯了小人，跑冤枉腿吃闭门羹，跑肚子，鼻子流血，等等。心里暗怕，生怕自己也犯上邪。有人一翻皇历，才找到根儿。原来今儿立秋，在数的"四绝日"。皇历上那"忌"字下边明明白白写着"一切"两字。不兴做一切事。包括动土，出行，探病，安葬，婚娶，盖屋，移徙，入室，做灶，行船，栽种，修坟，安床，剃头，交易，纳畜，祈福，开市，立券，装门，拔牙，买药，买茶，买醋，买笔，买柴，买蜡，买鞋，买鼻烟，买樟脑，买马掌，买枸杞子，买手纸等，全都不该做，只要这天做了事的，都后悔，都活该。

　　可又有人说，今儿的邪劲过大，非比一般，皇历上不会写着。这事原本有先兆——住在中营后身的一位老寿星说，今儿清晨，鼓楼的钟多敲了一下，一百零九下。本该一百零八下，所谓"紧十八，慢十八，不紧不慢还十八"。老寿星活了九十九，头遭碰上钟多敲一下。人们天天听钟响，天天一百零八下，谁会去数？老寿星的话就没人不信。这多出的一下正是邪劲来到，先报的信儿。愚民愚，没用心罢了。这一来，今儿所有邪乎事都有了来头。来头的来头，没人再去追。世上的事，本来明白了七八成，就算到头了。太明白，更糊涂。这些邪乎事、邪乎话，满城传来传去。人嘴歪的比正的多，愈说愈邪乎。可传到河北金家窑水洼一户姓戈的人家立时给挡住了。这家有位通晓世事的老婆子，听罢咧开满嘴黄牙，笑着说："嘛叫犯邪，今儿才是正经八百大吉祥日！您说说，这一档档事，哪一档称得上邪，穷鬼们吃上小米粥还不福气？袁大奶奶惹了大仙，没招灾，打嗓子眼儿进去，可又打屁眼儿出来了，这叫逢凶化吉！兵备道向例最凶，今儿居然开笼了事；饭庄子螃蟹盖里吃出大珍珠，您说是吉是邪？那该死在鱼肚子里的孩子，愣叫渔网打上来，河那么大，哪那么巧，娘娘显灵啊，不懂？要不为嘛偏偏在娘娘宫前边打上来的？这都是一千年也难碰上的吉祥事！吉利难得，逢凶化吉更难得。文人们上呈子闹事，碍您哪位吃饭了，可他们不闹闹，没事干，指嘛吃？洋人的告示哪是冲咱中国人来的？打立租界，咱中国人谁敢骑马在租界里乱跑？这是人家洋人给自己立规矩，咱何苦往身上揽，拿洋人当猫，自己当耗子，吓唬自己玩儿。我这话不在理？再说鼓楼敲钟，多一下总比少一下强，省得懒人睡不醒。东南城角塌那一块，给嘛冲的？邪气？不对，那是喜气！嘛叫'紫气东来'？你们说说呀！"

大伙儿一听，顿时心抻平了。嘛邪？不邪！大吉大利大喜大福！满城人立时把老婆子这些话传开了，前边都加上一句："那戈老婆子说——"可谁也没见过这老婆子。

老婆子一天都在忙自己的事。她有个小孙女刚好到了裹脚的年岁。头天她就蒸好两个红豆馅的黏面团子，一个祭灶，一个给小孙女吃了。据说，吃下黏面团，脚骨头变软，赛泥巴似的，要嘛样能裹成嘛样。

她要趁着这千载难逢的大吉利日子，成全小孙女一双小脚，也了却自己一桩大心事。却没料到，后边一大串真正千奇百怪邪乎事，正是她今天招惹出来的。

第一回　小闺女戈香莲

眼瞅着奶奶里里外外忙乎起来，小闺女戈香莲心就发毛了。一大块蓝布，给奶奶剪成条儿，在盆里浆过，用棒槌捶得又平又光，一排晾在当院绳子上，拿风一吹，翻来翻去扑扑响，有时还拧成麻花，拧紧再往回转，一道道松开。这边刚松那边又拧上了。

随后奶奶打外边买来大包小包。撇开大包，把小包打开摊在炕上。这么多好吃的，苹果片，酸梨膏，麦芽糖，酥蹦豆，还有最爱吃的棉花糖，真跟入冬时奶奶絮棉袄的新棉花一样又白又软，一进嘴就烟赛的没了，只留下点甜味——大年三十好吃的虽多也没这么齐全！

"奶奶干嘛这么疼我？"

奶奶不说，只笑。

她一瞧奶奶心就定了。有奶奶嘛也不怕，奶奶有的是绝法儿。房前屋后谁不管奶奶叫"大能人"。头年冬天扎耳朵眼儿时，她怕，扎过耳朵眼儿的姑娘说赛受刑，好好的肉穿个窟窿能透亮，能不受罪？可奶奶根本不当事儿。早早拿根针，穿了丝线，泡在香油碗里。等天下雪，抓把雪在香莲耳朵垂儿上使劲搓，搓得通红发木，一针过去毫不觉疼，退掉针，把丝线两头一结，一天拉几次，血凝不住。线上有油，滑溜溜只有点痒，过半个月，奶奶就把一对坠着蓝琉璃球的耳环子给她戴上了。脑袋一晃，又滑又凉的琉璃球直蹭脖梗，她问奶奶裹脚也这么美？奶奶怔了怔，告她："奶奶有法儿。"她信奶奶有法保她过这关。

头天后晌，香莲在院里玩耍，忽见窗台上摆着些稀奇玩意儿，红的蓝的黑的，原来四五双小鞋。她没见过这么小的鞋，窄得赛瓜条，尖得赛五月节吃的粽子尖，奶奶的鞋可比这大。她对着底儿和自个儿的脚一比，只觉浑身一激灵，脚底下筋一抽缩成团儿。她拿鞋跑进屋问奶奶：

"这是谁的？奶奶。"

奶奶笑着说：

"是你的呀，傻孩子。瞧它俊不？"

香莲把小鞋一扔，扑在奶奶怀里哭着叫着：

"我不裹脚，不裹，不裹哪！"

奶奶拿笑堆起的满脸肉，一下卸了，眼角嘴角一耷拉，大泪珠子砸下来。可奶奶嘛话没说，直到天黑，香莲抽抽噎噎似睡非睡一整夜，影影绰绰觉得奶奶坐在身边一整夜。硬皮老手，不住揉擦自己的脚；还拿起脚，按在她那又软又皱又干的起了皮的老嘴上亲了又亲。

转天就是裹脚的日子！

裹脚这天，奶奶换一张脸。脸皮绷得直哆嗦，一眼不瞧香莲。香莲叫也不敢叫她，截门往当院一瞧，这阵势好吓人呀——大门关严，拿大门杠顶住。大黑狗也拴起来。不知哪来一对红冠子大白公鸡，指头粗的腿给麻经子捆着，歪在地上直扑腾。裹脚拿鸡干嘛？院子当中，摆了一大堆东西，炕桌、凳子、菜刀、剪子、矾罐、糖罐、水壶、棉花、烂布，浆好的裹脚条子卷成卷儿放在桌上。奶奶前襟别着几根做被的大针，针眼穿着的白棉线坠在胸前。香莲虽小，也明白眼前一份儿罪等她受了。

奶奶按她在小凳上坐了，给她脱去鞋袜，香莲红肿着眼说：

"求求奶奶，明儿再裹吧，明儿准裹！"

奶奶好赛没听见，把那对大公鸡提过来，坐在香莲对面，把俩鸡脖子一并，拿脚踩住，另只脚踩住鸡腿，手抓着鸡胸脯的毛几大把揪净，操起菜刀，噗噗给两只大鸡都开了膛。不等血冒出来，两手各抓香莲一只脚，塞进鸡肚子里。又热又烫又黏，没死的鸡在脚上乱动，吓得香莲腿一抽，奶奶疯一样叫：

"别动劲!"

她从没听过奶奶这种声音,呆了。只见奶奶两手使劲按住她脚,两脚死命踩住鸡。她哆嗦鸡哆嗦奶奶胳膊腿也哆嗦,全哆嗦一个儿。为了较上劲,奶奶屁股离开凳子翘起来。她又怕奶奶吃不住,一头撞在自己身上。

不会儿,奶奶松开劲,把她脚提出来,血糊淋拉满是黏糊糊鲜红鸡血。两只大鸡奶奶给扔一边,一只蹬两下腿完了,一只还扑腾。奶奶拉过木盆,把她脚涮净擦干,放在自己膝盖上。这就要裹了。香莲已经不知该嚷该叫该求该闹,瞅着奶奶抓住她的脚,先右后左,让开大脚指,拢着余下四个脚指头,斜向脚掌下边用劲一掰,骨头嘎儿一响,惊得香莲"嗷"一叫,奶奶已抖开裹脚条子,把这四个脚指头勒住。香莲见自己的脚改了样子,还不觉疼就又哭起来。

奶奶手好快。怕香莲太闹,快缠快完。那脚布裹住四趾,一绕脚心,就上脚背,挂住后脚跟,马上在四趾上再裹一道。接着返上脚面,借劲往后加劲一扯,硬把四趾煞得往脚心下头卷。香莲只觉这疼那紧这断那折,奶奶不叫她把每种滋味都咂摸过来,干净麻利快,照样缠过两圈。随后将脚布往前一拉,把露在外边的大脚趾包严,跟手打前往后一层层,将卷在脚心下的四个脚指头死死缠紧,好比叫铁钳子死咬着,一分一毫半分半毫也动弹不了。

香莲连怕带疼,喊声大得赛猪嚎。邻居一帮野小子,挤在门外叫:"瞧呀,香莲裹小脚啦!"门推得哐哐响,还打外边往里扔小土块。大黑狗连蹿带跳,朝大门吼也朝奶奶吼,拴狗的桩子硬给扯歪。地上鸡毛裹着尘土乱飞。香莲的指甲把奶奶胳膊搯出血来。可天塌下来,奶奶也不管,两手不停,裹脚条子绕来绕去愈绕愈短,一绕到头,就取下前襟上的针线,密密缝上百十针,拿一双小红鞋套上。手一撩粘在脑门上的头发,脸上肉才松开,对香莲说:

"完事了,好不?"

香莲见自己一双脚,变成这丑八怪,哭得更伤心,却只有抽气吐气,声音早使尽。奶奶叫她起身试试步子。可两脚一沾地皮,疼得一屁股蹲儿坐下起不来。当晚两脚火烧火燎，恳求奶奶松松脚布，奶奶一听脸又板成板儿。夜里受不住时，就拿脚架在窗台上，让夜风吹吹还好。

转天脚更疼。但不下地走，脚指头踩不断，小脚不能成型。奶奶干脆变成城隍庙里的恶鬼，满脸杀气，操起炕扫帚，打她抽她轰她下地，求饶耍赖撒泼，全不顶用。只好赛瘸鸡，在院里一蹦一跳硬走，摔倒也不容她趴着歇会儿。只觉脚指头嘎嘎断开，骨头碴子咯吱咯吱来回磨，先是扎心疼，后来不觉疼也不觉是自己的了，可还得走。

香莲打小死爹死妈，天底下疼她的只有奶奶。奶奶一下变成这副凶相，自己真成没着没靠孤孤零零一只小鸟。一天夜里，她翻窗逃出来，一口气硬跑到碱河边，过不去也走不动，抱着小脚，使牙撕开裹脚布，打开看。月亮下，样子真吓人。她把脚插在烂泥里不敢再看。天蒙蒙亮，奶奶找到她，不骂不打，背她回去，脚布重又裹上。谁知这次挨了更凶狠的裹法，把连着小脚指头的脚巴骨也折下去，四个卷在脚心下边的小趾头更向里压，这下裹得更窄更尖也更疼。她只道奶奶恨她逃跑，狠心罚她，哪知这正是裹脚顶要紧的一节。脚指头折下去只算成一半，脚巴骨折下去才算裹成。可奶奶还不称心，天天拿擀面杖敲，疼得她叫声带着尖钻墙出去。东边一家姓温的老婆子受不住，就来骂奶奶：

"你早干嘛去了！岁数小骨头软不裹，哪有七岁的闺女才裹脚的，叫孩子受这么大罪！你嘛不懂，偏这么干！"

"要不是我这孙女的脚天生小，天生软，天生有个好模样，要不是不能再等，到今儿我也下不去这手……"

"等，这就你等来的。等得肉硬骨头硬，拿擀面杖敲出样儿来？还不如拿刀削呢！别遭罪了，没法子了，该嘛样就嘛样吧！"

奶奶心里有谱，没言声。去拾些碎碗片，敲碎，裹脚时给香莲垫在脚下边。一走碎碗碴就把脚硌破了。奶奶的扫帚疙瘩怎么轰，香莲也不动劲儿了。挨打也不如扎脚疼。可破脚闷在裹脚条子里头，

沤出脓来。每次换脚布，总得带着脓血腐肉生拉硬扯下来。其实这是北方乡间裹脚的老法子。只有肉烂骨损，才能随心所欲改模变样。

这时候，奶奶不再硬逼她下地。还招呼前后院大姑小姑们，陪她说话做伴。一日，街北的黄家三姑娘来了。这姑娘人高马大，脚板子差不多六寸长，都叫她"大脚姑"。她进门一瞅香莲的小脚就叫起来：

"哎——呀！打小也没见过这脚，又小，又尖，又瘦，透着灵气秀气，多爱人呀！要是七仙姑见了，保管也得服。你奶奶真能，要不叫'大能人'呢！"

香莲嘴一撇，眼泪早流干，只露个哭相：

"还是你娘好，不给你往紧处裹，我宁愿大脚！"

"呀呀，死丫头！还不赶紧吐唾沫，把这些混话吐净了。你要喜欢大脚，咱俩换。叫你天天拖着我这双大脚丫子，人人看，人人笑，人人骂，嫁也嫁不出去，即便赶明儿嫁出去，也绝不是好人家。"大脚姑说，"你没听过这支歌，我唱给你听——裹小脚，嫁秀才，白面馒头就肉菜；裹大脚，嫁瞎子，糟糠饽饽就辣子。听明白了吗？"

"你没受过这罪，话好说。"

"受不就受一时，一咬牙就过去了。'受苦一时，好看一世'嘛！等小脚裹成，谁看谁夸，长大靠这双宝贝脚，求亲保婚少得了？保你荣华富贵，好吃好穿的一辈子享用不尽！"

"三姑说的嘛呀！问你，打今儿，我还能跑不？"

"傻丫头！咱闺女家裹脚，为的就是不叫你跑。你瞧谁家大闺女整天在大街上撒丫子乱跑？没裹脚的孩子不分男女，裹上脚才算女的。打今儿，你跟先前不一样，开始出息啦！"大脚姑小眼弯成月亮，眼里却满是羡慕。

香莲给大脚姑说得云遮雾罩。虽说迷迷糊糊，倒觉得自己与先前变得两样。嘛样，不清楚，好赛高了一截子。大了，大人了，女人了。于是打这天，再不哭不闹，悄悄下床来，两手摸着扶着撑着炕沿、桌角、椅背、门框、缸边、墙壁、窗台、树干、扫帚把，练走。把天大地大的疼忍在心里，嘴里绝不出半点没出息没志气的声儿。再换裹脚条子，撕扯一块块带血挂脓的皮肉时，就仰头瞧天，拿右手掐左手，拿牙咬嘴唇，任奶奶摆布，眉头都不皱。奶奶瞧她这样怔了，惊讶不解，但还是不给她好脸儿，直到脓血消了，结了痂又掉了痂。

这一日，奶奶打开院门，和她一人一个板凳坐在大门口。街上行人格外多，穿得花花绿绿，姑娘们都涂胭脂抹粉，呼噜呼噜往城那边走。原来今儿是重阳节，九九登高日子，赶到河对面，去登玉皇阁。香莲打裹脚后，头次到大门外边来。先前没留心过别人的脚。如今自己脚上有事，也就看别人脚了。忽然看出，人脸不一样，小脚也不一样。人脸有丑有俊有粗有细有黑有白有精明有憨厚有呆滞有聪慧，小脚有大有小有肥有瘦有正有歪有平有尖有傻笨有灵巧有死沉有轻飘。只见一个闺女，年纪跟自己不相上下，一双红缎鞋赛过一对小菱角，活灵活现，鞋帮绣着金花，鞋尖顶着一对碧绿绒球，还拴一对小银铃铛，一走一颠，绒球甩来甩去，铃铛叮叮当当，拿自己的脚去比，哪能比哪！她忽起身回屋里拿出一卷裹脚条子，递给奶奶说："裹吧，再使劲也成，我就要那样的！"她指着走远的小闺女说。

不看她神气，谁信这小闺女会对自己这么发狠。

奶奶的老眼花花冒出泪。俩仨月来一脸凶劲立时没了。原先慈爱的样儿又回来了。满面皱纹扭来扭去，一下搂住香莲呜呜哭出声说：

"奶奶要是心软，长大你会恨奶奶呀！"

第二回　怪事才开头

世上有些相对的事儿，比方好和坏、成和败、真和假、荣和辱、恩和怨、曲和直、顺和逆、爱和仇等，看上去是死对头，所谓非好即坏非真即假非得即失非成即败，岂不知就在这好坏、曲直、恩怨、

真假之间，还藏着许许多多曲折许许多多花样许许多多学问，要不何止那么多事缠成死硬死硬疙疙瘩瘩，难解难分？何止那么多人受骗、中计、上套，完事又那么多人再受骗、中计、上套？

单说这真假二字，其中奥妙，请来圣人，嚼烂舌头，也未必能说破。有真必有假，有假必有真；假愈多，真愈少；真愈多，假却反而愈多！就在这真真假假之中，打古到今，玩出过多少花儿？演过大大小小多少戏？戏接着戏，戏套着戏，没歇过场。以假充真，是人家的高招；以假乱真，是人家的能耐；以假当真，是您心里糊涂眼睛拙。您还别急别气，多少人一辈子拿假当真，到死没把真的认出来，假的不就是真的吗？在真假这俩字上，老实人盯着两头，精明人在中间折腾，还有人指它吃饭。这宫北大街上"养古斋"古玩铺佟掌柜就是一位。这人能耐如何，暂且不论，他还是位怪人。嘛叫怪，作小说的不能说白了，只能把事儿摆出来。叫您听其言观其行度其心，慢慢琢磨去。

一大早，佟忍安打家出来，进了铺子就把大小伙计全都打发出去，关上门，只留下少掌柜佟绍华和看库的小子活受。不等坐下歇歇就急着说：

"把那几幅画快挂出来！"

每逢铺子收进好货，请老掌柜过眼，都这么办。古董的真假，是绝顶秘密，不能走半点风出去。佟绍华是自己儿子，自然不背着。对看库的活受，绝非信得过，而是这小子半痴半残。人近二十，模样只有十三四，身子没长成个儿，还歪胸脯斜肩膀，好比压瘪的纸盒子。说话赛嘴里含着热豆腐，不知大舌头还是舌头短半截。两只眼打小没睁开过，小眼珠含在眼缝里，好赛没眼珠。还有喘病，一年三百六十五天，一口气总憋在嗓子眼里吱吱叫；静坐着也下气不接上气，生下来就这德行。小名活受，大名也叫活受，爹娘没打算他活多久，起名字都嫌费事多余。佟忍安却看上他这副没眼没嘴没气没神的样子，雇他看库。拿死的当活的用，也拿活的当死的用。

活受开库把昨儿收进的一捆画抱来，拿竿子挑着一幅幅挂上墙。

佟忍安撩起眼皮在画上略略一扫，便说："绍华，你先说说这几幅的成色，我听着。"这才坐下来，喝茶。

佟绍华早憋劲要在他爹面前逞能，佟忍安嘴没闭上，他嘴就张开了：

"依我瞧，大涤子这山水轴旧倒够旧，细一瞧，不对，款软了，我疑惑是糊弄人的玩意儿，对不？这《云罩挂月图》当然不假，可在金芥舟的画里顶头够上中流。这边焦秉贞的四幅仕女通景和郎世宁的《白猿摘桃》，倒是稀罕货。您瞧，一码皇绫裱。卖主说，这是当年打京城大宅门里弄出来的。这话不假，寻常人家绝没这号东西……"

"卖主是不是问津园张霖家的后人？"

"爹怎么看出来的？上边又没落款！"佟绍华一惊。佟忍安两眼通神，每逢过画时，都叫他这样一惊又一惊。

佟忍安没接着往下说，手一指东墙上一幅绢本的大中堂画说：

"再说说那幅……"

以往过画，他一张口，爹就摇头。今儿爹没点头也没摇头，八成自己都蒙对了，得意起来，笑道：

"爹还要考我？谁瞧不出那是地道苏州片子，大行活。笔法倒是宋人的，可惜熏老点儿，反透出假。这造假，比起牛凤章牛五爷还差着些火候。您瞧它成心不落款，怕露马脚，或许想布个迷魂阵——怎么？爹，您看见嘛了？"

佟绍华见他爹已经站起来，眼珠子盯着这中堂直冒光。佟绍华知道他一认出宝贝，眼珠就这么冒光，难道这是真货？

佟忍安叫道："你过去看，下角枯树干上写着嘛？"他指画的手指直抖。

佟绍华上去一瞧，像踩着的鸭子，"呀"的一嗓子，跟着叫："上边写着'臣范宽制'，原来一张宋画。爹，您真神啦！这幅画买进来后，我整整瞧了三天，也没看出这上边有字呀！您、您……"他不明白，佟忍安为嘛离画一丈远，反而看见画上的字。

佟忍安远视眼，谁也不知，只他自己明白。他躲开这话说：

"闹嘛？叫唤嘛？我早告过你，宋人不兴在画上题字，落款不是写在石头上，就夹在树中间，这叫'藏款'。这些话我都说过，你不用心，反大惊小怪问我……"

"可咱得了张宝画呀，您知道咱统共才花几个钱——"

"嘛宝画，我还没细看，谁断定准是宋画了？"佟忍安接过话，脸一沉，扭头看一眼站在身后的活受说，"去把这中堂，大涤子那山水轴，还有金芥舟的《云罩挂月图》，卷起来入库！"

"剩……夏……织鸡古……鹅？"活受觍着脸问。

"叽咕叽咕嘛？去！"佟忍安不耐烦说。

活受绷起舌头，把这几个字儿的边边角角咬住又说一遍："剩、下、这、几、幅、呢？"他指焦秉贞和郎世宁画的几幅。

"留在柜上标价卖！"佟忍安对佟绍华说，"洋人买，高高要价！"

"爹，这几幅难道不是……"

佟忍安满脸瞧不起的神气。忽然长长吐一口气，好一股寒气！禁不住自言自语地念了天津卫流传的四句话："海水向东流，天津不住楼，富贵无三辈，清官不到头。"接着还是自言自语说道，"成家的成家，败家的败家。花开自谢，水满白干，谁也跳不出这圈儿去。唉——唉——唉——"他沉了沉，想把心里的火气压住却压不住，刚要说话，眼角瞅见活受斜肩歪脑袋，好赛等着自己下边的话，便轰活受快把画抱回库里，待活受前脚出去，后脚就冲到儿子面前发火：

"嘛，这个那个的！你把真假正看倒了个儿，还叫我当着下人寒碜你。再说，真假能当着外人说吗？我问你，咱指嘛吃饭？你说——"

"真假。"

"这话倒对。可真假在哪儿？"

"画上呀！"

"放屁！嘛画上？在你眼里！你看不出来，画上的真假管嘛用！好东西在你眼里废纸一张，废纸在你眼里成了宝贝！这郎世宁、焦秉贞，明摆着'后门道儿'，偏当好货，反把宋人真迹当做'苏州片子'！这宋画一张就够你吃半辈子，你睁眼瞎！拿金元宝当狗屎往外扔！再说大涤子那轴，嘛，也假？你不知康熙二十九年到三十一年他客居天津，住在问津园张家？那画上明明写着康熙辛未，正是康熙三十年在张家时画的！凭着皮毛能耐，也稳能拿下来的东西，你都拿不住，还想在古玩行里混。我把铺子交给你还不如放火烧了呢！再有三年，还不把我这身老骨头贴进去！听着，打明儿，你卷被褥卷儿搬过来住，没我的话不准回家去，叫活受把库里的东西折腾出来，逐件看、看、看、看、看……"说到这儿，佟忍安上下嘴唇只在这"看"字上打转悠，好赛叫这字儿绊住了。

佟绍华见他爹眼对窗外直冒光，以为他爹又看出嘛稀世的宝贝来，就顺着佟忍安目光瞧去，透过花格窗棂，后院里几个人正干活。

这后院，外人不知，是"养古斋"造假古董的秘密作坊。

原来佟忍安这老小子与别人不同，他干古玩行，不卖真，只卖假。所有古玩行都是卖假也卖真。凡是逛古玩铺都是奔真的去的，还有能人专来买"漏儿"。佟忍安看到这层，铺子里绝不放真货，一码假的，好比诸葛亮摆空城计，愣一兵一卒不放。古玩行干的就是以假乱真，这一招真把古玩商的诀窍玩玄了玩绝了。只要掏钱准上当，半点便宜拿不到。他更有出奇能耐，便是造假。手底下有专人为他造假字假画，还在铺子后院，关上门造假古董。玉器、铜器、古钱、古扇、宣炉、牙器、砚台、瓷器、珐琅、毯子、碑帖、徽墨……他没不知不懂不能不会的。仿古不难，乱真死难。古董的形制、材料、花纹，一个朝代一个样，甚至一个朝代几百样，鱼龙变化无穷尽，差点道行，甭说摸门，围墙也摸不着。更难是那股子劲儿气儿味儿神儿。比方古玩行说的"传世古"和"出土古"。"传世古"是说一直打世上流传下来的东西，人手摸来摸去，长了就有股子光润含混的古味儿。"出土古"是说一直埋在土底下的东西，挖出

来满带着土星子和锈花，有一股子斑驳苍劲味儿。再往细说，比方出土的玉器，发簪、笛头、扳指儿、镯子、佩环、烟嘴这些，在地下边一埋几百上千年，挨着随葬的铜器，日久天长铜锈浸进去生出绿斑，叫"铜浸"；死人的血透进去生出红斑，叫"血浸"。造假怎么造出铜浸血浸来？再说东西放久，不碰也生裂纹，过些时候再生一层裂纹罩在上边，一层一层，自然而然，硬造就假，懂眼的就能挑出来，偏偏佟忍安全有办法。这办法，一靠阅历，二靠眼力，三靠能耐。这叫高手高眼高招，缺一不行。假货里也有下品中品上品绝品，绝顶假货，非得叫这里头的虫子，盯上一百零八天，心里还不嘀咕，那才行。佟忍安干的就是这个。

他雇的伙计，跟一般古玩行不同，不教本事，只叫干活干事。那些雇来造假古董的，对古玩更是一窍不通的穷人，跟腌鸭蛋、烧木炭差不多，叫怎么干就怎么干。满院堆着泥坯瓦罐柴禾老根颜色药粉匣子箩筐黑煤黄泥红铁绿铜，外人打表面绝看不出名堂。当下，吸住佟忍安眼神的地方，两个小女子在拉一张毯子。这正是按他的法儿造旧毯子。毯子是打张家口定制的，全是蓝花黑边，明式的。上边抹黄酱，搭在大麻绳上，两人来回来去拉，毛儿磨烂，拿铁刷子捣去散毛，再使布帛蘸水刷光，就旧了。拉毯子不能快，必得慢慢磨，才有历时久远的味儿。佟忍安有意雇女人来拉，女人劲小，拉得自然慢。这俩女子每人扯着毯子两个角，来回来去，拉得你上我下。

站在毯子这边的背着身儿，站在那边的遮着脸儿，只能看见两只小脚，穿着平素无花、简简单单的红布鞋。每往上一送毯子，脚尖一踮立起来，每往下一拉，脚跟一蹲缩回去，好赛一对小活鱼。

"绍华！"佟忍安叫道。

"在这儿，嘛事？"

"那闺女哪来的？"

"哪个？背影儿那个？"

"不，穿红鞋那个。"

"不知道。韩小孩帮着雇的，我去问问。"

"不，不用，你把她领来，我有话问她。"

佟绍华跑去把这闺女领来。这闺女头次来到柜上又头次见老爷，怕羞胆小，眼睛不知瞧哪儿，一慌，反而一眼瞧了老爷，却见老爷并没瞧她脸，而是死盯着自己一双小脚。眼神发黏，好赛粘在自己脚上，她愈发慌得不知把脚往哪儿摆。佟忍安抬起眼时，眼珠赛鎏了金，直冒贼光，跟见鬼差不多，吓得这小闺女心直扑腾。佟绍华在一边，心里已经大明大白，便对这闺女说：

"你往前走一步。"

这闺女不知嘛意思，一怕，反倒退后半步。两脚前后往回一缩，赛过一对受惊的小红雀儿，哆哆嗦嗦往巢里缩去，只剩两个脚尖尖露在裤脚外边，好比两个小小鸟脑袋。佟忍安满面生光问这闺女：

"你多大年纪?"

"十七。"

"姓嘛叫嘛?"

"姓戈，贱名香莲。"

佟忍安先一怔，跟手叫起来：

"这好的名字！谁给你起的?"

戈香莲羞得开不了口。心里头好奇怪，这"香莲"名字有嘛好?可听老爷声音，看老爷神气，真叫她掉进雾里了。

佟忍安立时叫佟绍华把工钱照三个月尽数给她，不叫她干活，打发她先回家。香莲慌了，好好干活，话也不说半句，怎么反给辞了?可看样子又不赛被辞，倒像要重用她。不知老爷打算干嘛?到底好事坏事，当时只当是桩怪事。

要说怪事，在这儿不过才开头罢了。

第三回　这才叫：怪事才开头

小半月后，择一天宜娶也宜嫁的大吉日，戈香莲要嫁到佟家当

大儿媳妇。水洼那片人家，无人不知无人不晓无人肯信又无人不信，大花轿子已经摆在戈家门口了。

凭佟家在天津卫的名气，娶媳妇比买鱼还容易。虽说香莲皮白脸俊眉清目秀，腰身也俏，离天仙还差着一截。为嘛佟家非要这穷家小户闺女，还非要明媒正娶，花钱请了城里出名的媒婆子霍三奶奶登门游说？这种家的闺女还用得着游说？给个信儿还不上赶着把闺女送去？据说两家换帖子一看，生辰八字相克，佟家大少爷属鸡，戈香莲属猴，"白马犯青牛，鸡猴不到头"，这是顶顶犯忌的事。佟家居然也认可了。放"定"（定婚）那日，佟家照规矩派人送来八大金——耳环戒指镯子簪子脖链鸡心头针裤钩，外带五百斤大福喜的白皮点心。要说门当户对讲礼摆阔有头有脸人家也不过如此。这为嘛？吃错药了？

人说，多半因为佟家大少爷是傻子，好人家闺女谁也不肯跟这半痴半呆男人过一辈子，这等于花钱买媳妇。可再一想，也不对。

佟家没闺女，四个儿子，俗话叫"四虎把门"，排绍字辈，名字末尾的字，一叫荣，一叫华，一叫富，一叫贵。正好"荣华富贵"。都说佟忍安老婆会生，刚把这"荣华富贵"凑齐，就入了阴间。可这四个儿子，一半是残。大儿子佟绍荣是傻子，小儿子佟绍贵自小有心病，娶过媳妇三年，就叫阎王派小鬼抓走了。可这四媳妇董秋蓉，正经是振华海盐店大掌柜董亭白的掌上明珠，明知佟家四少爷早早在阎王那里挂上了号，不也把闺女送来了？冲嘛，冲佟家的家底儿。佟忍安买媳妇绝不买假，他买香莲买的嘛？

戈家老婆子笑不拢嘴，露着牙花子说，买就买她孙女一双小脚！

这话不能算错。香莲小脚人人夸人人爱。那年头娶媳妇先看脚后看脸，脸是天生的，脚是后裹的，能耐功夫全在脚上。可全城闺女哪个不裹脚，爹娘用心，自个儿经心，好看的小脚一个赛一个，为嘛一眼盯上香莲？

对这些瞎叨咕戈婆子理也不理。虽说她自个儿对这门鸡上天的婚事也多半糊涂着。糊涂就糊涂吧！反正香莲嫁了，拾个大便宜，佟家根本不管陪嫁多少。只两包袄衣服，两床缎被，一双鸳鸯绣花枕头，一对金漆马桶，佟家来两个佣人一抱全走了。

香莲临上轿，少不得和奶奶一通抱头海哭。奶奶老泪纵横对她说：

"奶奶身贱，不能随你过去，你就好好去吧！总算你进了天堂一般的人家，奶奶心里的石头放平了。你跟奶奶这么多年，知道你疼爱奶奶。只一件事——那次裹脚，你恨奶奶！你甭拦我说，这事在奶奶心里憋了十年，今儿非说不可——这是你娘死时嘱咐我的，裹不好脚，她的魂儿要来找我……"

香莲把手按在奶奶嘴上，眼泪簌簌掉：

"我懂，那时奶奶愈狠才愈疼我！没咋儿个，也没今儿个！"

奶奶这才笑了，抹着泪儿，打枕头底下掏出个红包包。打开，三双小鞋，双双做得精细，一双紫面白底绸鞋，一双五彩丝绣软底鞋，还一双好怪，没使针线，赛拿块杏黄布折出来的。不知奶奶打哪弄来干嘛用。奶奶皱嘴唇蹭着她的耳朵说：

"这三双喜鞋，是找前街黑子他妈给你赶出来的，房前屋后就她一个全可人。听奶奶告明白你这三双喜鞋的穿法——待会儿你先把这双紫面白底的鞋换上。紫和白，叫'百子'，赶明儿抱一群胖小子。这双黄鞋要等临上轿子，套在紫鞋外边。这叫'黄道鞋'，记着，套上它就'双脚不沾娘家地'了，得我把你抱上轿子。还有，到了婆家必定要在红毡子上走，不准沾泥沾土，就穿它拜堂，拜过堂，叫它'踩堂鞋'。等进洞房，把这鞋脱下来藏个秘密地界儿，别叫别人瞧见。俗话说，收一代，发一代，黑道日子黄道鞋。有它压在身边，嘛歪的邪的，都找不到你头上……"

香莲听这大套大套的话怪好玩儿。挂着泪儿的眼笑眯眯瞧着奶奶，顺手不经意拿起另一双软鞋，一掰鞋帮，想看鞋底。奶奶一手抢过来，神气变得古怪，说："先别乱瞧！这是睡鞋……入洞房，脱下踩堂鞋，就换这双睡鞋。记着，临到上床时，这鞋可得新郎给你脱，羞嘛！谁结婚都得这样！拿耳朵听清楚，还有要紧的话呢——

这鞋帮里边，有画，要你和新郎官一起看……"说到这儿，奶奶细了眼笑起来。

香莲没见过奶奶这样笑过，有点狡猾，有点发坏，好奇怪！她说："嘛画不兴先瞧瞧！"伸手去拿鞋。

奶奶"啪"打她手说："没过门子哪兴看！先揣怀里，进洞房看去！"上手把鞋掖她腰间。

外边呜里哇呜里哇吹奏敲打起来。奶奶赶紧叫香莲换上紫鞋，外套黄鞋，嘴巴涂点胭脂，脑门再扑点粉，戴上凤冠，再把一块大红遮羞布搂头罩上。还拿了两朵绒花插在自己白花花的双鬓上，一猫腰，兜腰抱起香莲走出院子大门。这事情本该新娘子的父亲、兄长做的，香莲无父无兄，只好老奶奶承当。

香莲脸上盖着厚布，黑乎乎不透气，耳边一片吵耳朵的人声乐声放炮声。心里忽然难过起来，抓着奶奶瘦骨嶙嶙的肩膀，轻轻喊：

"香莲舍不得奶奶！"

奶奶年老，抱着大活人，劲儿强顶着，一听香莲的叫声，心里一酸，两腿软腰也挺不住劲儿，"扑通"一下趴下了，两人摔成一团。两边人忙上去把她俩扶起来。奶奶脑门撞上轿杆立时鼓起大包，膝盖沾两块黄土，不管自己，却发急地喊：

"我没事！千万别叫香莲的脚沾地！抱进轿子快抱进轿子！"

香莲摔得稀里糊涂，没等把遮羞布掀开瞧，人已在轿子里。乱哄哄颤悠颤悠走起来，她忽觉自个儿好赛给拔了根儿，没挨没倚没依没靠，就哭起来，哭着哭着忽怕脸上脂粉给眼泪冲花了，忙向怀里摸帕子，竟摸出那双软底绣花睡鞋，想到奶奶刚才的话，起了好奇，打开瞧，鞋帮黄绸里子上，竟用红线黑线绣着许多小人儿，赛是嬉戏打闹的小孩儿，再看竟是赤身光屁股抱在一堆儿的男男女女。男的黑线，女的红线，干的嘛虽然不甚明白，总见过鸡儿猫儿狗儿做的事。这就咯噔一下脸一烧心也起劲扑腾起来，猛地大叫：

"我回家呀！送我回家找奶奶！"

由不得她了。轿子给鼓乐声裹着照直往前走，停下来就觉两双手托她胳膊肘，两脚下了轿子便软软踩在毡子上。走起来，遮羞布摆来摆去，只见脚下忽闪忽闪一片红。一路上过一道门又一道门再一道门。每一抬脚迈门坎，都听见人喊：

"快瞧小脚呀！"

"我瞧见小脚啦！"

"多大？多小？"

"瞧不好呀！"

香莲记着奶奶的话，在阔人家走路，最多只露个脚尖。虽然她这阵子心慌意乱，却留心迈门坎时，缩脚，用脚尖顶着裙边，不露出来，急得周围人弯腰歪脖斜眼谁也瞧不清楚。

最后好似来到一大间房子里。香烛味、脂粉味、花味，混成一团。忽然"刷"的眼前红绿黄紫闪光照眼一亮，面前站着个胖大男人，团花袍褂，帽翅歪着，手攥着她那块盖脸的红布，肥嘴巴一扭说：

"我要瞧你小脚！"

四边一片大笑。这多半就是她的新郎官。香莲定住神四下一瞧，满房男男女女个个披红挂绿戴金坠银，那份阔气甭提啦。几十根木桩子赛的大红蜡烛全点着，照得屋里赛大太阳地。香莲打小哪见过这场面，整个蒙了。多亏身边搀扶她的姑娘推一下那胖大男人说：

"大少爷，拜过天地才能看小脚。"

香莲见这姑娘苗条俊秀赛画里的女子。新鲜的是，她脖子上挂个绣花荷包，插许多小针，打针眼奔拉下各色丝线。

大少爷说："好呀桃儿，叫你侍候我俩的，你帮她不帮我，我就先看你的小脚！"上去就抓这桃儿裤腿，吓得桃儿连蹦带叫，胸前丝线也直飘舞。

几个人上来又哄又拦大少爷。香莲才看见佟家老爷一身闪亮崭新袍褂，就坐在迎面大太师椅上。那几人按着大少爷跪下腿同香莲拜过天地，不等起身，只听一个女人脆声说：

"傻啦，大少爷，还不掀裙子瞧呀！"

香莲一怔当儿，大少爷一把撩起她裙子，一双小脚毫不遮掩露在外边。满堂人大眼对小眼，一齐瞅她小脚，有怔有傻有惊有呆，一点声儿没有。身边的桃儿也低头看直了眼。忽然打人群挤进个黄脸老婆子，一瞧她小脚，头往前探出半尺，眼珠子鼓得赛要蹦出来，跟手扭脸挤出人群。四周到处都响起咦呀唏嘘呜哇喊喳咕嘎哟啊之声。香莲好赛叫人看见裸光光的身子，满身发凉，跪那里动不了劲。

佟忍安说：

"绍荣，别胡闹！桃儿你怔着干嘛，还不扶大少奶奶入洞房？"

桃儿慌忙扶起香莲去洞房，大少爷跟在后边又扯又撩，闹着要看小脚。一帮人也围起来胡折腾瞎闹欢，直到入夜人散，大少爷把桃儿轰走。香莲还没照奶奶嘱咐换睡鞋，大少爷早把她一个滚儿推在床上，硬扒去鞋，扯掉脚布，抓着她小脚大呼大叫大笑个不停。这男人有股蛮劲，香莲本是弱女子，哪敌得过。撑着打着躲着推着撕扯着，忽然心想自己给了人家，小脚也归了人家。爷儿们是傻子也是爷儿们，一时说不出是气是恼是恨是羞是委屈，闭上眼，伸着两只光脚任这傻男人赛摆弄小猫小鸡一样摆弄。

一桩怪事出在过门子之后不几天。香莲天天早上对镜梳妆，都见到面前窗纸上有三两小洞。看高矮，不是孩子们调皮捣蛋捅的，也不像是拿手指头抠的。洞边一圈毛绒绒，赛拿舌头舔的。今儿拿碎纸头糊上，赶明儿在旁边添上两个洞。谁呢？这日中响大少爷去逛鸟市，香莲自个儿午觉睡得正香，模模糊糊觉得有人捏她脚。先以为是傻男人胡闹，忽觉不对，傻男人手底下没这么斯文。先是两手各使一指头，竖按着她小脚趾，还有一指头勾住后脚跟儿，其余手指就在脚掌心上轻轻揉擦，可不痒痒，反倒说不出的舒服。跟着换了手法，大拇指横搭脚面，另几个手指绕下去，紧压住折在脚心上的四个小趾头。一松一紧捏弄起来。松起来似有柔情蜜意，紧起来好赛心都在使劲。一下下，似乎有章有法。香莲知道不在梦里，却不知哪个贼胆子敢大白天闯进屋拿这怪诞手法玩弄她脚，又羞又怕又好奇又快活，还有种欲望自身体燃起，脸发烧，心儿乱跳。她轻轻睁眼吓了一大跳！竟是公公佟忍安！只见这老小子半闭眼，一脸醉态，发酒疯吗？还要做嘛坏事情？她不敢喊，心下一紧，两只小脚不禁哧溜缩到被里。佟忍安一惊，可马上恢复常态，并没醉意。她赶紧闭眼装睡，再睁开眼时，屋里空空，佟忍安已不在屋里。

门没关，却见远远廊子上站个人，全身黑，不是佟忍安，是过门子那天钻进人群看她小脚的黄脸老婆子，正拿一双眼狠狠瞪她，好赛一直瞪进她心窝。为嘛瞪自己？

再瞧，老婆子一晃就不见了。

她全糊涂了。

第四回　爷儿几个亮学问

八月十五这天，戈香莲才算头次见世面。世上不止一个面。要是没嫁到佟家，万万不知还有这一面。

都说晚晌佟忍安请人来赏月，早早男女佣人就在当院洒了清水，拿竹帚扫净，通向二道院中厅的花玻璃隔扇全都打开。镶罗钿的大屏桌椅条案花架，给绸子勒得贼亮，花花草草也摆上来。香莲到佟家一个多月，天下怪事几乎全碰上，就差没遇见鬼，单是佟家养的花鸟虫鱼，先前甭说见，听都没听说过。单说吊兰，垂下一棵，打这棵里又蹿出一棵，跟手再从蹿出的这棵当中再蹿出一棵来。据说一棵是一辈，非得一棵接一棵一气儿垂下五棵，父辈子辈孙辈重孙辈重重孙子辈，五世同堂，才算养到家，这就一波三折重重叠叠累累赘赘打一丈多高一直垂到地。菊花养得更绝，有种"黄金印"，金光照眼，花头居然正方形，真赛一方黄金印章，奇不奇怪？当院摆的金鱼缸足有一人多高，看鱼非登到珊瑚石堆的假山上不可。里边鱼全是"泡眼"，尺把长，泡儿赛鸡蛋，逛逛悠悠，可是泡儿太大，浮力抻得脑袋顶着水面，身子直立，赛活又赛死，看着难受。这样奇大的鱼，说出去没人肯信……

晌午饭后，忽然丫头来传话说，老爷叫全家女人，无论主婢，

都要收拾好头脚，守在屋里等候，不准出屋，不准相互串门，不准探头探脑。香莲心猜嘛样客人，要惊动全家梳洗打扮，在屋恭候，还立出这么多莫名其妙的规矩。

这样，家里就换一个阵势。

这家人全住三道院。佟忍安占着正房三间，门虽开着，不见人影。东西厢房各三间。香莲住东房里外两间，另外一间空着，三少爷佟绍富带着媳妇尔雅娟在扬州做生意，这间房留给他们回来时临时住住，平时空着关着。对面西厢房，一样的里外两间归二少爷佟绍华和媳妇白金宝闺女月兰月桂住，余剩的单间，住着守寡的四媳董秋蓉，身边只有个两岁小闺女，叫美子。虽是这样住，为了方便，都把里边的门堵上，房门开在外边。

香莲把窗子悄悄推开条缝儿，只见白金宝和董秋蓉房间都紧紧关闭。平时在廊子上走来走去的丫头们一个也不见了，连院当中飞来飞去的蜻蜓蝴蝶虫子也不见了，看来今晚之举非比寻常。她忽想到，平时只跟她客客气气笑着脸儿却很少搭话的二媳妇白金宝，早上两次问她，今儿梳嘛头穿嘛鞋，好赛摸她的底。摸她嘛底呢？细细寻思，一团糨糊的脑袋就透进一丝光来。

打过门子来，别的全都不清楚，单明白了自己真的是靠一双小脚走进佟家的。这家子人，有个怪毛病，每人两眼都离不开别人的脚。瞧来瞧去，眼神只在别人脚上才撂得住。她不傻，打白金宝、董秋蓉眼里看出一股子凶猛的妒恨。这妒恨要放在后槽牙上，准磨出刃来！香莲自小心强好胜，心里暗暗使了劲，今晚偏要当众拿小脚镇镇她们！趁这阵子傻爷儿们去鸟市玩儿，赶紧梳洗打扮收拾头脚。把头发篦过盘个连环髻，前边拿齐刷刷的刘海儿半盖着鼓脑门，直把镜子里的脸调理俊了。随后放开脚布，照奶奶的法儿重新裹得周正熨帖。再打开从家带来的包袱，拣出一双顶艳的软底小鞋。鲜鲜大红绸面，翠绿亮缎沿口，鞋面贴着印花布片儿，上边印着蝴蝶牡丹——鞋帮上是五彩牡丹，前脸趴着一只十色蝴蝶，翅膀铺开，两条大须子打尖儿向两边弯。她穿好试走几步，一步一走，蝴蝶翅膀就一扇一扇，好赛活的，惹得她好喜欢，自己也疼爱起自己的小脚来。她还把裤腰往上提提，好叫蝴蝶露给人看。

正美着，门一开，桃儿探进半个身子说："大奶奶好好收拾收拾脚，今晚赛脚！"香莲没听懂，才要问，桃儿忙摇摇手不叫她出声，胸前耷拉的五彩丝线一飘就溜走了。

赛脚是嘛？香莲没见过更没听说过。

门里门外，羊角灯一挂起来，客人们陆陆续续前前后后高高矮矮胖胖瘦瘦各带各的神气到了。两位苏州来的古玩商刚落座，佟绍华陪着造假画的牛五爷牛凤章来到。说是牛五爷弄来几件好东西，带手拿给佟忍安，问问铺子收不收。牛凤章常去四外搜罗些小古玩器，自己分不出真假，反正都是便宜弄来的，转手卖给佟忍安。佟忍安差不多每次都收下。牛五爷卖出的价比买进的多，以为赚了。但佟忍安也是得到的比花出的多，这里的多多少少却一个明白一个糊涂了。这次又掏出两小锦盒。一盒装着几枚蚁鼻币，一盒装着个小欢喜佛。佟忍安看也没看，顺手推一边，两眼直瞅着白金宝的房门，脸上皱纹渐渐抻平。佟绍华住在柜上，只要逮机会回来一趟，便急急渴渴回房插门和媳妇热热乎乎闹一闹。牛凤章天性不灵，看不出佟忍安不高兴，还一个劲儿把小锦盒往佟忍安眼睛底下摆。佟忍安好恼，一时恨不得把锦盒扒落地上去。

门口一阵说说笑笑，又进来三位。一个眉清目朗，洒脱得很，走起路袖口、袍襟、带子随身也随风飘。另一个赛得了瘟病，脸没血色，尖下巴撅撅着，眼珠子谁也不瞧，也不知瞧哪儿。这两位都是本地出名的大才子。一个弄诗，一个弄画。前头这弄诗的是乔六桥，人称乔六爷，作诗像啐唾沫一样容易；这弄画的便是大名压倒天津城的华琳，家族中大排行老七，人就称他华七爷。六爷和七爷中间夹着一个瘦高老头。多半因为这二位名气太大，瘦老头高出一星半点不会被人瞧得见，就一下子高出半头来。这人麻酱色绣金线团花袍子，青缎马褂，红玛瑙带铜托的扣子一溜儿竖在当胸。眼睛黑是黑白是白，好比后生，人上岁数眼珠大都带浊气，他没有，眼

光前头反有个挑三拣四的利钩儿。乔六桥后面的脚还没跨进屋，就对迎上来的佟忍安说：

"佟大爷，这位就是山西名士吕显卿。自号'爱莲居士'。听说今儿您这里赛脚，非来不可。昨儿他跟我谈了一夜小脚，把我都说晕了，兴致也大增，今儿也要尽尽兴呢！"

佟忍安听了，目光打二媳妇白金宝的房门立即移到这瘦高老头脸上。行礼客套刚落座，吕显卿便说：

"我们大同，每逢四月初八，必办赛脚大会，倾城出动，极是壮美。没想到京畿之间，也有赛脚雅事。不能不来饱饱眼福呢，佟大爷不见怪吧！"

"哪的话，人生遇知己，难得的幸会。早就听说居士一肚子莲学。我家赛脚，都是家中女眷，自个儿对自个儿比比高低，兼带着相互切磋莲事莲技。请来的人都是正经八百的'莲癖'，这就指望居士和诸位多多指点。方才听您提到贵乡赛脚会，我仰慕已久不得一见，可就是大同晾脚会？"

"正是。赛脚会，也叫晾脚会。"

佟忍安眉梢快活一抖，问道：

"嘛场面，说说看。"

他急渴渴，以致忘记叫人送茶。吕显卿也不在意，好赛一上手，就对上茬儿，兴冲冲说：

"鄙乡大同，古称云中。有句老话说'浑河毓秀，代产娇娃'。我们那儿女子，不但皮白肤嫩，尤重纤足。每逢四月八日那天，满城女子都跷着小脚，坐在自家门前，供游人赏玩。往往穷家女子小脚被众人看中，身价就一下提上去百倍……"

"满城女人？好气派好大场面呀！"佟忍安说。

"确是，确是。少说也有十万八万双小脚，各式各样自不必说。顶奇、顶妙、顶美、顶丑、顶怪的，都能见到。那才叫'天下之大，无奇不有'呢……"

"世上有此盛事！可惜我这几个儿子都不成气候。我这把年纪，天天还给铺子拴着。晾脚会这样事不能亲眼看一看,这辈子算白活了!"佟忍安感慨一阵子,又蛮有兴趣问道,"听说,大同晾脚时,看客可以上去随意捏弄把玩儿?"

乔六桥接过话说:

"佟大爷向来博知广闻,这下栽了。这话昨夜我也问过居士,人家居士说,晾脚会规矩可大——只许看,不许摸。摸了就拿布袋子罩住脑袋大伙儿打。打死白打!"

众人哈哈笑起来。乔六桥是风流人,信口就说,全没顾到佟忍安的面子。吕显卿露出得意来。佟忍安嘛眼?只装不知,却马上换了口气,不赛求教,倒赛考问:

"居士,您刚刚说那顶美的嘛样,倒说说看。"

"七字法呀,灵、瘦、弯、小、软、正、香。"吕显卿张嘴就说。好赛说,你连这个也不知道。

"只这些?"

这瘦老头挺灵,听出佟忍安变了态度,便说:"还不够?够上一字就不易!尖非锥,瘦不贫,弯似月,小且灵,软如烟,正则稳,香即醉,哪个容易?"他面带笑对着佟忍安,吐字赛炒蹦豆,叫满屋听了都一怔。

佟忍安当然明白对方在抖搂学问,跟自己较劲,便面不挂色,说了句要紧的话:

"得形易,得神难。"

吕显卿巴巴眨两下眼皮,没听懂佟忍安的话,以为他学问有限,招架不住,弄点玄的。他真恨不得再掏出点玩意儿,压死这天津爷儿们,便抡起舌头说:

"听说您家大少奶奶一双小脚,盖世绝伦,是不是名唤香莲?大名还是乳名?妙极!妙极!是啊,古来称小脚为金莲。以'香'字换'金'字,听起来更入耳入心,还不妙!'金莲'一说由来,不知您考过没有?都说南唐后主有宫嫔窅娘,人俊,善舞,后主命制金台,取莲花状,四周挂满珠宝,命窅娘使帛裹足,在金莲台上跳

舞。自始，宫内外妇女都拿帛裹足，为美为贵为娇为雅，渐渐成风，也就把裹足小脚称作'金莲'。可还有一说，齐东昏侯，命宫人使金箔剪成莲花贴在地上，令潘妃在上边走，一步一姿，千娇百媚，所谓'步步生莲花'，妇女也就称小脚为'金莲'了。您信哪种说法？我信前种，都说窅娘用帛缠足，可没人说潘妃缠足。不缠足算不得小脚！"

吕显卿这一大套，把屋里说得没声儿，好赛没人了。这些人只好喜小脚，没料到给小脚的学问踩在下边。佟忍安一边听，一边提着自个儿专用的逗彩小茶壶，嘴对嘴吮茶，咂咂直响。人都以为他也赞赏吕显卿，谁料他等这位爱莲居士一住嘴，就说：

"说到历史，都是过去的事，谁也没见过，谁找着根据谁有理。通常说小脚打窅娘才有，谁敢断言唐代女子绝对不裹脚缠足？伊世珍《嫏嬛记》上说，杨贵妃在马嵬坡被唐明皇赐死时，有个叫玉飞的女子，拾得她一双雀头鞋，薄檀木底，长短只有三寸五。这可不是孤证，徐用理的《杨妃妙舞图咏》也有几句：'曲按霓裳醉舞盘，满身香汗怯衣单，凌波步小弓三寸，倾国貌娇花一团。'三寸之足，不会是大脚。可见窅娘之前，贵妃先裹了脚。要说唐人先裹脚，杜牧还有两句诗：'钿尺裁量减四分，纤纤玉笋裹轻云。'一尺减去四分，还剩多少？"

"佟大爷，别忘了，那是唐尺，跟今儿用的尺子不一般大小！"吕显卿边听边等漏儿，抓住漏儿就大叫。

"别忙，这我考过。唐人哪能不用唐尺？唐尺一尺，折合今儿苏尺八寸，苏尺又比营造尺大一寸。诗上说一尺减四，便是唐尺六寸，折合苏尺是四寸八，折合今儿营造尺是四寸三。不裹脚能四寸三吗？您说说。"

吕显卿一时接不上话茬，眼睛嘴巴全张着。

乔六桥拍手叫起来：

"好呀，看来能人在咱天津卫，别总把眼珠子往外瞧了！"

众人都将吃惊的眼神打山西人身上挪到佟忍安这边来。可人家吕显卿也是修行不浅的能人。能人全好胜，哪能三下两下就尿，稍稍一缓，话到嘴边，下巴一仰就说：

"佟大爷的话，听来有理。可使两句诗作根据，还嫌单薄。《唐语林》上说，唐时一般士人妻，服丈夫衫，穿丈夫靴，可见并不缠足。"

"说的是。可我并没说唐朝女子都缠足，而是说有缠足。有没有是一码事，都不都是另一码事。居士所考，是缠足发端哪朝哪代，不是哪朝哪代蔚成风气的，对不？咱议的嘛，先要定准，免得你说东我说西，走了题，不明不白。再说，从唐诗中求根据，绝非这三两句，白乐天有句'小头鞋履窄衣裳'，焦仲卿也有句'足蹑红丝履，纤纤作细头'。说的都是唐朝女子穿鞋好小头。按唐时礼节，走路不直疾促，行步快，即失礼。用布缠裹约束，自然迟缓。这是情理之中的事。至于缠成嘛样？嘛法？多大？另当别论。"

"今儿倒长了见识，天津卫佟大爷把缠足史的上限定到了唐。"吕显卿话里带讥讽，仍遮不住一时困窘。明摆着没话相争，学问不顶饿了。

佟忍安笑笑，好赛话才开头，接着说：

"要说上限，我看唐也嫌晚。《周礼》有屦人，掌管皇上和王妃鞋子，所谓赤舄、黑舄、赤繶、黄繶、青勾、素履、葛履，都是各式各样鞋子。看重鞋，必看重脚。汉朝女子鞋头喜尖，打武梁祠壁画上看，老莱之母，曾子之妻，鞋头都尖。《史记·货殖传》上说，'今夫赵女郑姬设形容，揳鸣琴，揄长袂，蹑利屣'。所谓利屣，也是尖头鞋子。《汉书·地理志》上有句话挺要紧，'赵女弹弦跕'，师古注，字与屣同，是种无跟小鞋，跕是轻轻站着。由此看，汉朝女子以尖鞋、细步、轻站为美。自然要在脚上下功夫，那就非小不可。史游《急就篇》有句'靸鞮卬角褐袜巾'，下边的注不知您留意没有。注中说，靸谓韦履，头深而尖，平底，俗名著革先子；鞮薄革小履也，巾者，裹足也。这话说得还要多明？您要听，我还有好多例子，就怕占大伙儿不少时候，犯不上。单把这些书上零零碎碎记

载，细心推敲推敲，缠足始于唐，恐怕也不能说死吧！都说历史是死的，我看是活的，谁把它说死，谁就等着别人来翻个儿！"

吕显卿好赛给对方扔到水里，又按到水下边。不傻也呆，轮到了由人摆布的份儿。乔六桥比刚才叫得更欢：

"完了完了！今儿我才明白，没学问，玩小脚，纯粹傻玩儿！"

牛凤章脖子一缩说：

"说得我也想裹小脚了！"

这话惹得众人笑声要掀去屋顶。牛凤章人不怪心眼怪，他总是自觉身贱，时不时糟蹋自己一句，免得别人再来糟蹋。

今儿不比寻常。佟忍安正来劲，满肚子学问要往外倒，逮住牛凤章这句话，笑道：

"牛五爷可别这么说。明朝还真有男人裹足，伪装女子，混在女人堆儿里找便宜。事败后坐几年大狱，放出来人人骂他，藏不成，躲不了，人人能认出他来。"

"为嘛哪？"牛凤章瞪着小眼问。

"脚裹小了，还能大回来？"佟忍安说。

众人又是大笑。牛凤章双脚紧跺，叫着："我可不裹！我可不裹！"卖傻样儿逗大伙儿乐。

华琳摇着白手细指说："不不，牛五爷裹脚准叫人认不出来。"他说完这上半句，等别人追问为嘛才说下半句，"牛五爷造假画，赛真的；裹小脚，更赛真的！"说话时，眼珠子不看牛凤章，也不看佟忍安，好赛看屋顶。

这话够挖苦，可别人说还行，牛凤章和华琳同行，都画画，同行犯顶，不吃这话。他小眼一翻，立时把话撞回去：

"我的假画，骗得了您华七爷，可逃不过佟大爷的眼。对不，对不？嗯？嘻！"

牛凤章这句话既买好了佟忍安，又恶心了华琳，说得自己都得意起来。华琳清高，但清高的人拉不下脸儿来，反倒吃亏没辙，脸气白了。

乔六桥说：

"牛五爷，你还是闭嘴拿耳朵听吧！没见佟大爷和这位居士正亮着学问。今儿吴道子、李公麟来了，也叫他滚。爷几个都是冲小脚来的！"

牛凤章立时捂嘴，发出牛叫般粗声儿：

"请佟大爷给诸位长学问！"

佟忍安压倒吕显卿，占了上风，心里快活。可他不带出半点得意，也就不显浅薄，反倒更显得高深。他心想，自己还要退一步，有道是，主不欺客，得意饶人，才算是大度。便看也没看牛凤章，撂下茶壶和颜悦色说道：

"这些话算嘛学问，都是闲聊闲扯罢了。世上事，大多都是说不清道不明，公说公有理，婆说婆有理，其实都有理。人说，凡事只有一个理，我说，事事都有两个理。每人抱着自己的理，天下太平；大伙儿去争一个理，天下不宁。古人爱找真，追究鸡生蛋，还是蛋生鸡，管它谁生谁！有鸡吃，有蛋吃，你吃鸡我吃蛋，你吃蛋我吃鸡，或是你吃鸡也吃蛋，我吃蛋也吃鸡，不都吃饱又吃好了？何苦去争先鸡后蛋先蛋后鸡？居士！眼下咱把这些废话全撂下，别耽误正事。马上赛脚给您看，听听您眼瞅着小脚，发一番实论，那才真长见识呢，好不好……"

"好好好！"吕显卿刚刚心里还拧着，这一下就平了。他给佟忍安挤到井边，进不是退也不是。谁料这老小子一番话又给他铺好台阶，叫他舒舒坦坦下来。心想，天津卫地起是码头，码头上的人是厉害；骑驴看景走着瞧，抓着机会再斗一盘！

第五回　赛脚会上败下来

众人听说赛脚开始，都欢呼起来。有的往前挪椅子，有的揉眼皮，有的按捺不住站起身，精神全一振。方才谁也没留意，这会儿忽见大门外廊子上站一个黄脸婆子。人虽老，神气绝不凡，脑袋梳

125

着苏头鬏子，油光光翘起来的小鬏上，罩黑丝网套，插两朵白茉莉，一朵半开的粉红月季。身上虽是短打扮，一码黑，大褂子上的宽花边可够艳，胸前掖一块一尘不染的雪白帕子，两只小脚包得赛一对紧绷绷乌黑小粽子。鞋上任嘛装饰也没有，反倒入眼。

吕显卿低声问乔六桥：

"这是谁？"

乔六桥说：

"原来是佟大爷老婆的随身丫头。佟大奶奶死后，一直住在佟家。原叫潘嫂，现叫潘妈。您看那双小黑脚够嘛成色？"

"少见的好！凭我眼力，恐怕脚上的功夫更好。你们这位佟大爷花哨吗？"

乔六桥斜眼瞅一下佟忍安，离得太近，便压低声儿说："跟您差不离儿。"又说，"潘妈这脸儿可够瘆人的，谁也不会找她闹。"

"六爷这话差了！脚好不看脸，顾脚不顾头。谁还能上下全照应着。"

两人说得都笑出声来。

佟忍安这儿对潘妈发了话：

"预备好就来吧！"

大伙儿只等着佟家女眷们一个个上来亮小脚。谁知佟忍安别有一番布置，只听大门两边隔扇哗啦哗啦打开了。现出佟家人深居的三道院。院中花木假山石头栏杆秋千井台瓷凳都给中秋明月照得一清二楚，地面亮得赛水银镜子。可这伙人没一个抬头望月，都满处寻小脚看。只见连着东西南北房长长一条回廊中，挂一串角子灯。每盏灯下一个房门，全闭着。潘妈背过身子，哑嗓门叫一声："开赛了！"又是哗啦哗啦，各个厢房门一下全都打开，门首挂着各色绣花门帘，门帘上贴着大红方块纸，墨笔写着：壹号、贰号、叁号、肆号、伍号、陆号，总共六个门儿。大伙儿几乎同时瞧见，每个门帘下边都留了一截子一尺长短的空儿，伸出来一双双小脚，这些脚各有各的捯饬，红紫黄蓝、描金镶银、挖花绣叶、挂珠顶翠，都赛稀世奇宝，即使天仙下凡，看这场面，照样犯傻。刚刚站在廊子上的潘妈忽然不见，好赛土行孙打地下钻走。

人之中，只有吕显卿看出潘妈人老身子重，行路却赛水上漂，脚上能耐世上绝少。他把这看法放在心里没说。

佟忍安对吕显卿说：

"居士，我家几次赛脚，都是亡妻生前主办。这法儿是她琢磨出的。为的是，请来评脚的客人有生有熟，熟人碍情面，不好持平而论。生人更难开口说这高那低，再有我的儿媳妇都怕羞，只好拿门帘挡脸，可别见怪。"

"这好这好！鄙乡大同是民间赛脚，看客全是远处各地特意赶去的，谁也不认得谁。您这儿全是内眷，这样做再好不过。否则我们真难评头论足了。"

佟忍安点点头，又对大伙儿说：

"前日，乔六爷出个主意说，每个门帘上都写个号码，各位看过脚，品出高低，记住号码，回到厅里。厅里放张纸，写好各位姓名，后边再写上甲乙丙。各位就按心里高低，在甲乙丙后边填上号码。以得甲字最多为首。依次排出三名来。各位听得明白？这样赛成不成？"

"再明白不过！再妙不过！又简单又新鲜又好玩，乔六爷真是才子。出主意也带着才气！来吧，快！"吕显卿已经上劲，精神百倍，急得直叫。

众人也都叫好，闹着快开始。这一行人就给佟忍安带领绕廊子由东向西，在一个个门前停住观摩品味琢磨议论，少不得大惊小怪喧哗惊叫一通。

戈香莲坐在门口。只见一些高矮胖瘦人影，给灯照在门帘上。她有认得也有不认得，乱七八糟分不出哪是哪位，却见他们围在她脚前呼好叫绝议论开：

"这双脚，如有'七十字法'，字字也够得上。我猜这就是佟家大儿媳妇，对不？"

"居士，您刚才说，'七字法'中有个'香'字，现在又说'七十字法'，肯定也跑不掉'香'字，我问您这'香'字打哪得来的？"

"乔六爷，咱文人好莲，不能伤雅，大户人家，哪有不香道理。惟香一字，只能神会。"

"佟大爷，方才说赛脚会上许看不许摸，闻一闻总可以吧！啊？哈哈哈哈！"

香莲见门帘一个人影矮下来。心一紧，才要抽进脚来，又见旁边一个矬胖影子伸手拉住这人，嘻嘻哈哈说：

"乔六爷，提到'香'字，我们苏州太守也是莲癖，他背得一首山歌给我，我背给您听，'佳人房中缠金莲，才郎移步喜连连。娘子啊，你的金莲怎的小，宛如冬天断笋尖，又好像五月端阳三角粽，又是香来又是甜。又好比六月之中香佛手，还带玲珑还带尖。佳人听罢红了脸，贪花爱色恁个贱，今夜与你两头睡，小金莲就在你嘴边，问你怎么香来怎么甜，还要请你尝尝断笋尖！'"

这人苏州音，念起来似唱非唱。完事，有人笑有人拍手，有人说不雅，有人拿它跟乔六桥开心，却给香莲解了围。

忽然一个声音好熟，叫道：

"各位再往下看，好的还在后边呢！"

一群人应声散去，在西边一个个门前看脚谈脚，却没有刚刚在自己门前热闹。后来却在一处赛油锅泼水赛地喧闹开了。有人说：

"简直闹不清，哪个是您大媳妇了！"

又是那好熟的声音：

"哪脚好，就哪个，这脚好，就这个！"

香莲忽觉得这是二少爷佟绍华的嗓门。模糊有点不妙，蛮有把握的手竟捏起汗来。耳听这伙人，说说笑笑回到前厅，打打闹闹去填号码。好一会儿，佟绍华在厅上唱起票来：

"乔六爷——甲一乙二丙六，吕老爷——甲一乙二丙四，华七爷——甲二乙一丙四，牛五爷——甲一乙二丙三，苏州白掌柜甲二乙一丙四，苏州邱掌柜甲一乙二丙五……把票归起来，壹号得甲最多，为首，贰号次之，第二，肆号第三。"

戈香莲好欢喜，一时门帘都显亮了。又听佟绍华叫道："潘妈，拉下门帘，请各位少奶奶、姑娘，见见诸位客人!"跟着香莲眼前更一亮，几十盏灯照进眼睛。却见前厅辉煌灯火里满是客人，周围各房门口都坐一个花样儿的女人。

佟绍华赛刚给抽了三鞭子，十分精神。那张大油脸鼓眼珠，今儿分外冒光，双手举着一张写满人名号码的洒金朱砂纸，站在前厅外高声儿叫：

"壹号，白金宝，我媳妇! 你来谢谢诸位老爷! 贰号，戈香莲，我嫂子；肆号，董秋蓉，是我弟妹。余下三个都是我家丫鬟，桃儿、杏儿、珠儿。各位也请出来吧!"

戈香莲傻了! 她是大少奶奶，该壹号，怎么贰号? 是弄错还是佟绍华成心捣鬼? 回头一瞧，门帘上贴的居然就是贰号。可是凭自己的脚，写上嘛号码也该选第一呀! 她不信会败给白金宝，但拿眼一瞧就奇了，白金宝好赛换一双小脚，玲珑娇小，隐隐一双淡绿小鞋，分明两片苹果叶子，鞋头顶着珠子，刷刷闪光，又赛叶子上颤悠悠的露水珠儿。这会儿她正打屋里出来，迈步也完全不同往常，绣花罗裙，就赛打地面上飘过，脚尖在裙子下边，忽然露出忽然不见，逗人眼馋。香莲起身走出屋时，本打算拿鞋上的那对蝴蝶压压白金宝，一提裙腰，蝴蝶出来了，可两只脚咋咋呼呼支支棱棱，有露没藏赛叉鱼的叉子，劈着两个大尖。那白金宝走到众人前，道万福行礼，右脚没露，只把左脚成心往外一闪。这一闪叫人看个满眼，再多看一眼又不成。香莲也给这一下闪呆了。原本白金宝的脚比自己大，怎么显得比自己还小? 一刀切去一块不成! 鞋子更是出奇讲究，连鞋底墙子、底牙、裤腿套上全是精致到家的绣花。香莲打小也没见过这么贵重花哨的鞋子。自己这印花蝴蝶不过奶奶打香粉店花二十个铜子儿买的，一比，太穷气了。

这种场面上，一透穷气，就泄了气! 她打脚底到腰叉子全发凉。

恨不得拨头跑回屋，关门躲起来。潘妈招呼珠儿、杏儿、桃儿端三个青花瓷墩子，放在当院，请三位少奶奶坐下。香莲想拿裙子把小脚罩住，偏偏刚才为了露蝴蝶，裙腰往上提，腰带扎得又紧，拉不下来，小脚好赛净心晾在外边给她出丑。她不敢瞅自己脚，也不敢瞅白金宝的脚，更不敢瞅白金宝的脸。白金宝脸儿不定多光彩呢！

佟忍安对吕显卿说：

"居士，打这评选结果上看，你果然不凡。您看其他各位有的一错两对，有的两错一对，有的名次顺序颠倒，惟有您号码也对，顺序也对。不知您品评金莲按嘛规格？"

吕显卿听了好得意，才要开口，乔六桥抢过话打趣道：

"还是那七字法呗！"

吕显卿刚刚比学问栽了，这次不能再栽，嘴皮子也鼓起劲儿说：

"七字法是通用之法。品莲要分等级的。"

"怎么分法，请指教。"佟忍安一追问，两人又较量上了。

"这要先说六个字。"

"不是七字又六字了？愈说愈糊涂了！"乔六桥嘻嘻哈哈说，一边跟旁人挤眉弄眼，想拿这山西佬找乐子。

吕显卿是老江湖，当然明白。他决意给这些家伙点真格的瞧瞧，正色说：

"听明白就不糊涂。小脚美丑，在于形态。所谓形态，形和态呗！先说形，后说态。形要六字具备，即短、窄、薄、平、直、锐。短指前后长度，宜短不宜长。窄指左右宽度，宜窄不宜宽。还须前后相称，一般小脚，往往前瘦后肥，像猪蹄子，不美。薄指上下厚度，宜薄不宜厚；直指足根而言，宜正不宜歪，这要打后边看。平指足背而言，宜平不宜突，如能向下微凹更好。锐指脚尖而言，宜锐不宜秃，单是锐还不成，要稍稍向上翘，便有媚劲儿。向上撅得赛蝎子尾巴，或向下耷拉得赛老鼠尾巴，都不足取。这是说小脚的形。"

这几句就叫香莲听得云山雾罩，从不知小脚上还这么多道理讲究。拿这些道理一卡，自己的脚哪儿还算脚，只赛坠在脚脖下两块小芋头。前厅里诸位把吕显卿这套听过，不觉拿眼全瞄向佟忍安。盼望这位天津卫能人，再掏出点真玩意儿，把这外边来的能耐梗子压住。佟忍安单手端小茶壶，歪脖眯眼慢条斯理吮着，不知有根还是没词，不搭腔，只是又追了一句：

"这说了形，还有态呢？"

吕显卿瞥他一眼，心想不管你有根没根，先痛快压你一阵再说。

"态字上要分三等。上等金莲，中等金莲，下等金莲。"

香莲心里一惊，想到自己得第二名，生怕这老头把自己归入中等。

"先说上等！"苏州那商人听得来劲，急着说。

"好，我说。上等金莲中间又分三种。两脚缠得细长，好比笋尖，我们大同叫'黄瓜条子'，雅号叫钗头金莲。两脚缠得底窄背平，好比弯弓，雅号叫单叶金莲。两脚缠得头尖且巧，好比菱角，雅号叫红菱金莲。这三种小脚中间垫高底，又叫穿心金莲，后边蹬高底，又叫碧台金莲。都是上等。"

"居士敢情有后劲，快说说中等嘛样！"乔六桥说。

"脚长四五寸，还端正，走起来不觉笨，鞋帮没有棱角鼓起来，叫锦边金莲。脚丰而不肥，好赛鹅头，招人喜爱，叫鹅头金莲。两脚端正，只是走路内八字，叫并头金莲；外八字的叫并蒂金莲。这都是中等。"

"这名字真比全聚德炒菜的名儿还好听！"乔六桥笑道。

"六爷你是眼馋还是嘴馋？"

"别打岔！居士，你别叫他们一闹把话截了，接着说下等的金莲。"

吕显卿说：

"今儿佟家府上没下等金莲。三位少奶奶都是上等的。要在我们大同赛脚会上，我敢说也能夺魁！"

他这几句话，不知真话假话客气话应酬话，却说得三位少奶奶

起身向他道谢。一站一坐当儿，白金宝无意打裙缝露出小脚，叫戈香莲逮住着意一看，吓一跳，竟然真比平时小了至少一寸，是自己看错还是人家用了嘛魔道法术？

吕显卿对佟忍安说：

"我虽嗜好金莲，比您，至少还差着三磴台阶。方才班门弄斧，可别笑话我无知，多多指点才对呢！"

佟忍安眼瞅一处，不知想嘛，一听吕显卿这话好比跑到自己大门口叫阵，略一沉便说：

"秦祖永《桐阴论画》，把画分做四品。最高为神品，逸品次之，妙品又次之，最末才是能品。能品最易得，也最易品。神品最难得，也最难品。拿我们古玩行说，辨画的真伪，看纸，看墨，看裱，看款，看图章，看轴头，都容易，只要用心记住，走不了眼。可有时候高手造假画，用纸、用墨、用绫、用锦，都用当时的，甚至图章也用真的，怎么办？再有，假宋画不准都是后来人造的，宋朝当时就有人造假！看纸色墨色论年份都不错，就没办法了？其实，盯准更紧要的一层，照样分辨出来，就是看'神'！真画有神，假画无神。这神打哪儿来的呢？比方，山林有山林气，画在纸上就没了。可画画的高手，受山林气所感，淋淋水墨中生出山林一股精神。这是心中之气，胸中之气，是神气。造假绝造不出来。小脚人人有，人人下功夫，可都只求形求态。神品……人世间……不能说没有……它，它……它……"

佟忍安说到这儿忽然卡住，眼珠子变得浑浑噩噩朦朦胧胧虚虚幻幻离离叽叽，发直。香莲远远看，担心他中了风。

吕显卿笑道："未免神乎其神了吧！"他真以为佟忍安肚子里没货，玩玄的。

"这神字，无可解，只靠悟。一辈子我只见过一双神品，今生今世再……唉！何必提它！"佟忍安真赛入了魔。弄得众人不明不白不知该说嘛好。

忽然，门外闯进一个胖大男人。原来大少爷佟绍荣，进门听说今儿赛脚，白金宝夺魁，他老婆败了阵，吼一声："我宰了臭娘儿们!"把手里鸟笼子扯了，刚买的几只红脖儿走了运，都飞了。他操起门杠，上来抡起来就打香莲，众人上去拉，傻人劲大，乔六桥、牛凤章等都是文人，没帮上忙，都挨几下，牛凤章门牙也打活了。一杠子抡在香莲坐的瓷墩子上，粉粉碎。佟忍安拍桌子大叫："拿下这畜生!"男佣人跑来，大伙儿合力，把大少爷按住，好歹拉进屋，里边还一通摔桌子砸板凳，喊着：

"我不要这臭脚丫子呀!"

客人们不敢吱声，安慰佟忍安几句，一个个悄悄溜了。

当晚，傻爷儿们闹一夜，把香莲鞋子脚布扒下来，隔窗户扔到院里。三更时还把香莲叽哇喊叫死揍一顿轰出屋来。

香莲披头散发，光着脚站在当院哭。

第六回　仙人后边是神人

戈香莲赛脚一败，一跟头栽到底儿。

无论嘛事，往往落到底儿才明白。悬在上边发昏，吊在半截也迷糊。在佟家，脚不行，满完。这家就赛棋盘，小脚是一个个棋子儿，一步错，全盘立时变了样儿。

白金宝气粗了。香莲刚过门子时，待她那股子客客气气劲儿全没了。好赛憋了八十年的气，一下子都撒出来。时不时，指鸡骂狗，把连钩带刺的话扔过来，香莲哪儿敢拾。原先不知白金宝为嘛跟她客气，现在也不知白金宝干嘛跟她犯这么大性。白金宝见这边不拾茬，性子愈顺愈狂。不知打哪弄一双八寸大鞋，俗名叫大莲船，摆在香莲门口，糟蹋香莲。香莲看得气得掉泪却不敢动。别人也不敢动。

守寡的四媳妇董秋蓉在家的地位有点变化。过去白金宝总跟她斗气，板死脸给她看。赛脚会后换了笑脸，再逢亲朋好友来串门，就把秋蓉拉出来陪客人说话，甩开香莲理也不理，弄得秋蓉受宠若

惊，原是怕白金宝，这会儿想变热乎些又转不过来，反而更怕见白金宝了。

佟绍华沾了光。只要在铺子里呆腻了想回家，打着二少奶奶旗号，说二少奶奶找他，挺着肚子就回来了，佟忍安也没辙。可后来，二少奶奶自己出来轰他，一回来就赶回去。本来佟绍华骑白金宝脖子上拉屎当玩儿，这阵子白金宝拿佟绍华当小狗儿。谁也不知二少奶奶怎么一下子对二少爷这么凶。戈香莲明白。她早早晚晚三番五次瞧见佟忍安往白金宝屋里溜。但她现在躲事都难还去招惹是非？再说家里人都围着白金宝转，知道也掖肚子里，谁说？丫头们中只桃儿待香莲好，她原是派给香莲用的，可当下只要她一脚迈进香莲屋，白金宝就叫喊桃儿去做事，两只脚很难都进来。一日中晌，趁着白金宝睡午觉当儿，桃儿溜进香莲屋来悄悄说，自打白金宝不叫二少爷着家，二少爷索性到外边胡来，过去逛一回估衣街的窑子，到家话都少说，怕走了嘴。现在嘛也不怕，整天花街柳巷乱窜。憋得难受时竟到落马湖去尝腥，那儿的窑姐都是野黑粗壮的土娘儿们，论钟头要钱，洋表转半圈，四十个铜子儿。到时候老鸨子就摇铃铛，没完事掏钱往外一扔。桃儿说，这一来柜上的钱就由二少爷尽情去使。乔六桥一伙摽上了他，整天缠他请吃请喝请看请玩儿再请吃请喝请看请玩儿。

"老爷可知道？"

"老爷的心思向来没全撂铺子里，你哪儿知道！"

香莲也知道，但不知自己知道一多半还是一少半。

这家里，看上去不变的惟有潘妈。她住在后院东北角紧挨佟忍安内室的一间耳房。平时总待房里，偶然见她在太阳地晒鞋样子、晾布夹子，开门叫猫。她养这猫倒赛她自己，全黑、短毛、贼亮、奇凶、赛只瘦虎。白天在屋睡觉，整夜上房与外边流窜来的野猫厮打，鬼哭狼嚎吼叫，有时把屋顶的砖头瓦块"啪哒"撞下来。桃儿说，全家人谁也离不开潘妈，所有鞋样子都归她出。赛脚那天白金宝的小脚就靠她捯饬的，她的鞋样敢说天下没第二个。

"十天半个月，她也往各屋瞧瞧，鞋不对，她拿去弄。可她就不往您屋里来。您没瞧见赛脚前她天天都往二少奶奶屋跑，就是她把您打赛会上弄下来的。不知她为嘛偏向二少奶奶，恨您！"

香莲没搭腔，心里却有数。香莲心细，看出潘妈打赛脚后不再去白金宝屋子了。

变得最凶，要数香莲的傻爷儿们。香莲真不懂傻人也把小脚看得这么重。原先是傻，这一下疯了。疯人更没准，犯起病就跟香莲瞎闹。有时拿拴床帐的带子，把香莲两脚捆一块儿，就要拿出去卖。买鸟儿，这是高兴时候。凶狠起来就拿针锥扎小脚，鲜血打裹脚布里往外冒。香莲已有了身孕，桃儿等几个丫头来哄大少爷说，大少奶奶肚里有他孩子，孩子有双天下没比的小脚，叫他必得好好待大少奶奶，等着好小脚生出来。这话管用，大少爷一听立时变样，天天捧着香莲小脚亲了又亲。一天打外边回来，居然给香莲买一包蜜枣，叫香莲心里一热直掉泪。可过几天，街上两个坏小子拦着大少爷说："听说你爹给你娶个大脚媳妇，还要再生个大脚闺女。"他眼就直了，进门操起菜刀踹门进屋，非要切开香莲肚子看小脚不可。扯脖子叫喊着：

"我爹诓了我，谁要不信，打开看！"

香莲这两天正是心如死灰时候。不知谁把赛脚会的事传给香莲的奶奶，奶奶听了，气闭过去。香莲得信赶到家，奶奶拿最后一口气对她说："奶奶也不知怎么会毁的你！"糊里糊涂，抱着悔恨作古了。香莲绝了后路，见傻爷儿们也不叫她活，心一横，把衣服两边一扯刷地撕开，露出鼓鼓白肚皮，瞪着眼对大少爷说：

"开吧！我活腻了，要嘛给你嘛！"

谁知当啷一声，菜刀扔在地上，傻爷儿们居然给香莲磕起头来。脑门撞得青砖地"通、通、通"直响，十来下就撞昏了，脑门鼻子都流血。再醒来，不打不闹，也不说话，只是傻笑，饭菜全不吃，到后来滴水不进，药汤没法灌，人就完了。挺大一个活人，完了，真容易。

应上"白马犯青牛，鸡猴不到头"这句话。香莲结婚没一年，守了寡。人强心不死，她只盼着生个小子。白金宝和董秋蓉两房头都是闺女，董秋蓉一个，白金宝两个，据说在南边的三少奶奶尔雅娟生的也是闺女。香莲要生个小子，给佟家留根，日子还能喘过口气。偏偏心强命不强，生的是丫头！想改也改不了，想添再也添不了！生下来不久还满身疹子。她心凉得赛冰块，天天头不拢脚不裹，孩子死就死，死完自己死。可自己身上掉下的这块肉，满是红点，痒得整天整夜哭，哭声叫她呆不住，每天一趟去到娘娘宫，给斑疹娘娘烧香。娘娘像前还有三个泥塑长胡的男人，人称"挠司大人"，专给出疹子的孩子挠痒，还有一条泥做的黑狗，专给孩子舔痒痒痘。她一连去七天，别说娘娘不灵，孩子的疹子竟然退了。

一天潘妈忽进来，抓起孩子的小脚看了看，惊讶地说："又是天生一块稀罕料。"随后拿着吓人的鼓眼盯住香莲说："老爷叫我给她起个名儿，就叫莲心吧！"

香莲听了，两眼立时发直，潘妈走出去时，看也不看。桃儿端饭进来了。自打大少爷死后，香莲落得同丫头们地位差不多，吃饭也不敢和老爷少爷少奶奶们同桌。桃儿问她：

"不是二少奶奶又骂闲街了？甭搭理她，她骂，您就把耳朵给她，也不掉块肉。"

香莲直呆呆不动。

桃儿又说：

"我看四少奶奶心眼倒不错。这汤面上的肉丝，还是她夹给您的呢！原先她那双脚，不比二少奶奶差。倒霉倒在一次挑鸡眼，生了脓，烂掉肉，长好了就嫌太瘦。那天赛脚，我劝她垫点棉花，她不肯。她怕二少奶奶看出来骂她。可我看……您可别往外说呀——二少奶奶脚尖就垫了棉花。本来她脚尖往下夆拉！不单我瞧出来，珠儿杏儿全瞧出来了，谁也不敢说就是了！"

桃儿引香莲说话。本来这话十分勾人谈兴的。但香莲还是不吭声也不动劲，神色不对，好赛魂儿不在身上。桃儿以为她一时心思解不开，不便扰她，就去了。香莲在床边直坐到半夜，拿着闺女雪白喷香的小脚，口里不停念叨着潘妈的话：

"又是天生一块稀罕料……天生一块稀罕料……天生一块稀罕料……"

三更时，香莲起来插上门，打开一小包砒霜，放在碗中，拿水沏了，放在床头。上床放了脚，使裹脚条子把自己和闺女的脚捆在一块儿，这才掉着泪说：

"闺女！不是娘害你！娘就是给这双脚丫子毁成这样，不愿再叫你也毁了！不是娘走了非拉着你不可，是娘陪你一块儿走呀！记着，闺女！你到了阎王殿也别冤枉你娘呀！"

闺女正睡。眼泪掉在闺女脸上，好赛闺女哭的。

香莲猛回身，端起毒药碗就要先往闺女嘴里灌。

忽听"哗啦"一响，窗子大敞四开，黑乎乎窗前站着一个人。屋里灯光把一张老婆子的脸照得清清楚楚，满脸横七竖八皱纹，大眼死盯着自己，真吓人！

"鬼！"香莲一叫。毒药碗掉在地上。

恍惚间，以为是奶奶的鬼魂儿找来了，又以为是自己从没见过早早死去的婆婆。耳朵却听这老婆子发出声音，哑嗓门，口气很严厉：

"要死还怕鬼！再瞅瞅，我是谁？"

香莲定住神，一看是潘妈。

"开开门，叫我进去！"潘妈说。

香莲见是她，心一定，不解脚条子，把头扭一边。

潘妈打窗子进去，站在炕前，冷笑道：

"活不会活，死倒会死！"

香莲心还横着，在死那边，根本不理她。

潘妈上去，拿起香莲的脚，摆来摆去又捏又按上下左右前前后后地瞧了又看看了又瞧，真赛端详一个精细物件。香莲动也不动，好似这脚不跟她身子连着。心都死了，脚还活着？潘妈手拿她的脚，

眼瞅一边，深深叹一口长气说："他眼力真高！我要有这双脚，佟家还不是我的！"她沉一下忽扭头对香莲说，"您要肯，把您这双脚交给我，我保您在佟家横着走路！"这两句话说得好坐实，一个字儿在板上钉一个钉子。

她等着香莲回答，停一刻，没听香莲吭声，便冷冷说："戴金镯子穷死，活该去当窝囊鬼吧！"转身就走，小脚还没迈出门坎，香莲的声音就撞在她后背上："你说的算，我就依你！"潘妈回过身。香莲打进佟家，头次见潘妈笑脸。脸板惯了，一笑更吓人。可跟着笑容就消失，不笑反比笑更舒服。潘妈问：

"这脚谁给您缠的？"

"我奶奶。"

"算她对得起您！您听好了——您这双脚，要论天生，肉嫩骨软，天下没第二双；要论缠裹，尖窄平直，也没挑儿。您奶奶算能人，没给您缠坏，就算成全了您。可是怨就怨您自己没能耐收拾它。好比一块好肉，只会水煮放盐，不会煎炒烹炸，白叫您给淹浸了！再好比一块玉，没做工，还不跟石头一样！单说赛脚那天，那双蝴蝶鞋还算鞋？破点心盒子！酱菜篓子！要嘛没嘛，嘛好脚套上它还有样？再说您为嘛不穿弓底？人家二少奶奶四寸脚，穿上弓底，脚一弯，四寸看上去赛三寸。您这脚本来三寸，反叫这破鞋连累的显得比二少奶奶脚还大，这不屈了！不等着败等嘛？"

香莲眼珠子闪一道蓝光：

"告我，还有救吗？"

"要没有，跟您说它干嘛！"

香莲解开脚上带子，下炕"扑通"趴下来给潘妈磕三个头：

"潘妈，求您给我指个明道儿，叫我翻过身来吧！"

她眼里直冒火。

潘妈冷言道：

"您起来，您是主家，不兴给佣人跪着。再说，我又不是为您。您为您自己，我也为我自己，可都得用您这双脚。谁也别谢谁了！"

香莲听懂一半，另一半不懂。

潘妈不管她懂不懂，"叭"地打开桌上一个漆盒子。不知这盒子嘛时候摆在桌上的。黑漆面，朱漆里，铜蝙蝠包角，盒里一块绣花黄绸子。掀开花绸，拿出一双花团锦簇般的小鞋，绣工可谓盖世无双，花边一层套一层，细得快看不出来，拿眼一盯，藤萝鱼鸟博古走兽行云海浪万字回纹，都是有姿有态精整不乱。拿出来就喷香浓香异香，赛两朵花儿。放在手中，刚和手掌一般大小。又软又轻又俏又柔，弯弯的，好比一对如意紫金钩。再看底儿竟是紫檀木旋的。"您穿上试试。"

"这鞋怕不到三寸吧，我哪儿能穿？"

"不能我叫您穿？"

香莲提着鞋跟，把脚尖伸进去一蹬，只觉光溜溜鞋底蹭着脚掌一滑，哧溜穿上，不大不小，正正好好。咦，看上去比脚小的鞋，怎么正好？她瞧着潘妈发怔。潘妈说：

"我说了，三寸脚一弯，就比三寸小。这是古式鞋底，样好，弯得赛桥，正经八百叫弓底，不比现时市面上的柳木底子，随便有个弯儿就得。照规矩，三寸鞋，木底长二寸六，弯七分。您再量您那双，顶多弯三分，哪成？好了，您把这双裤腿套儿套在外边，看看嘛样儿吧！"

潘妈打盒里又拿双裤腿套，香莲接过一看，恐怕这样好的绣活别处甭想见到。潘妈说：

"都是桃儿绣的，往后你就找她。"

香莲惊得说不出话来。低头套上这裤腿套，鞋是绿的，套是粉红的，绣线全是淡色，浅紫浅蓝浅黄浅棕浅灰浅酱，加上白和银，又素又艳，愈显得脚儿玲珑娇小可爱，想不到这小脚就连在自己腿下边。她瞅瞅潘妈，心想潘妈也要夸赞几句。潘妈却说：

"您站起来走几步看。记着，小脚有四忌，坐着忌讳晃裙子，躺着忌讳抖脚尖，站着忌讳踮脚跟，走路忌讳跷脚趾。"

香莲想起身试试，身子一立，只觉自己好赛给挂在杆子上，摇

摇晃晃，脚发空又发紧。赶紧收拢脚尖，人就往前栽，差点来个马趴；脚跟一使劲，人又往后仰，险些来个老头钻被窝。潘妈按她坐下，叫她脱下鞋子，自己坐对面，把香莲的裹脚条子揪下来一扔，边说："大少奶奶，再受次罪吧，我给您重缠。您穿惯小弯底儿，脚弓不够，全靠缠了！"说着手里已拿了一卷又窄又齐整的青布条子，不管香莲乐不乐意，这脚丫子好比她的东西，大拇指一挑，"嗒"的脚布头就按在脚上，这下真比逮小飞虫还快。她说："您看好了，下次就照这样裹！"

香莲用心看，也用心记。只见潘妈——先把脚布直头按在脚内侧靠里怀踝骨略前，打脚内直扯大拇指尖兜住斜过来绕到脚背搂紧，再打脚背外斜着往下绕裹严压向脚心，四个脚趾拉住抻紧再转到脚外边翻上脚背，搭过脚外边挂脚跟前扯勾脚尖回到脚内侧又直扯大拇指斜绕脚背，下绕四脚趾打脚心脚外边上脚背外挂脚跟勾住脚尖二次回到脚内侧，跟手还是脚内脚尖脚背脚心脚外脚背脚跟脚尖三次回到原处再来。香莲看出，和奶奶裹法差得并不大，不过手底下更利索，脚布绕来绕去绝不折边，一道道紧紧包着密不透气，使力均匀，没有半点松劲地方。可缠到第八道，手法忽变，又加进一条宽裹脚条子，嘴里说一句：

"这叫拦裹布，用的是'拦脚背法'，专治你脚弓不够弯的毛病！"

随这话，脚布上手一勾脚尖，返过足背，竟打外边向下绕，反着拉脚跟，转上去刚好缠脚巴骨，跟着就打内边绕过脚背，来回几圈，算把裹脚布扣住。跟手转过脚跟上脚脖，把脚背前半截拦上，不松劲地打脚跟后直拉大拇指头，连着脚巴骨一包上足背，这算拦一扣，再裹再拦，再拦再裹，直到把一卷一丈多的裹脚条子全用完。香莲便觉脚背发胀，脚心发空，脚跟和脚心好比叫人两手攥着往下使劲掰，就赛脚抽筋一样。看是好看，有模有样，上弓前翘，俏丽俊巴，可穿上潘妈拿给她另一双扳脚用的青布鞋，难受多了，迈步赛踩高跷。

"能受?"潘妈问。鼓眼珠子瞧着她。分明考问她。

香莲毫不含糊:

"打算活,都能受。还怎么着,你就说吧!"

潘妈冷冷盯她一眼,点点头。打盒里又拿出一把小尺,尺三寸,象牙做的,用得久,发旧发黄发亮,上边的星子都是嵌银的。她把尺子给她时说:"这是专量脚使的。二少奶奶使不了,她脚比这尺大。"潘妈嘿嘿一笑。这笑,赛股寒气,往人骨头里钻,"你天天晚上拿热水洗脚,洗完照我刚才那样缠上。记住!一双好脚睡觉时候也不能松开,只要缠好就拿它量。我这儿还有张表,脚上每个关节上边都有尺寸,不能错过半分半毫,哪儿涨出来就勒哪儿。给你——"又递给香莲一张破旧的元书纸,木版印的表格,满是字是尺寸。

香莲拿过一看,这才算打小脚的门缝往里边瞅一眼。一眼就看花了——

足部尺度一览表(营造尺)

各部	径	赤足尺度	紧缠尺度	注
足尖至后跟	直	三寸二分	二寸九分	即足之大小
大趾	直	八分	八分	
大趾	中部横	五分	三分五	
二趾	直	六分	六分	
二趾	中部横	三分	二分七	
中趾	直	七分	七分	
中趾	中部横	四分	三分七	
四趾	直	六分	六分	
四趾	中部横	四分	三分六	
小趾	直	四分	四分	
小趾	中部横	二分		缠后小趾会被挤没,不占宽度
足心足跟间缝口	中部垂直深	一寸	一寸一分	
里缝口	垂直	一寸三分	一寸四分	
外前缝口	垂直	七分	八分	趾跟肉折成之深缝

外后缝口	垂直	一寸	一寸一分	足跟前大深横缝
缝底	横	一寸	九分	
下缝口	横	一寸二分	一寸	
下缝口	原宽分开宽	二分四厘		开时如刀削缠时合一线
缝至足尖	直	二寸一分	一寸八分	
足跟下	横	一寸	九分	
足跟下	直	一寸一分	一寸一分	
后跟	高	一寸五分	一寸七分	缠后自然高起
足跟下至膝盖	直	一尺三寸	一尺三寸二分	
起足尖至胫腕	斜高	四寸	四寸	
足尖	圆	一寸三分	一寸一分	大趾中部
胫腕	圆	二寸五分	二寸	
足腰	圆	二寸五分	二寸	
足面至后跟	直	二寸三分	八分	三四趾处
足心下至平地	空	三分	五分	
足面上至膝盖	直	一尺一寸四分		
赤足站立时	直	三寸四分		

　　自打这夜，天天三更，潘妈准时推门进来，帮她调理小脚，教给她种种规矩、法度、约束、讲究、忌讳、能耐和诀窍，怎么洗脚怎么治脚怎么修脚怎么爱脚怎么调药和怎么挑鸡眼。渐渐还教会她自制弓鞋，做各种各样各门各类鞋壳子，削竹篾、钉曳拔、缘鞋口、缝裤腿套，这一切，不论制法、配色、选料、尺度，都有苛刻的规法。错了不成，否则叫行家笑话。不懂就糊涂着，懂了就非照它办不可。规矩又是一层套一层，细一层，紧一层，严一层。愈钻反而愈来劲愈有趣愈有学问。在它下边受制，在它上边制它。她真不知潘妈肚子里还有多少东西，也许一辈子也学不尽，可香莲是个会用心的女子，非但用心还尽心，一样样牢牢学到手。

　　虽然她的脚天生质嫩，骨头没硬死，但毕竟成人，小脚成形，要赛泥人张手中胶泥可不成。强弓起来的脚，沾地就疼，赛要断开，真好比重受当年初裹的罪。她不怕！有罪挨着，疼就强忍，硬裹硬来硬踩硬走，硬拿自己干。白金宝眼尖，看出来，就骂她："臭蹄子，裹烂了，还不是只死耗子！"她只装没听见。这话赛刀子，她死往肚里咽。只想一天，拿出一双盖世绝伦的小脚，把这佟家全踩在脚底下。就不知她命里，叫不叫她吐出这口恶气。她叫自己的命差点制死啊！

这日，她抱着莲心在廊子上晒太阳，佟忍安站在门口揪鼻子毛，一使劲，一扭脸，远远一眼就盯上香莲的脚。佟忍安何等眼力，立时看出她的脚大变模样，神气全出来了。佟忍安走过来只说一句："后晌，你来我屋一趟。"转身便走了。

她打进了佟家门，头次进公公屋，也很少见别人进去过。这屋子一明两暗，满屋书画古董，一股子潮味儿、书味儿、樟木味儿、陈茶味儿、霉味儿，浓得噎人。她进来就想出去换口气。忽见佟忍安的眼正落在她脚上。这目光赛只手，一把紧紧抓住她脚，动不得。佟忍安忽问：

"谁帮你捯饬这脚？"

"我自己。"

"不对，是潘妈。"佟忍安说。

"没有。我自己。"香莲不知佟忍安的意思，怕牵扯潘妈，咬住这句话说。

"你要有这能耐，上次赛脚也败不下来……"佟忍安眼瞧别处，不知琢磨嘛，自个儿对自个儿说，"唉！这老婆子！再收拾好这双脚，更没你的份儿啦……"他起身走进东边内室，招手叫香莲跟进去。

香莲心怕起来。不知公公是不是要玩她脚。反过来又想，反正这双脚，谁玩儿不是玩儿，祸福难猜，祸福一样，进去再说。

屋里更是堆满书柜古玩儿，打地上到屋顶。纸窗帘也不卷，好暗。香莲的心嘣嘣跳，只见佟忍安手指着柜子叫她看。柜子上端端正正放一个宋瓷白釉小碟儿，碟上反扣着一个小白碗儿。佟忍安叫香莲翻开碗看。香莲不知公公耍嘛戏法，心里揪得紧紧，上手一翻拿开碗！咦呀！小白碟上放着一对小小红缎鞋，通素无花，深暗又鲜，陈旧的紫檀木头底子，弯得赛小红浪头，又分明静静停在白碟

上。鞋头吐出一个古铜小钩，向上卷半个小圆，说不出的清秀古雅精整沉静大方庄重超逸幽闲。活活的，又赛件古董。无论嘛花哨的鞋都会给这股沉静古雅之气压下去。

"哪朝哪代的古董?"香莲问。

"哪来的古董，是你婆婆活着时候穿的。"

"这样好看的小鞋，怕天下没第二双!"香莲惊讶瞪圆一双秀眼说。

"我原也以为这样，谁知天不绝此物，又生出你这双脚来，会比你婆婆还强!"佟忍安脸上刷刷冒光。

"我的?"香莲低头看自己的小脚，疑惑地说。

"现在还不成。你这脚光有模样!"

"还少嘛?"

"没神不成。"

"学得来吗?"

"只怕你不肯。"

"公公，成全我!"香莲"扑通"跪下来。

谁料佟忍安"扑通"竟朝她跪下来，声儿打颤地说："倒是你成全我!"他比她还兴奋。

她不知佟忍安怎么和潘妈一样，到底为嘛都指望她这双脚，只当公公想玩儿。香莲有自己一盘算盘珠儿，通身一热，站起来把脚伸给他。佟忍安抱着香莲小脚说："我不急，先成就你这双脚再说。"他问她，"你认得几个字儿?"

"蹦蹦跳跳，念得了《红楼梦》。"

"那好!"佟忍安立时起来拿几套书给她，"反反复复看了，等你心领神会，我再给你开个赛脚会，保你拿第一!"

香莲这会儿才觉得一脚把佟家大门踢开。她把书抱回屋，急急渴渴打开，是三种。一是《缠足图说》，带画的;一是李渔写的《香艳丛谈》，也带画带小人;还有薄薄一小本，是《方氏五种》，全是字。打粗往细看上几遍才懂得，小脚里头比这世界还大。潘妈

144

那些玩意儿，还是皮毛，这才摸到神骨。打比方，奶奶给她是囫囵一个大肉桃，潘妈给她剥出核儿来，佟忍安敲开核儿，原来里边还藏着核仁。核仁还有一百零八种吃法，这叫做：

能人背后有仙人，
仙人背后有神人。

第七回　天津卫四绝

今儿，爷几个凑一堆儿，要论论天津卫的怪事奇人，找出四件顶绝的，凑成"津门四绝"。这几位事先说定，四件里头，件件都得有事，还得有人，还非得大伙儿全点头才能算数。更要紧的是这事这人拿出去必能一震。叫外地人听了张口瞪眼，苍蝇飞进嘴里也不觉得才行。这样说来论去，只凑出三件。

头件叫做恶人恶事。

这是说，城内白衣庵一带，有个卖铁器的，大号王五，人恶，打人当玩儿，周围的小混星子们都敬他，送他个外号叫小尊，连起来就叫小尊王五。前几年，天津卫的混星子们总闹事，京城就派一位厉害的人来当知县，压压混星子，这人姓李，都说是李中堂的侄子。上任前，有人对他说天津卫的混星子都是拿脑袋别在裤带上的，惹不得，趁早甭去。姓李的笑笑，摇摇头，并不在意。他后戳硬，怕谁？上任这天贴出告示，要全城混星子登记，凡打过架即使不是混星子也登记，该登记不登记的抓来就押，还嘱咐县里滕大班头多预备些绳子锁头。这滕大班头，人黑个大，满脸凶相，出名的恶人，混星子们向来跟他井水不犯河水，今儿他公务在身，话就该另说。小尊王五听到了，把一群小混星子召到他家，一抬下巴问道："天津卫除我，还谁恶？"小混星子当下都惦李知县和滕大班头，就说出这二人。小尊王五听罢没言语，打眉心到额顶一条青筋鼓起来，腾腾

145

直跳，转天一早操起把菜刀来到滕大班头家，举拳头"哐哐"砸门。滕大班头正吃早饭，嚼着半根果子出来，开门见是小尊王五，认得，便问："你干嘛？"小尊王五扬起菜刀，刀刃却朝自己，"咔嚓"一下把自己脑袋砍一道大口子，鲜血冒出来。小尊王五说："你拿刀砍了我，咱俩去见官。"滕大班头一怔，跟着就明白，这是找他"比恶"来的。照天津卫规矩，假若这时候滕大班头说："谁砍你了？"那就是怕，认栽，那哪行！滕大班头脸上肉一横说："对，我高兴砍你小子，见官就见官！"小尊王五瞅他一眼，心想这班头够恶！两人进了县衙门，李知县升堂问案，小尊王五跪下来就说："小人姓王名五，城里卖香干的，您这班头吃我一年香干不给钱，今早找他要，他二话没说，打屋里拿出菜刀给我一下。您瞧，凶器在这儿，我抢过来的，伤在这儿，正滴答血呢！青天大老爷得为我们小百姓做主！"李知县心想，县里正抓打架闹事的，你堂堂县衙门的班头倒去惹事。他转脸问滕大班头这事当真？假若滕大班头说："我没砍他，是他自己砍的自己。"那也是怕吃官司，一样算栽。滕大班头当然懂得混星子们这套，又是脸上肉一横说："这小子的话没错，我白吃他一年香干不给钱，今早居然敢找上门要账，我就给他一刀，这刀是我家剁鸡切疙瘩头的！"小尊王五又瞅他一眼，心想："别说，还真有点恶劲！"李知县又惊又怒，对滕大班头说："你怎么知法犯法？"一拍惊堂木叫道："来人！掌手！五十！"衙役们把架子抬上来，拉着滕大班头的手，将大拇指插进架子一个窟窿眼儿里，一掰，手掌挺起来，拿枣木板子就打，"啪啪啪啪"十下过去，手心肿起两寸厚，"啪啪啪啪啪啪"又十五下，总共二十五下才一半，滕大班头就挺不住，硬邦邦肩膀子好赛抽去筋，耷拉下来。小尊王五在旁边见了，嘴角一挑，"嘿"的一笑，抬手说："青天大老爷！先别打了！刚才我说那些不是真的，是我跟咱滕大班头闹着玩儿呢！我不是卖香干是卖铁器的。他没吃我香干更没欠我债，这一刀不是他砍是我自个儿砍的，菜刀也不是他家是我铺子里的。您看刀上还刻着'王记'两字呢！"李知县怔了，叫衙役验过刀，果然有"王记"两字，便问滕大班头怎么档事。滕大班头要是说不对，还得再挨二十五下，要是点头说对，就算服栽。可滕大班头手也是肉长的，打飞了花，多一下也没法受，只好连脑袋也耷拉下来，等于承认王五的话不假。这下李知县倒难了！王五自己砍自己，给谁定罪？如果这样作罢，县里上上下下不是都叫这小子耍了？可是，如果说这小子戏弄官府给他治罪，不就等于说自己蠢蛋一个受捉弄？正是骑虎难下，气急冒火的当儿，没料到小尊王五挺痛快，说道："青天大老爷！王五不知深浅，只顾取乐，胡闹乱闹竟闹到衙门里，您不该就这么便宜王五，也得掌五十。这样吧，您把刚刚滕大班头剩下那二十五下加在我这儿，一块算，七十五下！"李知县火正没处撒，也没处下台阶，听了立时叫道："他这叫自作自受。来人！掌手！七十五！"小尊王五不等衙役来拉他，自个儿过去把右手大拇指插进架子，肩膀一抬手心一翘，这就开打。"啪啪啪啪"一连二十五下，手掌眼瞅着一下下高起来，五十下就血肉横飞了。小尊王五看着自己手掌，没事，还乐，就赛看一碟"爆三样"，完事谢过知县，拨头就走。没过三天，李知县回京卸任，跟皇上说另请能人，滕大班头也辞职回乡。这人这事，恶不恶？

众人点头，都说这事叫外地人听了，后脖子也得发凉，够上一绝。

第二件叫做阔人阔事。

天津卫，阔人多，最阔要数"八大家"。就是天成号养船的韩家、益德裕店高家、长源店杨家、振德店黄家、益照临店张家、正兴德店穆家、土城刘家、杨柳青石家。阔人得有阔事，常说哪家办红白事摆排场，哪家开粥厂随便人来敞开吃，一开三个月等，都不能算。必得有件事，叫人听罢，这辈子也忘不了才行。当年卖海盐发财的海张五，掏钱修炮台，算一段事，但细一分析，他花钱为的是买名，算不上摆阔，就还差着点儿。今儿，一位提出一段事，称得上空前绝后。说的是头年夏天，益德裕店的高家给老太太过八十大寿。儿子们孝顺，费尽心思摆个大场面，想哄老太太高兴。不料

老太太忽说："我这辈子嘛都见过，可就没看过火场，连水机子嘛样也没瞧过，二十年前锅店街的油铺着火，把西半边天烧红了，亮得坐在屋里人都有影儿。城里人全跑去看，你们爹——他过世，我不该说他——就是不叫我去看。这辈子白来不白来？"说完老太太把脸奄拉挺长，怎么哄也不成。三天后，高老太太几个儿子商量好，花钱在西门外买下百十间房子，连带房里的家具衣物也买下，点火放着。又在半里地外搭个高棚子，把老太太拿轿抬去，坐在棚里看救火。大火一起，津门各水会敲起大锣，传锣告警。天津卫买卖人家多，房子挤着房子，最易起火，民间便集合"水会"，专司救火，大小百八十个，这锣一起，那锣就跟上，城里城外，河东河西，顷刻连成一片，气势逼人。紧跟着，各会会员穿各色号坎，打着号旗，抬着水柜和水机子，一条条龙似的，由西城门奔出来，进入火场。比起三月二十三开皇会威风多了。火场中央，专有人摇小旗指挥，你东我西你南我北你前我后你进我退，绝不混乱，十分好看。水机子上有横杆，是压把儿，两头有人，赛小孩儿打压板，一上一下，柜里的水就从水枪喷出来，一道道青烟窜入烟团火海里，激得大火星子，噌噌往天上飞，比大年三十的万花筒不知气派几千几万倍。高老太太看直了眼。大火扑灭，各会轻敲"倒锣"，一队队人撤出去。高家人在西门口，拿二十辆大马车装满茶叶盒点心包，犒劳各会出力表演。这下高老太太心里舒坦了，连说今儿总算亲眼看过火场，天下事全看齐了。这事够不够阔？

众人说，阔人向例爱办穷事。这一手，不单叫穷人看傻了，也叫阔人看傻了，甚至叫办事的人自己也看傻了，这不绝嘛绝。当然算一绝！这可就凑上两绝啦！

第三件叫做奇人奇事。

这人就是眼睛不瞅人的华琳。此人名梦石，号后山人，家住北城里府署街。祖上有钱，父亲好闲，喜欢收罗天下怪石头。这华琳在天津卫画人中间，称得上一位大奇人。他好画山水，名头远在赵芷仙上边，每天闭门作画，从不待客，更不收弟子。他说："画从心，而不从师。"别人求画，立时回绝，说："神不来，画不成。"问他："神何时来？"答："不知，来无先兆，多在梦中。"又问："梦里如何画得？"答："梦即好画。"再问："嘛叫好画？"答："画山不见山，画水不见水。"接着问："如何才能见？"答："心照不宣。"再接着问："古人中谁的画称得上好？"答："惟李成也。李成后，天下无人。"可是，打古到今，谁也没见过李成真迹，古书上早有"无李论"一说。他只承认李成好，等于古今天下不承认一人。这是他的奇谈，还有件事，便是无论谁也没见过他的画。据说，他每画完，挂起来，最多看三天就扯掉烧了。有天邻居一个婆子打鸡，鸡上墙飞到他院中。这婆子去抱鸡，见他家门没锁，推门进去，抓着鸡，又见他窗子没关，屋内无人，桌上有画，顺手牵羊隔窗偷走他的画，拿到画铺去卖。他知道后，马上使四倍的钱打画铺把画买回，撕了烧掉。好事者去打听那婆子、那画铺，那画画得怎样，经手人糊里糊涂全都说不清道不明，只好作罢。但谁也弄不明白，既然没画，哪来这么大的名气？这算不算奇人奇事？绝不绝？众人都说绝，惟有牛凤章摇头，说他是骗子。其余人都不画画。隔行如隔山，隔行不认真，隔行气也和。乔六桥笑道："嘛都没见着，靠骗能骗出这么大名气，也算绝了。"牛凤章这才点头。于是又多一绝，加起来已经三绝了。

今儿是大年十四，乔六桥、牛凤章、陆达夫等几位都闲着没事，在归贾胡同的义升成饭庄摆一桌聚聚。陆达夫也是跟大伙儿常混在一堆儿的名士，也是莲癖也是一肚子杂学，阅历文章都比乔六桥老梆得多。他个儿小，苹果脸，大褂只有四尺半，人却精气头大，走起路两条胳膊甩得高高。乔六桥三盅酒进了肚子，就说单吃喝没劲，蹦出个主意，要大伙儿聊聊天津卫的奇人怪事，凑出"津门四绝"来。这主意不错，东扯西扯，话勾着酒，酒勾着话，嘻嘻哈哈就都喝得五体流畅红了脸，可第四绝难凑出来。牛凤章说：

"这第四绝，依我看，该给养古斋的佟大爷。咱不说他看古董的能耐，小脚的学问谁能比，顶了天。"

乔六桥笑着说："真是吃人嘴短，他买你假画，你替他说话……提到小脚，我看他家够上小脚窝，哪个都值捏一捏。"他的酒有点过量，说得脑袋肩膀脖子小辫一齐摇晃。

牛凤章说：

"这话您只说对一半。他家小脚双双能叫绝。可这些小脚哪来的，还不都是他看中的？拿看古董的眼珠子选小脚，还有挑？不是我巴结他——他又没在场，我怎么巴结他——他那双眼称得上神眼。头年，一幅宋画谁也没认出来，当假画破画买进铺子，可叫他站在十步开外一眼居然把款看出来，在树缝里，是藏款。"

"好家伙！他家有宋画！你也看见了？"乔六桥说。

"不不不！"牛凤章失了口，摇着双手说，"没瞧见，影儿没瞧见，都是听人说的，谁知确不确。你甭去问他，再说问他也不会告你。还是说说他家小脚来劲。"

"没想到牛五爷小脚的瘾比我还大。好，你跟他家近，我问你，佟大爷到底喜欢谁的小脚？"

"我不说，你也猜不着。"牛凤章笑眯眯说，看样子他不轻易说。

乔六桥叫道："好呀！你不说，把你灌醉就说了，陆四爷，来，灌他！"一手扯牛凤章耳朵，一手拿酒壶。其实灌酒该掰嘴，揪耳朵干嘛？没灌别人自个儿先醉了！这手扯得牛凤章直叫，那手的酒壶也歪了，酒打壶嘴流出来，滴滴答答溅满菜盘子。

陆达夫仰着脑袋大笑：

"说不说没嘛，灌一灌倒好！"

牛凤章呀呀叫着说：

"我耳朵不值钱可连着脑袋呢，扯下来拿嘛听，呀呀……我说我说，先撒手就说！"

乔六桥叫着笑着闹着扯着：

"你说完，我再撒手！"

"你可得说了算，我说——先前，他最喜欢他老婆的，听说是双仙足。那时我还不认识佟家，没见过那脚。他老婆死后……

他……他……"

"怎么，又是吃人嘴短？快说，是大少奶奶还是二少奶奶的？"

"六爷真是狗拿耗子管闲事。人家两个媳妇守寡在家，另一个媳妇又不准她爷儿们回去，还不随他今天这个明天那个。嘻！"

"去！佟大爷是嘛修行，当你呢！弄不透小脚就弄不透佟大爷，弄不透佟大爷就弄不透小脚。牛五爷你再不说，我使劲扯啦！"

"别别，我说。他一直喜欢他……他那老妈子！"

"嘛！""嘛！""嘛嘛！"一片惊叫。

"潘妈？那肥婆子？不信，要说那几个小丫头我倒信。"

"骗你，我是你小辈。"

"呀，这可没料到。"乔六桥手一松，放了牛凤章耳朵，"那猪蹄子好在哪儿，别是佟大爷爱小脚爱得走火入邪了？"

"乔六爷，你可差着火候了。小脚好坏，更看脚上的玩意儿。你又没玩过，打哪知道？"陆达夫又说又笑好开心，单手刷刷把马褂一排蜈蚣扣全都解开。

乔六桥还是盯住牛凤章问：

"这话要是佟家二少爷告你的，就靠不住了。那次赛脚后，二少奶奶不叫他着家，他总在外边拿话糟蹋他爹。"

牛凤章说：

"告你吧，可不准往外传。砸了我饭碗我就跑你家吃去。这话确是佟二少爷告我的，可远在两年前。信了吧！"

乔六桥先一怔，随后说：

"我向例不信佟家的话。老的拿假当真的，小的满嘴全是假的。"

这话音没落，就听背后一人高声说：

"什么真的假的，我反正不折腾假货！"

大伙儿吓一跳，以为佟大爷忽然出现。牛凤章一慌差点出溜到桌子下边去，定住神一瞧，却是一个瘦长老头，湖蓝色亮缎袍子，外套羔皮短褂子，玄黑暗花锦面，襟口露出出针的白羊毛，红珊瑚扣子，给铜托托着，赛一颗颗鲜樱桃，头戴顶大暖帽，精气神派头

都挺足。原来是山西的吕显卿，身后跟着个穿戴也考究的小胖子。

"恭喜发财，居士，前天就听说您来了。必是专门赶着来看明儿佟家的赛脚会吧！真是好大的瘾呀！"乔六桥打着趣儿说。

"哪里是。我是来取……"吕显卿一眼瞅见牛凤章垂在下边的手，使劲朝他摇，转口变做笑话说，"向佟大爷取小足经来呀，什么事你们谈得好快活。"

大伙儿相互一客气，坐下了。吕显卿并不跟这些人介绍随来的小胖子。这些人都是风流才子，多半都醉，谁也没在意。乔六桥急着把刚刚议论"津门四绝"的话说了，便问：

"居士，依您看，我们的佟大爷够不够一绝？"

吕显卿琢磨一下说：

"平心而论，这人够怪，够不够怪绝还难说。才跟他见一面，不摸他的底。这样吧，明儿他家赛脚，咱都去。我料他既然这样三请四邀下帖子，必有令人意想不到的阵势。上次跟他斗法，一对一，没胜没败，这次他要叫我吕某人服了——我就在大同给他挂一号，天津这里当然就得算一绝了！"

"好好好，绝不绝，外人说。"乔六桥叫道。跟着鸡鸭鱼肉又要一桌，把荤把素把酒把油把汤把劲，填满一肚子，预备明儿大尽兴。

第八回　如诗如画如歌如梦如烟如酒

大早一睁眼，小雪花就没完没了。午后，足足积了两寸厚，地上、墙沿、缸边、石凳面、栏杆，都松松软软。粗细树杈全赛拿粉勾一遍，粗的粗勾，细的细勾。鲜鲜腊梅花儿，每朵都赛含一口白绵糖。

今儿是灯节，佟家两扇大门关得如同一扇。串门来的拍门环，守在门洞里一个小佣人，截门就喊一嗓子：

"全瞧灯去啦，家没人！"

其实人都在家，媳妇们在房里收拾脑袋捯饬脚，小丫头们在廊子上走来走去，往各房送热水送东西送吃的送信儿。个个穿鲜戴艳，脸上庄重小心，又赛大年三十夜拜全神那阵子那劲头。

这当儿，佟忍安正在前厅，陪着乔六桥、华琳、牛凤章、陆达夫和山西来的爱莲居士吕显卿喝茶说话。几位一码全是新衣新帽，牛五爷没戴帽子却刚刚剃过头，瓢赛的光溜溜。乔六爷也不比平时那样漫不经心，大襟上没褶，扣也扣得端正，看上去赛唱戏一样。

这次不比上次，大冬天门窗全闭着，人中间放着大铜盆，盆里的火炭打昨后晌烧个通宵，压也没压过，此刻烧得正热。隔寒气的玻璃都热得冒汗，滴答水儿。迎面红木大条案上摆着此地逢年必摆的插花，名叫"玉堂富贵"。是拿朱砂海棠白碧桃各一枝，牡丹四朵，水仙四头，杂着样儿色儿，栽在木槽子里。红是红白是白黄是黄绿是绿高是高矮是矮嫩是嫩俏是俏，没风吹，却一种一种香味替换着飘过来。打这人鼻眼儿钻出来，再钻进那人鼻眼儿去。好不快活好不快活！

乔六桥一口茶下去，美滋滋咂咂嘴说：

"佟大爷，今儿这茶好香，可是打正兴德买的？"

佟忍安说：

"正兴德哪来这样好茶？这是我点名打安徽弄来的。一般茶喝到两碗才有味，这茶热水一冲味儿色儿全出来了。不信，你们就相互瞧瞧，赛不赛蹲在荷花塘里照得那色，湛绿湛绿。它不单喝着香，三碗过后，再把茶叶倒进嘴嚼，嫩得赛菠菜芯子。"

乔六桥瞧众人脸，忽叫道：

"可不是，大伙儿快瞅牛五爷的脸，活赛阴曹地府的牛头，碧绿！"

众人一齐哈哈哈哈大笑。陆达夫笑得脑袋使劲往后仰，喉结在脖子上直跳。

牛凤章晃着大脑袋说：

"牛肉是五大荤。驴、马、狗、骡、牛，各位不嫌腻，只管来吃我！"

陆达夫说：

"要吃快吃，立春过后再杀牛，就得'杖一百，充乌鲁木齐'了！"

众人又是笑。

佟忍安偏脸朝吕显卿说：

"您喝这茶名叫'太平猴魁'，居士可知它的来历？"

吕显卿摇头没言语。他和佟忍安一直暗较劲，谁摇头谁就窘。

乔六桥说：

"这茶名好怪，八成有些趣事。"

佟忍安正等这个话引子，马上说：

"叫六爷说着了——这是安徽太平产的茶。据说太平县有石峰，高百丈，山尖生茶，采茶人上不去，就驯养一群猴子，戴小竹帽，背小竹篓，爬上去采。所以叫'太平猴魁'。这茶来得稀罕吧！再说它长在山尖上，整天叫云雾煨着，味儿自然空灵清远。"

"空灵清远这四个字用得好。"华琳忽说，他手指着茶，眼珠子却没瞧茶，说，"难得人间有这好茶，可惜没这样好画！"

佟忍安说：

"今儿我可不是把茶和画配一块儿，而是拿它和小脚配一块儿的。"

吕显卿抓住话茬就说："佟大爷，您上次总开口闭口说什么神品。眼见为实耳听虚，要说这茶倒有股子神劲儿，小脚的神品还没见着。可就等今儿赛脚会上看了，要是总看不着，别怪我认为您佟家'眼高'——'脚低'了。"说完嘿嘿笑，赛打趣儿，又赛找茬儿。

佟忍安听罢面不更色，提起小茶壶，拿指头在壶肚上轻轻敲三下。应声忽然哗啦哗啦一阵响，通向三道院的玻璃隔扇全打开，一阵寒气扑进来。热的凉的一激，差不多全响响地打喷嚏。这几下喷嚏，反倒清爽了。只见外边一片银白雪景，又静又雅。吕显卿抬起屁股急着出去瞧。佟忍安说："居士稍安毋躁，这次变了法儿，不必出屋，坐着看就行。各位只要穿戴暖和，别受凉冻了头。"众人全都起来，有的拿外边的大氅斗篷披上，有的打帽筒取下帽子戴上。

嘛声儿没有，又见潘妈已经站在廊子上。还是上下一身皂，只在发箍、襟边、鞋口，加了三道黄边。这三道就十分扎眼。黑缎裹腿打脚脖子人字样紧绷绷直缠到膝盖下边，愈显出小脚，钉头一般戳在地上。乔六桥忽想到昨儿在义升成牛五爷的话，着意想打这脚上看出点邪味来，愈想看愈看不出来。回头正要请教陆达夫，只见佟忍安朝门口潘妈那边点点头，再扭过头来潘妈早不见了，好赛一阵风吹走。跟着一个个女子，打西边廊子走来，走到门前，或停住俏然一立，或左右错步转来转去绕两圈，或半步不停行云流水般走过，却都把小脚看得清也看不清闪露一下。那些女子牛五爷全都认得，是桃儿杏儿珠儿，还有个新来的小丫头草儿，四少奶奶压场在顶后边。个个小脚都赛五月节五彩丝线缠的小粽子，花花绿绿五光十色一串走过，已经叫诸位莲癖看花了眼。陆达夫笑着说：

"这场面赛过今年宫北大街的花灯了！"

"我看是走马灯，眼珠子跟不上，都快蹦出来了！"乔六桥叫着。

座中只有吕显卿和华琳不吭声，不知口味高还是这样才显得口味高。

忽然潘妈上来说：

"大少奶奶头晕，怕赛不了。"

众人一怔，佟忍安更一怔，瞅瞅潘妈，似是不信。潘妈那张石头脸上除去横竖褶子，嘛也看不出来。佟忍安口气发急地说：

"客人都等着，这不叫人家扫兴！"

潘妈说：

"大少奶奶说，请二少奶奶先来。"

佟忍安手提小茶壶嘴对嘴慢慢饮，眼珠子溜溜直转，忽冒出光，好赛悟出嘛来，忙点头对潘妈说：

"好，去请二少奶奶先来亮脚。"

潘妈一闪没了。

　　只等片刻，打西厢房那边站出四个女子，身穿天蓝水绿桃红月黄四样色的衣裙，正是桃儿杏儿珠儿草儿，一人一把长杆竹扫帚，两人一边，舞动竹帚，齐刷刷，随着雪雾轻扬，渐渐开出一条道儿，黑黑露出雪下边的方砖地，直到这边门前台阶下。丫鬟们退去，门帘一撩，帘上拴的小银铃叮叮一响，白金宝大火苗子赛的站在房门口。只见她一身朱红裙褂，云字样金花绣满身，外披猩红缎面大斗篷，雪白的羊皮里子，把又柔又韧又俏又贼的身段全托出来。这一下好比戏台上将帅出场，看势头就是夺魁来的！头发高高梳个玉葱朝天髻，抓髻尖上插一支金簪子，簪子头挂着玉丰泰精制的红绒大凤，凤嘴叼着串珠。每颗珠子都是奇大宝珠，摇摇摆摆垂下来，闪闪烁烁的珠子后头是张红是红、白是白、艳丽照人的小脸儿。可她站在高门坎里，独独不见小脚。乔六桥、牛凤章、陆达夫，连同吕显卿，都翘起屁股，伸脖子觑脸往里瞧。

　　瞧着，瞧着，终于瞧见一只金灿灿小脚打门坎里迈出来，好赛一只小金鸡蹦出来。立即听到乔六爷一声尖叫，嗓子变了调儿。打古到今，没人见过小金鞋，是金线绣的，金箔贴的，纯金打的，谁也猜不透。跟手另一只也迈到门坎外边，左挨右，右挨左，并头并跟立着，赛一对小金元宝摆在那里。等众人刚刚看好，便扭扭摆摆走过来，每一步竟在青砖地上留下个白脚印。这是嘛，脚底没雪，哪来的白印子？自金宝一直走上这边台阶。众人眼珠子跟在她脚跟后边细一看，地上居然是粉印的白莲花图案，还有股异香扑鼻子，一时众人都看傻了。吕显卿站起来恭恭敬敬躬身道：

　　"二少奶奶，我爱莲居士自以为看尽天下小脚小鞋，没料到在您跟前才真开了眼。您务必告我，这银莲怎么印在地上的。您要是不叫我在外边说，我担保不说，什么时候说了，什么时候我就把我的姓倒着写。"

　　乔六桥叫道：

　　"别听他的，'吕'字倒过来还是'吕'字！"

　　吕显卿连忙摇手说：

"别听六爷的！他是念书的，心眼儿多，我们买卖人哪这么多心计。您要是不信，告了我，我马上把舌头割去！"

陆达夫取笑道：

"割了舌头，你还会拿笔写给别人看。"

"说完干脆就把他活埋了。"乔六桥说。

众人笑。吕显卿好窘，还是要知道。

白金宝见戈香莲不露面，不管她真有病还是临阵怯逃，自己上手就一镇到底，夺魁已经十拿九稳，心里高兴，便说：

"还能叫居士割舌头，您自管张扬出去我也不在乎。我白金宝有九十九个绝招，这才拿出一招。您瞧——"

白金宝坐在凳上，把脚腕子搁在另一条腿上，轻轻一掀裙边，将金煌煌月弯弯小脚露出来，众人全站起身，不错眼盯着看。白金宝一掰鞋帮，底儿朝上，原来木底子雕刻一朵莲花，凹处都镂空，通着里边。她再打底墙子上一拉，竟拉出一个精致小抽屉，木帮，纱网做底，盛满香粉。待众人看好，她就把抽屉往回一推，放下脚一踩一抬，粉漏下来，就把鞋底镂刻的莲花清清楚楚印在地上了。

众人无不叫绝。

吕显卿也禁不住叫起来：

"这才叫'步步生莲花'，妙用古意！妙用古意！出神入化！出神入化！佟大爷，我今儿总算懂得您说的'神品'二字是……"

吕显卿说到这儿，不知不觉绊住口。只见佟忍安直勾勾望向院中，眼珠子刷刷冒光，看来好赛根本没听到吕显卿的话，回过头却摇脑袋说："你这见的，最多不过是妙品！"这话叫满屋人，连同白金宝都怔住。

吕显卿才要问明究竟，乔六桥忽指着院里假山石那边，直叫："看，看，那儿是嘛？"他眼尖。牛凤章把眼闭了又睁，几次也看不见。

没会儿，众人先后都瞧见，那堆山石脚下有两个绿点儿，好赛两片嫩叶。大冬天哪来的叶子？但在白雪地里，点点红梅间，这绿

又鲜又嫩又亮又柔又照眼又扎眼又入眼。嘛东西呢？不等说也不等问，两绿点儿一波一动，摇颤起来，好赛水上漂的叶片儿，上边正托着个女子，绕出山石拐角处，修竹般定住不动。一件银灰斗篷裹着身子，好赛石影，低头侧视，看不见脸。来回来去轻轻挪几步，绿色就在裙底忽闪忽闪，才知道是双绿鞋，叫人有意无意把眼神都落在这鞋上。天寒地冻，红梅疏落，这绿色立时使得满院景物都活起来。

吕显卿入了迷，却没看出门道。乔六桥究竟是才子，灵得好，忽有醒悟，惊叫道：

"这是'万翠丛中一点红'的反用，'万红丛中一点翠'！"

这句话把众人眼光引上一个台阶。

可是一晃绿色没了，人影也没了。院子立时冷清得很，梅也无色，雪也无光。众人还没醒过味儿来，更没弄清这人是谁，连白金宝也没看明白，东厢房的房门"哗啦啦"一开，那披斗篷的女人走出来，正是戈香莲。她两手反过腕儿向后一甩，甩掉斗篷，现出一身世上没有画上也没有的打扮。再看那模样韵致气度风姿神态，这个香莲与上次赛脚的香莲哪里还是一个人儿？白金宝也吓一跳，竟以为香莲耍花活找个替身！

先说打扮，上边松松一件月白丝绸褂子，打前襟右下角绣出一枝桃花，花色极淡，下密上疏，星星点点直上肩头，再沿两袖变成一片落瓣，飘飘洒向袖口。单这桃花在身上变了两个季节，绝不绝？袖口领口镶一道藤萝紫缎边，上边补绣各色蝴蝶，一码银的。下身是牙黄百褶罗裙，平素没花，条条褶子折得赛折扇一样齐棱棱。却有一条天青丝带子，围腰绕一圈，软软垂下来，就赛风吹一条柳条儿挂在她腰上。再说她脸儿，粉儿似擦没擦，胭脂似涂没涂，眉毛似描没描，这眉毛淡得好比在眼睛上边做梦。头发更是随便一卷，在脑袋上好歹盘个香瓜髻，罩上黑线网，没花没玉没金没银更没珍珠。打上到下，颜色非浅即淡，五颜六色，全给她身子消融了。这股子疏淡劲儿自在劲儿洒脱劲儿，正好给白金宝刚刚那股子浓艳劲儿精神劲儿玩命劲儿紧绷劲儿，托出来，比出来。这股子与世无争的劲儿反叫人看高了。世上使劲常常给别人使，真是累死自己便宜别人。还说戈香莲这会儿——她脸蛋斜着，眼光向下，七分大方，三分羞怯。直把众人看得心里好赛小虫子爬，痒痒痒痒却抓不着。更尤其，人人都想瞧她小脚，偏偏给百褶裙盖着。一路轻飘飘走来，一条胳膊斜搭腰前，一条胳膊背在身后，腰儿一走一摆，又弱又娇，百褶裙跟着齐齐摇来摆去，可无论怎么摆怎么摇，小脚尖绝不露出半点。直走到阶前停住，把背在后边的手伸向胸前，胳膊一举，手一张，掌心赛开出一朵黑黑大花，细看却是个黑毛大毽子。陆达夫好似心领神会，大叫一声：

"好呀，这招叫人美死呀！"

香莲把毽子向空中一抛，跟手罗裙一扬，好赛打裙底飞出一只小红雀儿，去逮那毽子，毽子也赛活的，一逮就蹦，这只小红雀刚回裙底，罗裙扬处，又一只小红雀飞出去逮。那毽子每一腾空飞起，香莲仰头，露出粉颈，眼睛光闪闪盯住那毽子，与刚才侧目斜视的神气全不同了；毽子一落下，立即就有只小红雀打裙底疾飞而出，也与刚才步履轻盈完全两样。只见百褶罗裙来回翻飞，黑毛大毽子上下起落。两只小雀一左一右你出我回出窠入窠，十分好看。众人才知这对小雀是香莲一双小脚。原先那双绿鞋神不知鬼不觉换了红鞋，才叫人看错弄错。亏她想得出，一身素衣，两只红鞋，外加黑毛大毽子，还要多爽眼！

舞来舞去的小红鞋，看不准看不清却看得出小、尖、巧、灵，每只脚里好赛有个魂儿。忽的，香莲过劲，把毽子踢过头顶，落向身后，众人惊呼，以为要落地。白金宝尖嗓子高兴叫一声："坏了！"香莲却不慌不忙不紧不慢来个鹞子翻身，腰一拧，罗裙一转，一脚回勾底儿朝上，这式叫做"金钩倒挂"，拿鞋底把毽子弹起来，黑乎乎返过头顶，重新飘落身前，另只脚随即一伸，拿脚尖稳稳接住。这招为的是把脚亮出来，叫众人看个满眼。好细好薄好窄好俏的小脚，好赛一牙香瓜。可好东西只能给人瞧一眼，香莲把脚轻巧一踮，毽子跳

起来落回手中，小脚重新叫罗裙盖住。

香莲又是婷婷立着，眼神不瞧众人羞答答斜向下瞧。刚刚那阵子蹦跳过后，胸口一起一伏微微喘，更显得娇柔可爱。

厅内外绝无声息死了半天，这时忽然爆起一阵喝彩。众莲癖如醉如狂，乔六桥高兴得手舞足蹈，叫人以为他假装疯魔瞎胡闹；陆达夫脸上没笑，只有傻样；牛凤章眼神不对，好赛对了眼一时回不了位；华琳的傲气也矮下一截。乔六桥闹一阵，静下来，叹口气说：

"真是如诗如画如歌如梦如烟如酒，叫人迷了醉了呆了死了也值了。小脚玩到这份儿，人间嘛也可以不要了！"

众莲癖听罢一同感慨万端。

吕显卿对佟忍安说：

"昨儿乔爷他们议论'津门一绝'，把您归在里边，老实说，我还不服。今儿我敢说，您不单津门一绝，天下也一绝！这金莲出海到洋人那边保管也一绝！洋女人的脚，一比，都是洋船啊！"

"居士，你们内地人见识有限。那不叫洋船，叫洋火轮！"陆达夫叫着。

佟忍安满脸冒光，叫人备酒备菜，又叫戈香莲和白金宝、董秋蓉陪客人说话。可再一瞧，白金宝不在了，桃儿要去请她，佟忍安拦住桃儿只说句："多半绍华回来了，不用管她！"就和客人们说笑去了。很快酒肉菜饭点心瓜果就呼噜呼噜端上来。此时是隆冬时节，正好吃"天津八珍"。银鱼、紫蟹、铁雀、晃虾、豆芽菜、韭黄、青萝卜、鸭梨。都是精挑细拣买来加上精工细制的，黄紫银白朱红翠绿，碟架碟碗摞碗摆满一桌。

酒斟上刚喝，陆达夫出个主意，叫香莲脱下一只小鞋，放在三步开外地方，大伙儿拿筷子往里扔，仿照古人"投壶"游戏，投中胜，投不中输罚一大杯。众莲癖马上响应，都说单这主意，就值三百两银子，只怕香莲不肯。香莲却大方得很，肯了。脱鞋之时，众莲癖全都盯着看脚，不想香莲抿嘴微微一笑没撩裙子，双手往下一操，海底捞月般，打裙底捧上来一只鲜红小鞋，通体红缎，无绣无花，底子是檀木旋的，鞋尖弯个铜钩儿，式样很是奇特。吕显卿说：

"底弯跟高，前脸斜直，尖头弯钩，古朴灵秀，这是燕赵之地旧式坤鞋，如今很少见到，也算是古董了。是不是大少奶奶家传？"

香莲不语，佟忍安嘿嘿两声，也没答。

潘妈在旁边一见，立时脸色就变，一脸褶子"扑啦"全掉下来，转身便走，一闪不见。大伙儿乱糟糟，谁也没顾上看。

小红鞋撂在地上，一个个拿筷子扔去。大伙儿还没挨罚就先醉了。除去乔六桥瞎猫撞死耗子投中一支，牛凤章两投不中，罚两杯。佟忍安一支筷子扔在跟前，另一支扔到远处铜痰桶里，罚两杯。吕显卿远看那小小红鞋，魂赛丢了，手也抖，筷子拿不住，没扔就情愿罚两杯。几轮过后，筷子扔一地，小鞋孤零零在中间。佟忍安说：

"这样玩太难，大伙儿手都不听使唤，很快就给罚醉了，扫了兴致，陆四爷，咱再换个玩法可好？"

陆达夫马上又一个主意。他说既然大伙儿都是莲癖，每人说出一条金莲的讲究来，说不出才罚。众莲癖说这玩法更好，既风雅又长学问，于是起哄叫牛凤章先说。

"干嘛？以为我学问跟不上你们？"牛凤章站起来，竟然张口就说："肥，软，秀。"

乔六桥问：

"完啦？"

"可不完啦！该你说啦！"

"三个字就想过关，没门儿，罚酒！"

"哎，我这三个字可是在本的！"牛凤章说，"肥、软、秀，这叫'金莲三贵'。你问佟大爷是不。学问大小不在字多少，不然你来个字多的！"

"好，你拿耳朵听拿嘴数着——我这叫金莲二十四格。"乔六桥说，"这二十四格分做形、质、姿、神四类，每类六字，四六正好二十四。形为纤、锐、短、薄、翘、称；质为轻、匀、洁、润、腴、香；姿为娇、巧、艳、捷、稳、俏；神为闲、文、超、幽、

韵、淡。"

吕显卿说：

"这'神'类六个字，若不是今儿见到大少奶奶的脚，怕把吃奶的劲使出来也未必能懂。可这中间惟'淡'一字……还觉得那么飘飘忽忽的。"

乔六桥说：

"哪里飘忽，刚才大少奶奶在石头后边一场，您还品不出'淡'味儿来？淡雅淡远淡泊淡漠，疏淡清淡旷淡淡淡，不是把'淡'字用绝了吗？"

这山西人听得有点发傻，拱拱手说："乔六爷不愧是天津卫大才子，张嘴全是整套的。好，我这儿也说一个。叫做'金莲四景'，不知佟大爷听过没有？"他避开满肚子墨汁的乔六桥，扭脸问佟忍安。还没忘了老对手。

"说说看。"佟忍安说，"我听着。"

"缠足，濯足，制履，试履。怎么样？哈哈！"吕显卿嘴咧得露黄牙。

在座的见他出手不高，没人接茬。只有造假画的牛凤章连连点头说："不错不错！"佟忍安连应付一下的笑脸也没给。他瞧一眼香莲，香莲对这山西人也满是瞧不上的神气。华琳的眼珠子狠命往上抬，都没黑色了，更瞧不上。牛凤章见了，逗他说：

"华七爷，别费劲琢磨了，您也说个绝的，震震咱耳朵！"

华琳淡淡笑笑，斜着眼神说：

"绝顶金莲，只有一字诀，曰：空！"

众莲癖听了大眼对小眼，不知怎么评论这话的是非。

牛凤章把嘴里正嚼着的铁雀骨头往地上一啐，摆手说：

"不懂不懂！你专拿别人不懂的糊弄人。空无所有叫嘛金莲？没脚丫子啦？该罚，罚他！"

没料到香莲忽然说话：

"我喜欢这'空'字！"

话说罢，众莲癖更是发傻，糊涂，难解费解不解无法可解。佟忍安那里也发怔，真赛这里边藏着什么极深的学问，没人再敢插嘴。

陆达夫哈哈笑道：

"我可不空，说的都是实在的。我这叫'金莲三上三中三下三底'。你们听好了，三上为掌上、肩上、秋千上，三中为醉中、睡中、雪中，三下为帘下、屏下、篱下，三底为裙底、被底、身底……"

乔六桥一推陆达夫肩膀，笑嘻嘻说：

"陆四爷你这瞒别人瞒不了我。前边三个三——三上三中三下，是人家方绚的话，有书可查。后边那三底一准是你加的。为嘛？陆四爷向例不吃素，全是荤的。"

陆达夫大笑狂笑，笑得脑袋仰到椅子靠背后边去。

轮到佟忍安，本来他开口就说了，莫名其妙闷住口。事后才知，他是给华琳一个"空"字压住了，这是后话。眼下，佟忍安只说："我无话可说，该罚。"一仰脖，把眼前的酒倒进肚里，随后说，"又该换个玩法，也换换兴致！"

众莲癖知道小脚学问难不倒佟忍安，只当他不愿胡扯这些不高不低的话，谁也不勉强他。乔六桥说：

"还是我六爷给你们出个词儿吧——咱玩行酒令，怎么样？规矩是，大伙儿都得围着小脚说，不准扯别的。就按'江南好'牌子，改名叫'金莲好'，每人一阕，高低不论，合仄押韵就成。咱说好，先打我这儿开始，沿桌子往左转，一个挨一个，谁说不出就罚谁！"

这一来，众莲癖兴趣又提到脑袋顶上。都夸乔六桥这主意更好玩更风雅更尽兴。牛凤章忙把几块坛子肉扒进肚子里，垫底儿，怕挨罚顶不住酒劲儿。

"金莲好！"乔六桥真是才子，张口就出句子，"裙底斗春风，钿尺量来三寸小，袅袅依依雪中行，款步试双红。"

"好！"众莲癖齐声叫好，乔六桥"嗒"手指一弹牛凤章脑袋就说，"别塞了，该你啦！"

"我学佟大爷刚才那样，喝一杯认罚算了！"牛凤章说。

"不行，你能跟佟大爷比？佟大爷人家是天津卫一绝。你这牛头哪儿绝？你要认罚，得喝一壶。"乔六桥说。

众人齐声喊"对"。

牛凤章给逼得挤得整得抓耳挠腮，直翻白眼，可不知怎么忽然蹦出这几句：

"金莲好，大少奶奶脚，毽子踢得八丈高，谁要不说这脚好，谁才喝猫尿！"

这话一打住，众莲癖哄起一阵疯笑狂笑，直笑得捂肚子掉眼泪前仰后合翻倒椅子，华琳一口茶"噗"地喷出来。

"牛五爷这几句，别看文气不够，可叫大少奶奶高兴！"吕显卿说。

直说得香莲掩口咯咯笑，笑得咳嗽起来。

牛凤章得意非凡，一把将正在咬螃蟹腿儿的陆达夫拉起来，叫他马上说，不准打岔拖时候，另只手还端起酒壶预备罚。谁料陆达夫好赛没使脑袋，单拿嘴就说了：

"金莲好，入夜最销魂，两瓣娇荷如出水，一双软玉不沾尘，愈小愈欢心。"

香莲听得羞得臊得扭过脸去。乔六桥说："不雅，不雅，该罚该罚！"众莲癖都闹着灌他。

陆达夫连连喊冤叫屈说："这叫雅俗共赏。雅不伤俗，俗不伤雅，这几句诗我敢写到报上去！"他一边推开别人的手，一边笑，一边捂嘴不肯认罚。

乔六桥非要灌他。这会儿，人人连闹带喝，肚子里的酒逛荡上头，都想胡闹。陆达夫忽起身大声说：

"要我喝不难，只一条，依了我喝多少都成！"

"嘛，说！"乔六桥朝他说，赛朝他叫。

"请大少奶奶把方才做投壶用的小鞋借我一用。"陆达夫把手伸向香莲。

香莲脱了给他，不知他干嘛用。却见陆达夫竟把酒杯放进鞋跟里，杯大鞋小，使劲才塞进去。"我就拿它喝！"陆达夫大笑大叫。

"这不是胡来？"牛凤章说，扭脸看佟忍安。

佟忍安竟不以为然，反倒开心地说：

"古人也这么做，这叫'采莲船'，以鞋杯传酒，才真正尽兴呢！"

这话一说，众莲癖全都不行酒令，情愿挨罚。骂陆达夫老奸巨猾，世上事真是"吓死胆小的，美死胆大的"。愈胡来愈没事，愈小心愈来事。五脏六腑里还是胆子比心有用！于是大伙儿打陆达夫手里夺过鞋杯，一个个传着抢着争着霸着，又霸又争又抢又夺，斟满就饮，有的说香，有的说醉，有的说不醉，还喝。乔六桥夺过鞋杯捧起来喝。两手突然一松，小鞋不知掉到哪里，人都往地上看地上找，忽然陆达夫指着乔六桥大笑，原来小鞋在乔六桥嘴上，给上下牙咬着鞋尖，好赛叼着一只红红大辣椒！

第九回　真人真是不露相

这歪歪扭扭小人儿，头顶瓜皮小夹帽，一副旧兔皮耳套赛死耗子挂在脑袋两边，胳肢窝里夹着个长长布包。冻得缩头缩脖缩手缩脚，拿袖子直抹清鼻涕汤子。小步捯得贼快，好赛条恶狗在后边追。一扭身，"哧"地扎进南门里大水沟那片房子，左转三弯，右转两弯，再斜穿进条小夹股道。歪人走道，逢正变斜，逢斜变正，走这小斜道身子反变直了一般。

他站在一扇破门板前，敲门的声儿三重一轻，连敲三遍，门儿才开。开门的是牛凤章，见他就说：

"哎！活受！你小子怎么才来，我还当你掉臭沟里呢，人家滕三爷等你好半天！"

活受呼哧呼哧喘，嗓子眼儿还嗞嗞叫，光张嘴说不出话。牛凤章说："甭站在这呼哧啦，小心叫人瞧见你！"引活受进屋。

屋里火炉上架一顶大铁锅，正在煮画。牛凤章给热气蒸得大脸通红发紫，真赛鼓楼下张官儿烧的酱牛头，那边八仙桌旁坐着个胖人，一看就知保养得不错，眼珠子、嘴巴子、手指肚儿、指甲盖儿，哪儿哪都又鼓又亮。穿戴也讲究。腰间绣花烟壶套的丝带子松着，桌上立着个挺大的套蓝壶，金镶玉的顶子，还摆个瓷烟碟，碟子上一小撮鼻烟。活受打眼缝里一眼看出这烟碟是拿宋瓷片磨的，不算好货。

这位滕三爷见活受，满脸不高兴，活受嘴不利索，话却抢在前头："铺织（子）有锅（规）矩，正（真）假不能湿（说）。杏（现）在跟您湿（说）实在的，您扰（几）次买的全是假的……"说到这儿，上了喘，边喘边说，"您蛇（谁）也不能怨，正（真）假全凭自己养（眼），交钱提货一出摸（门），赔脑袋也认头……今儿是冲牛五爷面织（子），您再掏儿（二）百两，这轴大涤子您拿赤（去），保管头流货……"说着打开包儿又打开画儿，正是前年养古斋买进的那张石涛真迹。

滕三爷俩眼珠子在画上转来转去，生怕再买假，便瞧一眼牛凤章，求牛凤章帮忙断真假。牛凤章造惯假画，真的反倒没根，反问活受：

"这画确实经佟大爷定了真的？可别再坑人家滕三爷了。三爷有钱，也不能总当冤大头。自打山西那位吕居士介绍到你们铺子里买古董，拿回去给行家一瞧就摇头。这不是净心叫人家倾家荡产吗？活受，俗话可是说，坑人一回，折寿十岁！"

"瞧您湿（说）的……要是假的，河（还）不早墨（卖）了……这画撂在沽（库）里，我看湿（守）它整整乐（两）年半……"

"你把这画偷着拿出来，不怕你们佟大爷知道？"滕三爷问。

"这好布（办）……我想好了，请牛五爷织（造）轴假的，替出这轴真的耐（来）……"

牛凤章冷笑道："打得好算盘。钱你俩赚，毁就毁我！谁能逃出佟大爷那双眼，他不单一眼就看出假，还能看出是我造的！"他手一摆说，"我老少三辈一家子人指我吃饭呢，别坑完滕三爷再来坑我！"

"这也好布（办），我有……夫（法）子。"活受脸上浮出笑来。

"嘛法儿？"牛凤章问。他盯着活受的眼，可怎么也瞧不见活受的眼珠子。

活受没吭声。牛凤章指着滕三爷说：

"人家花钱，你得叫人家心明眼亮。死也不能当冤死鬼！"

活受怔了怔，还是说：

"古董行的事，湿（说）了他未必明白。不管佟家铺织（子）坑没坑人，我活受保管不坑滕三爷就是了……"

牛凤章听出活受有话要瞒着滕三爷，就改了话题说：

"这画要造假，至少得在我这儿撂个把月，少掌柜要是找不着它不就坏事了？"

活受再一笑，小眼几乎在脸上没了。他说：

"少掌柜哪河（还）有兴（心）管画。"

"怎么？"滕三爷是外人，不明白。

"您问牛五爷，佟家事，他情（全）知道。自打灯节那条（天）比脚，大少奶奶制（占）杏（先），二少奶奶玩完，佟家当下是大少奶奶天下。不光小丫头们都往大少奶奶屋里跑，佟大爷也往大少奶奶屋里跑，嘻嘻……二少爷没脏（沾）光脏（沾）一脚屎！二少爷二少奶奶两口子天天弄（闹），头夫（发）揪了，药（牙）也打掉了……"

"听吕居士说，你们大少奶奶本是穷家女人，能挑得起来这一大家子？"滕三爷问。

牛凤章说：

"滕三爷话不能这么说。人能，不分穷富。我看她——好家伙，要是男人，能当北洋大臣。再说……还有佟大爷给她作劲，谁不听不服？"

"这佟家的事奇了，指着脚丫子也能称王！"滕三爷听得来劲，

直往鼻眼抹鼻烟。

牛凤章笑道：

"小脚里头的事你哪懂？你要想开开眼，哪天我带你去见见世面，那双小脚，盖世无双，好赛常山赵子龙的枪尖！哎，吕居士头次带你来天津那天，我们在义升成饭庄说的那些话你不都听到了？吕居士也心服口服称佟家脚是天下一绝！"

谁料滕三爷听罢嘴巴肉堆起来，斜觑着眼儿说：

"吕居士心服口服，我不准心服口服。老实给您说，吕居士跟我论小脚，我在门里，他在门外。要不赛脚那天你们请我去，我也不去。我敢说，我能制服你们大少奶奶！"

"嘛？你？凭你的脚，大瓦片，大鸭子，大轮船。别拿自个儿开心啦！"牛凤章咧开嘴大笑。

"谁跟你胡逗，咱们动真格的。你今儿去跟佟家说好，明儿我就把闺女带去！"滕三爷正儿八经地说。

"嘛嘛，你闺女，在哪儿呢？我怎么没听说过。"

"在客店里，我把她带来逛天津了。你上京城里扫听扫听去，二寸二，可着京城我闺女也数头一份儿！"

"二寸二，是脚的尺寸？多大多大？"牛凤章瞪圆牛眼。

滕三爷拿手指头把烟壶捅倒，说：

"就这么大。你们大少奶奶比得了？"

"呀呀呀，天下还有这么大的脚，听也没听过。我不会儿得先瞧瞧去。我好歹也算个莲癖，你要叫我开开眼，我也叫你开开眼。我还藏着些真古董！"

牛凤章说着，站起身打开柜子，拿出一面海兽祥鸟葡萄镜，一尊黑陶熏炉，一块葫芦状的歙砚，半套失群的岫岩玉雕八仙人。只剩下吕洞宾、蓝采和、汉钟离、曹国舅四个，刻工却是一流，个个须眉手指襟带衣袂都有神气。滕三爷看花了眼，高兴得嚓嚓搓手心，活受在一旁不吭声，却看出来，这几件东西，只有那铜镜是块唐镜，炉子砚台全是假货。四个玉人是玩意儿，算不上古董物件。活受说：

"滕三爷，您织（真）拿葱（出）二寸二小脚，把我们大少奶奶压下秋（去），我担保少掌柜送个揪（周）鼎谢您。"

"这不难。你回去说好，明儿就登门拜访。"滕三爷说。

活受高高兴兴起身告辞。牛凤章送他到门外，带上门说：

"你刚才说有嘛法造大涤子的假画，我可够戗，怕不像，顶多像五分……甭说五分，像三分就不错！"

活受凑上来，踮起脚跟立脚尖，嘴对着牛凤章扇风大耳朵吭吭巴巴，直把牛凤章说得嘴岔子咧得赛要裂开，吃惊地说：

"你小子能耐比我还大！"

他呆呆瞅着活受。那模样不知见鬼还是见神了。他不明白这半死不活的小子，打哪知道这些造假画的绝招！

这才叫真人不露相，真人真是不露相。

活受说：

"往喝（后）咱俩一秋（齐）干。您单会弄假的不成。我这叫半正（真）半假，有正（真）有假，想风（分）也风（分）不出来！"

"绝是绝，可我的心直扑腾，我怕佟大爷！"

"怕他干嘛？佟家人兴（心）思都在脚丫子上，没人锅（顾）得了铺织（子）。您再拨拨算泼（盘）珠子，这一张顶上您过去一本（百）张还不止……"

牛凤章牛眼立时一亮，来了胆子，只说："到时候你别咬我就成！"又嘀咕两句，"你得留神，这大件东西拿进拿出，太招眼儿！"

活受又白又歪又光又凉小脸上，一笑，满是瞧不起神气，没接对方话茬，却说：

"你盯住滕三爷，明儿务布（必）叫他领闺女去。只要那二寸二腰（压）住大少奶奶，佟家又是一次大翻锅（个）儿，您就是把铺织（子）搬耐（来），也没人锅（顾）得上……"

牛凤章两眼发直，嘀咕着：

"可以假换真这事，我还是有点拿不准。"

活受已经给他瞧后背了。

第十回　白金宝三战戈香莲

几位少奶奶，打头到脚收拾好，等候滕三爷带闺女来访。说来访是句好听话，实在是斗法来的！

白金宝今儿挺兴致，人也轻松。她知道滕家小姐不是冲她来的，倒是帮她来的。她完全不必使劲儿，只当一场好戏看就是了。她扭脸凑向身边的三少奶奶尔雅娟说："听说这闺女的脚顶多才二寸二，我不信，要是真的，咱们佟家的脚还往哪儿摆？对吗？"这声儿不大不小，刚好能叫坐在另一边的戈香莲听见。

尔雅娟低眼瞅瞅戈香莲，没敢吱声。香莲的脸好静好冷，让人没法子知道她今儿这一战，有根没根，胜败如何。

尔雅娟前天才打南边回来，本该随着三少爷绍富早早回来过年。临到启程，绍富叫架眼儿掉下来一个铜乌龟砸断脚背，一步挪不动。尔雅娟只好同远房一位婶子搭伴，回天津看看婆家人老熟人，也想见见没见过面的嫂子戈香莲。她早就听说嫂子的脚赛过当年的婆婆，耳闻不如目见，她心里还暗存着比试比试的劲儿。回到家白金宝就把她拉进屋翻腾事儿，先说戈香莲在家如何一手遮天，随后就挑唆尔雅娟跟香莲斗脚。

扬州小脚也是闻名天下，尔雅娟又是佟忍安去扬州买帖时看上的，更是万里挑一。在扬州向例也是一震，有能耐的人都傲，再叫白金宝左挑右挑，心里的暗劲变成明劲，当即穿上一双白铜鞋去见嫂子。白金宝跟在后边，她算计好，只要尔雅娟一胜，她就给香莲闹个"破鼓乱人捶"！

香莲见了尔雅娟，谈东谈西，似笑不笑，不冷不热，不咸不淡。两眼只瞧尔雅娟一张月季花赛的小脸儿，就是不看她的脚。自己的脚也给裙子盖着，叫尔雅娟没法子跟她干。可香莲说着笑着忽然手指尔雅娟的脚说：

"你这双白铜鞋，是找人打的？"

尔雅娟可逮住机会，马上说：

"一位湖南的客商送我的。他在湘西碰见个耍马戏的女子，那女子穿这双鞋走钢丝，还拿它踢木板，一寸厚的板子，一脚一个窟窿。客商花了好几百两银子买下这双鞋，非要送我。这鞋可比不得一般鞋，面子底子帮子哪儿哪全都是硬的，没半点柔和劲儿。脚肥一点，长一点，歪一点，都进不去。它不将就你，你将就它也不行。谁知我一试，正好。"

尔雅娟说到这儿，脸赛花开似的一笑，还瞅一眼白金宝。白金宝跟着就说：

"那得看谁的脚。驴蹄子鸡爪子当然不成！"

香莲只当没听见，含笑对尔雅娟说：

"妹子给我试试成吗？"

尔雅娟一怔，巴不得给香莲试穿，叫她出丑。这铜鞋是硬的，十双脚九双半不合适。没料到自己拴套，香莲不知轻重傻往里钻，正好！尔雅娟毫不犹豫脱下铜鞋给香莲。谁知香莲的脚往里一伸，好赛东西掉进袋子里，一仰脸朝站在后边的丫头桃儿说：

"去拿些丝绵来，这鞋好大！"

这话等于一斧子砍死尔雅娟！

尔雅娟没见过这样又小又俏又软又美的脚。铜鞋再硬，卡不住比它小的脚。

香莲笑眯眯又对白金宝说：

"二少奶奶，你也试试玩儿？"

这话又赛一斧子砍向白金宝。白金宝自知这鞋穿也穿不进去，摇摇头，脸上好窘。香莲起身，没言语，带着桃儿回了屋子，打这儿尔雅娟就憷她了。白金宝更憷香莲，多少天没敢正眼看香莲的脸，还总觉得香莲蔫坏损瞧着她。其实香莲根本不挂相，好赛没这回事。

今儿白金宝又活起来。二寸二的脚，单是小，就叫香莲没辙，香莲心里的小鼓要不咚咚敲才怪呢！

四位少奶奶等候滕家小姐的当儿。乔六桥、陆达夫几个来请佟大爷到海大道庆来坤戏园子看《拾玉镯》。佟忍安打算在家等着瞧二寸二小脚。乔六桥说："咱那边也有双脚，比这二寸二强十倍，诳你就割我鼻子！"说话时，门口连篷车都预备好了。佟忍安疑惑着："比二寸二再强十倍，就二分二了，跟蚂蚱一般大？"就出门上车一路嘻嘻哈哈去了。其实这戏票是佟绍华买的，由乔六桥出面请，为的是把佟忍安架出来，没人给香莲作劲。这边只要滕家小姐一赢，白金宝就翻天。真是一边看戏，一边唱戏。演戏瞧戏闹戏捧戏哄戏做戏，除去没戏全是戏。再往深处说，没戏更是戏。

那边，佟忍安进了园子，戏已开唱。孙玉姣坐在台中央一张椅子上，左腿架在右腿上，娇声娇气说："小女孙玉姣，母亲烧香拜佛去了，我在家中闲着没事，不免做些针黹，散闷罢了。"说到这儿，小锣当儿一响，跷着的左脚腕子一挺，把鞋底满亮出来，青白细嫩，真赛笋尖。这下差点叫佟忍安看昏过去，急着问这花旦名姓，绍华忙说叫月中仙。佟忍安口中就不停念叨着："月中仙来月中仙……"下边一出垫戏《白水滩》看赛没看。等到再下一出《活捉三郎》，又是月中仙的戏。演到阎惜姣的鬼魂儿，小脚满台跑，赛一溜溜青烟，佟忍安顾不得旁人，一个劲傻叫："好！好啊——好！好！"惹得一帮子戏迷说他劝他骂他拿苹果核儿砍他也止不住他。

这边，牛凤章一手提着袍襟"噔噔噔"奔进佟家来。四位少奶奶见他，白金宝劈面就问："人呢？滕家小姐呢？在哪儿！"不等牛凤章转起舌头，只见一个胖男人抱一个娇小女子大步来到。一个大活人再轻也七八十斤，难怪这胖男人呼呼喘粗气。看样子这就是滕三爷和滕家小姐了。几位少奶奶都当是滕家小姐半道病了，忙招呼丫头们上来侍候，不想这胖男人撂下小姐，掏出块大帕子抹汗，一边笑呵呵说："没事没事，她挺好！"滕家小姐跟手也笑了。众人不明白是嘛事，好好的干嘛抱进来？

可谁也不管为嘛，都一窝蜂围上去看滕家小姐二寸二的脚。一看全蒙住！这脚就赛打脚脖子伸出个小尖。再一弯，也就橘子瓣大小，外套鲜亮银红小鞋，精致绣满五色碎花，鞋口的花牙子，跟梳子齿一般细。不赛人穿的，倒赛特意糊的小鞋样子，可它偏偏有姿有态不残不缺，大脚趾还不时动它一动。人能把脚缠这么小，真算得上世间奇迹，不看谁也不信。

甭比，佟家脚连亮也不敢亮！

香莲脸色刷白，一眼瞅见站在身旁的牛凤章，小声说：

"好啊，五爷，你原来也恨我不死！"

牛凤章听这话打个冷战，忙说：

"不瞒您说，这是少掌柜请来的，不过叫我跑跑腿，我不好推辞罢了。我是佟大爷的人，哪敢跟您捣蛋。心想也是叫您瞧个新鲜。别瞧她脚小，可小过了劲儿，站不住。走路必得人扶着，出门必得人抱着，站都站不住，京城人都称她'抱小姐'。可别人抱不成，非她爹不可，娇着呢！那滕三爷，阔佬一个，任嘛不懂。"

香莲情不自禁"噢"一声，眼睛一亮，心也一亮，好赛意外忽然抓到得胜的招数。

白金宝在人群中间叫着："不管别人服不服，反正我服了，不服就比，谁比谁完蛋！人家这脚是明摆着的！对吗？雅娟、秋蓉、桃儿、杏儿……"她挨个儿问，声音愈来愈高，就是不问香莲，句句却是朝香莲去的。

谁也不抬头看香莲，都怕香莲。

香莲不言不语站一边。不等白金宝闹到头，她不出招。

白金宝只当她怵了，索性大喊大叫："反正有这双脚，别人嘛脚我也瞧不上！待会儿老爷回来，叫他也开开眼。别总拿南瓜当香瓜，拿瞎蛾子当蝴蝶儿。"又扭脸冲滕三爷说，"叫您小姐留在我家住些天好吗？就跟我住一屋，我还叫桃儿给她绣双红雀鞋……"

滕三爷说：

"二少奶奶这么厚爱，敢情好。只是我这闺女……"

香莲看准火候，走到抱小姐身前，笑眯眯说：

"小姐，跟我到当院看看桃花可好？前两天一乍暖，满树都是骨

朵，居然开了不少，还招来蜜蜂，好看着呢！"

抱小姐说："我走不好！"她奶声奶气，倒赛七八岁的娃娃卷着舌尖说话。

"这没事，我扶你，几步就到当院。"

香莲说着扶她起来。谁也不知香莲用意，只见她一挽一扶与抱小姐走出前厅，下了台阶。这一走，就看出毛病来。抱小姐好比一双烂脚，沾不得地；香莲每一步都是肩随腰摆，腰随脚扭，无一步不美。到了院中，香莲抬头看花，好赛不知不觉松开挽着抱小姐的手臂，自个儿往前走两步，忽然叫道："抱小姐你看！你看！那片花全开了，赛朵红云彩，多爱人，抬头呀，就在你脑瓜顶上！"她手指头顶上方。

抱小姐一抬头，脚没拿稳，没等叫出声，"扑通"一下，死死摔个硬屁股蹲儿。抱小姐皮薄肉少，屁股骨头撞在砖地那一声，叫人听得心里一揪。香莲惊慌叫道："好好站着，没石子绊脚，怎么倒了！快快，桃儿珠儿，还不快扶起小姐！"滕三爷和众人都跑来搀抱小姐。抱小姐栽了面子，坐在地上捂着脸哭，不起来，谁也弄不动。

"我真该死，叫她摔了。怎么？她站不住吗？"香莲对滕三爷说。

"这不怪大少奶奶。小女没人扶，站不住。"滕三爷说。

"这倒怪了。脚有毛病？"香莲说。看不出她是装傻，还是有意讥讽。

"毛病倒没有，就是太小，立不住。"滕三爷说着低头冲闺女说，"还不起来，赖在地上什么样儿！"

这话更伤了抱小姐，拼命晃肩膀不叫人扶，谁伸手打谁，两脚乱踹乱蹬，直把鞋子踹掉，脚布也散了。香莲看着，恨不得她踹光了脚才好，嘴上却说：

"桃儿，帮着小姐穿上鞋，别着了凉！"

滕三爷见闺女这样胡闹，满脸挂臊，不住向香莲道歉。香莲说：

"这么说就见外了。可是我打心里疼您家小姐。人脚哪能不能站不能走的，这脚不算废了？我看这脚没救了，您真该在鞋上给她想点辙。是吧！"

这两句是拐着弯儿把抱小姐骂死。

滕三爷连说"是、是、是"，猫腰抱起抱小姐就走。出去的步子比进来的还大。牛凤章也赶紧向香莲告辞。只见香莲脸上的笑透股寒气，吓得牛凤章没转身三步倒退出屋门。

抱小姐走后，香莲当着众人对桃儿笑道：

"真哏，这牛五爷不长牛眼，长一对狗眼，愣看上这对烂猪蹄了！"

桃儿不笑不答，她知道这话是给白金宝听的。白金宝脸上早就不是色。香莲话说得轻松，神气也自如，直到回屋，"咯噔"一下，悬着的心才回位。

可是过了三天，香莲的心又提起来。白金宝站在当院嚷嚷开，说佟大爷请来一双飞脚，饭后就到。还说这是宝坻县红得发紫的彩旦，名唤月中仙。不单脚小脚美，还满台赛珠子在盘子里飞转，这同头三天那个不会走道的抱小姐全然两样。一个站不能站走不能走立都立不住，一个如驰如飞如鱼游水如鸟行空。白金宝的嗓门向例脆得赛青萝卜，字儿咬得一个是一个赛蹦豆，香莲还听到这么一句："听说飞起来，逮也逮不着。"香莲虽胜了抱小姐，不敢说也能胜这个月中仙。天下之大，无奇不有，香莲不敢不信。假若不是真的，白金宝也不会这么咋呼。香莲心里早懂得，人要往上挣，全是硬碰硬，不碰碎别人就碰碎自己。只有把对手都当劲敌才是。她闭上门，想招儿。可是一点不知月中仙的内情，哪知嘛招当用，这真难了！最好的办法是先在屋里秘着，等机会。

午后，一阵人声笑语进了前厅。忽听一句："佟大爷在上，奴家月中仙有礼了！"声调又娇又脆又清又亮，赛黄莺子叫，用的都是戏里道白的口儿。说完就一阵喧笑哗闹。

就听佟大爷的声音：

"我家众位都是爱莲人。听说月中仙有金莲绝技，巴不得饱眼福，就请到当院表演一番。"

跟手这些声音挪到当院。只听月中仙两个字儿："献丑。"没有行走奔跑声，却有一片咂嘴赞叹和拍巴掌声音。尔雅娟吃惊的声音：

"哟，快得我只见人影儿。"

佟绍华的声音：

"金宝，你不跟着转两圈？"

白金宝的声音：

"我哪儿有这脚，吓得只想回屋关门关窗躲起来。"

又是说又是笑又是叫又是闹，还听佟忍安声音：

"是啊，怎么还不见香莲来呢？"

白金宝的声音：

"猫一来，耗子还看得见。"

香莲憋在屋，心里的火腾腾往上蹿，胜败反正都得拼过才能说。她"哗啦"打开门，走出来一瞧，院里站满人，一时眼花，看不清谁是谁。桃儿跑到跟前来挤挤眼说：

"您看那就是月中仙，男的！"

香莲顺着桃儿细巧的手指头望去，人群中果然站着一个瘦弱男人，再瞧，下边竟是一双精灵的女人小脚。看模样是个男旦，可哪儿来一双女人小脚？这天底下的事真是不知道的比知道的多得多得多。这会儿，那瘦男人正上下打量她，忽叫一声："啊呀，这就是闻名津门的佟家大少奶奶戈香莲吧！"说着风吹似的跑过来，两脚好赛不沾地，眨眼工夫到了香莲面前，双手别在腰间道万福，说话的调儿还是戏腔，"月中仙拜见大少奶奶。"

香莲还没弄明白怎么档子事，有点发傻。那边白金宝和佟绍华大声哈哈笑，好赛在看香莲的笑话。

这月中仙忽扬起一条腿扛在肩上，脚过头顶，来招童子功，说："您看我月中仙的脚，比得上您大少奶奶的脚吗？"

香莲一看这扛过头顶底儿朝上的小脚，才明白原来是木头造的假小脚，上头有布套，套在真脚上，用丝绳扎牢，好比踩高跷，叫衣裙一遮，跟真的一样。原来这就是男扮女装的彩旦使的踩跷呀！

过去听说今儿才见。香莲赛打梦里醒来，松口大气。众人当做趣事咯咯地笑。惟有白金宝、佟绍华笑得邪乎，白金宝笑岔了气，直弯腰捂肚子。香莲立时明白，这是白金宝搬来尔雅娟和抱小姐斗不过她，才剜心眼儿，弄来月中仙唬她，看她乐子，当众糟践她。可她脑子一转，又想，白金宝拿她没辙，才使这招。这招够笨，毕竟假玩意儿，不过一时解解气罢了，更显出自己一双脚谁也搬不倒。想到这儿，反而精神起来，脸上的笑也有根了。她对月中仙说：

"你这假脚唬住我不算嘛，可唬住我公公？我公公是火眼金睛，绝不会叫你骗过。"

佟忍安听出香莲的话带刺，便说：

"我头一眼也给蒙住了。原以为死物有真假，没料到活物也有真假。不过，假的再绝，也不如平平常常真的。"

香莲这是逼着佟忍安替自己说话。待佟忍安的话说完，就朝白金宝、佟绍华挑起嘴角一笑，话却反着佟忍安说：

"老爷的话可得罪人家月中仙了。戏台上不论真假。戏里的人都是假的，管他脚假不假，唬住人就成！"

"这话在理，这话在理！"佟忍安忙应和着。请众人到厅里说话。

月中仙对戈香莲说："有请大少奶奶——"虽然不再用戏腔，声音还是女声女气。神气动作举手投足也都扭捏羞涩婀娜娇柔，活赛女的。

香莲见对方不是对手，来了兴头，一提气，与月中仙一同走上前厅。这几步，月中仙好比腾云驾雾，戈香莲竟如行云流水，步子又疾又稳，肩不动腰不动腿也不动，看不见哪儿动，只有裙子飘带子飞，好赛风里穿行，转眼一同站在前厅里。

月中仙拍着手说："大少奶奶真是名不虚传，这几步强我十倍！"他拍手时，翘着细白手指，只拿掌心拍，小闺女嘛样他嘛样。随后月中仙说他非要瞧瞧香莲的小脚不可。对着这半男半女不男不女的人，香莲也不觉羞了，亮出来给他瞧，他又拍手叫：

"我跑遍江南江北，敢说这脚顶到天了。少掌柜还叫我来镇镇

您，倒叫您把我镇趴下了！"

香莲听罢一笑便了，也不去瞧佟绍华，只向月中仙要取那跷一看。月中仙这老大男人，屁股在椅子面儿上一转，腰一拧，头一歪，眼一斜，居然做出忸怩样子。然后两手手指摆出兰花样儿，解开跷上的丝带说：

"您要喜欢，就送您好了。"

香莲接过话顺口就说：

"不，送给我们二少奶奶吧，她看上这玩意儿了！"

这话一说，只听身后"哐当"一响，随着一片呼叫，尔雅娟叫声最尖。回头瞧，原来白金宝一口气闭过去，仰脸摔在地上。几个丫头又掰胳膊又折腿又弯脖子又推腰，绍华拿大拇指头死命掐白金宝鼻子下边的人中，直掐出血，才回过这口气来。

惟有香莲坐在那边动也不动，消消停停喝茶，看着窗外飞来飞去追来追去几个虫子玩儿。

第十一回　假到真时真即假

天没睁眼，地没睁眼，鬼市上的人都把眼珠子睁得贼亮。打赵家窑到墙子河边，这一片窝棚土铺篱笆灯小房中间，那些绕来绕去又绕回来的羊肠子道儿上，天天天亮前摆鬼市。最初都是喝破烂的，把喝来的旧衣破袄古瓶老钟烂鞋脏帽废书残画，缺这儿少那儿的日用杂物，拿大筐挑来卖。借着黑咕隆咚看不清，打马虎眼，以坏充好，有钱人谁也不来买这些烂货。可是，事情不能总一个样，话不该老这么说。渐渐有人拿来好货新货真货，却都是一手交钱，一手交东西。买卖一成，拨头便走，回头再找，互不认账，人称"把地干"。为嘛？因为干这行当大多是贼，偷到东西来销赃。胆大的敢卖，胆大的就敢买。也有些有钱人家的败家子，脸皮薄，不愿在当铺古玩铺旧货铺露面，就拿东西到这儿找个黑旮旯一站等买主。哪位要是懂眼，真能三子儿两子儿，买到上好的字画珠宝玉器瓷器首

178

饰摆饰善本书孤本帖。这一看能耐，二看运气，两样碰一块儿，财能发炸了。

今儿，挤来挤去的人群里，有个瘦老头子，缩头藏脸，也不打灯笼，眼珠子却在人缝里乱钻。忽然，赛过猫见耗子，撞开几个人一头扑过去。墙边，挨着个破担子，蜷腿蹲着一个男人，跟前地上铺块布，摆着一个白铜水烟袋，一个大漆描金梳妆匣儿，几卷绣花被腰子，还有三双小鞋，都是红布蓝布，双合脸，极窄极薄，鞋尖又短又尖赛乌鸦嘴，天津卫看不见这样的鞋。瘦老头子一把抓起来，翻过来掉过去一看，就喊：

"呀！鸦头履，苏北坤鞋！"

这男人瘪脑门鼓眼珠子，模样赛蛤蟆，仰脸瞅瞅这瘦老头子说："碰到内行，难得。您想要？"

瘦老头子两个膝盖"嘎巴"一响也蹲下来，低声说：

"全要！这儿压根儿也碰不上这鞋！"

这瘦老头子好怪。在鬼市买东西，碰上中意的也得装不懂不在意不中意，哪能见了宝似的！可更怪的是卖东西的蛤蟆脸男人，并不拿出卖东西的架势，也赛见了宝。问道：

"您好喜这玩意儿吧？"

"说的是。告我您这鞋哪弄来的？您是南边人？"

"您甭问，反正不是北边人。老实告您，我也好喜这玩意儿，可如今江南几省都闹着放脚，小鞋扔得到处都是，连庙里也是，河里还漂着……"

"造孽造孽！"瘦老头子连说两句，还不尽意，又加一句，"还不如把脚剁去呢！"沉一下把气压住便说，"您该逮这机会把各样小鞋赶紧收罗些，赶明儿说不定也是宝贝。"

"说得好，您真懂眼。听说，北边还不大时兴放脚？"

"闹也闹了，放脚的还不多，叫唤得却够凶，依我看这风刹不住，有今天没明天。"瘦老头子直叹气。

"是啊，我听说了，这才赶紧弄几麻袋南边的小鞋，到北边转

179

转，料想能碰上像您这样有心人肯花钱存一些。我打算卖一些南边的，买一些北边的，说不定把天下小鞋凑全了呢！"这蛤蟆脸男人说，"我已然存了满满一屋子！"

"一屋子？"瘦老头子眼珠子刷刷冒光，"好啊，宝啊，你这次带来都是嘛样的？"

蛤蟆脸男人抿嘴一笑，打身后麻袋里掏出两双小鞋递给瘦老头子，也不说话，好赛要考考这瘦老头子的修行。

瘦老头子接过鞋一看，是旧鞋，底儿都踩薄了，可式样怪异之极。鞋帮挺高，好赛靴子高矮，前脸竖直，通体一码黑亮缎，贴近底墙圈一道绣花缎边。一双绣牡丹寿桃，花桃之间拿红线缝几个老钱在上头，这叫"富贵双全"。另一双绣松叶梅花竹枝，松托梅，梅映竹，竹衬松，这叫"岁寒三友"。再看木底和软底中间夹一片黄铜，打跟到尖，再打尖吐出来，朝上弯半个圈再伸向前，赛蛇出洞。瘦老头子说：

"这是古式晋鞋。"

蛤蟆脸男人一怔，跟手笑了：

"您真行！能看懂这鞋的人不多！"

"这鞋也卖？"

"货卖识家。别说价了，您给多少，我都拿着。"

这前后五双瘦老头全要，掏出五两给了。要说这些钱买五双银鞋也富裕。蛤蟆脸男人赶紧把银子披进怀里，满脸带笑说道：

"说句老实话，这鞋现在三文不值二文。我不是图您钱，是打算拿它多买些北方小鞋带回去。您要是藏着各样北方小鞋，咱们换好了，省得动钱！"

"那更好！您还有嘛鞋？"

"老先生，您虽然见多识广，浙东八府的小鞋恐怕没见过吧！"

"打早听说浙东八府以小称奇，我二十年前见过一双宁波小脚，二寸四。可头两年见过京城一女子，小脚二寸二，那真叫小到家小到头啦！"

"那也比不过广州东莞小脚，二寸刚刚挂点零。一双小鞋，一抓全在手心里。还有福建漳州一种文公履，是个念书人琢磨出来的，奇绝！"

"嘛绝法？"

"竟然有股书卷气，有如小小一卷书。"

"好啊！你都有？带来了吗？"

"在旅店里。您要换，咱说好时候。"

急不如快，两人定准转天这时候在前边墙子河边一棵歪脖老柳树下边碰面。转天都按时到，换得十分如意，好赛互相送礼。又约第三天，互换之后，这瘦老头提着十多双小鞋穿过鬼市美滋滋乐呵呵往回走。走到一个拐角，都是些折腾碑帖字画古董玩器的。只见墙角站着一个矮人，头上卷檐小帽儿压着上眼皮，胳肢窝里夹一轴画，上边只露个青花瓷轴。

瘦老头子一看这瓷轴就知这画不一般，上去问价。

对方伸出右手，把食指中指叠在一起，翻两翻，只一个字儿："青。"

鬼市的规矩，说价递价给价要价还价争价，不说钱数，打手势用暗语，俗称"暗春"。一是肖，二是道，三是桃，四是福，五是乐，六是尊，七是贤，八是世，九是万，十是青。手势一翻加一倍。

对方这"青"字再加上手势一翻，要二十两。

瘦老头子说："嘛画这个价，我瞧瞧。"撂下半口袋小鞋，拿过画，只把画打开一小截，刚刚露出画上的款儿，忽一惊，问道："你是谁？"

这矮子一怔，拨头就跑。

瘦老头子本来几步赶去能追上，心怕半袋小鞋丢了，一停的当儿，矮子钻进小胡同没了。

瘦老头子叫道："哎，哎，抓……"

旁边一个大个子，黑乎乎看不清脸，影子赛口大钟，朝他压着粗嗓门说：

"咋呼嘛，碰上就认便宜，赶紧拿东西走吧，小心惹了别人，把你抢了，还挨揍!"

瘦老头子听见又没听见。

这天早上，佟忍安打外边遛早回来，就要到铺子去，满脸急相，不知道为嘛。门外备了马，他刚出门一咔溜坐在台阶上，只说天转地转人转马转树转烟囱转，其实是他脑袋转。佣人们赶忙扶他进屋坐在躺椅上。香莲见他脸色变了，神气也不对，叫他到里屋躺下来睡个觉。他不干，非要人赶紧到柜上去，叫佟绍华和活受马上来，还点了些画，叫活受打库里取出带来。过了很长时候，才见人来，却只是柜上一个姓邬的小伙计，说少掌柜不在柜上，活受闹喘，走不了道儿，叫他把画送来。佟忍安起不来身半躺半坐，叫人打开一幅幅看。先看一幅李复堂的兰草，看得直眨眼，说:

"我眼里是不是有眵目糊?"

香莲瞅瞅他眼珠，说:

"不见有呢，头昏眼花吧，回头再看好了!"

佟忍安摇手非接着看不可。小邬子又打开一幅，正是那幅大涤子山水幅。

平时佟忍安过画，顶多只看一半画，真假就能断出来。下一半不看就叫人卷上，这一是他能耐，二是派头。活受知道他这习惯，打画就打开一半，只要见他点头或摇头，立时卷起来。今儿要是活受来打画给他瞧，下边的事就没有了。偏偏小邬子刷地把画从头打到底儿，佟忍安立时呆了，眼珠子差点掉下来，身子向前一撅，叫着:

"下半幅是假的!"

"半幅假的，怎么会?别是您眼闹毛病吧!"香莲说。

"没毛病!这画，字儿是真，画是假的!"佟忍安指着画叫，声音扎耳朵。

香莲走上前瞧，上半幅给大段题跋诗款盖着，下半幅画的是山水。"这不奇了，难道换去下半幅，可中间没接缝呀!"香莲说。

"你哪懂？这叫'转山头'，是造假画的绝招。把画拿水泡了，沿着画山的山头撕开，另外临摹一幅假的，也照样泡了撕开。随后，拿真画上的字配假画上的画，接起来，成一幅；再拿假画上的字配真画上的画，又成一幅。一变二，哪幅画都有真有假，叫你看出假也不能说全假，里头也有真的。懂行拿它也没辙。可是……这手活没人懂得，牛五爷也未必知道。难道是我当初买画时错眼了……"

"您看画总看一半，没看下半幅呗！"

"那倒是……"佟忍安刚点头忽又叫，"不对，这幅画是头几年挂在铺子墙上看的！"说到这儿，也想到这儿，眼珠子射出的光赛箭。他对小邬子说，"你拿画到门口，举起来，透亮，我再瞧瞧！"

小邬子拿画到门口一举，外边的光把画照透，清清楚楚明明白白看出，画中腰沿着山头，有一道接口，果然给人作了假！佟忍安脑袋顶涨得通红，跟着再一叫："我明白了，刚才李复堂那幅也作了假的！"不等香莲问就说，"这是'揭二层'，把画上宣纸一层层揭开，一三层裱成一幅，二四层裱成一幅。也是一变二！虽然都是原画，神气全没了，要不我看它笔无气墨无光，总疑惑眼里有眵目糊呢！"

香莲听呆了！想不到世上造假也有这样绝顶的功夫。再看佟忍安那里不对劲了，一双手簌簌抖起来，长指甲在椅子扶手上，"嘚嘚嘚"磕得直响，眼神也滞了。

香莲怕他急出病来，忙说：

"干嘛上火，一两幅画不值当的！"

佟忍安愈抖愈厉害，手抖脚抖下巴抖声音也抖："你还糊涂着，铺子里没一幅真的了！我佟忍安卖一辈子假的，到头自己也成假的了。一窝全是贼！"说到这儿，脑门青筋一蹦，眼珠子定住不动了。香莲见不好，心一慌，不知拿嘛话哄他。只见他脸一歪嘴一斜肩膀一偏，瘫椅子上了。

立时家里乱了套，你喊我我喊他，半天才想起去喊大夫。

香莲抹着泪说：

"谁叫您懂呢！我不懂真的假的，反不着这么大急。"

不会儿，大夫来了，说前厅有风，叫人把佟忍安抬到屋里治。

香莲定一定心，马上派小邬子去请少掌柜，并把活受叫来。小邬子去过一会儿就回来说，活受卷包跑了，佟绍华也不见了。香莲听罢好赛晴天打大雷，知道家里真出大事了！白金宝问嘛事，香莲只说："心里明白还来问我。"就带着桃儿坐轿子急急火火赶到铺子。

只见铺子里乱糟糟赛给抄过。两个小伙计哭着说："大少奶奶骂我们罚我们打我们都成，别怪我们不说，我们嘛都不知道啊！"香莲心想家那边还一团乱呢，就叫他们挑出真玩意儿锁起来，小伙计们哭丧脸说："我们不知哪个真哪个假。老掌柜少掌柜叫我们跟主顾说，全是真的。"香莲只好叫他们不管真假全都拣巴一堆封起来再说。

回到家，白金宝不知打哪儿听到佟绍华偷了家里东西跑了，正在屋里哭了叫叫了哭又哭又叫：

"挨千刀的，你这不是坑了老爷子，也坑我们娘仨吗……你准是跟哪个臭婊子胡做去了，你呀你呀你……"

香莲板着脸，叫桃儿传话给杏儿草儿，看住白金宝的屋子，不准她出来也不准人进去，更不准往里往外拿东西。白金宝见房门给人把守，哭得更凶，可不敢跟香莲闹。她不傻，绍华跑了，没人护她。她要闹，香莲能叫人把她捆上。

这时，佟忍安给大夫治得见缓，忽叫香莲。他虽然不知道家里家外到底出了嘛事，却赛全都明白。两眼闪着惊光，软软的嘴里硬蹦出三个字儿：

"关、大、门！"

香莲点头说："好，马上就办。"赶紧传话吩咐家里人急急忙忙把两扇大门板吱吱呀呀一推，咣啷一声，紧闭上。

第十二回　闭眼了

佟忍安赛块稀泥瘫在床上，头也抬不动，后背严丝合缝压在床板上，醒不醒睡不睡，眼神赛做梦。说话一阵清楚一阵含糊。清楚时，看不见绍华就死追着问，大伙儿胡诌些理由糊弄他；糊涂时，没完没了没重样地数落着各类小脚的名目。城里苏金伞、妙手胡、关六、神医王十二、铁拐李、赛华佗、不望不切黄三爷、没病找病陆九爷……各大名医轮着请到，都说他大腿给阴间小鬼拉住，药力夺不回来。

这天，桃儿领着香莲的闺女莲心看爷爷。莲心进门就爬上床玩儿，忽然尖哭尖叫，桃儿只当莲心给爷爷半死不活样子吓着，谁料是小脚叫爷爷抓住。不知佟忍安哪来的劲，攥住拉不开。死脸居然透出活气，眼珠子冒光，嘴巴的死肉也抖动起来，呼呼喘气，一对鼻眼儿忽大忽小。桃儿不知老爷是要活过来还是要死过去，吓得喊叫。香莲闻声赶来，一见这情景脸色变得纸白，一把将莲心硬拉下来，骂桃儿：

"哪玩儿不好，偏到这来，快领走！"

桃儿赶快抱走莲心，佟忍安眼里一直冒光，人也赛醒了，后晌居然好好说话了，虽不成句，一个个字儿能听清。他对香莲说：

"下、一、辈、该、裹、脚、了！"

香莲沉一下，光点头没表情，静静说：

"我明白。"

佟忍安没病倒之前，已经天天念叨这事。外边有的说放足有的说禁缠，闹得不安生。佟家下一代又都是闺女，莲心四岁，白金宝两个闺女，一个五岁，一个六岁，董秋蓉的闺女也六岁了。都该裹，只因为香莲说莲心还小，拖着压着，佟忍安表面不敢催香莲，放在心里总是事。这会儿再等不及，心事快成后事了。

佟忍安叫着：

"找、潘、妈，找、潘、妈。"

裹脚的事非潘妈不可。

可是自打赛脚那天，潘妈见香莲穿上当年佟家大奶奶的小红鞋，拨头回屋就绝少再出屋。除去几个丫头找她画鞋样，缝个帮儿纳个

底儿糊个面儿，再有便是开门关门送猫出屋迎猫进屋，不知她在屋干些嘛事。偶尔在当院碰见香莲，谁也不答理谁。香莲现在佟家称王，惟独对潘妈客气三分，有好吃的好喝的不好买的，都叫丫头们送去，惟独自个儿不进潘妈屋。可以说，她压根儿就没进过潘妈屋。

这会儿，无论佟忍安怎么一遍遍说叫潘妈，香莲也不动劲，守在旁边坐。直到深更半夜，佟忍安不再叫，睁大眼眨眼皮，好赛听嘛，再一点点把手挪到靠床墙边，使劲抓墙板，不知要干嘛，忽然柜子那边咔咔连响，有人？香莲吓得站起身，眼瞅着护墙板活了，竟如同一扇门一点点推开，走进一个黑婆子，香莲差点叫出声来，一时这黑婆子也惊住，显然没料到她也在这屋里。这黑婆子正是潘妈！她怎么进来的？难道穿墙而入？她忽的大悟，原来这墙是个暗门，潘妈住在隔壁呀！这一下，香莲把佟家的事看到底儿，连底儿下边的也一清二楚三大白了！

无论嘛事，只要她一明白，心立时就静下来。她几年没正眼看潘妈，今儿一瞅大变模样，头发见白不见黑，脸上肉都没有，剩下皮包骨。皮一松褶子更多，满脸满了，只一双鼓眼珠子打黑眼窝里往外冒寒光。潘妈同香莲面对面站着怔着傻着瞪着，好半天。到底还是香莲更有内劲，先说话，她指着佟忍安对潘妈说：

"他有话跟你说。"

潘妈到床前站着等着。佟忍安说：

"预、备、好、明、天、裹，全裹！"

最后两个字儿居然并一起说出来的。

潘妈点点头，然后抬起眼皮望了香莲一眼，这一眼赛刀子，扎进香莲心口。香莲明白这一眼就是潘妈闷了几年来要说没说的话。随后潘妈扭身就走，却不走暗门，打房门出去。黑衣一身，立时化在夜里。

转天一早，香莲把全家人都叫到院里说道："老爷子发话了，今儿下晌，各房小闺女一齐裹脚，先预备预备去吧！"说完回自己屋。

各房，有的没声有的哭声有的说话声，都是低声低气。可快到

186

晌午时候，桃儿忽然在当院大声叫喊莲心。香莲跑出房一问，莲心不见了！几个丫头和男佣人房前屋后找，连山石眼里、灶膛里、鱼缸里、茅坑里、屋顶烟囱里都找了，也不见。香莲脸色变了，左右开弓，一连抽了桃儿十八个嘴巴，把桃儿左边一个虎牙打掉，嘴角直流血。桃儿不吭声不求饶掉着泪听着香莲尖吼：

"大门关着，人怎么没了？你吃啦，吃啦，你给我吐出来呀！"

哭得闹得叫得折腾得人都不赛人样。

莲心丢了，当天裹脚裹不成。佟忍安知道后说："等、等、一、块、裹！"那就一边等一边找。

家里没有就到外边找。左邻右合，房前屋后，巷头巷尾，城里城外，河东水西，连西城外的人市都去了，也不见影儿。这一跑，才觉得天津城大得没边，人多得没数。把桃儿两只脚都跑肿了，还到处跑。有的说叫大仙糊弄去了，有的说叫拍花的拍走，卖给教堂的神甫挖心掏肝剜眼珠子割舌头掏肠子揭耳朵膜做洋药去了。自打洋人在天津修教堂，老百姓天天揪着心，怕孩子被拐去做洋药。

桃儿当着众人给香莲跪下，两眼哭得赛红果儿。她说：

"莲心怕真丢了，我也没心思活了，您说叫我怎么死我就怎么死！"

香莲说不出话来。脸上的泪，一会儿湿一会儿干。

潘妈那边，早做好一二十副裹脚条子，染了各种颜色，晾在当院梅枝上，赛过节。几个小丫头看了都暗暗流泪说：

"莲心怪可怜的……"

香莲听了就到佟忍安屋里说：

"莲心回不来了，别等了，先裹吧！"

佟忍安半死的脸一抖，发狠说一个字：

"等！"

七天过去了，佟忍安熬不住顶不住，只一口气在嗓子眼里来回串。说话嘴里赛含热豆腐，咕噜咕噜谁也听不清，跟着只见嘴皮动，连声儿也没有。早晌大伙儿在前厅吃过饭，董秋蓉留下来对香莲说：

"嫂子，我看老爷子熬过初一熬不过十五了。说句难听的，就这两天的事啦，莲心丢了，我的心也赛撕成两半。可你当下是一家之主，总得打起精神来，该给老爷子筹办后事了。再有，趁老爷子糊涂，裹脚的事快点了了算了。"

香莲这才默默点头，吩咐人把前厅的桌子椅子柜子架子统统挪走，打扫净了，摆上灵床。白事用品样样租来，还派人去天后宫、财神殿和吕祖堂，备齐和尚老道尼姑喇嘛四棚经，跟手还请来棚铺，驴车马车牛车推车，运来木杆竹竿苇席木板黄布白布蓝布粗细麻绳，在二道院扎几座宽大阔绰的经棚……可这时外出去寻莲心的人还没逮着影儿，佟忍安又硬熬三天，人色都灰了，说死就死，抬上了灵床，可就不咽气，反倒两眼睁开，亮得赛玻璃珠子。杏儿说："你们看老爷眼珠子，别是要还阳吧！"香莲赶来瞧，这亮光发贼，贼得怕人。她心里明白，俯下头悄声对佟忍安说："莲心找到了，这就给孩子们裹上！"这话说过，佟忍安眼珠子的贼光立时没了，只是还睁着。

香莲在桃儿耳边说了几句，叫桃儿马上去办。又叫杏儿去请潘妈赶紧预备裹脚家伙，再派珠儿草儿，分头到白金宝和董秋蓉房里去，快把孩子领到院里，这就开裹！

不会儿场面摆开。白金宝的两个闺女月兰和月桂，董秋蓉的闺女美子，都弄到院里，排一横排。杏儿珠儿草儿三个丫头，分管三个孩子，一切全叫潘妈指派。丫头们把盆儿壶儿剪儿布儿药瓶药罐儿各样物品往上一拿，孩子们全吓哭了，全赛死了人一样。

这场面直对前厅，前厅门大敞四开，便正对着厅内直挺挺躺在灵床上不闭眼的佟忍安。

香莲坐在一边瓷墩子上。桃儿守在身后。

潘妈还是一身黑，可这回打头到脚任嘛别的颜色没有。她走到各个孩子前，把鞋往下一揪，扔了，拿起脚儿前后左右上下里外全看过，放进温水盆泡上，赛要宰鸡。一边把裹法一一不同告诉杏儿珠儿草儿，再选出几双尖瘦短窄不同的鞋分发下来，跑到院当中，人一站眼一瞪手一摆哑嗓子叫一声：

"裹！"

几个丫头同时下手，把孩子们小脚丫打盆里捞出来就干。孩子们哇哇大哭，月桂抓着白金宝衣袖叫道：

"娘，我再不弄你的胭脂盒了，饶我这次吧！"

白金宝"啪"打她一巴掌说："这是你福气，死丫头！别人想裹还裹不成，留双大脚就绝你的根啦！"满院子人谁都明白这话是说给香莲听的。

香莲稳稳坐着，脸上看不出是气是恼，表情似淡似空，好赛天后宫的娘娘，总那个样儿。只听孩子哭大人叫，几个丫头手里裹脚条子刷刷刷响，还有潘妈哑嗓子死命喊："紧！紧！紧！"董秋蓉哭得比美子还厉害，却不出声，浑身抽成一个儿，前襟叫泪泡得赛泼半盆水。白金宝一滴泪没有，花似的小脸满是狠笑，时不时打杏儿珠儿手里抢过裹脚条子使劲勒一勒，看意思，这辈儿仇，要下辈儿报。

潘妈冲草儿叫：

"干嘛弄得她叽哇喊叫？"

草儿说：

"她指头硬，掰这个，那个就跷起来。"

潘妈骂道：

"死鬼！你掰第二个和最小一个指头，中间那个和第四个不用掰就带着弯下去了！"

草儿改了法儿，美子也不叫了。

香莲心想，潘妈真是地道行家。当初若不是她救自己，自己哪来的今天。不管后来的仇怨，总得记得人家过去的恩德才是。她便叫桃儿搬个瓷墩子过去。

桃儿把瓷墩子撂在潘妈身边说：

"大少奶奶叫您坐下来歇歇。"

谁料潘妈理也不理，只盯着几个孩子每一双脚。裹好后，上去

一一查看。有的拿手握正，有的往弯处勒勒，有的往脚心压压，每只脚都得打内侧够得上脚尖才行。最后从头上摘下个篦子，一边是篦头发的齿儿，一边是三寸小尺，挨着个儿横量竖量直量斜量整个量分段量。量罢，冷冷说声："成啦!"眼也不瞅香莲，扭头回房去了。

香莲对桃儿悄悄说一句，桃儿去打香莲房里领出个小闺女，大伙儿全都一惊，以为莲心找到，脚也裹上穿着小鞋。待到近处看脸儿并不是，只穿戴都是莲心的，原来给莲心找的替身。这也叫白金宝小小虚惊一场。

香莲带着两个男佣人走进灵堂，三人一左一右一上，托住佟忍安的头一抬，香莲说：

"看罢，中间那就是莲心，左边是月桂、月兰，另一边是美子，全裹上了!"

佟忍安本来好赛没了气儿，可这一下赛活了!眼珠子滴溜溜一扫，把这些孩子下边一横排裹成粽子似菱角似笋尖似小脚看过，立时刷刷冒光分外神采，就赛一对奇大珍珠。香莲知道这叫"回光返照"。没等跟左右佣人说声"当心"，只见佟忍安大气一吐，直把嘴唇上的胡子吹立起来，眼珠子一翻，胸脯一拱，腿一蹬，完了。甭说香莲，两个男佣人也怕了，手托不住，脑袋"哐当"一声落在床板上，赛个瓜掉在地上。眼睛没用人合，自己就闭上。脸皮再没有那种可怕灰色，润白润白，一片静，好比春天的湖面。

香莲大叫一声："老爷子，您可不能扔下我们一大家子孤儿寡母走啊!"又跺脚，又捶床边。满院子大人小孩也都连喊带叫大哭大闹，小孩哭得最凶，不知哭爷爷死还是哭自己小脚疼。香莲一声接一声喊着，"您太狠啦，您太狠啦……您叫我怎么办呀!"这声音带尖，往人耳朵里去可就不往死人耳朵里钻。

只有潘妈那里没动静，门闭着。大黑猫趴在墙头，下巴枕在爪子上，朝这边懒懒地看。

依照老祖宗传下的规矩，人死后停在灵堂，摆道场请和尚老道念经，超度亡魂，这叫摆七作斋。作斋多少天自己定，一七是七天，二七十四天，三七二十一天，七七往上摆。有钱人都尽劲往上摆。这据说是道光五年，土城刘家死了老爷子，念经念到第三天，轮到一群尼姑念着细吹细打的姑子经。老爷子忽然翻身坐起，吓得家里守灵的人乱跑，姑子们都打棚子跳下来，扭了脚，以为老爷子炸尸了。只见老爷子伸出两条胳膊打个哈欠，揉揉眼，冲人们嚷："你们这是干嘛？唱大戏？我饿啦！"有胆大的上去一看，老爷子真的还了阳。那年头，假死的事常有。打那儿天津有钱人家作斋要作到七七四十九天，把人摆味儿了才入殓出殡下葬安坟。

　　佟家作斋已经入了七七。出大殡使的鸾驾黄亭伞盖魂轿鬼幡铭旌炉亭香亭影亭花亭纸人纸马金瓜玉杵朝天凳开道锣清道旗闹哀鼓红把血柳白把雪柳等，打大门口向两边摆满一条街，好赛一条街都开了铺子。倚在墙外边的拦路神开路鬼，足有三丈高，打墙头探进半个身子，戴高帽，披长发，奋拉八尺长的红舌头，吓得刚裹了脚赖在床上的小闺女们，不敢扒窗往外瞧。戈香莲、白金宝、董秋蓉三位少奶奶披麻穿孝，日夜轮班守在灵前。怪的是佟绍华一直没露面，多半跑远了不知信儿，要不正是打回来独掌佟家的好机会。白金宝盼他回来，戈香莲盼佟忍安还阳。无论谁如了愿，佟家大局就一大变。可是四十多天过去了，绍华影儿也不见，佟忍安脸都塌了，还了阳也是活鬼。派去给佟绍富尔雅娟送信的人，半道回来说，黄河淮河都发水截住过不去，再打白河出海绕过去也迟了。守灵的只是几个媳妇。这就招来许多人，非亲非友，乃至八竿子打不着的，没接到报丧帖子也来了，借着吊唁亡人来看三位少奶奶尤其大名鼎鼎戈香莲的小脚。平时常来的朋友反倒都没露面。这真是俗话说的，马上的朋友马下完，活时候的朋友死了算。香莲的心暗得很。

　　可嘛话也不能说死。出殡头一天，大门口小钟一敲，和尚鼓乐响起，来一位爷儿们，进门扑到灵前趴下就咚咚咚咚咚连叩五个头，人三鬼四，给死人向例叩四个，这人干嘛多叩一个头？香莲的心一下跳到嗓子眼儿，以为佟绍华抱愧奔丧来了。待这人仰起一张大肉

脸，原来是牛凤章，哭丧脸咧大嘴说："佟大爷，您一辈子待我不薄，可我有两件亏心事对不住您。头件事把您坑了……这二件事您要知道也饶不了我，我没辙呀！您这……"说到这儿，只见香莲眼里射出一道光，比箭尖还尖，吓得他跳过下边句话，停一下才说，"您变鬼可别来抓我呀！您看着我二十多年来事事依着您，我还有上下一大家子人指我养活呢！"说完哇哇大哭起来。

本来，香莲应该陪叩孝子头，完事让人家进棚子喝茶吃点心。可香莲说："别叫牛五爷太伤心了！"就派人把他硬送出门。好赛押走的，谁也不知为嘛。

牛凤章走后，天已晚，里里外外香烛灯笼全亮起来。明儿要出大殡，一大堆事正给香莲张罗着。忽然桃儿跑来大叫：

"不好，不好……"

香莲看桃儿脸上刷刷冒光，手指她身后，张嘴说不出话来，霎时间香莲恍恍惚惚糊糊涂涂真以为佟忍安炸尸或还阳了。回头一瞧，里院腾腾冒红光，这光把周围的东西，人脸，照得忽闪忽闪。是神是佛是仙是鬼是妖是魔是怪？只听一个人连着一个人叫起来：

"起火了——起火了——起火了——"

香莲随人奔到里院，只见西北边一间小屋打窗口往外蹿火。一条条大火苗，赛大长虫拧着身子往外钻，黑烟裹着大火星子打着滚儿冲出来。香莲一惊，是潘妈屋子！

幸好火没烧穿屋顶，没风火就没劲，不等近处水会锣起，家里人连念经来的和尚老道们七手八脚，端盆提桶，把火压灭。香莲给烟呛得眼珠子流泪，一边叫着：

"救人呀——把潘妈弄出来！"

几个男的脑袋上盖块湿布钻进屋，不会儿又钻出来，不见抬出潘妈，问也不吭声，呛得不住咳嗽。那只大黑猫站在墙头，朝屋子死命地叫，叫声穿过耳朵往心里扎。香莲顾不得地上是水是灰是炭是火，踩进去，借灯笼光一照，潘妈抱着一团油布，已经烧死，人都打卷儿了。周围满地到处都是烧煳的绣花小鞋，足有几百双。那味儿勾人要吐，香莲胃一翻，赶紧走出来。

转天，佟忍安给六十四条杠抬着，一路浩浩荡荡震天撼地送到西关外大小园坟地入葬；潘妈给雇来的四个人打后门抬出去不声不响埋在南门外一块义地里。这义地是浙江同乡会买的，专埋无亲无故的孤魂。其实，不管怎么闹怎么埋都是活人干的事。

死人终归全进黄土。

第十三回　乱打一锅粥

当下该是宣统几年了？呀，怎么还宣统呢，宣统在龙椅上只坐三年就翻下来，大清年号也截了。这儿早是民国了。

五月初五这天，两女子死板着脸来到马家口的文明讲习所，站在门口朝里叫，要见陆所长。这两女子模样挺静，气挺冲，可看得出没气就没这么冲，叫得立时围了群人。所长笑呵呵走出来，身穿纺绸袍褂，大圆脑袋小平头，一副茶色小镜子，嘴唇上留八字胡。收拾得整齐油光，好赛拿毛笔一左一右撇上两笔。这可是时下地道的时髦绅士打扮。他一见这两女子先怔一怔，转转眼珠子，才说：

"二位小姐嘛事找我？"

两女子中高个儿的先说：

"听说你闹着放小脚，还演讲说要官府下令，不准小脚女子进城出城逛城？"

"不错。干嘛？怕了？我不过劝你们把那臭裹脚条子绕开扔了，有嘛难？"

周围一些坏小子听了就笑，拿这两女子找乐开心。陆所长见有人笑，得意地也笑起来。先微笑后小笑然后大笑，笑得脑袋直往后仰。

另一个矮个女子忽把两根油炸麻花递上去，叫陆所长接着。

"这要干嘛？"陆所长问。

矮女子嘿嘿笑两声说：

"叫你把它拧开，抻直。"

"奇了，拧开它干嘛。再说麻花拧成这样，哪还能抻直？你吃撑了还是拿我来找乐子？"

"你有嘛乐子？既然抻不直它，放了脚，脚能直？"

陆所长干瞪眼，没话。周围看热闹的都是闲人，哪边风硬帮哪边哄，一见这矮女子挺绝，就朝陆所长哈哈笑。高女子见对方被难住，又压上两句：

"回去问好你娘，再出来卖嘴皮子！小脚好不好，且不说，反正你是小脚女人生的。你敢说你是大脚女人生的？"

这几句算把陆所长钉在这儿。嘴唇上的八字胡赛只大黑蝴蝶呼扇呼扇。那些坏小子们哄得更起劲，嘛难听的话都扔出来。两女子"叭"地把油炸麻花摔在他面前，拨头便走。打海大道贴着城墙根进城回家，到前厅就把这事告诉戈香莲，以为香莲准会开心，可香莲没露笑容，好赛家里又生出别的事来，摆摆手，叫杏儿珠儿先回屋去。

桃儿进来，香莲问她：

"打听明白了？"

桃儿把门掩了，压低声说：

"全明白了。美子说，昨晚，二少奶奶去她们房里，约四少奶奶到文明讲习所听演讲。但没说哪天，还没去。"

"你说她会去？"香莲秀眉一挑。这使她心里一惊。

"依我瞧……"桃儿把眼珠子挪到眼角寻思一下说，"我瞧会。四少奶奶的脚吃不开，脚不行才琢磨放。美子说，早几个月夜里，四少奶奶就不给她裹了，四少奶奶自己也不裹，松着脚睡。这都是二少奶奶撺掇的！"

"还有嘛？"香莲说，雪白小脸涨得发红。

"今早晌……"

"甭说啦！不就是二少奶奶没裹脚拖拉着睡鞋在廊子上走来走去？我全瞧见了，这就是做给我看的！"

桃儿见香莲嘴巴赛火柿子了，不敢再往下说。香莲偏要再问：

"月兰月桂呢？"

"……"桃儿的话含在嘴里。

"说，甭怕，我不说是你告我的。"

"杏儿说，她姐儿俩这些天总出去，带些劝说放脚的揭帖回来。杏儿珠儿草儿她们全瞧见过。听说月兰还打算去信教，不知打哪儿弄来一本洋佛经。"

戈香莲脸又"刷"地变得雪白，狠狠说一句："这都是朝我来的！"猛站起身，袖子差点把茶几上的杯子扫下来。吓桃儿一跳。跟手指着门外对桃儿说，"你给我传话——全家人这就到当院来！"

桃儿传话下去，不会儿全家人在当院会齐了。这时候，月兰月桂美子都是大姑娘，加上丫头佣人，高高站了一片。香莲板着脸说："近些日子，外边不肃静，咱家也不肃静。"刚说这两句就朝月兰下手，说道："你把打外边弄来的劝放脚的帖子都拿来，一样不能少，少一样我也知道！"香莲怕话说多，有人心里先防备，索性单刀直入，不给招架的空儿。

白金宝见情形不妙，想替闺女挡一挡。月兰胆小，再给大娘拿话一蒙，立时乖乖回屋拿了来，总共几张揭帖一个小本子。一张揭帖是《劝放足歌》，另一张也是《放足歌》，是头几年严修给家中女塾编的，大街上早有人唱过。再一张是早在大清光绪二十七年四川总督发的《劝戒缠足示谕》，更早就见过。新鲜实用厉害要命的倒是那小本子，叫做《劝放脚图》。每篇上有字有画，写着"缠脚原委"、"各国脚样"、"缠脚痛苦"、"缠脚害处"、"缠脚造孽"、"放脚缘故"、"放脚益处"、"放脚立法"、"放脚快活"等几十篇。香莲刷刷翻看，看得月兰心里小鼓嘣嘣响，只等大娘发大火，没想到香莲沉得住气，再逼自己一步：

"还有那本打教堂里弄来的洋佛经呢？"

月兰傻了，真以为大娘一直跟在自己身后边，要不打哪知道的？月桂可比姐姐机灵多了，接过话就说：

“那是街上人给的，不要钱，我们就顺手拿一本夹鞋样子。”

香莲瞧也不瞧月桂，盯住月兰说：

“去拿来！”

月兰拿来。厚厚一本洋书，皮面银口，翻开里边真夹了几片鞋样子。香莲把鞋样抽出来，书交给桃儿，并没发火，说起话心平气和，听起来句句字字都赛打雷：

“市面上放足的风刮得厉害，可咱佟家有咱佟家的规矩。俗话说，国有国规，家有家法，不能错半点。人要没主见，就跟着风儿转！咱佟家的规矩我早说破嘴皮子，不拿心记只拿耳朵也背下来了。今儿咱再说一遍，我可就说这一遍了，记住了——谁要错了规矩我就找谁可不怪我。总共四条，头一条，谁要放足谁就给我滚出门！第二条，谁要谈放足谁就给我滚出门！第三条，谁要拿、看、藏、传这些淫书淫画谁就给我滚出门！第四条，谁要是偷偷放脚，不管白天夜里，叫我知道立时轰出门！这不是跟我作对，这是成心毁咱佟家！”

最后这三两句话说得董秋蓉和美子脸发热脖子发凉腿发软脚发麻，想把脚缩到裙子里却动不了劲。香莲叫桃儿杏儿几个，把那些帖儿画儿本儿拣巴一堆儿，在砖地上点火烧了，谁也不准走开，都得看着烧。洋佛经有硬皮，赛块砖，不起火。还是桃儿有办法，立起来，好比扇子那样打开，纸中间有空，忽忽一阵火，很快成灰儿，正这时突然来股风“噗”一下把灰吹起来，然后纷纷扬扬，飞上树头屋顶，眨眼工夫没了，地上一点痕迹也没有。好好的天，哪来这股风，一下过去再没风了。杏儿吐着舌头说：

“别是老爷的魂儿来收走的吧！”

大伙儿张嘴干瞪眼浑身鸡皮疙瘩头发根发奓，都赛木头棍子戳在那里。

这一来，家里给镇住，静了，可外边不静。墙里边不热闹墙外边正热闹。几位少奶奶不出门，姑娘丫头少不得出去。可月兰月桂美子杏儿珠儿草儿学精了，出门回来嘴上赛塞了塞子，嘛也不说，一问就拨棱脑袋。嘴愈不说心里愈有事。人前不说人后说，明着不说暗着说，私下各种消息，都打桃儿那儿传到香莲耳朵里。香莲本想发火，脑子一转又想，家里除去桃儿没人跟自己说真话，自己不出门外边的事全不知道，再发火，桃儿那条线断了，不单家里的事儿摸不着底儿，外边的事儿更摸不到门儿。必得换法子，假装全不知道，暗中支起耳朵来听。这可就愈听愈乱愈凶愈热闹愈糊涂愈揪心愈没辙愈没底愈没根。傻了！

据外边传言，官府要废除小脚，立"小足捐"，说打六月一号，凡是女人脚小三寸，每天收捐五十文，每长一寸，减少十文，够上六寸，免收捐。这么办不单禁了小脚，国家还白得一大笔捐钱，一举两得，一箭双雕。听说近儿就挨户查女人小脚立捐册。这消息要是真的就等于把小脚女人赶尽杀绝。立时小脚女人躲在家担惊受怕，有的埋金子埋银子埋首饰埋铜板，打算远逃。可跟着又听说，立小足捐这馊主意是个混蛋官儿出的。他穷极无聊，晚上玩小脚时，忽然冒出这个法儿，好捞钱。其实官府向例反对天足，相反已经对那些不肯缠脚中了邪的女人们立法，交由各局警署究办。总共三条：一、只要天足女人走在街上，马上抓进警署；二、在警署内建立缠足所，备有西洋削足器和裹脚布，自愿裹脚的免费使用裹脚布，硬不肯裹脚的，拿西洋削足器削掉脚指头；三、凡又哭又闹死磨硬泡耍浑耍赖的，除去强迫裹脚外，假若闺女，一年以上三年之下，不得嫁人，假若妇人，两年以上，五年以下，不得与丈夫同床共枕，违抗者关进牢里，按处罚期限专人看管。这说法一传，开了锅似的市面，就赛浇下一大瓢冷水霎时静下来。

香莲听罢才放下心。没等这口气缓过来，事就来了。这天，有两个穿拷纱袍子的男人，哐哐用劲叩门，进门自称是警署派来的检查员，查验小脚女人放没放脚。正好月兰在门洞里，这两个男子把手中折扇往后脖领上一插，掏把小尺蹲下来量月兰小脚，量着量着借机就捏弄起来，吓得月兰尖叫，又不敢跑。月桂瞧见，躲在影壁后头，捂着嘴装男人粗嗓门狂喝一声：

"抓他俩见官去！"

这两男人放开月兰拔腿就跑。人跑了，月兰还站在那儿哭，家里人赶来一边安慰月兰一边议论这事，说这检查员准是冒牌的，说不定是莲癖，借着查小脚玩小脚。佟家脚太出名太招风，不然不会找上门来。

香莲叫人把大门关严，进出全走后门。于是大门前就一天赛过一天热闹起来。风俗讲习所的人跑到大门对面拿板子席子杆子搭起一座演讲台，几个人轮番上台讲演，就数那位陆所长嗓门高卖力气，扯脖子对着大门喊，声音好赛不是打墙头上飞过，是穿墙壁进来的。香莲坐在厅里，一字一句都听得清楚：

"各位父老乡亲同胞姐妹听了！世上的东西，都有种自然生长的天性。如果是棵树长着长着忽然不长了，人人觉得可惜。如果有人拿绳子把树缠住，不叫它长，人人都得骂这人！可为嘛自己的脚缠着，不叫它长，还不当事？哪个父母不爱女儿？女儿害点病，受点伤，父母就慌神，为嘛缠脚一事却要除外？要说缠脚苦，比闹病苦得多。各位婆婆婶子大姑小姑哪个没尝过？我不必形容，也不忍形容。怪不得洋人说咱中国的父母都是熊心虎心豹心铁打的心！有人说脚大不好嫁，这是为了满足老爷儿们的爱好。男人是人，女人也是人。为了男人喜欢好玩儿，咱姐妹打四五岁起，早也缠晚也缠，天天缠一直到死也得缠着走！跑不了走不快，连小鸡小鸭也追不上。夏天沤得发臭！冬天冻得长疮！削脚垫！挑鸡眼！苦到头啦！打今儿起，谁要非小脚不娶，就叫他打一辈子光棍，绝后！"

随着这"绝后"两字，顿起一片叫好声呼喊声笑声骂声冲进墙来，里边还有许多女人声音。那姓陆的显然上了兴，嗓门给上劲，更足：

"各位父老乡亲同胞姐妹们，天天听洋人说咱中国软弱，骂咱中国糊涂荒唐窝囊废物，人多没用，一天天欺侮起咱们来。细一琢磨，跟缠脚还有好大关系！世上除去男的就女的，女人裹脚呆在家，出头露面只靠男人。社会上好多细心事，比方农医制造，女人干准能胜过男人。在海外女人跟男人一样出门做事。可咱们女人给拴在家，国家人手就少一半。再说，女人缠脚害了体格，生育的孩子就不健壮。国家赛大厦，老百姓都是根根柱子块块砖。土本不坚，大厦何固？如今都嚷嚷要国家强起来，百姓就要先强起来，小脚就非废除不可！有人说，放脚，天足，是学洋人，反祖宗。岂不知尧舜禹汤、文武周公、孔圣人时候，哪有缠脚的？众位都读过《孝经》，上边有句话谁都知道，那就是'身体肤发，受之父母，不敢毁伤'，可小脚都毁成嘛德行啦？缠脚才是反祖宗！"

这陆所长的话，真是八面攻，八面守，说得香莲两手冰凉，六神无主，脚没根心没底儿。正这时忽有人在旁边说：

"大娘，他说得倒挺哏，是吧！"

一怔，一瞧，却是白金宝的小闺女月桂笑嘻嘻望着自己。再瞧，再怔，自己竟站在墙根下边斜着身儿朝外听。自己嘛时候打前厅走到这儿的，竟然不知道不觉得，好赛梦游。一明白过来，就先冲月桂骂道：

"滚回屋！这污言秽语的，不脏了你耳朵！"

月桂吓得赶紧回房。

骂走月桂，却骂不走风俗讲习所的人，这伙人没完没了没早没晚没间没断没轻没重天天闹。渐渐演讲不光陆所长几个了，嘛嗓门都有，还有女人上台哭诉缠脚种种苦处。据说来了一队"女子暗杀团"，人人头箍红布，腰扎红带，手握一柄红穗匕首，都是大脚丫子都穿大红布鞋，在佟家门前逛来逛去。还拿匕首在地上画上十字往上啐唾沫，不知是嘛咒语。香莲说别信这妖言，可就有人公然拿手"啪啪啪啪"拍大门，愈闹愈凶愈邪，隔墙头往里扔砖头土块，稀里哗啦把前院的花盆瓷桌玻璃窗金鱼缸，不是砸裂就是砸碎。一尺多长大鱼打裂口游出来，在地上又翻又跳又蹦，只好撮在面盆米缸里养，可它们在大缸里活惯，换地方不适应，没两天，这些快长成精的鱼王，都把大鼓肚子朝上浮出水来，翻白，玩完。

香莲气极恨极，乱了步子，来一招顾头不顾尾的。派几个佣人，

打后门出去，趁夜深人静点火把风俗讲习所的棚子烧了。但是，大火一起，水会串锣一响，香莲忽觉事情闹大。自己向例沉得住气，这次为嘛这么冒失？她担心讲习所的人踹门进来砸了她家。就叫人关门上栓，吹灯熄灯上床，别出声音。等到外边火灭人散，也不见有人来闹，方才暗自庆幸，巡夜的小邬子忽然大叫捉贼。桃儿陪着香莲去看，原来后门开着，门栓扔在一边，肯定有贼，也吓得叫喊起来。全家人又都起来，灯影也晃，人影也晃，你撞我我撞你，没找到贼，白金宝突然号啕大哭起来，原来月桂没了。月桂要是真丢，就真要白金宝命了。

当年，"养古斋"被家贼掏空，佟绍华和活受跑掉，再没半点信息。香莲一直揪着心，怕佟绍华回来翻天，佛爷保佑她，绍华再没露面，说怪也怪，难道他死在外边？乔六桥说，多半到上海胡混去了。他打家里弄走那些东西那些钱，一辈子扔着玩儿也扔不完。这家已经是空架子，回来反叫白金宝拴住。这话听起来有理。一年后，有人说在西沽，一个打大雁的猎户废了不要的草棚子里，发现一具男尸。香莲心一动，派人去看，人脸早成干饼子，却认出衣服当真是佟绍华的。香莲报了官，官府验尸验出脑袋骨上有两道硬砍的裂痕。众人一议，八成十成是活受下手，干掉他，财物独吞跑了。天大的能人也不会料到，佟家几辈子家业，最后落到这个不起眼的小残废人身上。这世上，开头结尾常常不是一出戏。

白金宝也成了寡妇，底气一下子泄了，整天没精打采。人没神，马上见老。两个闺女长大后，渐渐听闺女的了。人小听老的，人老听小的，这是常规。月兰软，月桂强，月桂成了这房头的主心骨，无论是事不是事，都得看月桂点头或摇头。月桂一丢，白金宝站都站不住，趴在地上哭。香莲头次口气软话也软，说道：

"我就一个丢了，你丢一个还有一个，总比我强。再说家里还这么多人，有事靠大伙儿吧！"

说完扭身走了。几个丫头看见大少奶奶眼珠子赛两个水滴儿直颤悠，没错又想起莲心。

大伙儿商量，天一亮，分两拨人，一拨找月桂一拨去报官。可是天刚亮，外边一阵砖头雨飞进来，落到当院和屋顶，有些半头砖好比下大雹子，砸得瓦片噼里啪啦往下掉。原来讲习所的人见台子烧了，猜准是佟家人干的。闹着把佟家也烧了，小脚全废了。隔墙火把拖着一溜溜黑烟落到院里，还咚咚撞大门，声音赛过打大雷。吓得一家子小脚女人打头到脚哆嗦成一个儿。到晌午，人没闯进来，外边还聚着大堆人又喊又骂，还有小孩子们没完没了唱道：

"放小脚，放小脚，小脚女人不能跑！"

香莲紧闭小嘴，半句话不说，在前厅静静坐了一上午。中晌过后，面容忽然舒展开，把全家人召集来说：

"人活着，一是为个理，二是为口气。咱佟家占着理，就不能丧气，还得争气。不争气还不如死了肃静。他们不是说小脚不好，咱给他们亮个样儿。我想出个辙来——哎，桃儿，你和杏儿去把各种鞋料各种家伙全搬到这儿来，咱改改样子，叫他们新鲜新鲜，给天下小脚女子作劲！"

几个丫头备齐鞋料家伙。香莲铺纸拿笔画个样儿，叫大伙儿照样做。这家人造鞋的能耐都跟潘妈学的，全是行家里手。无论嘛新样，一点就透。香莲这鞋要紧是改了鞋口。小鞋向例尖口，她改成圆口，打尖头反合脸到脚面，挖出二三分宽的圆儿，前头安个绣花小鸟头，鸟嘴叼小金豆或坠下一溜串珠。再一个要紧的是两边鞋帮缝上五彩流苏穗子，兜到鞋跟。大伙儿忙了大半日，各自做好穿上，低头瞧，从来没见过自己小脚这么招人爱，翻一翻新，提一提神，都高兴得直叫唤。

桃儿把一对绣花小雀头拿给香莲，叫她安在鞋尖上。

香莲说："大伙儿快来瞧！"拿给大伙儿看。

初看赛活的，再看一根毛是一根丝线，少数几千根毛，就得几千根丝线几千针，颜色更是千变万化，看得眼珠子快掉出来还不够使的。"你嘛时候绣的？"香莲问。

桃儿笑道：

"这是我压箱底儿的东西。绣了整整一百天。当年老爷就是看到我这对小鸟头才叫我进这门的。"

香莲点头没吭声，心里还是服气佟忍安的眼力。

"桃儿，你这两下子赶明儿也教教我吧！"美子说。

桃儿没吭声，笑眯眯瞅她一眼，拿起一根银白丝线，捏在食指和大拇指中间一捻，立时捻成几十股，每股都细得赛过蜘蛛丝，她只抽出其中一根，其余全扔了。再打坠在胸前的荷包上摘一根小如牛毛的针儿，根本看不见针眼。桃儿翘翘的兰花指捏着小针，手腕微微一抖，丝线就穿上，递给美子说：

"拿好了。"

美子只觉自己两只手又大又粗又硬又不听使唤，叫着："看不见针在哪儿线在哪儿。"一捏没捏着，"哦，掉了？"

桃儿打地上拾起来再给她。她没捏住又掉了。这下不单美子，谁也没见针线在哪儿。桃儿两指在美子的裙子上一捏，没见丝线，却见牛毛小针坠在手指下边半尺的地方闪闪晃着。

"今儿才知道桃儿有这能耐。我这辈子也甭想学会！"美子说。又羡慕又赞美又自愧又懊丧，直摇头，咂嘴。

众人全笑了。

这当儿，香莲已经把绣花雀头安在自己鞋上。鞋尖一动，鸟头一扬，五光十色一闪。

丢了闺女闷闷不乐的白金宝，也忍不住说：

"这下真能叫那些人看傻了眼！"

董秋蓉说："就是这圆口……看上去有点怪赛的。"刚说到这儿马上打住，她怕香莲不高兴，便装出笑脸来对着香莲。

桃儿说：

"四少奶奶这话差了。如今总是老样子甭想过得去，换新样还没准成。再说，改了样儿还是小脚，也不是大脚呀。"

桃儿虽是丫头，当下地位并不在董秋蓉之下。谁都知道她在当年香莲赛脚夺魁时立了大功，香莲那身绣服就是桃儿精心做的，眼下又是香莲眼线心腹，白金宝也愧她一头。说话口气不觉直了些，可她的话在理，众人都说对，香莲也点头表示正合自己心意。

转天大早，外边正热闹，佟家一家人换好新式小鞋，要出门示威。董秋蓉说："我心跳到嗓子眼儿了。"她拿美子的手按着自己心口。

美子另只手拿起杏儿的手，按在她自己胸口上。杏儿吐舌头说："快要蹦出来啦！"

美子说：

"哟，我娘的心不跳了！"

一下吓得董秋蓉脸刷白，以为自己死了。

香莲把脸一绷说："当年十二寡妇征西，今儿咱们虽然只三个，门外也没有十万胡兵！小邬子，大门打开！"这话说得赛去拼死。众人给这话狠狠捅一家伙，劲儿反都激起来。想想这些天就赛给黄鼠狼憋在笼里的鸡，不能动弹不能出声，窝囊透了。拼死也是拼命呗。想到这儿，一时反倒没一个怕的了。

外边，一群人正往大门扔泥团子，门板上粘满泥疙瘩，谁也不信佟家人敢出来。可是大门"哗啦"一声大敞四开，门外人反吓得往后退，胆小的撒丫子就跑。只看香莲带领一群穿花戴艳的女人神气十足走出门来。这下事出意外，竟没人哄闹，却听有人叫："瞧小脚，快瞧佟家的小脚，多俊！多俊呀！"所有人禁不住把眼珠子都摆在她们小脚上。

这脚丫子一看官傻，妇人闺女们看了更傻。香莲早嘱咐好，今儿上街走道，两只鞋不能总藏着，时不时亮它一亮。每一亮脚，都得把鞋口露一下，好叫人们看出新奇之处。迈步时，脚脖子给上劲，一甩一甩，要把钉在鞋帮上的穗子甩起来。佟家女人就全拿出来多年的修行和真能耐真本事真功夫，一步三扭，肩扭腰扭屁股扭，跟手脚脖子一扬，鞋帮上的五彩穗子刷刷飘起，真赛五色金鱼在裙底游来游去。每一亮脚，都引来一片惊叹傻叫，没人再敢起哄甚至想到起哄。一些小闺女们跟在旁边走着瞧，瞧得清也瞧不清，恨不得

把眼珠子扔到那些裙子下边去瞧。

香莲见把人们胃口吊起，马上带头折返回家，跨进门坎就把大门"哐"地关上，声音贼响，赛是给外边人当头一闷棍。一个不剩全蒙了，有的眼不眨劲不动气不喘，活的赛死的了。

这一下佟家人翻过身来，惹起全城人对小脚的重新喜爱。心灵手巧的闺女媳妇们照着那天所见的样子做了鞋，穿出来在大街上显示，跟手有人再学，立时这鞋成时髦。认真的人便到佟家敲门打听鞋样。香莲早算到这步棋，叫全家人描了许多鞋样预备好，人要就给。有人问：

"这叫嘛鞋？"

鞋本无名。桃儿看到这圆圆的鞋口，顺嘴说：

"月亮门。"

"鞋帮上的穗子叫嘛？"

"月亮胡子呗！"

一时，月亮门和月亮胡子踏遍全城。据一些来要鞋样子的女人们说，混星子头小尊王五的老婆是小脚，前些天在东门外叫风俗讲习所的人拦住一通辱骂，惹火王五带人把讲习所端了。不管这话真假，反正陆所长不再来门口讲演，也没人再来捣乱闹事。香莲占上风却并不缓手，在配色使料出样上帮粘底钉带安鼻内里外面前尖后跟挖口缘墙，没一处没用尽心思费尽心血，新样子一样代替一样压过一样，冲底鞋网子鞋鸦头鞋凤头鞋弯弓鞋新月鞋，后来拿出一种更新奇的鞋样又一震，这鞋把圆口改回为尖口，但去掉"裹足面"那块布，合脸以上拿白线织网，交织花样费尽心思，有象眼样纬线样万字样凤尾样橄榄样老钱样连环套圈样祥云无边样，极是美观。更妙的是底子，不用木头，改用袼褙，十几层纳在一块儿，做成通底。再拿洱茶涂底墙，烙铁一熨成棕色，赛皮底却比皮底还轻还薄还软还舒服，勾得大闺女小媳妇们爱得入迷爱得发狂。香莲叫家里人赶着做，天天放在门口给人们看着学着去做，鞋名因那象眼图案便叫做"万象更新鞋"，极合一时潮流，名声又灌满天津卫。连时髦人、文明人也愿意拿嘴说一说这名字——万象更新。爱鞋更爱脚，反小脚的腔调不知不觉就软下来低下来。

这天，乔六桥来佟家串门。十年过去，老了许多，上下牙都缺着，张嘴几个小黑洞。脸皮干得发光没色，辫子细得赛小猪尾巴了。佟忍安过世后他不大来，这阵子一闹更不见了。今儿坐下来就说：

"原来你还不知道，讲习所那陆所长就是陆达夫陆四爷！"

香莲"呀"一声，惊得半天才说出话来：

"我哪里认出来，还是公公活着时随你们来过几趟，如今辫子剪了，留胡儿，戴镜子，更看不出，经您这么一说，倒真像，声音也像……可是我跟他无冤无仇，干嘛他朝我来？"

"树大招风。天津卫谁不知佟家脚，谁不知佟大少奶奶的脚。人家是文明派，反小脚不反你反谁去？反个不出名的婆子有嘛劲！"乔六桥咧嘴笑了，一笑还是那轻狂样儿。

"这奇了，他不是好喜小脚吗？怎么又反？别人不知他的底吧，下次叫我撞上，就揭他老底给众人看。"香莲气哼哼说。

"那倒不必，他已然叫风俗讲习所的人轰出来了！"

"为嘛？"香莲问，"您别总叫我糊涂着好不好？"

"你听着啊，我今儿要告你自然全告你。据说陆四爷每天晚上到所里写讲稿，所里有人见他每次手里都提个小皮箱，写稿前，关上门，打开小皮箱拿鼻子赛狗似的一通闻。这是别人打门缝里瞧见的，不知是嘛东西。有天趁他不在，撬门进去打开皮箱，以为是上好的鼻烟香粉或嘛新奇的洋玩意儿，一瞧——你猜是嘛？"

"嘛？"

乔六桥哈哈大笑，满脸褶子全出来了：

"是一箱子绣花小鞋！原来他提笔前必得闻闻莲瓣味儿，提起精神，文思才来。您说陆四爷怪不怪？闻小鞋，反小脚，也算天下奇闻。所里人火了，正巧您的月亮门再一闹，讲习所吃不住劲，起了内讧，把他连那箱子小鞋全扔出来。这话不知掺多少水分，反正我一直没见到他。"

香莲听罢，脸上的惊奇反不见了。她说：

"这事，我信。"

"您为嘛信呢?"

"您要是我，您也会信。"

乔六桥给香莲说得半懂不懂似懂非懂。他本是好事人，好事人凡事都好奇。但如今他年岁不同，常常心里想问，嘴懒了。

香莲对他说：

"您常在外边跑，我拜托您一件事。替我打听打听月桂有没有下落。"

四天后，乔六桥来送信说："甭再找了!"

"死了?"香莲吓一跳。

"怎么死，活得可好。不过您绝不会再认这个侄女!"

"偷嫁了洋人?"

"不不，加入了天足会。"

"嘛，天足会，哪儿又来个天足会?"

她心一紧，怕今后不会再有肃静的一天了。

第十四回　缠放缠放缠放缠

半年里，香莲赛老了十岁!

天天梳头，都篦下小半把头发，脑门渐渐见宽，嘴巴肉往下耷拉脸也显长了，眼皮多几圈褶子，总带着乏劲。这都是给天足会干的。

虽说头年冬天，革命党谋反不成，各党各会纷纷散了，惟独天足会没散，可谁也不知它会址安在哪儿。有的说在紫竹林意国租界，有的说就在中街戈登堂里，尽管租界离城池不过四五里地，香莲从没去过，便把天足会想象得跟教堂那样一座尖顶大楼。一群撒野的娘儿们光大脚丫子在里头打闹演讲聊大天骂小脚立大顶翻跟头，跟洋人睡觉，叫洋人玩大脚，还凑一堆儿，琢磨出各种歹毒法子对付她。她家门口，不时给糊上红纸黄纸白纸写的标语。上边写道：

"叫女子缠足的家长，狠如毒蛇猛兽！"

"不肯放足的女子，是甘当男子玩物！"

"娶小脚女子为妻的男子，是时代叛徒！"

"扔去裹脚布，挺身站起来！"

署名大多是"天足会"，也有写着"放足会"，不知天足会和放足会是一码事还是两码事。月桂究竟在哪个会里头？白金宝想闺女想得厉害，就偷偷跑到门口，眼瞅着标语上"天足会"三个字发呆发怔，一站半天。这事儿也没跑出香莲眼睛耳朵，香莲放在心里装不知道就是了。

这时，东西南北四个城门，鼓楼，海大道，宫南宫北官银号，各个寺庙，大小教堂，男女学堂，比方师范学堂，工艺学堂，高等女学堂，女子小学堂，如意庵官立中学堂，这些门前道边街头巷尾旗杆灯柱下边，都摆个大箩筐，上贴黄纸，写"放脚好得自由"六个字。真有人把小鞋裹脚布扔在筐里。可没放几天，就叫人偷偷劈了烧了抛进河里或扣起来。教堂和学堂前的筐没人敢动，居然半下子小鞋。布的绸的麻的纱的绫的缎的花的素的尖的肥的新的旧的破的嘛样的都有。这一来，就能见到放脚的女人当街走。有人骂有人笑有人瞧新鲜也有人羡慕，悄悄松开自己脚布试试。放脚的女人，乍一松开，脚底赛断了根，走起来前跌后仰东倒西歪左扶右摸，坏小子们就叫："看呀，高跷会来了！"

一天有个老婆子居然放了脚，打北门晃晃悠悠走进城。有人骂她："老不死的！小闺女不懂事，你都快活成精了也不懂人事！"还有些孩子跟在后边叫，说她屁股上趴个蝎子，吓得这老婆子撒腿就跑，可没出去两步就趴在地上。

要是依照过去，大脚闺女上街就挨骂，走路总把脚往裙边裤脚里藏。现在不怕了，索性把裤腰提起来裤腿扎起来，亮出大脚，显出生气，走起路，噔噔噔，健步如飞。小脚女人只能干瞪眼瞧。反挤得一些小脚女人想法缝双大鞋，套在小鞋外边，前后左右塞上棉花烂布，假充大脚。有些洋学堂的女学生，找鞋铺特制一种西洋高跟皮鞋，大小四五寸，前头尖，后跟高。皮子硬，套在脚上有紧绷劲儿，跟裹脚差不多，走路毫不摇晃，虽然还是小脚，却不算裹脚，倒赢得摩登女子美名。这法儿在当时算是最绝最妙最省力最见效最落好的。

正经小脚女人在外边，只要和她们相遇，必定赛仇人一样，互相开骂。小脚骂大脚"大瓦片"、"仙人掌"、"大驴脸"、"黄瓜种子"、"大抹子"，大脚骂小脚"馊粽子"、"臭蹄子"、"狗不理包子"，骂到上火时，对着啐唾沫，引得路人闲人看乐找乐。

这些事天天往香莲耳朵里灌，她没别的辙，只能尽心出新样，把人们兴趣往小鞋上引，渐渐就觉出肚子空了没新词了拿不住人了。可眼下，自己就赛自己的脚，只要一松，几十年的劲儿白使，家里家外全玩完。只有一条道儿：打起精神顶着干。

一天，忽然一个短发时髦女子跌跌撞撞走进佟家大门。桃儿几个上去看，都尖声叫起来："二小姐回来了！"可再看，月桂的神色不对，赶忙扶回屋。全家人闻声都扭出房来看月桂，月桂正扎在她娘怀里哭成一个儿，白金宝抹泪，月兰也在旁边抹泪。吓得大伙儿猜她多半给洋人拐去，玩了脚失了贞。静下来，经香莲一问，嘛事没有，也没加入天足会放足会。她是随后街一个姓谢的闺女，偷偷去上女子学堂。女学生都兴放足，她倒是放了脚。香莲瞅了眼她脚下平底大布鞋，冷冷说：

"放脚不可以跑吗？干嘛回来？哭嘛？"

月桂抽抽嗒嗒委委屈屈说："您瞧，大娘……"就脱下平底大鞋，又脱下白洋线袜，光着一双脚没缠布，可并没放开，反倒赛白水煮鸭子，松松垮垮浮浮囊囊，脚指头全都紧紧蜷着根本打不开，上下左右磨得满是血泡，跗面肿得老高。看去怪可怜。

香莲说："这苦是你自己找的，受着吧！"说了转身回去。

旁人也不敢多呆，悄悄劝了月桂金宝几句，纷纷散了。

多年来香莲好独坐着。白天在前厅，后晌在房里，人在旁边不耐烦，打发走开。可自打月桂回来，香莲好赛单身坐不住了，常常叫桃儿在一边做伴，有时夜里也叫桃儿来。两人坐着，很少三两句话。桃儿凑在油灯光里绣花儿，香莲坐在床边呆呆瞧着黑黑空空的屋角。一在明处，一在暗处，桃儿引她说话她不说，又不叫桃儿走开。桃儿悄悄撩起眼皮瞅她，又白又净又素的脸上任嘛看不出。这就叫桃儿费心思来——这两天吃饭时，香莲又拿话戗白金宝。自打月桂丢了半年多她对白金宝随和多了，可月桂一回家又变回来，对白金宝好大气。如果为了月桂，为嘛对月桂反倒没气？

过两天早上，她给香莲收拾房子，忽见床幛子上挂一串丝线缠的五彩小粽子。还是十多年前过端午节时，桃儿给莲心缠了挂在脖子上辟邪的。桃儿是细心人，打莲心丢了，桃儿暗暗把房里莲心玩的用的穿的戴的杂七杂八东西全都收拾走，叫她看不见莲心的影儿。香莲明知却不问，两个人心照不宣。可她又打哪儿找到这串小粽子，难道一直存在身边？看上去好好的一点没损害，显然又是新近挂在幛子上的。桃儿心里赛小镜子，突然把香莲心里一切都照出来。她偷偷蹬上床边，扬手把小粽子摘下拿走。

下晌香莲就在屋里大喊大叫。桃儿正在井边搓脚布，待跑来时，杏儿不知嘛事也赶到。只见香莲通红着脸，床幛子扯掉一大块。枕头枕巾炕扫帚床单子全扔在地上。地上还横一根竹竿子。床底下睡鞋尿桶纸盒衣扣老钱，带着尘土全扒出来，上面还有一些蜘蛛潮虫子在爬。桃儿心里立时明白。香莲挑起眉毛才要质问桃儿，忽见杏儿在一旁便静了，转口问杏儿：

"这几天，月桂那死丫头跟你散嘛毒了？"

杏儿说："没呀，二少奶奶不叫她跟我们说话。"

香莲沉一下说："我要是听见你传说那些邪门歪道的话，撕破你们嘴！"说完就去到前厅。

整整一个后晌坐在前厅动都不动，赛死人。直到天黑，桃儿去屋里铺好床，点上蜡烛，放好脚盆脚布热水壶，唤香莲去睡。香莲进屋一眼看见那小粽子仍旧挂在原处，立时赛活了过来似的。叫桃

儿来，脸上不挂笑也不吭声，送给桃儿一对羊脂玉琢成的心样的小耳环。

杏儿糊里糊涂挨了骂，挨了骂更糊涂。自打月桂回家后，香莲暗中嘱咐杏儿看住月桂，听她跟家里人说些嘛话。白金宝何等精明，根本不叫月桂出屋，吃喝端进屎尿端出，谁来都拿好话拦在门坎外边。只有夜静三更，娘仨聚在一堆儿，黑着灯儿说话。月桂噘起小嘴，把半年来外边种种奇罕事喊喊嚓嚓叨叨出来。

"妹子，你们那里还学个嘛？"月兰说。

"除去国文、算术，还有生理跟化学……"

"嘛嘛？嘛叫生——理？"

"就是叫你知道人身上都有嘛玩意儿。不单学看得见的，眼睛鼻子嘴牙舌头，还学看不见的里边的，比方心、肺、胃、肠子、脑子，都在哪儿，嘛样儿，有嘛用。"月桂说。

"脑子不就是心吗？"月兰说。

"脑子不是心，脑子是想事记事的。"

"哪有说拿脑子想事，不都说拿心想事记事吗？"

"心不能想事。"月桂在月光里小脸甜甜笑了，手指捅捅月兰脑袋说，"脑子在这里边。"又捅捅月兰胸口说，"心在这儿。你琢磨琢磨，你拿哪个想事？"

月兰寻思一下说：

"还真你对。那心是干嘛用的呢？"

"心是存血的。身上的血都打这里边流出来，转个圈再流回去。"

"呀！血还流呀！多吓人呀！这别是糊弄人吧！"月兰说。

"你哪懂，这叫科学。"月桂说，"你不信，我可不说啦！"

"谁不信，你说呀，你刚刚说嘛？嘛？你那个词儿是嘛？再说一遍……"月兰说。

白金宝说：

"月兰你别总打岔，好好听你妹子说……月桂，听说洋学堂里男男女女混在一堆儿，还在地上乱打滚儿。这可是有人亲眼瞧见的。"

"也是胡说。那是上体育课，可哏啦，可惜说了你们也不明白……要不是脚磨出血泡，我才不回来呢！"月桂说。

"别说这绝话！叫你大娘听见缝上你嘴……"白金宝吓唬她，脸上带着疼爱甚至崇拜，真拿闺女当圣人了，"我问你，学堂里是不是养一群大狼狗，专咬小脚？你的脚别是叫狗咬了吧！"

"没那事儿！根本没人逼你放脚。只是人人放脚，你不放，自个儿就别扭得慌。可放脚也不好受。发散，没边没沿，没抓挠劲儿，还疼，疼得实在受不住才回来，我真恨我这双脚……"

第二天一早，白金宝就给月桂的脚上药，拿布紧紧裹上。松了一阵子的脚，乍穿小鞋还进不去，就叫月兰找婶子董秋蓉借双稍大些的穿上。月桂走几步，觉得生，再走几步，就熟了，在院里遛遛真比放脚舒服听话随意自如。月兰说：

"还是裹脚好，是不？"

月桂想摇头，但脚得劲，就没摇头，也没点头。

香莲隔窗看见月桂在当院走来走去，小脸笑着，露一口小白牙，她忽然灵机一动有了主意，打发小邹子去把乔六桥请来。商量整整半天，乔六桥回去一通忙，没过半月，就在《白话报》上见了篇不得了的文章，题目叫做《致有志复缠之姐妹》，一下子抓住人，上边说：

古人爱金莲，今人爱天足，并无落伍与进化之区别。古女皆缠足，今女多天足，也非野蛮与文明之不同。不过"俗随地异，美因时变"而已。

假若说，缠足妇女是玩物，那么，家家坟地所埋的女祖宗，有几个不是玩物？现今文明人有几个不是打那些玩物肚子里爬出来的？以古人眼光议论今人是非，固然顽梗不化；以今人见解批评古人短长，更是混蛋之极。正如寒带人骂热带人不该赤臂，热带人骂寒带人不该穿皮袄戴皮帽。

假若说缠足女子，失去自然美，矫揉造作，那么时髦女子

烫发束胸穿高跟皮鞋呢？何尝不逆返自然？不过那些时髦玩意儿是打外洋传来的，外国盛强，所以中国以学外洋恶俗为时髦，假若中国是世界第一强国，安见得洋人女子不缠足？

假若说小脚奇臭，不无道理，要知"世无不臭之足"。两手摩擦，尚发臭气，两脚裹在鞋里整天走，臭气不能消散，脚比手臭，理所当然。难道天足的脚能比手香？哪个文明人拿鼻子闻过？

假若说，缠足女子弱，则国不强。为何非澳土著妇女体强身健，甚于欧美日本，反不能自强，亡国为奴？

众姐妹如听放脚胡说，一旦松开脚布，定然不能行走。折骨缩肉，焉能恢复？反而叫天足的看不上，裹脚的看不起，姥姥不疼舅舅不爱。别人随口一夸是假的，自己受罪是真的。不如及早回头，重行复缠，否则一再放纵，后悔晚矣！复缠偶有微疼，也比放缠之苦差百倍，更比放脚之苦强百倍。须知肉体一分不适，精神永久快乐。古今女子，天赋爱美。最美女子都在种种不适之中。没规矩不能成方圆，无约束难以得至美。若要步入大雅之林，成就脚中之宝，缠脚女子切勿放脚，放脚女子有志复缠，有志复缠女子们当排除邪议，勇气当胸，以夺人间至美锦标，吾当祝尔成功，并祝莲界万岁！

文章署名不是乔六桥，而是有意用出一个"保莲女士"。这些话，算把十多年来对小脚种种贬斥诋毁挖苦辱骂全都有条有理有据有力驳了，也把放脚种种理由一样样挖苦尽了辱骂个够。文章出来，惊动天下。当天卖报的京报房铁门，都给挤得变形，跟手便有不少女人写信送到京报房，叙述自打大脚猖獗以来自己小脚受冷淡之苦，放脚不能走道之苦，复缠不得要领及手法之苦。真不知天底下还有这么多人对放脚如此不快不适不满。抓住这不满就大有文章可做。

这保莲女士是谁呢，哪儿去找这救人救世的救星？到处有人打听，很快就传出来"保莲女士"就是佟家大少奶奶戈香莲。这倒不是乔六桥散播的，而是桃儿有意悄悄告诉一个担挑卖脂粉的贩子。这贩子是出名的快嘴和快腿，一下比刮风还快吹遍全城。立时有成百上千放脚的女人到佟家请保莲女士帮忙复缠。天天大早，佟家开大门时，好比庚子年前早上开北城门一样热闹。一瘸一拐跌跌撞撞晃晃悠悠拥进来，有的还搀着扶着架着背着扛着抬着拖着，伸出的脚有的肿有的破有的烂有的变样有的变色有的变味嘛样都有。在这阵势下，戈香莲就立起"复缠会"，自称会长。这保莲女士的绰号，城里城外凡有耳朵不聋的，一天至少能听到三遍。

保莲女士自有一套复缠的器具用品药品手法方法和种种诀窍。比方：晨起热浸，松紧合度，移神忌疼，卧垫高枕，求稳莫急，调整脚步。这二十四字的《复缠诀》必得先读熟背熟。如生鸡眼，用棉胶圈垫在脚底，自然不疼；如放脚日子过长，脚肉变硬不利复缠，使一种"金莲柔肌散"或"软玉温香粉"；如脚破生疮淤血化脓烂生恶肉就使"蜈蚣去腐膏"或吞服"生肌回春丸"。这些全是参照潘妈的裹足经，按照复缠不同情形，琢磨出的法儿，都奏了奇效。连一个女子放了两年脚，脚跟胀成鸭梨赛的，也都重新缠得有模有样有姿有态。津门女人真拿她当做现身娘娘，烧香送匾送钱送东西给她。她要名不要利，财物一概不收，自制的用品药物也只收工本钱，免得叫脏心烂肺人毁她名声。惟有送来的大匾里里外外挂起来，烧香也不拒绝。佟家整天给香烟围着绕着罩着熏着，赛大庙，一时闹翻天。

忽一天，大门上贴一张画，下边署着"天足会制"，把来复缠的女人吓跑一半。以为这儿又要打架闹事。香莲忙找来乔六桥商量。乔六桥说：

"顶好找人也画张画儿，画天足女子穿高跟鞋的丑样，登在《白话报》上，恶心恶心她们。可惜牛五爷走了，一去无音，不然他准干，他是莲癖，保管憎恨天足。"

香莲没言语，乔六桥走后，香莲派桃儿杏儿俩去找华琳，请他帮忙。桃儿杏儿马上就走，找到华家敲门没人，一推门开了，进院

子敲屋门没人，一推屋门又开了。华琳竟然就在屋里，面对墙上一张白纸呆呆站着。扭脸看见桃儿杏儿，也不惊奇，好赛不认得，手指白纸连连说："好画！好画！"随后就一声接一声唉唉叹长气。

桃儿见他多半疯了，吓得一抓杏儿的手赶紧跑出来。迎面给一群小子堵上，看模样赛混星子，叫着要看小脚。她俩见事不妙，拨头就跑，可惜小脚跑不了，杏儿给按住，桃儿反趁机蹿进岔道溜掉。那些小子强把杏儿鞋脱了，裹脚布解了，一人摸一把光光小脚丫，还把两只小鞋扔上房。

桃儿逃到家，香莲知道出事，正要叫人去救杏儿，人还没去杏儿光脚回来了，后边跟一群拍手起哄小孩子。她披头散发，脸给自己拿土抹了，怕人认出来。可见了香莲就不住声叫着："好脚啊好脚，好脚啊好脚！"叫完仰脸哈哈大笑，还非要桃儿拿梯子上房给她找小鞋不可，眼神一只往这边斜，另一只往那边斜，好吓人，手脚忽东忽西没准。香莲见她这是惊疯，上去抡起胳膊使足劲"啪"一巴掌，骂道：

"没囊没肺，你不会跟他们拼！"

这大巴掌打得杏儿趴在地上哭起来，一地眼泪。香莲这才叫桃儿珠儿草儿，把她弄回屋，灌药，叫她睡。

桃儿说：

"这一准是天足会干的。"

香莲皱眉头呆半天，忽叫月桂来问：

"你可知道天足会？"

"知道。不过没往他们那儿去过。只见过他们会长。"

"会长？谁？"

"是个闺女，时髦打扮，模样可俊呢！"月桂说得露出笑容和羡慕。

"没问你嘛样，问你嘛人！"

吓得月桂赶紧收起笑容，说：

"那可不知道。只见她一双天足，穿高跟鞋，她到我们——不，到洋学堂里演讲，学生们待她……"

"没问学生待她怎样。她住在哪儿？"

"哟，这也不知道。听说天足会在英国地十七号路球场对过，门口挂着牌子……"

"你去过租界？"

月桂吞吞吐吐：

"去过……可就去过一次……先生领我们去看洋人赛马，那些洋人……"

"没问你洋人怎么逞妖。那闺女叫嘛？"

"叫俊英，姓……牛，对，人都叫她牛俊英女士。她这人可真是精神，她……"

"好！打住！"香莲赛拿刀切断她的话，摆摆手冷冷说，"你回屋去吧！"

完事香莲一人坐在前厅，不动劲，不叫任何人在身边陪伴，打天亮坐到天黑坐到点灯坐到打更整整一夜。桃儿夜里几次醒来，透过窗缝看见前厅孤孤一盏油灯儿前，香莲孤零零孤单单影儿。迷迷糊糊还见香莲提着灯笼到佟忍安门前站了许久，又到潘妈屋前站了许久。自打佟忍安潘妈死后，那俩屋子一直上锁，只有老鼠响动，或是天暗时一只两只三只蝙蝠打破窗洞飞出来。这一夜间，还不时响起杏儿的哭声笑声说胡话声……转天醒来，脑袋发沉，不知昨夜那情景是真眼瞧见还是做梦。她起身要去叫香莲起床，却见香莲已好好坐在前厅，又不知早早起了还是一夜没回屋，神气好比吃了秤砣铁了心，沉静非常，正在把一封书信交给小邬子，嘱咐他往租界里的天足会跑一趟，把信面交那个姓牛的小洋娘儿们！

中晌，小邬子回来，带信说，天足会遵照保莲女士倡议，三天后在马家口的文明大讲堂，与复缠会一决高低。

第十五回　天足会会长牛俊英

马家口一座灰砖大房子门前，人聚得赛蚂蚁打架。虽说瞧热闹

来的人不少，更多还是天足缠足两派的信徒。要看自己首领与人家首领，谁强谁弱谁胜谁败谁更能耐谁废物。信徒碰上信徒，必定豁命。世上的事就这样，认真起来，拿死当玩儿；两边头儿没来，人群中难免互相摩擦斗嘴做怪脸说脏话厮厮打打扔瓜皮梨核柿子土片小石子，还把脚亮出来气对方。小脚女子以为小脚美，亮出来就惹得天足女子一阵哄笑；天足女子以为天足美，大脚一扬更惹得小脚女子捂眼捂鼻子捂脸，各拿自己尺子量人家，就乱了套。相互揪住衣襟袖口脖领腰带，有几个扯一起，劲一大，打台阶呼噜噜骨碌下来。首领还没干，底下人先干起来，下边比上边闹得热闹，这也是常事。

一阵开道锣响，真叫人以为回到大清时候，府县大人来了那样。打远处当真过来一队轿子，后边跟随一大群男男女女，女的一码小脚，男的一码辫子。当下大街上，剪辫子、留辫子、光头、平头、中分头，缠脚、"缠足放"、复缠脚、天足、假天足、假小脚、半缠半放脚，全杂在一起，要嘛样有嘛样。可是单把留辫子男人和小脚女人聚在一堆儿，也不易。这些人都是保莲女士的铁杆门徒，不少女子复缠得了戈香莲的恩泽。今儿见她出战天足会，沿途站立拈香等候，轿子一来就随在后边给首领壮威，一路上加入的人愈来愈多，香烟滚滚黄土腾腾到达马家口，竟足有二三百人，立时使大讲堂门前天足派的人显得势单力薄。可人少劲不小，有人喊一嗓子："棺材瓢子都出来啦！"天足派齐声哈哈笑。

不等缠足派报复，一排轿子全停住，轿帘一撩，戈香莲先走出来，许多人还是头次见到这声名显赫的人物。她脸好冷好淡好静好美，一下竟把这千百人大场面压得死静死静。跟手下轿子的是白金宝、董秋蓉、月兰、月桂、美子、桃儿、珠儿、草儿，还有约来的津门缠足一边顶梁人物严美荔、刘小小、何飞燕、孔慕雅、孙姣凤、丁翠姑和汪老奶奶。四围一些缠足迷和莲癖，能够指着人道出姓名来。听人们一说，这派将帅大都出齐，尤其汪老奶奶与佟忍安同辈，算是先辈，轻易不上街，天天却在《白话报》上狠骂天足"不算脚"，只露其名不现其身，今儿居然拄着拐杖到来。眼睛虚乎面皮晃白，在大太阳地一站好赛一条灰影。这表明今儿事情非同小可，比拼死还高一层，叫决死。

众人再看这一行人打扮，大眼瞪小眼，更是连惊叹声也发不出。多年不见的前清装束全搬出来。老东西那份讲究，今人绝做不到。单是脑袋上各式发髻，都叫在场的小闺女看傻了。比方堕马髻双盘髻一字髻元宝髻盘辫髻香瓜髻蝙蝠髻云头髻佛手髻鱼头髻笔架髻双鱼髻双鹊髻双凤髻双龙髻四龙髻八龙髻百龙髻百鸟髻百鸟朝凤髻百凤朝阳髻一日当空髻。汪老太太梳的苏州鬏子也是嘉道年间的旧式，后脑勺一绺不用线扎单靠挽法就赛喜鹊尾巴硬挺挺撅起来。一些老婆婆，看到这先朝旧景，勾起心思，噼里啪啦掉下泪来。

佟家脚，天下绝。过去只听说，今儿才眼见。都说看景不如听景，可这见到的比听到的绝得何止百倍。这些五光十色小脚在裙子下边哧哧溜溜忽出忽进忽藏忽露忽有忽无，看得眼珠子发花，再想稳住劲瞧，小脚全没了。原来，一行人已经进了大讲堂。众人好赛梦醒，急匆匆跟进去，马上把讲堂里边拥个大满罐。香莲进来上下左右一瞧，这是个大筒房，倒赛哪家货栈的库房，到顶足有五丈高，高处一横排玻璃天窗，夅拉一根根挺长的拉窗户用的麻绳子。迎面一座木头搭的高台，有桌有椅，墙壁挂着两面交叉的五色旗，上悬一幅标语："要做文明人，先立文明脚。"四边墙上贴满天足会的口号，字儿写得倒不错，天足会里真有能人。

两个男子臂缠"天足会"袖箍飞似的走来一停，态度却很是恭敬，请戈香莲一行台上去坐。香莲率领人马上台一看，桌椅八字样分列两边，单看摆法就拉开比脚的阵势。香莲她们在右边一排坐下来。桃儿站在香莲身后说：

"到现在还不见乔六爷来。小邬子给他送信时他说准来。六爷向例跟咱们那么铁，难道怕了不肯来？"

香莲听赛没听，脸色依然很冷很淡，沉一下才说：

"一切一切不过那么回事儿！"

桃儿觉得香莲心儿是块冰。她料也没料到。原以为香莲斗志很盛，心该赛火才是。

这时人群中一个戴帽翅、后脑勺垂一根辫子的小个子男人蹦起来说："天足会首领呢？脓啦？吓尿裤出不来啦！"跟着一阵哄笑，笑声才起，讲台一边小门忽开，走出几个天足会男子，进门就回头，好赛后边有嘛大人物出场。立时一群时髦女子登上台，乍看以为一片灯，再看原是一群人。为首一个标致漂亮精神透亮，脸儿白里透红，嘴唇红里透光，黑眼珠赛一对黑珍珠，看谁照谁。长发披肩，头顶宽檐银色软帽，帽檐插三根红鸟毛。一件连身金黄西洋短裙，裙子上缝两圈黄布做的玫瑰花。没领子露脖子，没袖子露胳膊，溜光脖子上一条金链儿，溜光腕子上一个金镯儿，镶满西洋钻石。短裙才到膝盖，下边光大腿，丝光袜子套赛没套，想它是光的就是光的，脚上一双大红高跟皮鞋，就好比趟着两朵大火苗子，照得人人睁不开眼闭不上眼。许多人也是头次见到这位声势逼人的天足会会长。虽然这身洋打扮太离奇太邪乎太张狂太放肆太欺人，可她一股子冲劲兴劲鲜亮劲，把台下想起哄闹事的缠足派男男女女压住。没人出声，都傻子赛的拿眼珠子死死盯在牛俊英露在外边的脖子胳膊大腿。天足派人见了禁不住咯咯呵呵笑起来，这边反过来又压住那边。

戈香莲一行全起身，行礼。惟有汪老太太觉得自己辈分高不该起来，坐着没动劲，可别人都站起来，挡住她，反看不见她。桃儿上前，把戈香莲等一一介绍给牛俊英。

戈香莲淡淡说：

"幸会，幸会。"

牛俊英小下巴向斜处一仰，倒赛个孩子，她眼瞧戈香莲，含着笑轻快地说：

"原来你就是保莲女士。文章常拜读。认识你很快乐。你真美！"

这话说得缠足派这边人好奇怪，不知这小娘儿们怀嘛鬼胎。天足派都听懂，觉得他们头头够气派又可爱，全露出笑脸。

戈香莲说:

"坐下来说可好?"

牛俊英手一摆,说句洋话:"OK!"一扭屁股坐下来。

缠足派人见这女人如此放荡,都起火冒火发火撒火喷火,有的说气话有的开骂。月桂对坐在身边的月兰悄声儿说:

"我们学堂里也没这么俊的。瞅她多俊,你说呢?"

月兰使劲瞧着,一会儿觉得美,一会儿觉得怪,不好说,没说。

戈香莲对牛俊英发话:

"今儿赛脚,怎么赛都成,你说吧,我们奉陪!"

牛俊英听了一笑,嘴巴上小酒窝一闪,把右腿往左腿上一架,一只大红天足好赛伸到缠足派这边人的鼻尖前,惹得这派人台上台下一片惊呼,如同看见条大狗。

戈香莲并不惊慌,也把右腿架在左腿上,同时右手暗暗一拉裙子,裙边下一只三寸金莲没藏没掖整个亮出来。这小脚要圆有圆要方有方该窄就窄该尖就尖有边有角有直有弯又柔又韧又紧又润。缠足派不少人头次见戈香莲小脚,又是没遮没掩看个满眼,大饱了眼福。中间有人总疑惑她名实不符,拿出带钩带尖带刺最挑剔的眼,居然也挑不出半点毛病。再说这双银缎小鞋,层层绣花打底墙到鞋口一圈压一圈,葫芦万代,缠杖牡丹,富贵无边,锦浪祥云,万字不到头,没法再讲究了……为这双鞋,没把桃儿累吐血就认便宜。再配上湖蓝面绣花漆裤,打古到今,真把莲饰一门施展到尽头。这一亮相,鼓足缠足派士气,欢呼叫好声直撞屋顶,天窗都呼扇呼扇动。只有桃儿心里一抖,她猛然看出这鞋料绣线,除去蓝的就是白的灰的银的,这是丧鞋?虽然这一切都是戈香莲点名要的,自己绣活时怎么就没品出来,这可不吉利!

牛俊英那边却眯着眼咧嘴笑,露出一口齐齐小白牙,一对打着旋儿小酒窝,这一笑倒真是讨人喜欢。她对戈香莲说:

"你错了!"

"怎么?"

“你这叫赛鞋，不叫赛脚，赛脚得这样，你看——”

说着她居然一下把鞋脱下来，大红皮鞋“啪啪”扔在地上，又把丝光袜子赛揭层皮似的，也脱下来扔一边，露出光腿光脚肉腿肉脚，缠足派大惊，这女子竟然肯光脚丫子给人瞧！有骂有叫有哄也有不错眼地看。居然得机会看一个陌生女子的光脚，良机千万不能错过。天足派的人却都“啪啪”起劲鼓掌助兴助阵，美得他们首领牛俊英摇脚腕子晃大脚，拿脚跟台下自己人打招呼。汪老太太猛地站起，脸刷白嘴唇也刷白，叫道：“我头晕！我头晕！”晃晃悠悠站不住，桃儿马上叫人搀住汪老太太，一阵忙乎架出去，上轿回家。

香莲脸上没表情，心里咚咚响。这天足女子也叫她看怔看惊看呆看傻了。光溜溜腿，光溜溜脚丫子，皮肤赛绸缎，脚趾赛小鸟头，又光又润又嫩又灵，打脚面到脚心，打脚跟到脚尖，柔韧弯曲，一切天然，就赛花儿叶儿鱼儿鸟儿，该嘛样就嘛样，原本嘛样就嘛样，拿就拿出来看就看，可自己的脚怎么能亮？再说真亮出来一比，还不赛块烤山芋？

偏偏天足派有人叫起阵来：

“敢脱鞋光脚叫我们瞧瞧吗？包在里头，比嘛？”

“保莲女士，看你的啦！”

“你有脚没脚？”

“再不脱鞋就认输啦！”

愈闹愈凶。

多亏缠足派有个机灵鬼，拿话顶住对方：

“母鸡母鸭子才不穿鞋呢！伤风败俗，不以为耻，反以为荣，还不快把那皮篓子穿上！”

这一来，两边对骂起来，挨骂的却是两派的首领。戈香莲脸皮直抖，手尖冰凉脚尖麻。天足会那闺女牛俊英倒赛没事，哈哈乐，觉得好玩儿。索性打裙兜里掏出洋烟卷点着，叼在嘴上吸两口，忽然吐出一个个烟圈，颤颤悠悠往上滚，一圈大，一圈小，一圈急，一圈缓。这又小又急的烟圈，就打那又大又缓的烟圈中间稳稳当当穿过去。众人——不管缠足还是天足，都齐出一声"咦"，没人再闹再骂再出声，要看这闺女耍嘛花样，只见这小烟圈徐徐降落，居然正好套在她跷起的大脚指头上，静静停了不动。这手真叫人看对眼了。跟手见她大脚指一抖，把烟圈搅了，散成白烟没了。烟圈奇，脚更灵。缠足派以为这是牛俊英亮功夫，明知自己一边没人有这功夫，全都闭嘴拿眼看。只见又一个烟圈落下来又套在脚指头上，再搅散再来，一个又一个，最后那大烟圈就稳稳降下不偏不斜刚好套在脚正中，她脚脖子一转，雪白天足带着烟圈绕个弯儿，脚心向上一扬，白烟散开，脚心正对着戈香莲。戈香莲一看这掌心正中地方，眼睛一亮，亮得吓人，跟着人往前头一栽"咣当"趴在地上。一个女子嘴极快，跟手一嗓子："保莲女士吓昏了！"一下子，缠足派兵败如山倒。天足派并没动手，小脚女人吓得杀鸡宰羊般往外跑，有的叫声比笛儿还尖，可跑也跑不动，你撞我我撞你，砸成一堆堆。等看出天足派人没上手，只站在一边看乐，才依着顺序打上边到下边一个个爬起来撒丫子逃走。

佟家人一团乱回到家，赶紧关大门，免不了有好事的闹事的爱惹事的跟到门前，拿砖头土块一通轰击。里外窗户全部砸得粉粉碎，复缠会也就垮了。转天小脚女人没人再敢上街。可谁也不明白，为嘛天足会那闺女脚丫子一扬，复缠会这样有身份有修行的首领，立时就完蛋呢？

第十六回　高士打道三十七号

隔着复缠会惨败后近一个月，一个瘦溜溜中国女子，打城里来到租界。胳膊挎个小包袱，脚上一双大布鞋，走起来却赛裹脚的，肩膀晃屁股扭身子朝前探。迎面来两个高大洋人，一个红胡子，一个黑胡子，见她怔住看，拿半生不熟的中国话问她："小脚吗？"四只蓝眼珠子直冒光。

这女子慌忙伸出大鞋给他俩看，表示自己不是小脚。俩洋人连

说"闹、闹、闹",不知要闹嘛,还使劲儿摇头还耸肩还张嘴大笑。打这黑的红的胡子中间直能看到嗓子眼儿。吓得这女子连连往后退,以为俩洋人要欺侮她。不料俩洋人对她说两声"拜拜"之类混话便笑呵呵走了。

这女子就分外小心,只要远远见洋人走来立时远远避开。见到中国人就上去打听道儿,幸好没费太大周折找到了高士打道三十七号门牌。隔着大铁栅栏门,又隔着大花园,是座阔气十足白色大洋楼。她叫开门,就给一位大脚女佣人领进楼,走进一座亮堂堂大厅。看见满屋洋摆饰有点见傻,她却没心瞧这些洋玩意儿,一眼找到见到天足会会长牛俊英,懒懒躺在大软椅上,光溜溜脚丫子架在扶手上边,头上箍一道红亮缎带。一股子随随便便自由自在劲儿,倒也挺舒服挺松快挺美,不使劲不费劲不累。她见这女子进来,没起身,打头到脚看两遍,白嘴巴现出一对酒窝,笑道:

"你把小脚外边的大鞋脱去,到我这儿来,用不着非得大脚。"

这女子怔了怔,脱下鞋,一双小脚踏在地板上。牛俊英又说:

"我认得你,复缠会的,那天在马家口比脚,你就站在保莲女士身后,对吧?你找我做什么?替那个想死在裹脚布里的女人说和,还是来下帖子,再比?"

她眼里闪着挑逗的光。

"小姐这么说要折寿的。"没料到这女子的话软中带硬,"我找你有要紧的事。"

"好——说吧!"牛俊英懒懒翻个身,两手托腮,两只光脚叠在一起直搓,调皮地说,"这倒有趣。难道复缠会还要给我裹脚?你看我这双大脚还能裹成你们保莲女士那样的吗?"

"请小姐叫旁人出去!"这女子口气如下令。

牛俊英秀眉惊奇一扬,见复缠会的死党真有硬劲犟劲傲劲,心想要和这女子斗一斗,气气她。便笑了笑,叫佣人出去,关上门,说:"不怕我听,你就说。"可是牛俊英料也没料到这女子神情沉着异常,声调不高不低,竟然不紧不慢说出下边几句话:

"小姐，我是我们大少奶奶贴身丫头，叫桃儿。我来找你，事不关我，也不关我们大少奶奶了，却关着你！有话在先，我先问你十句话，你必答我。你不答，我扭身就走，将来小姐你再来找我，甭想我答理你。你要有能耐逼死我，也就再没人告你了！"

这话好离奇好强硬，牛俊英不觉知，已然坐起身。她虽然对这女子来意一无所知，却感到分明不是一般，但打脸上任嘛看不出。她眨眨眼说：

"好。咱们真的对真的，实的对实的。"

这牛俊英倒是痛快脾气。桃儿点点头，便问：

"这好。我问你，牛凤章是你嘛人？"

"他……你问他做什么？你怎么认得他的？"

"咱们说好的，有问必答。"

"噢……他是我爹。"

这女子冷淡一笑——这才头次露出表情，偏偏更叫人猜不透。不等牛俊英开口，这女子又问：

"他当下在哪儿？小姐，你必得答我。"

"他……头年死在上海了。抓革命党时，大街上叫军警的枪子儿错打在肚子里。"

"他死时，你可在场？"

"我守在旁边。"

"他给了你一件东西，是吧！"

牛俊英一惊，屁股踮得离开椅面：

"你怎么会知道？"

桃儿面不挂色，打布包里掏出个小锦盒。牛俊英一见这锦盒，眼珠子瞪成球儿，瞅着桃儿拿手指抠开盒上的象牙别子，打开盒盖，里边卧着半个虎符。牛俊英大叫：

"就是它，你——"

桃儿听到牛俊英这叫声，自己嘴唇止不住哆嗦起来，声音打着颤儿说：

"小姐，把你那半个虎符拿来，合起来瞧瞧。合不上，我往下嘛也不能说了。"

牛俊英急得来不及穿鞋，光脚跑进屋拿来一个一模一样小锦盒，取出虎符，交给桃儿两下一合正好合上，就赛一个虎打当中劈开两半。铜虎虎背嵌着纯银古篆，一半上是"与雁门太守"，一半上是"为虎符第一"。桃儿大泪珠子立时一个个掉下来，砸在玻璃茶几上，四处迸溅。

牛俊英说：

"我爹临死才交我这东西。他告我说，将来有人拿另一半虎符，能合上，就叫我听这人的。无论说什么我都得信。这人原来就是你！你说吧，骗我也信！"

"我干嘛骗你。莲心！"

"怎么——"牛俊英又是一惊，"你连我小名都知道？"

"干嘛不知道。我把屎把尿看你整整四年。"

"你到底是谁？"

"我是带你的小老妈。你小时候叫我'桃儿妈妈'。"

"你？那我爹认得你，为什么他从没提过你……"

"牛五爷哪是你爹。你爹姓佟，早死了，你是佟家人，你娘就是那天跟你比脚的戈香莲！"

"什么？"牛俊英大叫一声，声音好大，人打椅子直蹿起来。一时她觉得这事可怕到可怕之极，直怕得全身汗毛都爹起来。"真的？这不可能！我爹生前为嘛一个字儿没说过？"

"那牛五爷为嘛临死时告你，跟你合上虎符的人说嘛都让你信？你还说，骗你都信。可我为嘛骗你？我倒真想瞒着你，不说真的，怕你受不住呢！"

"你说，你说吧……"牛俊英的声音也哆嗦起来。

桃儿便把莲心怎么生，怎么长大，怎么丢，把香莲怎么进佟家门，怎么受气受欺受罪，怎么掌家，一一说了。可一说起这些往事就沉不住气，冲动起来不免东岔西岔。事是真的，情是真的，用不着能说会道，牛俊英已是满面热泪，赛洗脸似的往下流……她说：

"可我怎么到牛家来的？"

"牛五爷上了二少爷和活受的贼船，就是他造假画坑死了你爷爷。你娘要报官，牛五爷来求你娘。你娘知道牛五爷人并不坏，就是贪心，给人使唤了。也就抓这把柄，给他一大笔钱，把你交给他，同时还交给他这半个虎符，预备着将来有查有对……"

"交他干嘛？你不说我是丢的吗？"

"哪是真丢。是你娘故意散的风，好叫你躲过裹脚那天！"

"什么？"这话惊得牛俊英第二次打椅子蹿起来，"为什么？她不是讲究裹脚的吗？干什么反不叫我裹？我不懂。"

"对这事，我一直也糊涂着……可是把你送到牛家，还是我抱去的。"

牛俊英不觉叫道：

"我娘为什么不早来找我？"

"还是你爷爷出大殡那天，你娘叫牛五爷带你走了，怕呆在城里早晚叫人知道。当时跟牛五爷说好无论到哪儿都来个信，可一走就再没音信，谁知牛五爷安什么心。这些年，你娘没断叫我打听你的下落。只知道你们在南边，南边那么大，谁都没去过，怎么找？你娘偷偷哭了何止几百泡。常常早晨起来枕头都赛水洗过那么湿。哪知你在这儿，就这么近！"

"不，我爹死后，我才来的。我一直住在上海呀……可你们怎么认出我来的？"

"你右脚心有块记。那天你一扬脚，你娘就认出你来了！"

"她在哪儿？"牛俊英"刷"地站起来，带着股热乎乎火辣辣劲儿说，"我去见她！"

可是桃儿摇头。

"不成？"牛俊英问。

"不……"桃儿还是摇头。

"她恨我？"

"不不，她……她不会再恨谁了。别人也别恨她就是了。"桃儿说到这儿，忽然平静下来。

"怎么？难道她……"牛俊英说，"我有点怕，怕她死了。"

"莲心，我要告诉你晚了，你也别怪我。你娘不叫我来找你。那天她认出你回去后，就把这半个虎符交给我，只说了一句：'事后再告她'。随后就昏在床上，给她吃不吃，给她喝不喝，给她灌药，她死闭着嘴，直到断气后我才知道，她这是想死……"

牛俊英整个呆住。她年轻，原以为自己单个一个，无牵无扯无勾无挂自由自在随心所欲，哪知道世上这么多事跟她相连，更不懂得这些事的缘由根由。可才有的一切，转眼又没了，抓也抓不住。她只觉又空茫又痛苦又难过又委屈，一头扑在桃儿身上，叫声"桃儿妈妈"，抱头大哭，不住嘴叫着：

"是我害死我娘的！是我害死我娘的！要不赛脚她不会死。"

桃儿自己已经稳住了劲儿。说的话也就能稳住对方：

"你一直蒙在鼓里，哪能怪你。再说，她早就不打算活了，我知道。"

牛俊英这才静一静，仰起俊俏小脸儿，迷迷糊糊地问：

"你说，我娘她这是为嘛呢？她到底为嘛呀！"

桃儿说嘛？她拿手抹着莲心脸上的泪，没吭声。

人间事，有时有理，有时没理，有时有理又没理没理又有理。没理过一阵子没准变得有理，有理过一阵子又变得没理。有理没理说理争理在理讲理不讲理道理事理公理天理。有理走遍天下，没理寸步难行。事无定理，上天有理。公说公有理，婆说婆有理。别再绕了，愈绕愈糊涂。

佟家大门贴上"恕报不周"，又办起丧事来。保莲女士的报丧帖子一撒，来吊唁的人一时挤不进门。一些不沾亲不带故的小脚女人都是不请自来，不顾自己爹妈高兴不高兴，披麻戴孝守在灵前，还哭天抹泪，小脚跺得地面"噔噔噔噔"响。天足会没人来，也没起哄看乐的，不论生前是好是歹，看死人乐，便是缺德。只是四七时候，小尊王五带一伙人，内里有张葫芦、孙斜眼、董七把和万能老李，都是混星子中死签一类人物，闹着非要看大少奶奶的仙足。说这回看不上，这辈子甭想再看这样好脚了。佟家忙给一人一包银子，请到厢房酒足饭饱方才了事。至此相安无事，只等入殓出殡下葬安坟。可入殓前一天，忽来一时髦女子，穿白衣披白纱足蹬雪白高跟皮鞋，脸色也刷白，活活一个白人，手捧一束鲜花，打大门口，踩着地毡一步步缓缓走入灵堂。月桂眼尖，马上说：

"这是天足会的牛俊英！瞧她脚，她怎么会来呢？"

月兰说：

"黄鼠狼给鸡吊孝，准不安好心！"

桃儿拉拉她俩衣袖，叫她俩别出声。只见牛俊英把鲜花往灵床上一放，打日头在院子当中，直直站到日头落到西厢房后边，纹丝没动，眼神发空，不知想嘛。最后深深鞠四个躬，每个躬都鞠到膝盖一般深，才走。佟家人全副戒备候着她，以为她要闹灵堂，没料到这么轻而易举走掉，谁也不明白怎么档子事。活人中间，惟有桃儿心里明白，又未必全明白。但这一切就算在她心里封上了，永远不会再露出来。

此时，经棚里鼓乐奏得正欢。这次丧事，是月桂一手经办。照这时的规矩，不仅请了和尚、尼姑、道士、喇嘛四棚经，还请来马家口洋乐队和教堂救世军乐队，一边袈裟僧袍，一边制服大檐帽，领口缝着"救世军"黄铜牌；一边笙管笛箫，一边铜鼓铜号，谁也不管谁，各吹各的，声音却混在一块儿。起初，白金宝反对这么办，可当时阔人办丧事没有洋乐队不显阔。这么干为嘛？无人知也无人问，兴嘛来嘛，就这么摆上了。

牛俊英打佟家出来时，脑袋发木腿发酸，听了整整一下午经乐洋乐，耳朵不赛自己的了，甚至不知自己是谁，姓牛还是姓佟。这当儿大门口，一群孩子穿开裆裤，正唱歌：

救世军，

瞎胡闹，

乱敲鼓，

胡吹号。

边唱边跳，脑袋上摇晃着扎红线的朝天杵，裤裆里摇晃着太阳晒黑的小鸡儿。

楼顶上的歌手

——一个在极度压抑下浪漫的故事

一

那天早晨，忽有一块极亮的、颤动着的光像发狂的精灵，在我房间里跑来跑去。当这光从我眼前掠过，竟照得我睁不开眼。我发现这块诡奇的光是从后窗外射进来的，推窗一看，原来隔着后胡同，对面屋顶上那间小阁楼正在安装窗子的玻璃。

我也住在阁楼上。不同的是，我的阁楼是顶层上的两间低矮的亭子间，对面的阁楼是立在楼顶之上孤零零、和谁都没关系的一间尖顶小屋。远远看，很像放哨用的岗楼。它看上去很小，而且从来没人居住。它为什么盖在楼顶上，当初是干什么用的，无人能说。这片房子是上世纪二十年代英国人"推广租界"时盖的。只记得后胡同里曾经有人养过鸽子，有许多白的、黑的、灰的鸽子便聚到这荒废的屋子里，飞进飞出，鸽子们拿这小空屋当做乐园。现在有人住了吗？是谁搬进来了？

隔了十来天，黄昏时分，忽然一阵歌声如风一样吹进我的后窗。后胡同从来没有歌声，只有矿石收音机劣质的纸喇叭播放着清一色的语录歌和样板戏。那种充满霸气的吼叫和强加意味的曲调被我本能地排斥着。于是此刻，这天籁般的歌声自然就轻易地推开我的心扉了。

没等我去张望是谁唱歌，妻子便说："是那小阁楼新来的人。"

女人对声音总是比男人敏感。

我们隔着窗望去，对面阁楼的地势略高一些，相距又远，无法看到那屋里唱歌的人。这是一个男性的歌声，音调浑厚又深切，虽然声音并不大，但极有穿透力，似乎很轻易地就到了我耳边。这时金红色的夕照正映在那散发着歌声的小屋，神奇般地闪闪烁烁。我分不出这是夕阳还是歌声在发光。

我第一次感受到声音是发光的，有颜色的。

这个人是谁呢？一个职业的歌手吗？他是谁？只一个人吗？从哪儿搬来的？他也像我们——抄家之后被轰到这贫民窟似的楼群里来的？对于楼顶上这间废弃已久的小破屋，似乎只有被放逐者才会被送到这里。

我相信我的判断。因为我的判断来自他的歌声。一些天过去，我听得出他的歌声如同盛夏的天气时阴时晴。这声音里的阴晴是歌者心中的晦明。我还听得出，他的歌声里透出一种很深的郁闷与无奈。他的歌为什么从来不唱歌词？在那个"革命歌曲"之外一切都被禁唱的时代，他一定是怕这些歌词会给自己找麻烦吧。从中，我已经感知到他属于那个时代的受难者。

也许我和他是社会的同类。也许他随口哼唱出来的歌——那些名歌、情歌、民歌我太熟悉，也太久违了。我为自己庆幸。好像在沙漠的暴晒和难耐之中，忽然天上飘来一块厚厚的雨云，把我遮盖住，时不时还用一些凉丝丝的雨滴浇洒我的心灵。

我这边楼群的后胡同，其实也是他那边楼群的后胡同。后胡同自来人就很少。从我的后窗凭栏俯望，这胡同又窄又细又长又深，好像深不见底的一条峡谷。阳光从来照不进去，雨点或雪花常常落下去，但落下去一半就看不见了；下一半总是黑乎乎的，阴冷潮湿，冒着老箱子底儿的那种气味。对面的楼群似乎更老。一色的红砖墙上原先那种亮光光刚性的表层都已经风化、粉化、剥落，大片大片泛着白得刺目的碱花。排水的铅管久已失修，大半烂掉，只有零碎的残管东一段西一段地挂在墙角。一颗凭着风吹而飘来的椿树籽儿在女儿墙边扎下根，至少活了二十年，树干已有擀面杖粗。它很像生长在悬崖石壁的树，畸形般的短小，却顽强又苍劲。这些老楼里的人拥挤得不可思议，每间屋子里差不多都住着一家老少三代甚至四代，各种生活的弃物只能堆在屋外。不论是胡同下边的小院、上上下下的楼梯，还是阳台上，到处堆着破缸、碎砖、废炉子、自行车架以及烂油毡。最奇特的景象还是在屋顶上，长长短短的竹竿拉着家家户户收音机细细的天线，好像一张巨大的蜘蛛网笼罩着整片的楼群。然而，这种破败、粗粝而艰辛的风景现在并不那么难看了，因为它和神灵般的歌声融在了一起。

二

一切艺术中，最神奇最伟大的莫过于音乐，莫过于歌。它无形无影，无可触摸，飘忽不定，甚至不如空气——挥挥手掌就能感到。但它却能够以其独有的气质与情感，改变它所充盈的空间里的一切。它轻盈我们轻盈，它沉重我们沉重，它恬淡我们恬淡，它激情鼓荡我们便热血贲张。一个地方只要有音乐，连那里的玻璃杯看上去也有感觉。这些被艺术家神化的声音，能够一下子直接进入我们的心，并轻而易举地把我们带进它的世界，心甘情愿地接受它美的主宰。

那时代，我活得可够劲。整个社会都疯了，我所供职的画院里的人们忽然都视艺术为粪土，都迷上军装。穿上军装，都把眼睛睁得奇大，好像处处藏着"敌人"。对于我，离开了艺术的生活空洞无物，更何况整个生活充斥着那种与艺术相悖的东西。你躲不开它，又绝对不能拒绝它，还要装着顺从它，甚至热爱它。

不管为了什么，违心地活着都很累。

当我带着一天的倦乏回家，拉下肩上的挎包——此时已无力把挎包放在柜子或椅子上，而是随手往地上一扔，一转身仰面朝天倒在床上，心中期待着对面楼顶上的歌声能飘过来。

尽管他的歌是苦味的，有时很苦、很苍凉，但很动情。他的歌声还有一种很特别的磁性美，使我的心一直走进他的歌声里，一天

231

中积存在浑身骨节和肌缝里的疲惫，便不知不觉烟一般地消散了。不仅如此，他的歌还常常会给我端起的水酒里添上一点滋味，感染得我和家人亲热时多一些爱意与缠绵。最令我惊奇的是，他的歌还像精灵一样钻进我的笔管里。白天在单位不能画画儿，下班在家便会铺开纸，以笔墨释怀。这时我发现我的笔触与水墨居然明显地多了些苦味，很像他歌里的那种味道。歌声能够改变画意吗？当然不是，其实这种苦味原本也潜在我的心底，只不过被他的歌声唤醒罢了。为此，我非但没有去抵制他对我的影响，反而喜欢在他的歌声中作画。

一天，我被他低沉而阴郁的歌声感动，一种久违的冲动使我急急渴渴在桌案上展纸提笔，以充沛的水墨抹上大片厚厚的阴霾。然而，他浓重的低音并不绝望，时而透出一种祈望，于是我笔下的阴云在相互交错中不觉地透出一块块天光。我情不自禁还在云隙之间，用极淡的花青点上薄薄的蓝色。这是晴空的颜色，但它又高又远，可望而不可即。这是无限的希冀之所在，一块极其狭小的安放遐想之地，却又朦朦胧胧，远如幻梦。

后来，他的声音转而变得强劲，那种金属般磁性的音质渐渐有力地透露出来。这一瞬，我看见在画面的云天上，飞着几只乌黑的大雁，它们引颈挥翅，逆风而行，吃力地扇动着翅膀。我在画这些顶风挥舞的雁翅时，好像自己的臂膀也在用力，甚至听到这些大雁与强风较劲时肩骨发出的咯吱咯吱声。我忽然想，这苦苦挣扎却执意前行的大雁所表现的不正是一切生命本质中的顽强吗！

我忽然彻悟到，人的力量主要还是要在自己的身上寻找。别人给你的力量不能持久，从自己身上找到的力量，再贯注到自己身上，才会受用终身。

也许为此，这样题材的画我不止一次地画过。奇妙的是，每次画这些逆风的大雁耳边都会幻觉般地出现那天听到的歌声来。

我个人生活的一段时光是和他的歌声在一起的。

我很幸运。因为那是我生命中极度贫乏的一段日子。

和歌声在一起是奇妙的。它与我似伴相随。

它进入我的生活时，是随意的，自由的，不知不觉的；它走出我的空间时，也随意而自由，像烟一般的飘去。它从不打扰我。他的歌很少完整地从头唱到尾，似乎随心所欲，想唱就唱。有时一段歌反复地唱，有时只唱一两句就再没声音。他是绝对自我的，完全不管也不知道我的存在。这反而使我很自由，完全不必"应酬"他。人和音乐所进行的是两个心灵奇妙的"对话"。当心灵互不投机时，人与音乐彼此无关；当两个心灵互相碰撞到一起，便一下子相拥一起了。我和这歌手也如此，有时他的歌与我的心情不一致——我就不去用心倾听它。我与人聊天说话或者独自沉思时，它仅仅是一种远远的背景，就像身后的一幅画。

白天里很少听到他的歌，大多是他下班归来，所以他的歌总是和黄昏的夕照同时进入我的后窗。

由于他不唱歌词，歌中内容多是代以"啊、噢、啦、哎、呜"，类似歌手练习发声，但他在这字音里注入很多情感。这种无歌词的哼唱听起来就更像是音乐。有时他还会唱一些著名的钢琴曲或交响曲的旋律。这些旋律一直刻在我心里。他一唱，我就觉得旧友旧情亲切地回来了。

虽然他的歌不是为我唱的，却不时会与我共鸣。有时我像站在山这边听他在那边"自言自语"，有时却一下子落入他歌的深谷里。这些歌于我，常常勾引回忆，唤起向往，抚慰心灵，诱发爱意。它能使我暂时忘掉身边的苦恼，但当我离开这些歌，回到现实中，我会感到更苦恼更茫然。

渐渐的他的歌已成为我生活的一部分。

如果一两天听不见他的歌，我会想他、猜他，为他担心。但是他人长得什么样？我看不清楚。他大多时间呆在屋里，偶尔会到屋外——也就是对面楼群的房顶上站一站，或在晾衣绳上晾晒洗过的衣物。我最多只能知道，他中等略高的身材，瘦健，头发似乎较长，眉眼就绝对看不清了。除此之外，我对他一无所知。

但我知道他的心，他的气质与情绪。这全来自于他的歌。

歌声就是歌手本人。因为歌是歌手外化的灵魂。由此说，我已经和他神交了。

一天，天降急雨。因为是北风，我怕雨水溜进屋，关上后窗。忽然一阵歌声混在雨声里，这支歌一听就立即感动了我。它很伤感、无奈，还有些求助的意味。它穿过密密的雨一直来到我后窗前，粘在我的玻璃上。风儿一个劲儿地吹我的窗，好像有人在外边哐哐地推。不知道为什么，我打开窗放它进来。一瞬间，我感觉这歌声仿佛是淋着雨进来的，好像一位顶着雨来串门的老朋友。

三

忽然一天，妻子站在后窗边，手指着楼对面叫我去看。她发现，歌手那边的窗边有个新的人影。鲜黄的衣色，黑色长发，显然是一个女人。这人是歌手的妻子吗？新交的女朋友吗？一年多来，那阁楼上只有歌手孤单一人，从没见过任何别的身影。

他一直很孤独，这是他的歌告诉我的。

但从那天起，我听得出他的歌发生了变化。歌声里边多了些新鲜的东西。有更多的光线与色彩，还有明媚的花朵，柔和的风，慢慢行走在天上的洁白无瑕的云，静谧的月色与奔涌的激流……而这些美好的事物好像实实在在就在眼前。

我妻子说："他在恋爱了。"她微笑着。

我望着妻子含辛的脸庞上柔和的目光，忽然感受到我们的生活和我们自己。脑袋里冒出一幅画来：大风大雪中，幽暗的密林深处一双小鸟相互紧靠在一起。我马上把心中这个画面画下来，即兴还写了四句诗：

> 北山有双鸟，
> 老林风雪时，

日日长依依，

天寒竟不知。

妻子看罢，对我打趣地说："你现在还在恋爱吗？"

我望她一眼。她依然是那种天生而不变的柔和的目光，脸上茹苦含辛的意味却一扫而空。

这之后歌手的歌愈来愈明亮，声音也明显高昂起来。一天黄昏，他居然唱起那支古巴民歌《鸽子》，而且连歌词也唱出来。歌声与夕阳一同把我们后窗遮阳的窗帘照得雪亮，歌中最高亢的含着那种金属质感的磁性的声音混在一束强烈的阳光里，穿过窗帘上一个破洞，雪亮地直射进来。这使我们很激动。在那个文化真空的时代，一时好像天下大变了。

突然后胡同一个男人粗声一吼："谁唱的？派出所来人了！"

歌声好像被刀"咔嚓"切断，整个世界没声音了。严酷的现实回到眼前。

我想，那个叫喊的男人，多半嫌歌声太大，打扰了他。但这一吼过后，歌声戛然而止，立即消失，整个世界因突然无声而显得分外的空洞与绝情。

我真的担心歌声由此断绝。但一周之后，对面楼顶上的歌声渐渐出现。开始只是断断续续，小心翼翼，浅尝辄止，居然还夹着一点语录歌的片段。随后，他又像以前那样唱歌——没有歌词；没有歌词就安全，因为住在后胡同里的那些人没人懂得他唱的是什么。而由此他的音量始终控制得比较轻。令我奇怪的是，他的歌中那些光线与色彩却变得含糊了，内涵犹疑了，甚至还有些缭乱不安。他要向我诉说什么呢？

四

一个月后，歌手的歌无缘无故地中断。是由于那次唱《鸽子》

被人告发，还是出了什么事或是病倒了？

我总在猜。

妻子说："要不你到那楼上瞧瞧去。他一个人，如果真的病倒了呢？"

没想到，我们已经把这个不曾认识，甚至连长相都不知道的人，当做朋友一样关切了。

若要进入他那片楼群，先要走出我这片楼，绕到后边一条窄街上，寻一个楼口进去。

他这楼群是由十几排楼房组成的。他在哪一排？我事先观察了地形，估摸好他那楼的位置和距离，但真的走进这片老得掉牙的楼群里，马上转向，纵横迂回了半天，还是扎进了一条死胡同。又费了很大劲，总算找到他这排楼。可是一排楼有许多门，哪个门通向楼顶上歌手那个阁楼呢？我看见一位矮胖的大娘站在楼前，上前询问。

矮胖大娘显然是街道代表一类人物。叫她大娘时，她一脸肉松松地微笑。待一打听那歌手，她腮帮的肉立即紧绷，小眼睛警惕地直视着我，好像发现了"敌情"。总算我还机灵，扯谎说我是东方红电机厂毛泽东思想宣传队的，想找那人去唱革命歌曲，尽管她将信将疑，还是告诉了我应该走哪个门。

这种年深日久的老楼的楼梯，差不多都只剩下一半宽窄的走道，其余地方堆满破烂，全都蒙着厚厚的尘土；楼道的窗子早都没有玻璃，有的连窗框也没有，不知哪年叫一场大风扯去的；墙壁上的灰皮大块大块地剥落下来，露出砖块；顶子给烟熏得黑乎乎，横七竖八地扯着电线。做饭时分，家家门口的煤球炉子都用拔火罐，辣眼的浓烟贯满楼梯上下。

我从中穿过，直攀楼顶，一扇小门从乳白色的煤烟中透出来。我屈指敲了敲门，里边没声音，手指再用点劲儿，门径自开了，没有上锁，看看门框，也没有锁。

眼前的景象使我惊呆。说老实话，我从没见过如此一贫如洗的房间。七八平米小屋，家徒四壁。墙上除去几个大小不同、锈红的钉子，什么也没有。用码起的砖块架着的几条木板就是他的床。一个旧书架，上面放着竹壳暖瓶、饭盒、碗盆、梳子、旧鞋、药瓶；只有几本书，都没封皮，我却看得出其中一本旧书是屠格涅夫的《猎人笔记》，因为书中有些写得极美的段落我能背诵。小屋里既无柜子，也没桌椅。墙角放着两个装香烟的纸箱子，大概是放衣服的。我着意看一眼果然是，一个装干净衣服的，一个盛脏衣服的。

我真不解，就这样几乎一无所有的地方，一年多来，竟给了我们那么丰盈、深切、充满美感的抚慰和补偿！

其实，这才正是艺术的神奇与伟大。不管物质怎样贫乏内心怎样压抑，它都能创造出无比丰富的精神和高贵的美来。

我从他的窗子向外张望，对面正是我住的楼房，再往下看，是我的阁楼。换一个位置看自己的家的感觉挺有趣，就像站在镜子前瞧自己。此时，我妻子好像正在窗子里抬头望我。她很想知道我看到了什么吧。我向她打手势，太远，她肯定看不清。我想告诉她，我看到的远远比我想看到的多得多。

十天后，外边忽然又传来他的歌声，他重新"出现"了。我和妻子在惊喜之时，不约而同地屏住呼吸，从他的歌声里询问他的一切。

这次的歌，婉转低回，郁闷惆怅，宛如晚秋的风景一片凋零。所有树木光秃秃的枝条都无力地低垂着，枝梢俯在地上，并浸在凹处冰冷的积水里。不用再去分辨，我坚信这是失恋者的哀伤。从这歌声里知道，他没有患病，却看到十多天来他身上发生了什么。他的歌最多只是几句，断断续续，似乎每次唱，都是难耐痛苦的一种释放。失恋中的苦与爱是同步的。从中我听得出昨日的爱在他生命中的位置。

她为什么离开他？不知道。歌声里只有情感没有叙事。

这天傍晚，我的一位画友在我家吃饭。我这位朋友住在老西开那座天主教堂的高墙后边。他最初画水墨，近些年改画油画，画得

很抽象。他画中怪异而冷峻的变形缘于心中的变态，他笔下那些畸形的形态彰显着内心的扭曲。

我问他："你不怕这种画会给你找麻烦？"

他说："那些人不像你，他们不懂画。我会对他们说，我的画还没画完，或者说我刚学画，还画不像。"

我笑道："这是绘画的好处。作家不行。作家都是白纸黑字。弄不好一句话就招来大祸。"

妻子在餐桌摆上炒鸡蛋、炸花生、拌黄瓜、猪肉丸子汤，还有一瓶刚从凉水盆里拿出来的啤酒，这便是那时代上好的家宴了。酒到半醺时，后窗外传来那歌手很轻的哼唱。我的画友问我："这是谁在唱？"

我便讲了对面楼顶上的那位歌手。从一年多前他搬到对面那阁楼上，一直讲到这些天发生的事。还讲到他的歌和我的感受，以及我对他的造访和他的热恋与失恋。我的画友问我："直到今天，你也不知道他的模样吗？"

"从未见过。长什么样根本不知道，姓氏名谁更无从得知。"我说。

我的画友笑道："有意思。可你却是他的知音。不，应该说你是他这世上惟一的知音。哎，他知道你吗？"

"不！"我说，"他可能根本不知道我的存在。"

我的画友忽然停住不再说话，手中的筷子也停下来，只因为歌手那边又轻轻唱起来。我的画友听得用心，仿佛也有些投入了。他忽发感慨地说道：

"原来失恋不单苦，也这么美。"

我说："在艺术中，痛苦的东西愈美就愈深切。"

五

我对大地震的亲身体验是，第一下并非左右剧烈摇摆，而是突

238

然向上猛地一弹，所有东西和人都往上猛地一蹦。我妻子对大地震的体验是门框下边才最安全。她当时摔倒在门框下边，地震时屋里屋外砖瓦落如急雨，但凭仗着门框的保护她居然没受一点伤。

这次全世界都知道的大地震总共摆了四十秒钟。我楼下的邻居后来说，他们听到我从始至终一直在拼命叫喊，我说我不知道。据说这种喊叫是人的一种本能的反应，是在释放心中的恐怖，自己并不知道。但在那地动山摇时，我却听到两声来自后胡同的高声呼叫。我太熟悉歌手这种带着磁性的声音了，但我怎么也不会想到这是我听到的他最后的声音。

大地震的第二天，我爬上自家的破楼，在坍塌的废墟——成堆的瓦砾里，寻找可用和急用的衣物。地震中，我的屋顶没了，一切全暴露在光天化日之下；房间靠后胡同那面大墙，带着后窗户一起落下去，现在对面的楼群一目了然。我像站在一座山顶，看另一片山，感觉极是奇异。这片上了年纪的老楼早已松松垮垮，再给大地一摇，全像狼啮狗啃过了一样。突然，一个景象闯进我的眼中，令我愕然。对面屋顶那歌手的小屋消失了，成了一堆砖头瓦块，远远看，像一个坟冢。他呢？被砸了还是侥幸逃生了？两年后，我的小阁楼修复了，只是把原先厚重的瓦顶改成简易的木顶。但对面歌手那小屋却一直没有重建。待他那堆震垮的瓦砾清除干净后，整片楼顶重新铺过油毡，黑黑的，一马平川，反射着刺目的光，看上去很异样。望着对面这空荡荡的屋顶，常常牵动我的是那歌手的下落，他是否还在人间。

我又到他那片楼里去了一趟。此时"文革"已然结束，再去打听那位歌手不必提心吊胆。奇怪的是，那楼里的邻居竟连他叫什么也说不清楚。只知道他在地震中受了伤，被人抬走了。但他被谁抬走的，抬到哪儿去了，没人知道。

那时代，人对人知道得就这么少。

六

三年后的一天晚上，我到不远的"三角地"那边的地震棚去看一个朋友，聊天聊得太长，回来已经挺晚。街上很黑，也很静。秋叶清新的气息呼吸起来很舒畅。走着走着，后边传来一阵歌声，像风一般吹到我的背上。我立即被热哄哄地感动起来。这歌是那时候传唱最广的《祝酒歌》。欢悦里边含着很深的苦涩和伤感，这是那个时代特有的情感。然而我不只是为这支歌而感动。更让我惊喜的发觉——哎呀，这不正是那失踪已久又期待已久的歌手的声音吗？真的会是他吗？

我扭过头，只见唱歌那人骑着车，从街心远处一路而来，歌声随之愈来愈近。

可是在这短暂的时间里，我又不能立即确定这就是那歌手的声音。因为我听过他的歌是没有歌词的，现在却唱着歌词，这声音听起来就有点似是而非了。就在犹疑之间，唱歌的人骑车从我身边擦肩而过。这一瞬，我看清楚了他，一个中年男人，头发向后飘着，瘦削的脸上线条清晰，眉毛很深，他唱得很动情，神情完全投入到歌里边去了。可是我从来没见过他呀，反倒是愈看清楚他愈不能断定了。眼看着他已经跑到我前面十几米远，马上就要走掉，我心一急，一举手，待要招呼住他，却忽然控制住自己。如果他不是那歌手，不就会很尴尬，而且更失落吗？世上的事，有时模糊比弄清楚更好。希望不总是在模糊中吗？于是我伫立街心，目光穿过黑夜，跟着他的身影与歌声一同远去，直到消失在深邃的夜色里，我却还在下意识和茫然地举着一只空手。

高女人和她的矮丈夫

一

你家院里有棵小树，树干光溜溜，早瞧惯了，可是有一天它忽然变得七扭八弯，愈看愈别扭。但日子一久，你就看顺眼了，仿佛它本来就应该是这样子。如果某一天，它忽然重新变直，你又会觉得说不出多么不舒服。它单调、乏味、简易，像根棍子！其实，它不过恢复最初的模样，你何以又别扭起来？

这是习惯吗？嘿，你可别小看"习惯"！世界万事万物中，它无所不在。别看它不是必须恪守的法定规条，惹上它照旧叫你麻烦和倒霉。不过，你也别埋怨给它死死捆着，有时你也会不知不觉地遵从它的规范。比如说，你敢在上级面前喧宾夺主地大声大气地说话吗？你能在老者面前放肆地发表自己的主见吗？在合影时，你能叫名人站在一旁，你却大模大样站在中间放开笑颜？不能，当然不能。甭说这些，你娶老婆，敢娶一个比你年长十岁、比你块头大，或者比你高一头的吗？你先别拿空话敷火，眼前就有这么一对——

二

她比他高十七厘米。

她身高一米七五，在女人们中间算做鹤立鸡群了；她丈夫只有一米五八，上大学时绰号"武大郎"。他和她的耳垂儿一般齐，看上

去却好像差两头！

再说他俩的模样：这女人长得又干、又瘦、又扁，脸盘像没上漆的乒乓球拍儿。五官还算勉强看得过去，却又小又平，好似浅浮雕，胸脯毫不隆起，腰板细长僵直，臀部瘪下去，活像一块硬挺挺的搓板。她的丈夫却像一根短粗的橡皮辊儿：饱满，轴实，发亮；身上的一切——小腿啦，脚背啦，嘴巴啦，鼻头啦，手指肚儿啦，好像都是些溜圆而有弹性的小肉球。他的皮肤柔细光滑，有如质地优良的薄皮子。过剩的油脂就在这皮肤下闪出光亮，充分的血液就从这皮肤里透出鲜美微红的血色。他的眼睛简直像一对电压充足的小灯泡，他妻子的眼睛可就像一对乌乌涂涂的玻璃球儿了。两人在一起，没有谐调，只有对比。可是他俩还好像拴在一起，整天形影不离。

有一次，他们邻居一家吃团圆饭时，这家的老爷子酒喝多了，乘兴把桌上的一个细长的空酒瓶和一罐矮墩墩的猪肉罐头摆在一起，问全家人："你们猜这像嘛？"他不等别人猜破就公布谜底，"就是楼下那高女人和她的矮爷儿们！"

全家人轰然大笑，一直笑到饭后闲谈时。

他俩究竟是怎么凑成一对的？

这早就是团结大楼几十户住家所关注的问题了。自从他俩结婚时搬进这大楼，楼里的老住户无不抛以好奇莫解的目光。不过，有人爱把问号留在肚子里，有人忍不住要说出来罢了。多嘴多舌的人便议论纷纷。尤其是下雨天气，他俩出门，总是那高女人打伞。如果有什么东西掉在地上，矮男人去拾便是最方便了。大楼里一些闲得没事儿的婆娘们，看到这可笑的情景，就在一旁指指画画。难禁的笑声，憋在喉咙里咕咕作响。大人的无聊最能纵使孩子们的恶作剧。有些孩子一见到他俩就哄笑，叫喊着："扁担长，板凳宽……"他俩闻如未闻，对孩子们的哄闹从不发火，也不答理。可能为此，也就与大楼里的人们一直保持着相当冷淡的关系。少数不爱管闲事的人，上下班碰到他们时，最多也只是点点头，打一下招呼而已。

这便使那些真正对他俩感兴趣的人们，很难再多知道一些什么。比如，他俩的关系如何？为什么结合在一起？谁将就谁？没有正式答案，只有靠瞎猜了。

这是座旧式的公寓大楼，房间的间量很大，向阳而明亮，走道又宽又黑。楼外是个很大的院子，院门口有间小门房。门房里也住了一户，户主是个裁缝。裁缝为人老实，裁缝的老婆却是个精力充沛、走家串户、爱好说长道短的女人，最喜欢刺探别人家里的私事和隐秘。这大楼里家家的夫妻关系、姑嫂纠纷、做事勤懒、工资多少，她都一清二楚。凡她没弄清楚的事情，就要千方百计地打听到；这种求知欲能使愚顽成才。她这方面的本领更是超乎常人，甫说察言观色，能窥见人们藏在心里的念头；单靠嗅觉，就能知道谁家常吃肉，由此推算出这家收入状况。不知为什么，六十年代以来，处处居民住地，都有这样一类人被吸收为"街道积极分子"，使得他们对别人的干涉欲望合法化，能力和兴趣也得到发挥。看来，造物者真的不会荒废每一个人才的。

尽管裁缝老婆能耐，她却无法获知这对天天从眼前走来走去的极不相称的怪夫妻结合的缘由。这使她很苦恼，好像她的才干遇到了有力的挑战。但她凭着经验，苦苦琢磨，终于想出一条最能说服人的道理：夫妻俩中，必定一方有某种生理缺陷，否则谁也不会找一个比自己身高逆差一头的对象。她的根据很可靠：这对夫妻结婚三年还没有孩子呢！于是团结大楼的人都相信裁缝老婆这一聪明的判断。

事实向来不给任何人留情面，它打败了裁缝老婆！高女人怀孕了。人们的眼睛不断地瞥向高女人渐渐凸出来的肚子。这肚子由于离地面较高而十分明显。不管人们惊奇也好，质疑也好，困惑也好，高女人的孩子呱呱坠地了。每逢大太阳或下雨天气，两口子出门，高女人抱着孩子，打伞的事就落到矮男人身上。人们看他迈着滚圆的小腿、半举着伞儿、紧紧跟在后面滑稽的样子，对他俩居然成为夫妻，居然这样形影不离，好奇心仍然不减当初。各种听起来有理

的说法依旧都有，但从这对夫妻身上却得不到印证。这些说法就像没处着落的鸟儿，啪啪地满天飞。裁缝老婆说："这两人准有见不得人的事。要不他们怎么不肯接近别人？身上有脓早晚得冒出来，走着瞧吧！"果然一天晚上，裁缝老婆听见了高女人家里发出打碎东西的声音。她赶忙以收大院扫地费为借口，去敲高女人家的门。她料定长久潜藏在这对夫妻间的隐患终于爆发了，她要亲眼看见这对夫妻怎样反目，捕捉到最生动的细节。门开了，高女人笑吟吟迎上来，矮丈夫在屋里也是笑容满面，地上一只打得粉碎的碟子——裁缝老婆只看到这些。她匆匆收了扫地费出来后，半天也想不明白这对夫妻之间到底发生了什么事。打碎碟子，没有吵架，反而像什么开心事一般快活。怪事！

后来，裁缝老婆做了团结大院的街道居民代表。她在协助户籍警察挨家查对户口时，终于找到了多年来经常叫她费心的问题答案，一个确凿可信、无法推翻的答案。原来这高女人和她的矮丈夫，都在化学工业研究所工作。矮男人是研究所总工程师，工资达一百八十元之多！高女人只是一名普普通通的化验员，收入不足六十元，而且出生在一个辛苦而赚钱又少的邮递员家庭。不然她怎么会嫁给一个比自己矮一头的男人？为了地位，为了钱，为了过好日子，对！她立即把这珍贵情报，告诉给团结大楼里闲得难受的婆娘们。人们总是按照自己的思维方式去解释世界，尽力把一切事物都和自己的理解力拉平。于是，裁缝老婆的话被大家确信无疑。多年来留在人们心里的谜，一下子被打开了。大家恍然大悟：原来这矮男人是个先天不足的富翁，高女人是个见钱眼开、命里有福的穷娘儿们。当人们谈到这个模样像匹大洋马、却偏偏命好的高女人时，语调中往往带一股气。尤其是裁缝老婆。

三

人命运的好坏不能看一时，可得走着瞧。

一九六六年，团结大楼就像缩小了的世界，灾难降世，各有祸福，楼里的所有居民都到了"转运"时机。生活处处都是巨变和急变。矮男人是总工程师，迎头遭到横祸，家被抄，家具被搬得一空，人挨过斗，关进牛棚。祸事并不因此了结，有人说他多年来，白天在研究所工作，晚上回家把研究成果偷偷写成书，打算逃出国，投奔一个有钱的远亲，把国家科技情报献给外国资本家——这个荒诞不经的说法居然有很多人信以为真。那时，世道狂乱，人人失去常态，宁肯无知，宁愿心狠，还有许多出奇的妄想，恨不得从身旁发现出希特勒。研究所的人们便死死缠住总工程师不放，吓他，揍他，施加各种压力，同时还逼迫高女人交出那部谁也没见过的书稿，但没效果。有人出主意，把他俩弄到团结大楼的院里开一次批斗大会；谁都怕在亲友熟人面前丢丑，这也是一种压力。当各种压力都使过而无效时，这种做法，不妨试试，说不定能发生作用。

那天，团结大楼有史以来这样热闹——

下午研究所就来了一群人，在当院两棵树中间用粗麻绳扯了一道横标，写着那矮子的姓名，上边打个叉；院内外贴满口气咄咄逼人的大小标语，并在院墙上用十八张纸公布了这矮子的"罪状"。会议计划在晚饭后召开。研究所还派来一位电工，在当院拉了电线，装上四个五百烛光的大灯泡。此时的裁缝老婆已经由街道代表升任为治保主任，很有些权势，志得意满，人也胖多了。这天可把她忙得够呛，她带领楼里几个婆娘，忙里忙外，帮着刷标语，又给研究所的革命者们斟茶倒水，装灯用电还是从她家拉出来的线呢！真像她家办喜事一样！

晚饭后，大楼里的居民都给裁缝老婆召集到院里来了。四盏大灯亮起来，把大院照得像夜间球场一般雪亮。许许多多人影，好似放大了数十倍，投射在楼墙上。这人影都是肃然不动的，连孩子们也不敢随便活动。裁缝老婆带着一些人，左臂上也套上红袖章。这袖章在当时是最威风的了。她们守在门口，不准外人进来。不一会

儿，化工研究所一大群人，也戴着袖章，押着高女人和她的矮丈夫，一路呼着口号，浩浩荡荡地来了。矮男人胸前挂一块牌子，高女人没挂。他俩一直给押到台前，并排低头站好。裁缝老婆跑上来说："这家伙太矮了，后边的革命群众瞧不见。我给他想点办法！"说着，带着一股冲动劲儿扭着肩上两块肉，从家里抱来一个肥皂箱子，倒扣过来，叫矮男人站上去。这样一来，他才与自己的老婆一般高，但此时此刻，很少有人对这对大难临头的夫妻不成比例的身高发生兴趣了。

大会依照流行的格式召开。宣布开会，呼口号，随后是进入了角色的批判者们慷慨激昂的发言，又是呼口号。压力使足，便开始要从高女人嘴里逼供了。于是，人们围绕着那本"书稿"，唇枪舌剑地向高女人发动进攻。你问，我问，他问；尖声叫，粗声吼，哑声喊；大声喝，厉声逼，紧声追……高女人却只是摇头，真诚恳切地摇头。但真诚最廉价，相信真诚就意味着否定这世界上的一切。

无论是脾气暴躁的汉子们跳上去，挥动拳头威胁她，还是一些颇工心计的人，想出几句巧妙而带圈套的话问她，都被她这恳切又断然的摇头拒绝了。这样下去，批判会就会没结果，没成绩，甚至无法收场。研究所的人有些为难，他们担心这个会开得虎头蛇尾；乘兴而来，败兴而归。

裁缝老婆站在一旁听了半天，愈听愈没劲。她大字不识，既对什么"书稿"毫无兴趣，又觉得研究所这帮人说话不解气。她忽地跑到台前，抬起戴红袖章的左胳膊，指着高女人气冲冲地问：

"你说，你为什么要嫁给他？"

这句突如其来的问话使研究所的人一怔，不知道这位治保主任的问话与他们所关心的事有什么奇妙的联系。

高女人也怔住了。她也不知道裁缝老婆为什么提出这个问题。这问题不是这个世界所关心的。她抬起几个月来被折磨得如同一张皱巴巴的枯叶的瘦脸，脸上满是诧异的神情。

"好啊！你不敢回答，我替你说吧！你是不是图这家伙有钱，才嫁给他的？没钱，谁要这么个矮子！"裁缝老婆大声说。声调中有几分得意，似乎她才是最知道这高女人根底的。

高女人没有点头，也没摇头。她好像忽然明白了裁缝老婆的一切，眼里闪出一股傲岸、嘲讽、倔犟的光芒。

"好，好，你不服气！这家伙现在完蛋了，看你还靠得上不！你心里是怎么回事，我知道！"裁缝老婆一拍胸脯，手一挥，还有几个婆娘在旁边助威，她真是得意到极点。

研究所的人听得稀里糊涂。这种弄不明白的事，就索性糊涂下去更好。别看这些婆娘们离题千里地胡来，反而使会场一下子热闹起来。没有这种气氛，批判会怎好收场？于是研究所的人也不阻拦，任使婆娘们上阵发威。只听这些婆娘们叫着：

"他总共给你多少钱？他给你买过什么好东西？说！"

"你一月二百块钱不嫌够，还想出国，美的你！"

"邓拓是不是你们的后台？"

"有一天你往北京打电话，给谁打的，是不是给'三家村'打的？"

会开得成功与否，全看气氛如何。研究所主持批判会的人，看准时机，趁会场热闹，带领人们高声呼喊了一连串口号，然后赶紧收场散会。跟着，研究所的人又在高女人家搜查一遍，撬开地板，掀掉墙皮，一无所获，最后押着矮男人走了，只留下高女人。

高女人一直呆在屋里，入夜时竟然独自出去了。她没想到，大楼门房的裁缝家虽然闭了灯，裁缝老婆却一直守在窗口盯着她的动静。见她出去，就紧紧尾随在后边，出了院门，向西走了两个路口，只见高女人穿过街在一家门前停住，轻轻敲几下门板。裁缝老婆躲在街这面的电线杆后面，屏住气，瞪大眼，好像等着捕捉出洞的兔儿。她要捉人，自己反而比要捉的人更紧张。

吱呀一声，那门开了。一位老婆婆送出个小孩。只听那老婆婆说：

"完事了？"

没听见高女人说什么。

又是老婆婆的声音：

"孩子吃饱了，已经睡了一觉。快回去吧！"

裁缝老婆忽然想起，这老婆婆家原是高女人的托儿户，满心的兴致陡然消失。这时高女人转过身，领着孩子往回走，一路无话，只有娘儿俩的脚步声。裁缝老婆躲在电线杆后面没敢动，待她们走出一段距离，才独自快快地回家了。

第二天一早，高女人领着孩子走出大楼时眼圈明显地发红，大楼里没人敢和她说话，却都看见了她红肿的眼皮。特别是昨晚参加过批斗会的人们，心里微微有种异样的、亏心似的感觉，扭过脸，躲开她的目光。

四

矮男人自批判会那天被押走后，一直没放回来。此后据消息灵通的裁缝老婆说，矮男人又出了什么现行问题，进了监狱。高女人成了在押囚犯的老婆，落到了生活的最底层，自然不配住在团结大楼内那种宽敞的房间，被强迫和裁缝老婆家调换了住房。她搬到离楼十几米远孤零零的小屋去住。这倒也不错，省得经常和楼里的住户打头碰面，互相不敢答理，都挺尴尬。但整座楼的人们都能透过窗子，看见那孤单的小屋和她孤单单的身影。不知她把孩子送到哪里去了，只是偶尔才接回家住几天。她默默过着寂寞又沉重的日子，三十多岁的人，从容貌看上去很难说她还年轻。裁缝老婆下了断语：

"我看这娘儿们最多再等上一年。那矮子再不出来，她就得改嫁。要是我啊——现在就离婚改嫁，等那矮子干嘛，就是放出来，人不是人，钱也没了！"

过了一年，矮男人还是没放出来，高女人依旧不声不响地生活，上班下班，走进走出，点着炉子，就提一个挺大的黄色的破草篮去买菜。一年三百六十五天，天天如此……但有一天，矮男人重新出现了。这是秋后时节，他穿得单薄，剃了短平头，人大变了样子，浑身好似小了一圈儿，皮肤也褪去了光泽和血色。他回来径直奔楼里自家的门，却被新户主、老实巴交的裁缝送到门房前。高女人蹲在门口劈木柴，一听到他的招呼，刷地站起身，直怔怔看着他。两年未见的夫妻，都给对方的明显变化惊呆了。一个枯槁，一个憔悴；一个显得更高，一个显得更矮。两人互相看了一忽儿，赶紧掉过头去，高女人扭身跑进屋去，半天没出来，他便蹲在地上拾起斧头劈木柴，直把两大筐木块都劈成细木条。仿佛他俩再面对片刻就要爆发出什么强烈而受不了的事情来。此后，他俩又是形影不离地一起上班，一起下班回家，一切如旧。大楼里的人们从他俩身上找不出任何异样，兴趣也就渐渐减少。无论有没有他俩，都与别人无关。

一天早上，高女人出了什么事。只见矮男人惊慌失措从家里跑出去。不一会儿，来了一辆救护车把高女人拉走。一连好些天，那门房总是没人，夜间也黑着灯。二十多天后，矮男人和一个陌生人抬一副担架回来，高女人躺在担架上，走进小门房。从此高女人便再没有出屋。矮男人照例上班，傍晚回来总是急急忙忙生上炉子，就提着草篮去买菜。这草篮就是一两年前高女人天天使用的那个，如今提在他手里便显得太大，底儿快蹭地了。

转年天气回暖时，高女人出屋了。她久久没见阳光的脸，白得像刷了一层粉那样难看。刚刚立起的身子左倒右歪。她右手拄一根竹棍，左胳膊弯在胸前，左腿僵直，迈步困难，一看即知，她的病是脑血栓。从这天起，矮男人每天清早和傍晚都挽扶着高女人在当院遛两圈。他俩走得艰难缓慢。矮男人两只手用力端着老婆打弯的胳膊。他太矮了，抬她的手臂时，必须向上耸起自己的双肩。他很吃力，但他却掬出笑容，为了给妻子以鼓励。高女人抬不起左脚，他就用一根麻绳，套在高女人的左脚上，绳子的另一端拿在手里。高女人每要抬起左脚，他就使劲向上一提绳子。这情景奇异，可怜，又颇为壮观，使团结大楼的人们看了，不由得受到感动。这些人再与他俩打头碰面时，情不自禁地向他俩主动而友善地点头了……

五

高女人没有更多的福气在矮小而挚爱她的丈夫身边久留。死神和生活一样无情。生活打垮了她，死神拖走了她。现在只留下矮男人了。

偏偏在高女人离去后，幸运才重新来吻矮男人的脑门。他被落实了政策，抄走的东西发还给他了，扣掉的工资补发给他了。只剩下被裁缝老婆占去的房子还没调换回来。团结大楼里又有人眼盯着他，等着瞧他生活中的新闻。据说研究所不少人都来帮助他续弦，他都谢绝了。裁缝老婆说：

"他想要什么样的，我知道。你们瞧我的！"

裁缝老婆度过了她的极盛时代，如今变得谦和多了。权力从身上摘去，笑容就得挂在脸上。她怀里揣了一张漂亮又年轻的女人照片，去到门房找矮男人。照片上这女人是她的亲侄女。

她坐在矮男人家里，一边四下打量屋里的家具物件，一边向这矮小的阔佬提亲。她笑容满面，正说得来劲，忽然发现矮男人一声不吭，脸色铁青，在他背后挂着当年与高女人的结婚照片，裁缝老婆没敢掏出侄女的照片，就自动告退了。

几年过去，至今矮男人还是单身鳏居，只在周日，从外边把孩子接回来，与他为伴。大楼里的人们看着他矮墩墩而孤寂的身影，想到他十多年来的一桩桩事，渐渐好像悟到他坚持这种独身生活的缘故……逢到下雨天气，矮男人打伞去上班时，可能由于习惯，仍旧半举着伞。这时，人们有种奇妙的感觉，觉得那伞下好像有长长一大块空间，空空的，世界上任什么东西也填补不上。

老夫老妻

为我们唱一支暮年的歌儿吧！

他俩又吵架了。年近七十的老夫老妻，相依为命地共同生活了四十多年，也吵吵打打地一起度过了四十多年。一辈子里，大大小小的架，谁也记不得打了多少次。但是不管打得如何热闹，最多不过两个小时就能恢复和好，好得像从没吵过架一样。他俩仿佛两杯水倒在一起，怎么也分不开。吵架就像在这水面上划道儿，无论划得多深，转眼连条痕迹也不会留下。

可是今天的架打得空前厉害，起因却很平常——就像大多数夫妻日常吵架那样，往往是从不值一提的小事上开始的——不过是老婆儿把晚饭烧好了，老头儿还趴在桌上通烟嘴，弄得纸块呀、碎布条呀，沾着烟油子的纸捻子呀，满桌子都是。老婆儿催他收拾桌子，老头儿偏偏不肯动，老婆儿便像一般老太太们那样叨叨起来。老婆儿们的唠唠叨叨是通向老头儿们肝脏里的导火线，不一会儿就把老头儿的肝火引着了。两人互相顶嘴，翻起对方多年来一系列过失的老账，话愈说愈狠。老婆儿气得上来一把夺去烟嘴塞在自己的衣兜里，惹得老头儿一怒之下，把烟盒扔在地上，还嫌不解气，手一撩，又将烟灰缸子打落地上。老婆儿则更不肯罢休，用那嘶哑、干巴巴的声音说：

"你摔呀！把茶壶也摔了才算有本事呢！"

老头儿听了，竟像海豚那样从座椅上直蹿起来，还真的抓起桌

251

上沏满热茶的大瓷壶，用力"叭"地摔在地上，老婆儿吓得一声尖叫，看着满地碎瓷片和溅在四处的水渍，直气得她那因年老而松垂下来的两颊的肉猛烈抖颤起来，冲着老头儿大叫：

"离婚！马上离婚！"

这是他俩还都年轻时，每次吵架吵到高潮，她必喊出来的一句话。这句话头几次曾把对方的火气压下去，后来由于总不兑现便失效了；但她还是这么喊，不知是一时为了表示自己盛怒已极，还是迷信这句话最具有威胁性。六十岁以后她就不知不觉地不再喊这句话了。今天又喊出来，可见她已到了怒不可遏的地步。

同样的怒火也在老头儿的心里撞着，就像被斗牛士手中的红布刺激得发狂的牛，在看池里胡闯乱撞。只见他嘴里一边像火车喷气那样不断发出呼呼的声音，一边急速而无目的地在屋子中间转着圈。转了两圈，站住，转过身又反方向地转了两圈，然后冲到门口，猛拉开门跑出去，还使劲啪的一声带上门。好似从此一去就再不回来。

老婆儿火气未消，站在原处，面对空空的屋子，还在不住地出声骂他。骂了一阵子，她累了，歪在床上，一种伤心和委屈爬上心头。她想，要不是自己年轻时候得了肠结核那场病，她会有孩子的。有了孩子，她可以同孩子住去，何必跟这愈老愈执拗、愈急躁、愈混账的老东西生气？可是现在只得整天和他在一起，待见他，给他做饭，连饭碗、茶水、烟缸都要送到他跟前，还得看着他对自己要脾气……她想得心里酸不溜秋，几滴老泪从布满一圈细皱的眼眶里溢出来。

过了很长时间，墙上的挂钟当当响起来，已经八点钟了。他们这场架正好打过了两个小时。不知为什么，他们每次打架过后两小时，心情就非常准时地发生变化，好像大自然的节气一进"七九"，封冻河面的冰片就要化开那样。刚刚掀起大波大澜的心情渐渐平息下来，变成浅浅的水纹一般。她耳边又响起刚才打架时自己朝老头儿喊的话："离婚！马上离婚！"她忽然觉得这话又荒唐又可笑。哪有快七十的老夫老妻还打离婚的？她不禁"扑哧"一下笑出声来。

这一笑，她心里一点皱褶也没了；连一点点怒意、埋怨和委屈的心情也都没了。她开始感到屋里空荡荡的，还有一种如同激战过后的战地那样出奇的安静，静得叫人别扭、空虚、没着没落的。于是，悔意便悄悄浸进她的心中。她想，俩人一辈子什么危险急难的事都经受过来了，像刚才那么点儿小事还值得吵闹吗？——她每次吵过架冷静下来时都要想到这句话。可是……老头儿总该回来了；他们以前吵架，他也跑出去过，但总是一个小时左右就悄悄回来了。但现在已经两个小时仍没回来。他又没吃晚饭，会跑到哪儿去呢？外边正下大雪，老头儿没戴帽子、没围围巾就跑了，外边地又滑，瞧他临出门时气冲冲的样子，别不留神滑倒摔坏吧？想到这儿，她竟在屋里呆不住了，用手背揉揉泪水干后皱巴巴的眼皮，起身穿上外衣，从门后的挂衣钩儿上摘下老头儿的围巾、棉帽，走出房子去了。

雪下得正紧，积雪没过脚面。她左右看看，便向东边走去。因为每天早上他俩散步就先向东走，绕一圈儿，再从西边慢慢走回家。

夜色并不太暗，雪是夜的对比色，好像有人用一支大笔蘸足了白颜色把所有树枝都复勾一遍，使婆娑的树影在夜幕上白绒绒、远远近近、重重叠叠地显现出来。雪还使路面变厚了，变软了，变美了；在路灯的辉映下，繁密的大片大片的雪花纷纷而落，晶晶莹莹地闪着光，悄无声息地加浓它对世间万物的渲染。它还有种潮湿而又清冽的气息，有种踏上去清晰悦耳的咯吱咯吱声；特别是当湿雪蹭过脸颊时，别有一种又痒、又凉、又舒服的感觉。于是这普普通通、早已看惯了的世界，顷刻变得雄浑、静穆、高洁，充满活鲜鲜的生气了。

她一看这雪景，突然想到她和老头儿的一件遥远的往事。

五十年前，她和他都是不到二十岁的欢蹦乱跳的青年，在同一个大学读书。老头儿那时可是个有魅力、精力又充沛的小伙子，喜欢打排球、唱歌、演戏，在学生中属于"新派"，思想很激进。她不知是因为喜欢他、接近他，自己的思想也变得激进起来，还是由于他俩的思想常常发生共鸣才接近他、喜欢他的。他们在一个学生剧

团。她的舞跳得十分出众。每次排戏回家晚些，他都顺路送她回家。他俩一向说得来，渐渐却感到在大庭广众中间有说有笑，在两人回家的路上反而没话可说了。两人默默地走，路显得分外长，只有脚步声，那是一种甜蜜的尴尬呀！

她记得那天也是下着大雪，两人踩着雪走，也是晚上八点来钟，她从多少天对他的种种感觉中，已经又担心又期待地预感到他这天要表示些什么了。在沿着河边的那段宁静的路上，他突然仿佛抑制不住地把她拉到怀里去。她猛地推开他，气得大把大把抓起地上的雪朝他扔去。他呢？竟然像傻子一样一动不动，任她用雪打在身上，直打得他浑身上下像一个雪人。她打着打着，忽然停住了，呆呆看了他片刻，忽然扑向他身上。她感到，他有种火烫般的激情透过身上厚厚的雪传到她身上。他们的恋爱就这样开始了。——从一场奇特的战斗开始的。

多少年来，这桩事就像一张画儿那样，分外清楚而又分外美丽地收存在她心底。每逢下雪天，她就不免想起这桩醉心的往事。年轻时，她几乎一见到雪就想到这事；中年之后，她只是偶然想到，并对他提起，他听了都要会意地一笑，随即两人都沉默片刻，好像都在重温旧梦。自从他们步入风烛残年，即使下雪天气也很少再想起这桩事。是不是一生中经历的事太多了，积累起来就过于沉重，把这桩事压在底下拿不出来了？但为什么今天它却一下子又跑到眼前，分外新鲜而又有力地来撞她的心……

现在她老了，与那个时代相隔半个世纪了。时光虽然依旧带着他们往前走，却也把他们的精力消耗得快要枯竭了。她那一双曾经蹦蹦跳跳、多么有劲的腿，如今僵硬而无力；常年的风湿病使她的膝头总往前屈着，雨雪天气里就隐隐发疼；此刻在雪地里，每一步踩下去都是颤巍巍的，每一步抬起来都费力难拔。一不小心，她滑倒了，多亏地上是又厚又软的雪。她把手插进雪里，撑住地面，艰难地爬起来，就在这一瞬间，她又想起另一桩往事——

啊！那时他俩刚刚结婚，一天晚上去平安影院看卓别林的《摩登时代》。他们走进影院时，天空阴沉沉的。散场出来时一片皆白，雪还下着。那时他们正陶醉在新婚的快乐里，内心的幸福使他们把贫穷的日子过得充满诗意。瞧那风里飞舞的雪花，也好像在给他们助兴；满地的白雪如同他们的心境那样纯净明快。他们走着走着，又说又笑，跟着高兴地跑起来。但她脚下一滑，跌在雪地里。他跑过来伸给她一只手，要拉她起来。她却一打他的手：

"去，谁要你来拉！"

她的性格和他一样，有股倔劲儿。

她一跃就站了起来。那时是多么轻快啊，像小鹿一般，而现在她又是多么艰难呀，像衰弱的老马一般。她多么希望身边有一只手，希望老头儿在她身边！虽然老头儿也老而无力了，一只手拉不动她，要用一双手才能把她拉起来。那也好！总比孤孤单单一个人好。她想到楼上邻居李老头，文化大革命初期老伴被折腾死了。尽管有个女儿，婚后还同他住在一起，但平时女儿、女婿都上班，家里只剩李老头一人；星期天女儿、女婿带着孩子出去玩，家里依旧剩李老头一人。年轻人和老年人总是有距离的。年轻人应该和年轻人在一起玩，老人得有老人为伴。

真幸运呢！她这么老，还有个老伴。四十多年如同形影，紧紧相随。尽管老头儿爱急躁，又固执，不大讲卫生，心也不细等等，却不失为一个正派人，一辈子没做过一件亏心的、损人利己的、不光彩的事。在那道德沦丧的岁月里，他也没丢弃过自己奉行的做人的原则。他迷恋自己的电气传动专业，不大顾及家里的事。如今年老退休，还不时跑到原先那研究所去问问、看看、说说，好像那里有什么事与他永远也无法了结。她还喜欢老头儿的性格，真正的男子气派，一副直肠子，不懂得与人记仇记恨；粗心不是缺陷，粗线条才使他更富有男子气……她愈想，老头儿似乎就愈可爱了。两小时前能够一样样指出来、几乎无法忍受的老头儿的可恨之处，也不知都跑到哪儿去了。此刻她只担心老头儿雪夜外出，会遇到什么事情。她找不着老头儿，这担心就渐渐加重。如果她的生活里真丢了

老头儿，会变成什么样子？多少年来，尽管老头儿夜里如雷一般的鼾声常常把她吵醒，但只要老头儿出差外地，身边没有鼾声，她反而睡不着觉，仿佛世界空了一大半……想到这里，她就有一种马上把老头儿找到身边的急渴的心情。

她在雪地里走了一个多小时，大概快有十点钟了，街上没什么人了，老头儿仍不见，雪却稀稀落落下小了。她两脚在雪里冻得生疼，膝头更疼，步子都迈不动了，只有先回去了，看看老头儿是否已经回家了。

她往家里走。快到家时，她远远看见自己家的灯亮着，灯光射出，有两块橘黄色窗形的光投落在屋外的雪地上。她心里怦地一跳："是不是老头儿回来了？"

她又想，是她刚才临出家门时慌慌张张忘记关灯了，还是老头儿回家后打开的灯？

走到家门口，她发现有一串清晰的脚印从西边而来，一直拐向她楼前的台阶。这是老头儿的吧？跟着她又疑惑这是楼上邻居的脚印。

她走到这脚印前弯下腰仔细地看，这脚印不大不小，留在踏得深深的雪窝里。她却怎么也辨认不出是否老头儿的脚印。

"天呀！"她想，"我真糊涂，跟他生活一辈子，怎么连他的脚印都认不出来呢？"

她摇摇头，走上台阶打开楼门。当将要推开屋门时，心里默默地念叨着："愿我的老头儿就在屋里！"这心情只有在他们五十年前约会时才有过。初春时曾经撩拨人心的劲儿，深秋里竟又感受到了。

屋门推开了，啊！老头儿正坐在桌前抽烟。地上的瓷片都扫净了。炉火显然给老头儿通过，呼呼烧得正旺。顿时有股甜美而温暖的气息，把她冻得发僵的身子一下子紧紧地攫住。她还看见，桌上放着两杯茶，一杯放在老头儿跟前，一杯放在桌子另一边，自然是斟给她的……老头儿见她进来，抬起眼看她一下，跟着又温顺地垂下眼皮。在这眼皮一抬一垂之间，闪出一种羞涩的、发窘、歉意的目光。每次他俩闹过一场之后，老头儿眼里都会流露出这目光。在夫妻之间，打过架又言归于好，来得分外快活的时刻里，这目光给她一种说不出的安慰。

她站着，好像忽然想到什么，伸手从衣兜里摸出刚才夺走的烟嘴，走过去，放在老头儿跟前。一时她鼻子一酸，想掉泪，但她给自己的倔劲儿抑制住了。什么话也没说，赶紧去给空着肚子的老头儿热菜热饭，还煎上两个鸡蛋……

冯 骥 才

作 品 精 选

俗世奇人

俗 世 奇 人

短　语

　　天津卫本是水陆码头，居民五方杂处，性格迥然相异。然燕赵故地，血气刚烈；水咸土碱，风习强悍。近百余年来，举凡中华大灾大难，无不首当其冲，因生出各种怪异人物，既在显耀上层，更在市井民间。余闻者甚夥，久记于心；尔后虽多用于《神鞭》《三寸金莲》等书，仍有一些故事人物，闲置一旁，未被采纳。这些奇人妙事，闻若未闻，倘若废置，岂不可惜？近日忽生一念，何不笔录下来，供后世赏玩之中，得知往昔此地之众生相耶？故而随想随记，始作于今；每人一篇，各不相关。冠之总名《俗世奇人》耳。

酒　婆

酒馆也分三六九等。首善街那家小酒馆得算顶末尾的一等，不插幌子，不挂字号，屋里连座位也没有；柜台上不卖菜，单摆一缸酒。来喝酒的，都是扛活拉车卖苦力的底层人。有的手捏一块酱肠头，有的衣兜里装着一把五香花生，进门要上二三两，倚着墙角窗台独饮。逢到人挤人，便端着酒碗到门外边，靠树一站，把酒一点点倒进嘴里，这才叫过瘾解馋其乐无穷呢！

这酒馆只卖一种酒，使山芋干造的，价钱贱，酒味大。首善街养的猫从来不丢，跑迷了路，也会循着酒味找回来。这酒不讲余味，只讲冲劲，进嘴赛锚水，非得赶紧咽，不然烧烂了舌头嘴巴牙花嗓子眼儿。可一落进肚里，跟手一股劲"腾"地蹿上来，直撞脑袋，晕晕乎乎，劲头很猛。好赛大年夜里放的那种炮仗"炮打灯"，点着一炸，红灯蹿天。这酒就叫做"炮打灯"。好酒应是温厚绵长，绝不上头。但穷汉子们挣一天命，筋酸骨乏，心里憋闷，不就为了花钱不多，马上来劲，晕头涨脑地洒脱洒脱放纵放纵吗？

要说最洒脱，还得数酒婆。天天下晌，这老婆子一准来到小酒馆，衣衫破烂，赛叫花子；头发乱，脸色黯，没人说清她嘛长相，更没人知道她姓嘛叫嘛，却都知道她是这小酒馆的头号酒鬼，尊称酒婆。她一进门，照例打怀里掏出个四四方方小布包，打开布包，里头是个报纸包，报纸有时新有时旧；打开报纸包，又是个绵纸包，好赛里头包着一个翡翠别针；再打开这绵纸包，原来只是两角钱！她拿钱撂在柜台上，老板照例把多半碗"炮打灯"递过去，她接过酒碗，举手仰脖，碗底一翻，酒便直落肚中，好赛倒进酒桶。待这婆子两脚一出门坎，就赛在地上画天书了。

她一路东倒西歪向北去，走出一百多步远的地界，是个十字路口，车来车往，常常出事。您还甭为这婆子揪心，瞧她烂醉如泥，可每次将到路口，一准是"噔"的一下，醒过来了！竟赛常人一般，不带半点醉意，好端端地穿街而过。她天天这样，从无闪失。首善街上人家，最爱瞧酒婆这醉醺醺的几步扭——上摆下摇，左歪右斜，悠悠旋转乐陶陶，看似风摆荷叶一般；逢到雨天，雨点淋身，便赛一张慢慢旋动的大伞了……但是，为嘛酒婆一到路口就醉意全消呢？是因为"炮打灯"就这么一点劲头儿，还是酒婆有超人的能耐说醉就醉说醒就醒？

酒的诀窍，还是在酒缸里。老板人奸，往酒里掺水。酒鬼们对眼睛里的世界一片模糊，对肚子里的酒却一清二楚，但谁也不肯把这层纸捅破，喝美了也就算了。老板缺德，必得报应，人近六十，没儿没女，八成要绝后。可一日，老板娘爱酸爱辣，居然有喜了！老板给佛爷叩头时，动了良心，发誓今后老实做人，诚实卖酒，再不往酒里掺水掺假了。

就是这日，酒婆来到这家小酒馆，进门照例还是掏出包儿来，层层打开，花钱买酒，举手仰脖，把改假为真的"炮打灯"倒进肚里……真货就有真货色。这次酒婆还没出屋，人就转悠起来了。而且今儿她一路上摇晃得分外好看，上身左摇，下身右摇，愈转愈疾，初时赛风中的大鹏鸟，后来竟赛一个黑黑的大漩涡！首善街的人看得惊奇，也看得纳闷，不等多想，酒婆已到路口，竟然没有酒醒，破天荒头一遭转悠到大马路上，下边的惨事就甭提了……

自此，酒婆在这条街上绝了迹。小酒馆里的人们却不时念叨起她来，说她才算真正够格的酒鬼。她喝酒不就菜，向例一饮而尽，不贪解馋，只求酒劲。在酒馆既不多事，也无闲话，交钱喝酒，喝完就走，从来没赊过账。真正的酒鬼，都是自得其乐，不搅和别人。

老板听着，忽然想到，酒婆出事那日，不正是自己不往酒里掺假的那天吗？原来祸根竟在自己身上！他便别扭开了，心想这人间

的道理真是说不清道不明了。到底骗人不对，还是诚实不对？不然为嘛几十年拿假酒骗人，却相安无事，都喝得挺美，可一旦认真起来反倒毁了？

蓝　眼

　　古玩行中有对天敌，就是造假画的和看假画的。造假画的，费尽心机，用尽绝招，为的是骗过看假画的那双又尖又刁的眼；看假画的，却凭这双眼识破天机，看破诡计，捏着这造假的家伙没藏好的尾巴尖儿，打一堆画里把它抻出来，晾在光天化日底下。

　　这看假画的名叫蓝眼，在锅店街裕成公古玩铺做事，专看画。蓝眼不姓蓝，他姓江，原名在棠，蓝眼是他的外号。天津人好起外号，一为好叫，二为好记。这蓝眼来源于他的近视镜，镜片厚得赛瓶底，颜色发蓝，看上去真赛一双蓝眼，而这蓝眼的关键还是在他的眼上。据说他关灯看画，也能看出真假；话虽有点玄，能耐不掺假。他这蓝眼看画时还真的大有神道——看假画，双眼无神；看真画，一道蓝光。

　　这天，有个念书打扮的人来到铺子里，手拿一轴画，外边的题签上写着"大涤子湖天春色图"。蓝眼看似没看，他知道这题签上无论写嘛，全不算数，真假还得看画。他刷地一拉，疾如闪电，露出半尺画心。这便是蓝眼出名的"半尺活"，他看画无论大小，只看半尺。是真是假，全拿这半尺画说话，绝不多看一寸一分。蓝眼面对半尺画，眼镜片刷地闪过一道蓝光，他抬起头问来者：

　　"你打算卖多少钱？"

　　来者没急着要价，而是说：

　　"听说西头的黄三爷也临摹过这幅画。"

　　黄三爷是津门造假画的第一高手，古玩铺里的人全怕他。没想到蓝眼听赛没听，又说一遍：

“我眼里从来没有什么黄三爷。你说你这画打算卖多少钱吧。”

“两条。”来者说。这两条是二十两黄金。

要价不低，也不算太高，两边稍稍地你抬我压，十八两便成交了。

打这天起，津门的古玩铺都说锅店街的裕成公买到一轴大涤子石涛的山水，水墨浅绛，苍润之极，上边还有大段题跋，尤其难得。有人说这件东西是打北京某某王府流落出来的。来卖画的人不大在行，蓝眼却抓个正着。花钱不少，东西更好。这么精的大涤子，十年内天津的古玩行就没现过。那时没有报纸，嘴巴就是媒体，愈说愈神，愈传愈广。接二连三总有人来看画，裕成公都快成了绸缎庄了。

世上的事，说足了这头，便开始说那头。大约事过三个月，开始有人说裕成公那幅大涤子靠不住，初看挺唬人，可看上几遍就稀汤寡水，没了精神。真假画的分别是，真画经得住看，假画受不住瞧。这话传开之后，就有新闻冒出来——有人说这画是西头黄三爷一手造的赝品！这话不是等于拿盆脏水往人家蓝眼的袍子上泼吗？

蓝眼有根，理也不理。愈是不理，传得愈玄，后来就说得有鼻子有眼儿了。说是有人在针市街一个人家里，看到了这轴画的真品。于是，又是接二连三，不间断有人去裕成公古玩铺看画，但这回是想瞧瞧黄三爷用嘛能耐把蓝眼的眼蒙住的。向来看能人栽跟斗都最来神儿！

裕成公的老板佟五爷心里有点发毛，便对蓝眼说：“我信您的眼力，可我架不住外头的闲话，扰得咱铺子整天乱哄哄的。咱是不是找个人打听打听那画在哪儿。要真有张一模一样的画，就想法把它亮出来，分清楚真假，更显得咱高。”

蓝眼听出来老板没底，可是流言闲语谁也没辙，除非就照老板的话办，真假一齐亮出来。人家在暗处闹，自己在明处赢。

佟老板找来尤小五。尤小五是天津卫的一只地老鼠，到处乱钻，嘛事都能叫他拿耳朵摸到。他们派尤小五去打听，转天有了消息。

　　原来还真的另有一幅大涤子，也叫《湖天春色图》，而且真的就在针市街一个姓崔的人家！佟老板和蓝眼都不知道这崔家是谁。佟老板便叫尤小五引着蓝眼去看。蓝眼不能不去，待到了那家一看，眼镜片刷刷闪过两道蓝光，傻了！

　　真画原来是这幅，铺子里那幅是假造的！这两幅画的大小、成色、画面，全都一样，连图章也是仿刻的，可就是神气不同——瞧，这幅真的是嘛神气！

　　他当初怎么打的眼，已经全然不知。此时面对这画，真恨不得钻进地里去。他二十年没错看过一幅。他蓝眼简直成了古玩行里的神。他说真必真，说假准假，没人不信。可这回一走眼，传了出去，那可毁了。看真假画这行，看对一辈子全是应该的，看错一幅就一跟头栽到底。

　　他没出声。回到店铺跟老板讲了实话。裕成公和蓝眼是连在一块，要栽全栽。佟老板想了一夜。有了主意，决定把崔家那轴大涤子买过来，花大价钱也在所不惜。两幅画都攥在手里，哪真哪假就全由自己说了。但办这事他们绝不能露面，便另外花钱请个人，假装买主，跟随尤小五到崔家去买轴画。谁料人家姓崔的开口就是天价，不然就自己留着不卖了。买东西就怕一边非买，一边非不卖。可是去装买主这人心里有底，因为来时黄老板对他有话："就是砸了铺子，你也得把画给我买来。"便一再让步，最后竟花了七条金子才买到手，反比先前买的那轴多花了三倍的钱还多。

　　待把这轴画拿到裕成公，佟老板舒口大气，虽然心疼钱，却保住了裕成公的牌子。他叫伙计们把两轴画并排挂在墙上，彻底看个心明眼亮。等画挂好，蓝眼上前一瞧，眼镜片刷刷刷闪过三道光，人竟赛根棍子立在那里。天下的怪事就在眼前——原来还是先前的那幅是真的，刚买回来的这幅反倒是假的！

　　真假不放在一起比一比，根本分不出真假——这才是人家造假画的本事，也是最高超的本事！

　　可是蓝眼长的一双是嘛眼？肚脐眼？

　　蓝眼差点一口气闭过去。转过三天，他把前前后后的事情捋了一遍，这才明白，原来这一切都是黄三爷在暗处做的圈套，一步步叫你钻进来。人家真画卖得不吃亏，假画卖得比天高。他忽然想起，最早来卖画的那个书生打扮的人，不是对他说过"黄三爷也临摹过这幅画"吗？人家有话在先，早就说明白这幅画有真有假。再看打了眼怨谁？看来，这位黄三爷不单冲着钱来的，干脆就是冲着自己来的。人家叫你手里攒着真画，再去买他造的假画。多绝！等到他明白了这一层，才算明白到家，认栽到底！打这儿起，蓝眼卷起被袱卷儿离开了裕成公。自此不单天津古玩行没他这号，天津地面也瞧不见他的影子。有人说他得一场大病，从此躺下，再没起来。栽得真是太惨了！

　　再想想看，他还有更惨的——他败给人家黄三爷，却只见到黄三爷的手笔，人家的面也没叫他见过呢！

　　所幸的是，他最后总算想到黄三爷的这一手，死得明明白白。

泥　人　张

　　手艺道上的人，捏泥人的"泥人张"排第一。而且，有第一，没第二，第三差着十万八千里。

　　泥人张大名叫张明山。咸丰年间常去的地方有两处，一是东北城角的戏院大观楼，一是北关口的饭馆天庆馆。坐在那儿，为了瞧各样的人，也为捏各样的人。去大观楼要看戏台上的各种角色，去天庆馆要看人世间的各种角色。这后一种的样儿更多。

　　那天下雨，他一个人坐在天庆馆里饮酒，一边留神四下里吃客们的模样。这当儿，打外边进来三个人。中间一位穿得阔绰，大脑袋，中溜个子，挺着肚子，架势挺牛，横冲直撞往里走。站在迎门桌子上的"撂高的"一瞅，赶紧吆喝着："益照临的张五爷可是稀客，贵客，张五爷这儿总共三位——里边请！"

　　一听这喊话，吃饭的人都停住嘴巴，甚至放下筷子瞧瞧这位大名鼎鼎的张五爷。当下，城里城外气最冲的要算这位靠着贩盐赚下金山的张锦文。他当年由于为盛京将军海仁卖过命，被海大人收为义子，排行老五，所以又有"海张五"一称。但人家当面叫他张五爷，背后叫他海张五。天津卫是做买卖的地界儿，谁有钱谁横，官儿也怵三分，可是手艺人除外。手艺人靠手吃饭，求谁？怵谁？故此，泥人张只管饮酒，吃菜，西瞧东看，全然没把海张五当个人物。

　　但是不会儿，就听海张五那边议论起他来。有个细嗓门的说："人家台下一边看戏，一边手在袖子里捏泥人。捏完拿出来一瞧，台上的嘛样，他捏的嘛样。"跟着就是海张五的大粗嗓门说："在哪儿捏？在袖子里捏？在裤裆里捏吧！"随后一阵笑，拿泥人张找乐子。

这些话天庆馆里的人全都听见了。人们等着瞧艺高胆大的泥人张怎么"回报"海张五。一个泥团儿砍过去？

只见人家泥人张听赛没听，左手伸到桌子下边，打鞋底下抠下一块泥巴。右手依然端杯饮酒，眼睛也只瞅着桌上的酒菜，这左手便摆弄起这团泥巴来；几个手指飞快捏弄，比变戏法的刘秃子的手还灵巧。海张五那边还在不停地找乐子，泥人张这边肯定把那些话在他手里这团泥上全找回来了。随后手一停，他把这泥团往桌上"叭"地一戳，起身去柜台结账。

吃饭的人伸脖一瞧，这泥人真捏绝了！就赛把海张五的脑袋割下来放在桌上一般。瓢似的脑袋，小鼓眼，一脸狂气，比海张五还像海张五，只是只有核桃大小。

海张五在那边，隔着两丈远就看出捏的是他。他朝着正走出门的泥人张的背影叫道："这破手艺也想赚钱，贱卖都没人要。"

泥人张头都没回，撑开伞走了。但天津卫的事没有这样完的——

第二天，北门外估衣街的几个小杂货摊上，摆出来一排排海张五这个泥像，还加了个身子，大模大样坐在那里。而且是翻模子扣的，成批生产，足有一二百个。摊上还都贴着个白纸条，上边使墨笔写着：

　　贱卖海张五

估衣街上来来往往的人，谁看谁乐。乐完找熟人来看，再一块乐。

三天后，海张五派人花了大价钱，才把这些泥人全买走，据说连泥模子也买走了。泥人是没了，可"贱卖海张五"这事却传了一百多年，直到今儿个。

苏 七 块

苏大夫本名苏金散，民国初年在小白楼一带，开所行医，正骨拿环，天津卫挂头牌，连洋人赛马折胳膊断腿，也来求他。

他人高袍长，手瘦有劲，五十开外，红唇皓齿，眸子赛灯，下巴儿一绺山羊须，浸了油赛的乌黑锃亮。张口说话，声音打胸腔出来，带着丹田气，远近一样响，要是当年入班学戏，保准是金少山的冤家对头。他手下动作更是"干净麻利快"，逢到有人伤筋断骨找他来，他呢？手指一触，隔皮截肉，里头怎么回事，立时心明眼亮。忽然双手赛一对白鸟，上下翻飞，疾如闪电，只听"咔嚓咔嚓"，不等病人觉疼，断骨头就接上了。贴块膏药，上了夹板，病人回去自好。倘若再来，一准是鞠大躬谢大恩送大匾来了。

人有了能耐，脾气准各色。苏大夫有个各色的规矩，凡来瞧病，无论贫富亲疏，必得先拿七块银元码在台子上，他才肯瞧病，否则绝不搭理。这叫嘛规矩？他就这规矩！人家骂他认钱不认人，能耐就值七块，因故得个挨贬的绰号叫做：苏七块。当面称他苏大夫，背后叫他苏七块，谁也不知他的大名苏金散了。

苏大夫好打牌。一日闲着，两位牌友来玩，三缺一，便把街北不远的牙医华大夫请来，凑上一桌。玩得正来神儿，忽然三轮车夫张四闯进来，往门上一靠，右手托着左胳膊肘，脑袋瓜淌汗，脖子周围的小褂湿了一圈，显然摔坏胳膊，疼得够劲。可三轮车夫都是赚一天吃一天，哪拿得出七块银元？他说先欠着苏大夫，过后准还，说话时还哼哟哼哟叫疼。谁料苏大夫听赛没听，照样摸牌看牌算牌打牌，或喜或忧或惊或装作不惊，脑子全在牌桌上。一位牌友看不

271

过去，使手指指门外，苏大夫眼睛仍不离牌。"苏七块"这绰号就表现得斩钉截铁了。

牙医华大夫出名的心善，他推说去撒尿，离开牌桌走到后院，钻出后门，绕到前街，远远把靠在门边的张四悄悄招呼过来，打怀里摸出七块银元给了他。不等张四感激，转身打原道返回，进屋坐回牌桌，若无其事地接着打牌。

过一会儿，张四歪歪扭扭走进屋，把七块银元"哗"地往台子上一码。这下比按铃还快，苏大夫已然站在张四面前，挽起袖子，把张四的胳膊放在台子上，捏几下骨头，跟手左拉右推，下顶上压，张四抽肩缩颈闭眼龇牙，预备重重挨几下，苏大夫却说："接上了。"当下便涂上药膏，夹上夹板，还给张四几包活血止疼口服的药面子。张四说他再没钱付药款，苏大夫只说了句："这药我送了。"便回到牌桌旁。

今儿的牌各有输赢，更是没完没了，直到点灯时分，肚子空得直叫，大家才散。临出门时，苏大夫伸出瘦手，拦住华大夫，留他有事。待那二位牌友走后，他打自己座位前那堆银元里取出七块，往华大夫手心一放，在华大夫惊愕中说道：

"有句话，还得跟您说。您别以为我这人心地不善，只是我立的这规矩不能改！"

华大夫把这话带回去，琢磨了三天三夜，到底也没琢磨透苏大夫这话里的深意，但他打心眼儿里钦佩苏大夫这事这理这人。

好嘴杨巴

　　津门胜地，能人如林，此间出了两位卖茶汤的高手，把这种稀松平常的街头小吃，干得远近闻名。这二位，一位胖黑敦厚，名叫杨七，一位细白精朗，人称杨八。杨七杨八，好赛哥儿俩，其实却无亲无故，不过他俩的爹都姓杨罢了。杨八本名杨巴，由于"巴"与"八"音同，巴的年岁长相又比杨七小，人们便错把他当成杨七的兄弟。不过要说他俩的配合，好比左右手，又非亲兄弟可比。杨七手艺高，只管闷头制作；杨巴口才好，专管外场照应，虽然里里外外只这两人，既是老板又是伙计，闹得却比大买卖还红火。杨七的手艺好，关键靠两手绝活。一般茶汤是把秫米面沏好后，捏一撮芝麻撒在浮头，这样做香味只在表面，愈喝愈没味儿。杨七自有高招，他先盛半碗秫米面，便撒上一次芝麻，再盛半碗秫米面，沏好后又撒一次芝麻，这样一直喝到见了碗底都有香味。

　　他另一手绝活是，芝麻不用整粒的，而是先使钱锅炒过，再拿擀面杖轧碎。轧碎了，里面的香味才能出来。芝麻必得炒得焦黄不糊，不黄不香，太糊便苦；轧碎的芝麻粒还得粗细正好，太粗费嚼，太细也就没嚼头了。这手活儿别人明知道也学不来，手艺人的能耐全在手上，此中道理跟写字画画差不多。

　　可是，手艺再高，东西再好，拿到生意场上必得靠人吹。三分活，七分说，死人说活了，破货变好货，买卖人的功夫大半在嘴上。到了需要逢场作戏、八面玲珑、看风使舵、左右逢源的时候，就更指着杨巴那张好嘴了。

　　那次，李鸿章来天津，地方的府县道台费尽心思，究竟拿嘛样

的吃喝才能把中堂大人哄得高兴？京城豪门，山珍海味不新鲜，新鲜的反倒是地方风味小吃，可天津卫的小吃太粗太土；熬小鱼刺多，容易卡嗓子；炸麻花梆硬，弄不好硌牙。琢磨三天，难下决断，幸亏知府大人原是地面上走街串巷的人物，嘛都吃过，便举荐出"杨家茶汤"；茶汤黏软香甜，好吃无险，众官员一齐称好，这便是杨巴发迹的缘由了。

这日下晌，李中堂听过本地小曲莲花落子，饶有兴味，满心欢喜，撒泡热尿，身爽腹空，要吃点心。知府大人忙叫"杨七杨八"献上茶汤。今儿，两人自打到这世上来，头次里外全新，青裤青褂，白巾白袜，一双手拿碱面洗得赛脱层皮那样干净。他俩双双将茶汤捧到李中堂面前的桌上，然后一并退后五步，垂手而立，说是听候吩咐，实是请好请赏。

李中堂正要尝尝这津门名品，手指尖将碰碗边，目光一落碗中，眉头忽地一皱，面上顿起阴云，猛然甩手，"啪"地将一碗茶汤打落在地，碎瓷乱飞，茶汤泼了一地，还冒着热气儿。在场众官员吓蒙了，杨七和杨巴慌忙跪下，谁也不知中堂大人为嘛犯怒！

当官的一个比一个糊涂，这就透出杨巴的明白。他眨眨眼，立时猜到中堂大人以前没喝过茶汤，不知道撒在浮头的碎芝麻是嘛东西，一准当成不小心掉上去的脏土，要不哪会有这大的火气？可这样，难题就来了——

倘若说这是芝麻，不是脏东西，不等于骂中堂大人孤陋寡闻，没有见识吗？倘若不加解释，不又等于承认给中堂大人吃脏东西？说不说，都是要挨一顿臭揍，然后砸饭碗子。而眼下顶要紧的，是不能叫李中堂开口说那是脏东西。大人说话，不能改口。必须赶紧想辙，抢在前头说。

杨巴的脑筋飞快地一转两转三转，主意来了！只见他脑袋撞地，"咚咚咚"叩得山响，一边叫道："中堂大人息怒！小人不知道中堂大人不爱吃压碎的芝麻粒，惹恼了大人。大人不记小人过，饶了小人这次，今后一定痛改前非！"说完又是一阵响头。

李中堂这才明白，刚才茶汤上那些黄渣子不是脏东西，是碎芝麻。明白过后便想，天津卫九河下梢，人性练达，生意场上，心灵嘴巧。这卖茶汤的小子更是机敏过人，居然一眼看出自己错把芝麻当做脏土，而三两句话，既叫自己明白，又给自己面子。这聪明在眼前的府县道台中间是绝没有的，于是对杨巴心生喜欢，便说：

"不知道当无罪！虽然我不喜欢吃碎芝麻（他也顺坡下了），但你的茶汤名满津门，也该嘉奖！来人呀，赏银一百两！"

这一来，叫在场所有人摸不着头脑。茶汤不爱吃，反倒奖巨银，为嘛？傻啦？杨巴趴在地上，一个劲儿地叩头谢恩，心里头却一清二楚全明白。

自此，杨巴在天津城威名大震。那"杨家茶汤"也被人们改称作"杨巴茶汤"了。杨七反倒渐渐埋没，无人知晓。杨巴对此毫不内疚，因为自己成名靠的是自己一张好嘴，李中堂并没有喝茶汤呀！

张 大 力

张大力，原名叫张金璧，津门一员赳赳武夫，身强力蛮，力大没边，故称大力。津门的老少爷儿们喜欢他，佩服他，夸他。但天津人有自己夸人的方法。张大力就有这么一件事，当时无人不晓，现在没人知道，因此写在下边——

侯家后一家卖石材的店铺，叫聚合成。大门口放一把死沉死沉的青石大锁，锁把也是石头的。锁上刻着一行字：

　　凡举起此锁者赏银百两

聚合成设这石锁，无非为了证明它的石料都是坚实耐用的好料。

可是，打石锁撂在这儿，没人举起过，甚至没人能叫它稍稍动一动，您说它有多重？好赛它跟地壳连着，除非把地面也举到头上去！

一天，张大力来到侯家后，看见这把锁，也看见上边的字，便俯下身子，使手问一问，轻轻一撼，竟然摇动起来，而且赛摇一个竹篮子，这就招了许多人围上来看。只见他手握锁把，腰一挺劲，大石锁被他轻易地举到空中。胳膊笔真不弯，脸上笑容满面，好赛举着一大把花儿！

众人叫好呼好喊好，张大力举着石锁，也不撂下来，直等着聚合成的伙计老板全出来，看清楚了，才将石锁放回原地。老板上来笑嘻嘻说：

"原来张老师来了，快请到里头坐坐，喝杯茶！"

张大力听了，正色说："老板，您别跟我弄这套！您的石锁上写着嘛，谁举起它，赏银百两，您就快把钱拿来，我还忙着哪！"

谁料聚合成的老板并不理会张大力的话。待张大力说完，他不紧不慢地说道："张老师，您只瞧见石锁上边的字了，可石锁底下还有一行字，您瞧见了吗？"

张大力怔了。刚才只顾高兴，根本没瞧见锁下边还有字。不单他没瞧见，旁人也都没瞧见。张大力脑筋一转，心想别是老板唬他，不想给钱，以为他使过一次劲，二次再举不起来了，于是上去一把又将石锁高高举到头顶上，可抬眼一看，石锁下边还真有一行字，竟然写着：

　　惟张大力举起来不算

把这石锁上边和下边的字连起来，就是：

　　凡举起此锁赏银百两，惟张大力举起来不算！

众人见了，都笑起来，原来人家早知道惟有他能举起这家伙。而这行字也是人家佩服自己，夸赞自己——张大力当然明白。

他扔了石锁，哈哈大笑，扬长而去。

小杨月楼义结李金鏊

民国二十八年，龙王爷闯进天津卫，大小楼房全赛站在水里。三层楼房水过腿，两层楼房水齐腰，小平房便都落得"没顶之灾"了。街上行船，窗户当门，买卖停业，车辆不通，小杨月楼和他的一班人马，被困在南市的庆云戏院。那时候，人都泡在水里，哪有心思看戏？这班子二十来号人便睡在戏台上。

龙王爷赖在天津一连几个月，戏班照样人吃马喂，把钱使净，便将十多箱行头道具押在河北大街的"万成当"。等到水退了，火车通车，小杨月楼急着返回上海，凑钱买了车票，就没钱赎当了，急得他闹牙疼，腮帮子肿得老高。戏院一位热心肠的小伙计对他说："您不如去求李金鏊帮忙，那人仗义，拿义气当命。凭您的名气，有求必应。"

李金鏊是天津卫出名的一位大锅伙，混混头儿。上刀山、下火海、跳油锅，绝不含糊，死千一个。虽然黑白道上，也讲规矩讲脸面讲义气，拔刀相助的事李金鏊干过不少，小杨月楼却从来不沾这号人。可是今儿事情逼到这地步，不去也得去了。他跟随这小伙计到了西头，过街穿巷，抬眼一瞧，怔住了。篱笆墙，栅栏门，几间爬爬屋，大名鼎鼎的李金鏊就住在这破瓦寒窑里？小伙计却截门一声呼："李二爷！"

应声打屋里猫腰走出一个人来，出屋直起身，吓了小杨月楼一跳。这人足有六尺高，肩膀赛门宽，老脸老皮，胡子拉碴；那件灰布大褂，足够改成个大床单，上边还油了几块。小杨月楼以为找错人家，没想到这人说话嘴上赛扣个罐子，瓮声瓮气问道："找我干

278

嘛?"口气挺硬,眼神极横,错不了,李金鳌!

进了屋,屋里赛破庙,地上是土,条案上也是土,东西全是东倒西歪;迎面那八仙桌子,四条腿缺了一条,拿砖顶上;桌上的茶壶,破嘴缺把,磕底裂肚,盖上没疙瘩。小杨月楼心想,李金鳌是真穷还是装穷?若是真穷,拿嘛帮助自己?于是心里不抱什么希望了。

李金鳌打量来客,一身春绸裤褂,白丝袜子,黑礼服呢鞋,头戴一顶细辫巴拿马草帽,手拿一柄有字有画的斑竹折扇。他瞄着小杨月楼说:"我在哪儿见过你?"眼神还挺横,不赛对客人,赛对仇人。

戏院小伙计忙做一番介绍,表明来意。李金鳌立即起身,拱拱手说:"我眼拙,杨老板可别在意。您到天津卫来唱戏,是咱天津有耳朵人的福气!哪能叫您受治、委屈!您明儿响后就去'万成当'拉东西去吧!"说得真爽快,好赛天津卫是他家的。这更叫小杨月楼满腹狐疑,以为到这儿来做戏玩。

转天一早,李金鳌来到河北大街的"万成当",进门朝着高高的柜台仰头叫道:"告你们老板去,说我李金鳌拜访他来了!"这一句,不单把柜上的伙计吓跑了,也把典当来的主顾吓跑了。老板慌张出来,请李金鳌到楼上喝茶,李金鳌理也不理,只说:"我朋友杨老板有几个戏箱押在你这里,没钱赎当,你先叫他搬走,交情记着,咱们往后再说。"说完拨头便走。

当日响后,小杨月楼带着几个人碰运气赛的来到"万成当",进门却见自己的十几个戏箱——大衣箱、二衣箱、三衣箱、盔头箱、旗把箱等等,早已摆在柜台外边。小杨月楼大喜过望,竟然叫好喊出声来。这样便取了戏箱,高高兴兴返回上海。

小杨月楼走后,天津卫的锅伙们听说这件事,佩服李金鳌的义气,纷纷来到"万成当",要把小杨月楼欠下的赎当钱补上。老板不肯收,锅伙们把钱截着柜台扔进去就走。多少亦不论,反正多得多。这事又传到李金鳌耳朵里。李金鳌在北大关的天庆馆摆了几桌,将

这些代自己还情的弟兄们着实宴请一顿。

谁想到小杨月楼回到上海，不出三个月，寄张银票到天津"万成当"，补还那笔欠款，"万成当"收过锅伙们的钱，哪敢再收双份，老板亲自捧着钱给李金鏊送来了。李金鏊嘛人？不单分文不取，看也没看，叫人把这笔钱分别还给那帮代他付钱的弟兄。至此，钱上边的事清楚了，谁也不欠谁的了。这事本该了结，可是情没结，怎么结？

转年冬天，上海奇冷，黄浦江冰冻三尺，大河盖上盖儿。甭说海上的船开不进江来，江里的船晚走两天便给冻得死死的，比抛锚还稳当。这就断了码头上脚夫们的生路，尤其打天津去扛活的弟兄们，肚子里的东西一天比一天少，快只剩下凉气了。恰巧李金鏊到上海办事，见这情景，正愁没辙，抬眼瞅见小杨月楼主演《芸娘》的海报，拔腿便去找小杨月楼。

赶到大舞台时，小杨月楼正是闭幕卸装时候，听说天津的李金鏊在大门外等候，脸上带着油彩就跑出来。只见台阶下大雪里站着一条高高汉子。他口呼："二哥！"三步并两步跑下台阶。脚底板冰雪一滑，一屁股坐在地上，仰脸对李金鏊还满是欢笑。

小杨月楼在锦江饭店盛宴款待这位心中敬佩的津门恩人。李金鏊说："杨老板，您喂得饱我一个脑袋，喂不饱我黄浦江边的上千个扛活的弟兄。如今大河盖盖儿，弟兄们没饭辙，眼瞅着小命不长。"

小杨月楼慨然说："我去想办法！"

李金鏊说："那倒不用。您只要把上海所有名角约到一块儿，义演三天就成！戏票全给我，我叫弟兄们自个儿找主去卖，这么做难为您吗？"

小杨月楼说："二哥真行，您叫我帮忙，又不叫我费劲。这点事还不好办吗？"第二天就把大上海所有名角，像赵君玉、周信芳、黄玉麟、刘筱衡、王芸芳、刘斌昆、高百岁等等，全都约齐，在黄金戏院举行义演。戏票由天津这帮弟兄拿到平日扛活的主家那里去卖。这些主家花钱买几张票，又看戏，又帮忙，落人情，过戏瘾，谁不肯？何况这么多名角同台献技，还是《龙凤呈祥》《红鬃烈马》一些热闹好看的大戏，更是千载难逢。一连三天过去，便把冻成冰棍的上千个弟兄全救活了。

李金鏊完事要回天津，临行前，小杨月楼又是设宴送行。酒足饭饱时，小杨月楼叫人拿出一大包银子，外头拿红纸包得四四方方，送给李金鏊，既是盘缠，也有对去年那事谢恩之意。李金鏊一见钱，面孔马上板起来，沉下来的嗓门更显得瓮声瓮气。他说道："杨老板，我这人，向例只交朋友，不交钱。想想看，您我这段交情，有来有往，打谁手里过过钱？谁又看见过钱？折腾来折腾去，不都是那些情义吗？钱再多也经不住花，可咱们的交情使不完！"说完起身告辞。

小杨月楼叫李金鏊这一席话说得又热又辣，五体流畅。第二天唱《花木兰》，分外的精气神足，嗓门冒光，整场都是满堂彩。

刷子李

　　码头上的人，全是硬碰硬。手艺人靠的是手，手上就必得有绝活。有绝活的，吃荤，亮堂，站在大街中央；没能耐的，吃素，发蔫，靠边呆着。这一套可不是谁家定的，它地地道道是码头上的一种活法。自来唱大戏的，都讲究闯天津码头。天津人迷戏也懂戏，眼刁耳尖，褒贬分明。戏唱得好，下边叫好捧场，像见到皇上，不少名角便打天津唱红唱紫、大红大紫；可要是稀松平常，要哪儿没哪儿，戏唱砸了，下边一准起哄喝倒彩，弄不好茶碗扔上去，茶叶末子沾满戏袍和胡须上。天下看戏，哪儿也没天津倒好叫得厉害。您别说不好，这一来也就练出不少能人来。各行各业，全有几个本领齐天的活神仙。刻砖刘、泥人张、风筝魏、机器王、刷子李等等。天津人好把这种人的姓，和他们拿手擅长的行当连在一起称呼。叫长了，名字反没人知道。只有这一个绰号，在码头上响当当和当当响。

　　刷子李是河北大街一家营造厂的师傅，专干粉刷一行，别的不干。他要是给您刷好一间屋子，屋里任嘛甭放，单坐着，就赛升天一般美。最叫人叫绝的是，他刷浆时必穿一身黑，干完活，身上绝没有一个白点。别不信！他还给自己立下一个规矩，只要身上有白点，白刷不要钱。倘若没这本事，他不早饿成干儿了？

　　但这是传说，人信也不会全信。行外的没见过的不信，行内的生气愣说不信。

　　一年的一天，刷子李收个徒弟叫曹小三。当徒弟的开头都是端茶、点烟，跟在屁股后边提东西。曹小三当然早就听说过师傅那手

282

绝活，一直半信半疑，这回非要亲眼瞧瞧。

那天，头一次跟师傅出去干活，到英租界镇南道给李善人新造的洋房刷浆。到了那儿，看刷子李跟管事的人一谈，才知道师傅派头十足。照他的规矩一天只刷一间屋子。这洋楼大小九间屋，得刷九天。干活前，他把随身带的一个四四方方的小包袱打开，果然一身黑衣黑裤，一双黑布鞋。穿上这身黑，就赛跟地上一桶白浆较上了劲。

一间屋子，一个屋顶四面墙，先刷屋顶后刷墙。顶子尤其难刷，蘸了稀溜溜粉浆的板刷往上一举，谁能一滴不掉？一掉准掉在身上。可刷子李一举刷子，就赛没有蘸浆。但刷子划过屋顶，立时匀匀实实一道白，白得透亮，白得清爽。有人说这蘸浆的手法有高招，有人说这调浆的配料有秘方。曹小三哪里看得出来？只见师傅的手臂悠然摆来，悠然摆去，好赛伴着鼓点，和着琴音，每一摆刷，那长长的带浆的毛刷便在墙面"啪"的清脆一响，极是好听。啪啪声里，一道道浆，衔接得天衣无缝，刷过去的墙面，真好比平平整整打开一面雪白的屏障。可是曹小三最关心的还是刷子李身上到底有没有白点。

刷子李干活还有个规矩，每刷完一面墙，必得在凳子上坐一大会儿，抽一袋烟，喝一碗茶，再刷下一面墙。此刻，曹小三借着给师傅倒水点烟的机会，拿目光仔细搜索刷子李的全身。每一面墙刷完，他都搜索一遍，居然连一个芝麻大小的粉点也没发现。他真觉得这身黑色的衣服有种神圣不可侵犯的威严。

可是，当刷子李刷完最后一面墙，坐下来，曹小三给他点烟时，竟然瞧见刷子李裤子上出现一个白点，黄豆大小，黑中白比白中黑更扎眼。完了！师傅露馅了，他不是神仙，往日传说中那如山般的形象轰然倒去。但他怕师父难堪，不敢说，也不敢看，可忍不住还要扫一眼。

这时候，刷子李忽然朝他说话：

"小三，你瞧见我裤子上的白点了吧。你以为师傅的能耐有假，

名气有诈是吧，傻小子，你再细瞧瞧吧——"

　　说着，刷子李手指捏着裤子轻轻往上一提，那白点即刻没了，再一松手，白点又出现了。奇了！他凑上脸用神再瞧，那白点原是一个小洞，刚才抽烟时不小心烧的。里边的白衬裤打小洞透出来，看上去就跟粉浆落上去的白点一模一样！

　　刷子李看着曹小三发怔发傻的模样，笑道：

　　"你以为人家的名气全是虚的？那你是在骗自己。好好学本事吧！"

　　曹小三学徒头一天，见到听到学到的，恐怕别人一辈子也未准明白呢！

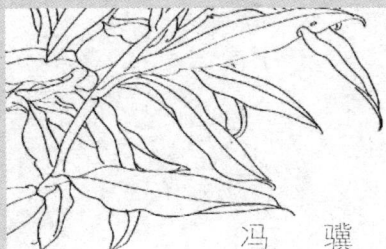

冯 骥 才

作 品 精 选

散
文

散　　　文

逼来的春天

那时，大地依然一派毫无松动的严冬景象，土地梆硬，树枝全抽搐着，害病似的打着冷颤；雀儿们晒太阳时，羽毛夊开好像绒球，紧挤一起，彼此借着体温。你呢，面颊和耳朵边儿像要冻裂那样的疼痛……然而，你那冻得通红的鼻尖，迎着凛冽的风，却忽然闻到了春天的气味！

春天最先是闻到的。

这是一种什么气味？它令你一阵惊喜，一阵激动，一下子找到了明天也找到了昨天——那充满诱惑的明天和同样季节、同样感觉却流逝难返的昨天。可是，当你用力再去吸吮这空气时，这气味竟又没了！你放眼这死气沉沉冻结的世界，准会怀疑它不过是瞬间的错觉罢了。春天还被远远隔绝在地平线之外吧。

但最先来到人间的春意，总是被雄踞大地的严冬所拒绝、所稀释、所泯灭。正因为这样，每逢这春之将至的日子，人们会格外的兴奋、敏感和好奇。

如果你有这样的机会多好——天天来到这小湖边，你就能亲眼看到冬天究竟怎样退去，春天怎样到来，大自然究竟怎样完成这一年一度起死回生的最奇妙和最伟大的过渡。

但开始时，每瞧它一眼，都会换来绝望。这小湖干脆就是整整一块巨大无比的冰，牢牢实实，坚不可摧；它一直冻到湖底了吧？鱼儿全死了吧？灰白色的冰面在阳光反射里光芒刺目；小鸟从不敢在这寒气逼人的冰面上站一站。

逢到好天气，一连多天的日晒，冰面某些地方会融化成水，别

以为春天就从这里开始。忽然一夜寒飙过去，转日又冻结成冰，恢复了那严酷肃杀的景象。若是风雪交加，冰面再盖上一层厚厚雪被，春天真像天边的情人，愈期待愈迷茫。

然而，一天，湖面一处，一大片冰面竟像沉船那样陷落下去，破碎的冰片斜插水里，好像出了什么事！这除非是用重物砸开的，可什么人、又为什么要这样做呢？但除此之外，并没发现任何异常的细节。那么你从这冰面无缘无故的坍塌中是否隐隐感到了什么……刚刚从裂开的冰洞里露出的湖水，漆黑又明亮，使你想起一双因为爱你而无限深邃又默默的眼睛。

这坍塌的冰洞是个奇迹，尽管寒潮来临，水面重新结冰，但在白日阳光的照耀下又很快地融化和洞开。冬的伤口难以愈合。冬的黑子出现了。

冬天与春天的界限是瓦解。

冰的坍塌不是冬的风景，而是隐形的春所创造的第一幅壮丽的图画。

跟着，另一处湖面，冰层又坍塌下去。一个、两个、三个……随后湖面中间闪现一条长长的裂痕，不等你确认它的原因和走向，居然又发现几条粗壮的裂痕从斜刺里交叉过来。开始这些裂痕发白，渐渐变黑，这表明裂痕里已经浸进湖水。某一天，你来到湖边，会止不住出声地惊叫起来，巨冰已经裂开！黑黑的湖水像打开两扇沉重的大门，把一分为二的巨冰推向两旁，终于袒露出自己阔大、光滑而迷人的胸膛……

这期间，你应该在岸边多待些时候。你会发现，这漆黑而依旧冰冷的湖水泛起的涟漪，柔软又轻灵，与冬日的寒浪全然两样了。那些仍然覆盖湖面的冰层，不再光芒夺目，它们黯淡、晦涩、粗糙和发脏，表面一块块凹下去。有时，忽然"咔嚓"清脆的一响，跟着某一处，断裂的冰块应声漂移而去……尤其动人的，是那些在冰层下憋闷了长长一冬的大鱼，它们时而激情难捺，猛地蹦出水面，在阳光下银光闪烁打个"挺儿"，"哗啦"落入水中。你会深深感到，春天不是由远方来到眼前，不是由天外来到人间；它原是深藏在万物的生命之中的，它是从生命深处爆发出来的，它是生的欲望、生的能源与生的激情。它永远是死亡的背面。唯此，春天才是不可遏制的。它把酷烈的严冬作为自己的序曲，不管这序曲多么漫长。

追逐着凛冽朔风的尾巴的，总是明媚的春光；所有冻凝的冰的核儿，都是一滴春天的露珠；那封闭大地的白雪下边是什么？你挥动大帚，扫去白雪，一准是连天的醉人的绿意……

你眼前终于出现这般景象：宽展的湖面上到处浮动着大大小小的冰块。这些冬的残骸被解脱出来的湖水戏弄着，今儿推到湖这边儿，明日又推到湖那边儿。早来的候鸟常常一群群落在浮冰上，像乘载游船，欣赏着日渐稀薄的冬意。这些浮冰不会马上消失，有时还会给一场春寒冻结在一起，霸道地凌驾湖上，重温昔日威严的梦。然而，春天的湖水既自信又有耐性，有信心才有耐性。它在这浮冰四周，扬起小小的浪头，好似许许多多温和而透明的小舌头，去舔弄着这些渐软渐松渐小的冰块……最后，整个湖中只剩下一块肥皂大小的冰片片了，湖水反而不急于吞没它，而是把它托举在浪波之上，摇摇晃晃，一起一伏，展示着严冬最终的悲哀、无助和无可奈何……终于，它消失了。冬，顿时也消失于天地间。这时你会发现，湖水并不黝黑，而是湛蓝湛蓝。它和天空一样的颜色。

天空是永远宁静的湖水，湖水是永难平静的天空。

春天一旦跨到地平线这边来，大地便换了一番风景，明朗又朦胧。它日日夜夜散发着一种气息，就像青年人身体散发出的气息。清新的、充沛的、诱惑而撩人的，这是生命本身的气息。大地的肌肤——泥土，松软而柔和；树枝再不抽搐，软软地在空中自由舒展，那纤细的枝梢无风时也颤悠悠地摇动，招呼着一个万物萌芽的季节的到来。小鸟们不必再夹开羽毛，个个变得光溜精灵，在高天上扇动阳光飞翔……湖水因为春潮涨满，仿佛与天更近；静静的云，说不清在天上还是在水里……湖边，湿漉漉的泥滩上，那些东倒西歪的去年的枯苇棵里，一些鲜绿夺目、又尖又硬的苇芽，破土而出，

愈看愈多，有的地方竟已簇密成片了。你真惊奇！在这之前，它们竟逃过你细心的留意，一旦发现即已充满咄咄的生气了！难道这是一夜春风、一阵春雨或一日春晒，便齐刷刷钻出地面？来得又何其神速！这分明预示着，大自然囚禁了整整一冬的生命，要重新开始新的一轮竞争了。而它们，这些碧绿的针尖一般的苇芽，不仅叫你看到了崭新的生命，还叫你深刻地感受到生命的锐气、坚忍、迫切，还有生命和春的必然。

苦　夏

这一日，终于撂下扇子。来自天上干燥清爽的风，忽吹得我衣角飞举，并从袖口和裤管钻进来，把周身滑溜溜地抚动。我惊讶地看着阳光下依旧夺目的风景，不明白数日前那个酷烈非常的夏天突然到哪里去了。

是我逃遁似的一步跳出了夏天，还是它就像七六年的"文革"那样——在一夜之间崩溃？

身居北方的人最大的福分，便是能感受到大自然的四季分明。我特别能理解一位新加坡朋友，每年冬天要到中国北方住上十天半个月，否则会一年里周身不适。好像不经过一次冷处理，他的身体就会发酵。他生在新加坡，祖籍中国河北。虽然人在"终年都是夏"的新加坡长大，血液里肯定还执著地潜在着大自然四季的节奏。

四季是来自于宇宙的最大的拍节。在每一个拍节里，大地的景观便全然变换与更新。四季还赋予地球以诗，故而悟性极强的中国人，在四言绝句中确立的法则是：起，承，转，合。这四个字恰恰就是四季的本质。起始如春，承续似夏，转变若秋，合拢为冬。合在一起，不正是地球生命完整的一轮？为此，天地间一切生命全都依从着这一拍节，无论岁岁枯荣与生死的花草百虫，还是长命百岁的漫漫人生。然而在这生命的四季里，最壮美和最热烈的不是这长长的夏么？

女人们孩提时的记忆散布在四季；男人们的童年往事大多是在夏天里。这是由于，我们儿时的伴侣总是各种各样的昆虫，像蜻蜓、天牛、蚂蚱、螳螂、蝴蝶、蝉、蚂蚁、蚯蚓，此外还有青蛙和鱼儿。

它们都是夏日生活的主角，每个小动物都给我们带来无穷的快乐。甚至我对家人和朋友们记忆最深刻的细节，也都与此有关。比如妹妹一见到壁虎就发出一种特别恐怖的尖叫，比如邻家那个斜眼的男孩子专门残害蜻蜓，比如同班一个最好看的女生头上花形的发卡，总招来蝴蝶落在上边；再比如，父亲睡在铺了凉席的地板上，夜里翻身居然压死了一只蝎子。这不可思议的事使我感到父亲的无比强大。后来父亲挨斗，挨整，写检查；我劝慰和宽解他，怕他自杀，替他写检查——那是我最初写作的内容之一。这时候父亲那种强大感便不复存在。生活中的一切事物，包括夏天的意味全都发生了变化。

在快乐的童年里，根本不会感到蒸笼般夏天的难耐与难熬。唯有在此后艰难的人生里，才体会到苦夏的滋味。快乐把时光缩短，苦难把岁月拉长，一如这长长的仿佛没有尽头的苦夏。但我至今不喜欢谈自己往日的苦楚与磨砺。相反，我却从中领悟到"苦"字的分量。苦，原是生活中的蜜。人生的一切收获都压在这沉甸甸的"苦"字的下边。然而一半的"苦"字下边又是一无所有。你用尽平生的力气，最终所获与初始时的愿望竟然去之千里。你该怎么想？

于是我懂得了这苦夏——它不是无尽头的暑热的折磨，而是我们顶着毒日头默默又坚忍的苦斗的本身。人生的力量全是对手给的，那就是要把对手的压力吸入自己的骨头里。强者之力最主要的是承受力。只有在匪夷所思的承受中才会感到自己属于强者，也许为此，我的写作一大半是在夏季。很多作家包括普希金不都是在爽朗而惬意的秋天里开花结果？我却每每进入炎热的夏季，反而写作力加倍地旺盛。我想，这一定是那些沉重的人生的苦夏，锻造出我这个反常的性格习惯。我太熟悉那种写作久了，汗湿的胳膊粘在书桌玻璃上的美妙无比的感觉。

在维瓦尔第的《四季》中，我常常只听"夏"的一章。它使我激动，胜过春之蓬发、秋之灿烂、冬之静穆。友人说"夏"的一章，极尽华丽之美。我说我从中感受到的，却是夏的苦涩与艰辛，甚至还有一点儿悲壮。友人说，我在这音乐情境里已经放进去太多自己的故事。我点点头，并告诉他我的音乐体验。音乐的最高境界是超越听觉；不只是它给你，更是你给它。

年年夏日，我都会这样体验一次夏的意义，从而激情迸发，心境昂然。一手撑着滚烫的酷暑，一手写下许多文字来。

今年我还发现，这伏夏不是被秋风吹去的，更不是给我们的扇子轰走的——

夏天是被它自己融化掉的。

因为，夏天的最后一刻，总是它酷热的极致。我明白了，它是耗尽自己的一切，才显示出夏的无边的威力。生命的快乐是能量淋漓尽致地发挥。但谁能像它这样，用一种自焚的形式，创造出这火一样辉煌的顶点？

于是，我充满了夏之崇拜！我要一连跨过眼前的辽阔的秋，悠长的冬和遥远的春，再一次邂逅你，我精神的无上境界——苦夏！

秋天的音乐

　　你每次上路出远门千万别忘记带上音乐，只要耳朵里有音乐，你一路上对景物的感受就全然变了。它不再是远远待在那里、无动于衷的样子，在音乐撩拨你心灵的同时，也把窗外的景物调弄得易感而动情。你被种种旋律和音响唤起的丰富的内心情绪，这些景物也全部神会地感应到了，它还随着你的情绪奇妙地进行自我再造。你振作它雄浑，你宁静它温存，你伤感它忧患，也许同时还给你加上一点人生甜蜜的慰藉，这是真正知友心神相融的交谈……河湾、山脚、烟光、云影、一草一木，所有细节都浓浓浸透你随同音乐而流动的情感，甚至一切都在为你变形，一幅幅不断变换地呈现出你心灵深处的画面。它使你一下子看到了久藏心底那些不具体、不成形、朦胧模糊或被时间湮没了的感受，于是你更深深坠入被感动的漩涡里，享受这画面、音乐和自己灵魂三者融为一体的特殊感受……

　　秋天十月，我松松垮垮套上一件粗线毛衣，背个大挎包，去往东北最北部的大兴安岭。赶往火车站的路上，忽然发觉只带了录音机，却把音乐磁带忘记在家，恰巧路过一个朋友的住处，他是音乐迷，便跑进去向他借。他给我一盘说是新翻录的，都是"背景音乐"。我问他这是什么曲子，他怔了怔，看我一眼说：

　　"秋天的音乐。"

　　他多半随意一说，搪塞我。这曲名，也许是他看到我被秋风吹得松散飘扬的头发，灵机一动得来的。

　　火车一出山海关，我便戴上耳机听起这秋天的音乐。开端的旋律似乎熟悉，没等我怀疑它是不是真正地描述秋天，下巴发懒地一蹭粗软的毛衣领口；两只手搓一搓，让干燥的凉手背给湿润的热手心舒服地摩擦摩擦，整个身心就进入秋天才有的一种异样温暖甜醉的感受里了。

我把脸颊贴在窗玻璃上，挺凉，带着享受的渴望往车窗外望去，秋天的大自然展开一片辉煌灿烂的景象。阳光像钢琴明亮的音色洒在这收割过的田野上，整个大地像生过婴儿的母亲，幸福地舒展在开阔的晴空下，躺着，丰满而柔韧的躯体！从麦茬里裸露出浓厚的红褐色是大地母亲健壮的肤色；所有树林都在炎夏的竞争中把自己的精力膨胀到头，此刻自在自如地伸展它优美的枝条；所有金色的叶子都是它的果实，一任秋风翻动，煌煌夸耀着秋天的富有。真正的富有感，是属于创造者的；真正的创造者，才有这种潇洒而悠然的风度……一只鸟儿随着一个轻扬的小提琴旋律腾空飞起，它把我引向无穷纯净的天空。任何情绪一入天空便化为一片博大的安寂。这愈看愈大的天空有如伟大哲人恢弘的头颅，白云是他的思想。有时风云交会，会闪出一道智慧的灵光，响起一句警示世人的哲理。此时，哲人也累了，沉浸在秋天的松弛里。它高远，平和，神秘无限。大大小小、松松散散的云彩是他思想的片断，而片断才是最美的，无论思想还是情感……这千形万状精美的片断伴同空灵的音响，在我眼前流过，还在阳光里洁白耀眼。那乘着小提琴旋律的鸟儿一直钻向云天，愈高愈小，最后变成一个极小的黑点儿，忽然"噗"地扎入一个巨大、蓬松、发亮的云团……

我陡然想起一句话：

"我一扑向你，就感到无限温柔啊。"

我还想起我的一句话：

"我睡在你的梦里。"

那是一个清明的早晨，在实实在在醑睡一夜醒来时，正好看见枕旁你朦胧的、散发着香气的脸说的。你笑了，就像荷塘里、雨里、雾里悄然张开的一朵淡淡的花。

接下去的温情和弦，带来一片疏淡的田园风景。秋天消解了大地的绿，用它中性的调子，把一切色泽调匀。和谐又高贵，平稳又舒畅，只有收获过了的秋天才能这样静谧安详。几座闪闪发光的麦秸垛，一缕银蓝色半透明的炊烟，这儿一棵那儿一棵怡然自得站在平原上的树，这儿一只那儿一只慢吞吞吃草的杂色的牛。在弦乐的烘托中，我心底渐渐浮起一张又静又美的脸。我曾经用吻，像画家用笔那样勾勒过这张脸：轮廓、眉毛、眼睛、嘴唇……这样的勾画异常奇妙，无形却深刻地记住。你嘴角的小涡、颤动的睫毛、鼓脑门和尖俏下巴上那极小而光洁的平面……近景从眼前疾掠而过，远景跟着我缓缓向前，大地像唱片慢慢旋转，耳朵里不绝地响着这曲人间牧歌。

一株垂死的老树一点点走进这巨大唱片的中间来。它的根像唱针，在大自然深处划出一支忧伤的曲调。心中的光线和风景的光线一同转暗，即使一湾河水强烈的反光，也清冷，也刺目，也凄凉。一切阴影都化为行将垂暮秋天的愁绪；萧疏的万物失去往日共荣的激情，各自挽着生命的孤单；篱笆后一朵迟开的小葵花，像你告别时在人群中伸出的最后一次招手，跟着被轰隆隆前奔的列车甩到后边……春的萌动、战栗、骚乱，夏的喧闹、蓬勃、繁华，全都销匿而去，无可挽回。不管它曾经怎样辉煌，怎样骄傲，怎样光芒四射，怎样自豪地挥霍自己的精力与才华，毕竟过往不复。人生是一次性的；生命以时间为载体，这就决定人类以死亡为结局的必然悲剧。谁能把昨天和前天追回来，哪怕再经受一次痛苦的诀别也是幸福，还有那做过许多傻事的童年，年轻的母亲和初恋的梦，都与这老了的秋天去之遥远了。一种浓重的忧伤混同音乐漫无边际地散开，渲染着满目风光。我忽然想喊，想叫这列车停住，倒回去！

突然，一条大道纵向冲出去，黄昏中它闪闪发光，如同一支号角嘹亮吹响，声音唤来一大片拔地而起的森林，像一支金灿灿的铜管乐队，奏着庄严的乐曲走进视野。来不及分清这是音乐还是画面变换的缘故，心境陡然一变，刚刚的忧愁一扫而光。当浓林深处一棵棵依然葱绿的幼树晃过，我忽然醒悟，秋天的凋谢全是假象！

它不过在寒飙来临之前把生命掩藏起来，把绿意埋在地下，在冬日的雪被下积蓄与浓缩，等待下一个春天里，再一次加倍地挥洒与铺张！远远山坡上，坟茔，在夕照里像一堆火，神奇又神秘，它哪里是埋葬的一具尸体或一个孤魂？既然每个生命都在创造了另一个生命后离去，什么叫做死亡？死亡，不是一种生命的转换、旋律的变化、画面的更迭吗？那么世间还有什么比死亡更庄严、更神圣、更迷人！为了再生而奉献自己的伟大的死亡啊……

秋天的音乐已如圣殿的声音；这壮美崇高的轰响，把我全部身心都裹住、都净化了。我惊奇地感觉自己像玻璃一样透明。

这时，忽见对面坐着两位老人，正在亲密交谈。残阳把他俩的脸晒得好红，条条皱纹都像画上去的那么清楚。人生的秋天！他们把自己的青春年华、所有精力为这世界付出，连同头发里的色素也将耗尽，那满头银丝不是人间最值得珍惜的么？我瞧着他俩相互凑近、轻轻谈话的样子，不觉生出满心的爱来，真想对他俩说些美好的话。我摘下耳机，未及开口，却听他们正议论关于单位里上级和下级的事，哪个连着哪个，哪个与哪个明争暗斗，哪个可靠和哪个更不可靠，哪个是后患而必须……我惊呆了，以致再不能听下去，赶快重新戴上耳机，打开音乐，再听，再放眼窗外的景物。奇怪！这一次，秋天的音乐，那些感觉，全没了。

"艺术原本是欺骗人生的。"

在我返回家，把这盘录音带送还给我那朋友时，把这话告诉他。

他不知道我为何得到这样的结论，我也不知道他为何对我说：

"艺术其实是安慰人生的。"

冬日絮语

　　每每到了冬日，才能实实在在触摸到岁月。年是冬日中间的分界。有了这分界，便在年前感到岁月一天天变短，直到残剩无多！过了年忽然又有大把的日子，成了时光的富翁，一下子真的大有可为了。

　　岁月是用时光来计算的。那么时光又在哪里？在钟表上，日历上，还是行走在窗前的阳光里？

　　窗子是房屋最迷人的镜框。节气变换着镜框里的风景。冬意最浓的那些天，屋里的热气和窗外的阳光一起努力，将冻结在玻璃上的冰花融化；它总是先从中间化开，向四边蔓延。透过这美妙的冰洞，我发现原来严冬的世界才是最明亮的。那一如人的青春的盛夏，总有阴影遮翳，葱茏却幽暗。小树林又何曾有这般光明？我忽然对老人这个概念生了敬意。只有阅尽人生，脱净了生命年华的叶子，才会有眼前这小树林一般明澈。只有这彻底的通彻，才能有此无边的安宁。安宁不是安寐，而是一种博大而丰实的自享。世中唯有创造者所拥有的自享才是人生真正的幸福。

　　朋友送来一盆"香棒"，放在我的窗台上说："看吧，多漂亮的大叶子！"

　　这叶子像一只只绿色光亮的大手，伸出来，叫人欣赏。逆光中，它的叶筋舒展着舒畅又潇洒的线条。一种奇特的感觉出现了！严寒占据窗外，丰腴的春天却在我的房中怡然自得。

　　自从有了这盆"香棒"，我才发现我的书房竟有如此灿烂的阳光。它照进并充满每一片叶子和每一根叶梗，把它们变得像碧玉一样纯净、通亮、圣洁。我还看见绿色的汁液在通明的叶子里流动。这汁液就是血液。人的血液是鲜红的,植物的血液是碧绿的,心灵的血液是透明的,因为世界的纯洁来自于心灵的透明。但是为什么我们每个人都说自己纯洁,而整个世界却仍旧一片混沌呢?

我还发现,这光亮的叶子并不是为了表示自己的存在,而是为了证实阳光的明媚、阳光的魅力、阳光的神奇。任何事物都同时证实着另一个事物的存在。伟大的出现说明庸人的无所不在;分离愈远的情人,愈显示了他们的心丝毫没有分离;小人的恶言恶语不恰好表达你的高不可攀和无法企及吗?而骗子无法从你身上骗走的,正是你那无比珍贵的单纯。老人的生命愈来愈短,还是他生命的道路愈来愈长?生命的计量,在于它的长度,还是宽度与深度?

冬日里,太阳环绕地球的轨道变得又斜又低。夏天里,阳光的双足最多只是站在我的窗台上,现在却长驱直入,直射在我北面的墙壁上。一尊唐代的木佛一直伫立在阴影里沉思,此刻迎着一束光芒无声地微笑了。

阳光还要充满我的世界,它化为闪闪烁烁的光雾,朝着四周的阴暗的地方浸染。阴影又执著又调皮,阳光照到哪里,它就立刻躲到光的背后。而愈是幽暗的地方,愈能看见被阳光照得莹莹发光的游动的尘埃。这令我十分迷惑:黑暗与光明的界限究竟在哪里?黑夜与晨曦的界限呢?来自于早醒的鸟第一声的啼叫吗……这叫声由于被晨露滋润而异样地清亮。

但是,有一种光可以透入幽闭的暗处,那便是从音箱里散发出来的闪光的琴音。鲁宾斯坦的手不是在弹琴,而是在摸索你的心灵;他还用手思索,用手感应,用手触动色彩,用手试探生命世界最敏感的悟性……琴音是不同的亮色,它们像明明灭灭、强强弱弱的光束,散布在空间!那些旋律片段好似一些金色的鸟,扇着翅膀,飞进布满阴影的地方。有时,它会在一阵轰响里,关闭了整个地球上的灯或者创造出一个辉煌夺目的太阳。我便在一张寄给远方的失意朋友的新年贺卡上,写了一句话:

你想得到的一切安慰都在音乐里。

冬日里最令人莫解的还是天空。

盛夏里，有时乌云四合，那即将被峥嵘的云吞没的最后一块蓝天，好似天空的一个洞，无穷地深远。而现在整个天空全成了这样，在你头顶上无边无际地展开！空阔、高远、清澈、庄严！除去少有的飘雪的日子，大多数时间连一点点云丝也没有，鸟儿也不敢飞上去，这不仅由于它冷冽寥廓，而是因为它大得……大得叫你一仰起头就感到自己的渺小。只有在夜间，寒空中才有星星闪烁。这星星是宇宙间点灯的驿站。万古以来，是谁不停歇地从一个驿站奔向下一个驿站？为谁送信？为了宇宙间那一桩永恒的爱吗？

我注视着冬天在大地上的脚步，看看它究竟怎样一步步、沿着哪个方向一直走到春天？

猫　婆

　　我那小阁楼的后墙外，居高临下是一条又长又深的胡同，我称它为猫胡同。每日夜半，这里是猫儿们无法无天的世界。它们戏耍、求偶、追逐、打架，叫得厉害时有如小孩扯着嗓子嚎哭。吵得人无法入睡时，便常有人推开窗大吼一声"去——"，或者扔块石头瓦片轰赶它们。我在忍无可忍时也这样怒气冲冲干过不少次。每每把它们赶跑，静不多时，它们又换个什么地方接着闹，通宵不绝。为了逃避这群讨厌的家伙，我真想换房子搬家。奇怪，哪来这么多猫，为什么偏偏都跑到这胡同里来聚会闹事？

　　一天，我到一位朋友家去串门，聊天，他养猫，而且视猫如命。
　　我说："我挺讨厌猫的。"
　　他一怔，扭身从墙角纸箱里掏出个白色的东西放在我手上。呀，一只毛线球大小雪白的小猫！大概它有点怕，缩成个团儿，小耳朵紧紧贴在脑袋上，一双纯蓝色亮亮的圆眼睛柔和又胆怯地望着我。我情不自禁赶快把它捧在怀里，拿下巴爱抚地蹭它毛茸茸的小脸，竟然对这朋友说："太可爱了，把它送给我吧！"
　　我这朋友笑了，笑得挺得意，仿佛他用一种爱战胜了我不该有的一种怨恨。他家大猫这次一窝生了一对小猫——一只一双金黄眼儿，一只一双天蓝色眼儿。尽管他不舍得送人，对我却例外地割爱了，似乎为了要在我身上培养出一种与他同样的爱心来。真正的爱总希望大家共享，尤其对我这个厌猫者。

　　小猫一入我家，便成了我全家人的情感中心。起初它小，趴在我手掌上打盹睡觉，我儿子拿手绢当被子盖在它身上，我妻子拿眼药瓶吸牛奶喂它。它呢，喜欢像婴儿那样仰面躺着吃奶，吃得高兴时便用四只小毛腿抱着你的手，伸出柔软的、细砂纸似的小红舌头亲昵地舔你的手指尖……这样，它长大了，成为我家中的一员，并有着为所欲为的权利——睡觉可以钻进任何人的被窝儿，吃饭可以跳到桌上，蹲在桌角，想吃什么就朝什么叫，哪怕最美味的一块鱼肚或鹅肝，我们都会毫不犹豫地让给它。嘿，它夺去我儿子受宠的位置，我儿子却毫不妒忌它，反给它起了顶漂亮顶漂亮的名字，叫蓝眼睛。这名字起得真好！每当蓝眼睛闯祸——砸了杯子或摔了花瓶，我发火了，要打它，但只要一瞅它那纯净光澈、惊慌失措的蓝眼睛，心中的火气顿时全消，反而会把它拥在怀里，用手捂着它那双因惊恐瞪大的蓝眼睛，不叫它看，怕它被自己的冒失吓着……

　　我也是视猫如命了。

　　入秋，天一黑，不断有些大野猫出现在我家的房顶上，大概都是从后面猫胡同爬上来的吧。它们个个很丑，神头鬼脸向屋里张望。它们一来，蓝眼睛立即冲出去，从晾台蹿上屋顶，和它们对吼、厮打，互相穷追不舍。我担心蓝眼睛被这些大野猫咬死，关紧通向晾台的门，蓝眼睛便发疯似的抓门，还哀哀地向我乞求。后来我知道蓝眼睛是小母猫，它在发狂地爱，我便打开门不再阻拦。它天天夜出晨归，归来时，浑身滚满尘土，两眼却分外兴奋明亮，像蓝宝石。就这样，在很冷的一天夜里出去了，没再回来，我妻子站在晾台上拿根竹筷子"当当"敲着它的小饭盆，叫它，一连三天，期待落空。意想不到的灾难降临——蓝眼睛丢了！
　　情感的中心突然失去，家中每个人全空了。
　　我不忍看妻子和儿子噙泪的红眼圈，便房前房后去找。黑猫、白猫、黄猫、花猫、大猫、小猫，各种模样的猫从我眼前跑过，唯独没有蓝眼睛⋯⋯懊丧中，一个孩子告诉我，猫胡同顶里边一座楼的后门里，住着一个老婆子，养了一二十只猫，人称猫婆，蓝眼睛多半是叫她的猫勾去的。这话点亮了我的希望。

当夜，我钻进猫胡同，在没有灯光的黑暗里寻到猫婆家的门，正想察看情形，忽听墙头有动静，抬头吓一跳，几只硕大的猫影黑黑地蹲在墙上。我轻声一唤"蓝眼睛"，猫影全都微动，眼睛处灯光似的一闪一闪，并不怕人。我细看，没有蓝眼睛，就守在墙根下等候。不时一只走开，跳进院里；不时又从院里爬上一只来，一直没等到蓝眼睛。但这院里似乎是个大猫洞，我那可怜的宝贝多半就在里边猫婆的魔掌之中了。我冒冒失失地拍门，非要进去看个究竟不可。

门打开，一个高高的老婆子出现——这就是猫婆了。里边亮灯，她背光，看不清面孔，只是一条墨黑墨黑神秘的身影。

我说我找猫，她非但没拦我，反倒立刻请我进屋去。我随她穿过小院，又低头穿过一道小门，是间阴冷的地下室。一股浓重噎人的猫味马上扑鼻而来。屋顶很低，正中吊下一个很脏的小灯泡，把屋内照得昏黄。一个柜子，一座生铁炉子，一张大床，地上几只放猫食的破瓷碗，再没别的，连一把椅子也没有。

猫婆上床盘腿而坐，她叫我也坐在床上。我忽见一团灰涂涂的棉被上，东一只西一只横躺竖卧着几只猫。我扫一眼这些猫，还是没有蓝眼睛。猫婆问我："你丢那猫什么样儿？"我描述一遍，她立即叫道："那大白波斯猫吧？长毛？大尾巴？蓝眼睛？见过见过，常从房上下来找我们玩儿，还在我们这儿吃过东西呢，多疼人的宝贝！丢几天了？"我盯住她那略显浮肿、苍白无光的老脸看，只有焦急，却无半点装假的神气。我说："五六天了。"她的脸顿时阴沉下来，停了片刻才说："您甭找了，回不来了！"我很疑心这话为了骗我，目光搜寻可能藏匿蓝眼睛的地方。这时，猫婆的手忽向上一指，呀，迎面横着的铁烟囱上，竟然还趴着好一大长排各种各样的猫！有的

眼睛看我，有的闭眼睡觉，它们是在借着烟囱的热气取暖。

猫婆说："您瞧瞧吧，这都是叫人打残的猫！从高楼上摔坏的猫！我把它们拾回来养活的。您瞧那只小黄猫，那天在胡同口叫孩子们按着批斗，还要烧死它，我急了，一把从孩子们手里抢出来的！您想想，您那宝贝丢了这么多天，哪还有好？现在乡下常来一伙人，下笼子逮猫吃，造孽呀！他们在笼里放了鸟儿，把猫引进去，笼门就关上……前几天我的一只三花猫就没了。我的猫个个喂得饱饱的，不用鸟儿绝对引不走，那些狼心狗肺的家伙，吃猫肉，叫他们吃！吃得烂嘴、烂舌头、浑身烂、长疮、烂死！"

她说得脸抖，手也抖，点烟时，烟卷抖落在地。烟囱上那小黄猫，瘦瘦的，尖脸，很灵，立刻跳下来，叼起烟，仰起嘴，递给她。猫婆笑脸开花，咧着嘴不住地说："瞧，您瞧，这小东西多懂事！"像在夸赞她的一个小孙子。

我还有什么理由疑惑她？面对这天下受难猫儿们的救护神，告别出来时，不觉带着一点惭愧和狼狈的感觉。

蓝眼睛的丢失虽使我伤心很久，但从此不知不觉我竟开始关切所有猫儿的命运。猫胡同再吵再闹也不再打扰我的睡眠，似乎有一只猫叫，就说明有一只猫活着，反而令我心安。猫叫成了我的安眠曲……

转过一年，到了猫儿们求偶时节，猫胡同却忽然安静下来。

我妻子无意间从邻居那里听到一个不幸的消息：猫婆死了。同时——在她死后——才知道关于她在世时的一点点经历。

据说，猫婆本是先前一个开米铺老板的小婆，被老板的大婆赶出家门，住在猫胡同那座楼第一层的两间房子里。后又被当做资本家老婆，轰到地下室。她无亲无故，孑然一身，拾纸为生，以猫为伴，但她所养的猫没有一个良种好猫，都是拾来的弃猫、病猫和残猫。她天天从水产店捡些臭鱼烂虾煮了，放在院里喂猫，也就招引一些无家可归的野猫来填肚充饥，有的干脆在她家落脚。她有猫必留，谁也不知道她家到底有多少只猫。

"文革"前，曾有人为她找个伴儿，是个卖肉的老汉。结婚不过两个月，老汉忍受不了这些猫闹、猫叫、猫味儿，就搬出去住了。人们劝她扔掉这些猫，接回老汉，她执意不肯，坚持与这些猫共享着无人能解的快乐。

前两个月，猫婆急病猝死，老汉搬回来，第一件事便是把这些猫统统轰走。被赶跑的猫儿依恋故人故土，每每回来，必遭老汉一顿死打，这就是猫胡同忽然不明不白静下来的根由了。

这消息使我的心一揪。那些猫，那些在猫婆床上、被上、烟囱上的猫，那些残的、病的、瞎的猫儿们呢？那只尖脸的、瘦瘦的、为猫婆叼烟卷的小黄猫呢？如今漂泊街头、饿死他乡，被孩子弄死，还是叫人用笼子捉去吃掉了？一种伤感与担忧从我心里漫无边际地散开，散出去，随后留下的是一片沉重的空茫。这夜，我推开后窗向猫胡同望下去，只见月光下，猫婆家四周的房顶墙头趴着一只只猫影，大约有七八只，黑黑的，全都默不作声。这都是猫婆那些生死相依的伙伴，它们等待着什么呀？

从这天起，我常常把吃剩下的一些东西，一块馒头、一个鱼头或一片饼扔进猫胡同里去，这是我仅能做到的了。但这年里，我也不断听到一些猫这样或那样死去的消息，即使街上一只猫被轧死，我都认定必是那些从猫婆家里被驱赶出来的流浪儿。入冬后，我听到一个令人震悚的故事——

我家对面一座破楼修理瓦顶。白天里瓦工们换瓦时活没干完，留下个洞，一只猫为了御寒，钻了进去；第二天瓦工们盖上瓦走了，这只猫无法出来，急得在里边叫。住在这楼顶层的五六户人家都听到猫叫，还有在顶棚上跑来跑去的声音，但谁家也不肯将自家的顶棚捅坏，放它出来。这猫叫了三整天，开头声音很大，很惨，疼人，但一天比一天声音微弱下来，直至消失！

听到这故事，我彻夜难眠。

更深夜半，天降大雪，猫胡同里一片死寂，这寂静化为一股寒

气透进我的肌骨。忽然，后墙下传来一声猫叫，在大雪涂白了的胡同深处，猫婆故居那墙头上，孤零零趴着一只猫影，在凛冽中蜷缩一团，时不时哀叫一声，甚是凄婉。我心一动，是那尖脸小黄猫吗？忙叫声："咪咪!"想下楼去把它抱上来，谁知一声唤，将它惊动，起身慌张跑掉。

猫胡同里便空无一物。只剩下一片夜的漆黑和雪的惨白，还有奇冷的风在这又长又深的空间里呼啸。

珍 珠 鸟

　　真好！朋友送我一对珍珠鸟。放在一个简易的竹条编成的笼子里，笼内还有一卷干草，那是小鸟舒适又温暖的巢。

　　有人说，这是一种怕人的鸟。

　　我把它挂在窗前。那儿还有一盆异常茂盛的法国吊兰。我便用吊兰长长的、串生着小绿叶的垂蔓蒙盖在鸟笼上，它们就像躲进深幽的丛林一样安全。从中传出的笛儿般又细又亮的叫声，也就格外轻松自在了。

　　阳光从窗外射入，透过这里，吊兰那些无数指甲状的小叶，一半成了黑影，一半被照透，如同碧玉，斑斑驳驳，生意葱茏。小鸟的影子就在这中间隐约闪动，看不完整，有时连笼子也看不出，却见它们可爱的鲜红小嘴儿从绿叶中伸出来。

　　我很少扒开叶蔓瞧它们，它们便渐渐敢伸出小脑袋瞅瞅我。我们就这样一点点熟悉了。

　　三个月后，那一团愈发繁茂的绿蔓里边，发出一种尖细又娇嫩的鸣叫。我猜到，是它们有了雏儿。我呢？决不掀开叶片往里看，连添食加水时也不睁大好奇的眼去惊动它们。过不多久，忽然有一个小脑袋从叶间探出来。更小哟，雏儿！正是这个小家伙！

　　它小，就能轻易地由疏格的笼子钻出身。瞧，多么像它的母亲；红嘴红脚，灰蓝色的毛，只是后背还没有生出珍珠似的圆圆的白点。它好肥，整个身子好像一个蓬松的球儿。

　　起先，这小家伙只在笼子四周活动，随后就在屋里飞来飞去。一会儿落在柜顶上，一会儿神气十足地站在书架上，啄着书背上那

些大文豪的名字；一会儿把灯绳撞得来回摇动，跟着跳到画框上去了。只要大鸟在笼里生气地叫一声，它立即飞回笼里去。

我不管它。这样久了，打开窗子，它最多只在窗框上站一会儿，决不飞出去。

渐渐它胆子大了，就落在我书桌上。

它先是离我较远，见我不去伤害它，便一点点挨近，然后蹦到我的杯子上，俯下头来喝茶，再偏过脸瞧瞧我的反应。我只是微微一笑，依旧写东西，它就放开胆子跑到稿纸上，绕着我的笔尖蹦来蹦去，跳动的小红爪子在纸上发出嚓嚓响。

我不动声色地写，默默享受着这小家伙亲近的情意。这样，它完全放心了。索性用那涂了蜡似的、角质的小红嘴，"嗒嗒"啄着我颤动的笔尖。我用手抚一抚它细腻的绒毛，它也不怕，反而友好地啄两下我的手指。

有一次，它居然跳进我的空茶杯里，隔着透明光亮的玻璃瞅我。它不怕我突然把杯口捂住。是的，我不会。

白天，它这样淘气地陪伴我；天色入暮，它就在父母的再三呼唤声中，飞向笼子，扭动滚圆的身子，挤开那些绿叶钻进去。

有一天，我伏案写作时，它居然落到我的肩上。我手中的笔不觉停了，生怕惊跑它。待一会儿，扭头看，这小家伙竟趴在我的肩头睡着了，银灰色的眼睑盖住眸子，小红脚刚好给胸脯上长长的绒毛盖住。我轻轻抬一抬肩，它没醒，睡得好熟！还咂咂嘴，难道在做梦！

我笔尖一动，流泻下一时的感受：

信赖，往往创造出美好的境界。

大地震给我留下什么

在我私人的藏品中，有一个发黄而旧黯的信封，里面装着十几张大地震后化为废墟的照片，那曾是我的"家"。还有一页大地震当天的日历，薄薄的白纸上印着漆黑的字：1976 年 7 月 28 日。后边我再说这页日历和那些照片是怎么来的。现在只想说，每次打开这信封，我的心都会变得异样。

变得怎么异样？是过于沉重吗？是曾经的一种绝望又袭上心头吗？记得一位朋友知道我地震中家覆灭的经历，便问我："你有没有想到过死？哪怕一闪念？"我看了他一眼。显然这位朋友没有经过大地震——这种突然的大难降临是何感受。

如果说绝望，那只是地震猛烈地摇晃 40 秒钟的时间里。这次大地震的时间实在太长了。后来我楼下的邻居说，整个地动山摇的过程中我一直在喊，叫得很惨，像是在嚎，但我不知道自己在叫。

当时由于天气闷热，我睡在阁楼的地板上。在我被突如其来的狂跳的地面猛烈弹起的一瞬，完全出于本能扑向睡在小铁床上的儿子。我刚刚把儿子拉起来，小铁床的上半部就被一堆塌落的砖块压下去。如果我的动作慢一点，后果不堪设想。我紧抱着儿子，试图翻过身把他压在身下，但已经没有可能。小铁床像大风大浪中的小船那般癫狂。屋顶老朽的木架发出嘎吱嘎吱可怕的巨响，顶上的砖瓦大雨一般落入屋中。我亲眼看见北边的山墙连同窗户像一面大帆飞落到深深的后胡同里。闪电般的地光照亮我房后那片老楼，它们全在狂抖，冒着烟土，声音震耳欲聋。然而，大地发疯似的摇晃不停，好像根本停不下来了，就像当时的"文革"。我感到我的楼房马

上要塌掉。睡在过道上的妻子此刻不知在哪里，我听不到她的呼叫。我感到儿子的双手死死地抓着我的肩背。那一刻，我感到末日来临。

但就在这时，大地的晃动戛然而止，好像列车的急刹车。这一瞬的感觉极其奇妙，恐怖的一切突然消失，整个世界特别漆黑而且没有声音。我赶紧端开盖在腿上的砖块跳下床，呼喊妻子。我听到了她的应答。原来她就在房门的门框下，趴在那里，门框保护了她。我忽然感到浑身热血沸腾，就像从地狱里逃出来，第一次强烈地充满再生的快感和求生的渴望。我大声叫着："快逃出去。"我怕地震再次袭来！

过道的楼顶已经塌下来。楼梯被桁架、檩木和乱砖塞住。我们奋力扒开一个出口，像老鼠那样钻出去，并迅速逃出这座只要再一震就可能垮掉的老楼。待跑出胡同，看到黑乎乎的街上全是惊魂未定而到处乱跑的人。许多人半裸着。他们也都是从死神手缝里侥幸的生还者。我抱着儿子，与妻子跑到街口一个开阔地，看看四周没有高楼和电线杆，比较安全，便从一家副食店门口拉来一个菜筐，反扣过来，叫妻儿坐在上边，便说："你们千万别走开，我去看看咱们两家的人。"

我跑回家去找自行车。邻居见我没有外裤，便给我一条带背带的工作裤。我腿长，裤子太短，两条腿露在外边。这时候什么也顾不得了，活着就是一切。我跨上车，去看父母与岳父岳母。车子拐到后街上，才知道这次地震的凶猛。窄窄的街面已经被地震扭曲变形，波浪般一起一伏，一些树木和电线杆横在街上，仿佛刚遭遇炮火的轰击。通电全部中断，街两边漆黑的楼里发着呼叫。多亏昨晚我睡觉前没有摘下手表，抬起手腕看看表，大约是凌晨四时半。

幸好父母与岳父岳母都住在一楼，房子没坏，人都平安，他们都已经逃到比较宽阔的街上。待安顿好长辈，回到家时，已是清晨。见到妻子才彼此发现，我们的脸和胳膊全是黑的。原来地震时从屋顶落下来的陈年的灰尘，全落在脸上和身上。我将妻儿先送到一位朋友家。这家的主妇是妻子小学时的老师，与我们关系甚好。这便又急匆匆跨上车，去看我的朋友们。

从清晨直到下午四时，一连去了十六家。都是平日要好的朋友。在"文革"那种清贫和苍白的日子，朋友是最重要的心灵财富了。此时相互看望，目的很简单，就是看人出没出事，只要人平安，谢天谢地，打个照面转身便走。我的朋友们都还算幸运，只有一位画画的朋友后腰被砸伤，其他人全都逃过这一劫。一路上，看到不少尸首身上盖一块被单停放在道边，我已经搞不清自己到底是怎样还活在这世上的。中午骑车在道上，我被一些穿白大褂的人拦住，他们是来自医院的志愿者，正忙着在街头设立救护站。经他们提醒，我才知道自己的双腿都被砸伤，有的地方还在淌血。护士给我消毒后涂上紫药水，双腿花花的，看上去很像个挂了彩的伤员。这样，在路上再遇到的朋友和熟人，得知我的家已经完了，都毫不犹豫地从口袋掏出钱来。若是不要是不可能的！他们硬把钱塞到我借穿的那件工作服胸前的小口袋里。那时的人钱很少，有的一两块，多的三五块。我的朋友多，胸前的钱塞得愈来愈鼓。大地震后这天奇热，跑了一天，满身的汗，下午回来时塞在口袋里的钱便紧紧粘成一个硬邦邦拳头大的球儿。掏出来掰开，和妻子数一数，竟是 71 元，整个"文革"十年我从来没有这么巨大的收入。我被深深地打动！当时谁给了我几块钱，我都记得清清楚楚。现在事过三十年，已经记不清是哪些人，还有那些名字，却记得人间真正的财富是什么，而且这财富藏在哪里，究竟什么时候它才会出现。

画家尼玛泽仁曾经对我说：在西藏那块土地上，人生存起来太艰难了。它贫瘠、缺氧、封闭。但藏民靠着什么坚忍地活下来的呢，靠着一种精神，靠着信仰与心灵。

个人对信念的恪守和彼此间心灵的抚慰是最珍贵的。

大地震是"文革"终结前最后的一场灾难。它在人祸中加入天灾，把人们无情地推向深渊的极致。然而，支撑着我们生活下来的，不正是一种对春天回归的向往、求生的本能以及人间相互的扶持与慰藉吗？在我本人几十年种种困苦与艰难中，不是总有一只又一只

热乎乎、有力的手不期而至地伸到眼前吗？

我相信，真正的冰冷在世上，真正的温暖在人间。

大地震的第三天，我鼓起勇气，冒着频频不绝的余震，爬上我家那座危楼。我惊奇地发现，隔壁巨大而沉重的烟囱竟在我的屋子中央，它到底是怎样飞进来的？然而我首先要做的，不是找寻衣物。我已经历了两次一无所有。一次是"文革"的扫地出门，一次是这次大地震。我对财物有种轻蔑感。此刻，我只是举着一台借来的海鸥牌相机，把所有真实的景象全部记录下来。此时，忽见一堵残墙上还垂挂着一本日历。日历那页正是地震的日子。我把它扯下来。一直珍存到今天。

我要留住这一天。人生有些日子是要设法留住的。因为在这种日子里，总是在失去很多东西的同时，得到的却更多——关键是我们是否能够看到。如果看到了它，就会被它更正对人生的看法并因之受益一生。

维也纳春天的三个画面

你一听到青春少女这几个字，是不是立刻想到纯洁、美丽、天真和朝气？如果是这样你就错了！你对青春的印象只是一种未做深入体验的大略的概念而已。青春，它是包含着不同阶段的异常丰富的生命过程。一个女孩子的十四岁、十六岁、十八岁——无论她外在的给人的感觉，还是内在的自我感觉，都决不相同。就像春天，它的三月、四月和五月是完全不同的三个画面。你能从自己对春天的记忆里找出三个画面吗？

我有这三个画面。它不是来自我的故乡故土，而是在遥远的维也纳三次旅行中的画面定格，它们可绝非一般！在这个用音乐来召唤和描述春天的城市里，春天来得特别充分、特别细致、特别蓬勃，甚至特别震撼。我先说五月，再说三月，最后说四月，它们各有一次叫我的心灵感到过震动，并留下一个永远具有震撼力的画面。

五月的维也纳，到处花团锦簇，春意正浓。我到城市远郊的山顶上游玩，当晚被山上热情的朋友留下，住在一间简朴的乡村木屋里，窗子也是厚厚的木板。睡觉前我故意不关严窗子，好闻到外边森林的气味，这样一整夜就像睡在大森林里。转天醒来时，屋内竟大亮，谁打开的窗子？正诧异着，忽见窗前一束艳红艳红的玫瑰。谁放在那里的？走过去一看，呀，我怔住了，原来夜间窗外新生的一枝缀满花朵的红玫瑰，趁我熟睡时，一点点将窗子顶开，伸进屋来！它沾满露水，喷溢浓香，光彩照人。它怕吵醒我，竟然悄无声息地又如此辉煌地进来了！你说，世界上还有哪一个春天的画面更能如此震动人心？

313

那么，三月的维也纳呢？

这季节的维也纳一片空漾。阳光还没有除净残雪，绿色显得分外吝啬。我在多瑙河边散步，从河口那边吹来的凉丝丝的风，偶尔会感到一点春的气息。此时的季节，就凭着这些许的春的泄露，给人以无限期望。我无意中扭头一瞥，看见了一个无论多么富于想象力的人也难以想象得出的画面——

几个姑娘站在岸边，她们正在一齐向着河口那边伸长脖颈、眯缝着眼、撅着芬芳的小嘴，亲吻着从河面上吹来春天的风！她们做得那么投入、倾心、陶醉、神圣，风把她们的头发、围巾和长长衣裙吹向斜后方，波浪似的飘动着。远看就像一件伟大的雕塑。这简直就是那些为人们带来春天的仙女们啊！谁能想到用心灵的吻去迎接春天？你说，还有哪个春天的画面，比这更迷人、更诗意、更浪漫、更震撼？

我心中的画廊里，已经挂着维也纳三月和五月两幅春天的图画。这次恰好在四月里再次访维也纳，我暗下决心，无论如何也要找到属于四月这季节的同样强烈动人的春天杰作。

开头几天，四月的维也纳真令我失望。此时的春天似乎只是绿色连着绿色。大片大片的草地上，没有五月那无所不在的明媚的小花。没有花的绿地是寂寞的。我对驾着车一同外出的留学生小吕说：

"四月的维也纳可真乏味！绿色到处泛滥，见不到花儿，下次再来非躲开四月不可！"

小吕听了，就把车子停住，叫我下车，把我领到路边一片非常开阔的草地上，然后让我蹲下来扒开草好好看看。我用手拨开草一看，大吃一惊：原来青草下边藏了满满一层花儿，白的、黄的、紫的，纯洁、娇小、鲜亮，这么多、这么密、这么辽阔！它们比青草只矮几厘米，躲在草下边，好像只要一努劲，就会齐刷刷地全冒出来……

"得要多少天才能冒出来?"我问。

"也许过几天,也许就在明天。"小吕笑道,"四月的维也纳可说不准,一天换一个样儿。"

可是,当夜冷风冷雨,接连几天时下时停,太阳一直没露面儿。我很快就要离开这里去意大利了,便对小吕说:

"这次看不到草地上那些花儿了,真有点遗憾呢,我想它们刚冒出来时肯定很壮观。"

小吕驾着车没说话,大概也有些怏怏然吧。外边毛毛雨点把车窗遮得像拉了一道纱帘。可车子开出去十几分钟,小吕忽对我说:"你看窗外——"隔过雨窗,看不清外边,但窗外的颜色明显地变了:白色、黄色、紫色,在窗上流动。小吕停了车,手伸过来,一推我这边的车门,未等我弄明白是怎么回事,便说:

"去看吧——你的花!"

迎着细密的、凉凉的吹在我脸上的雨点,我看到的竟是一片花的原野。这正是前几天那片千千万万朵花儿藏身的草地,此刻一下子全冒出来,顿时改天换地,整个世界铺满全新的色彩。虽然远处大片大片的花已经与蒙蒙细雨融在一起,低头却能清晰看到每一朵小花,在冷雨中都像英雄那样傲然挺立、明亮夺目、神气十足。我惊奇地想:它们为什么不是在温暖的阳光下冒出来,偏偏在冷风冷雨中拔地而起?小小的花居然有此气魄!四月的维也纳忽然叫我明白了生命的意味是什么?是——勇气!

这两个普通又非凡的字眼,又一次叫我怦然感到心头一震。这一震,便使眼前的景象定格,成为四月春天独有的壮丽的图画,并终于被我找到了。

拥有了这三幅画面,我自信拥有了春天,也懂得了春天。

萨尔茨堡的性格

    小小的山城中一半以上是游客，怎样从中一眼就辨认出萨尔茨堡人来？我同来的伙伴说，随身带伞的人准是萨尔茨堡人。

    这话没错。萨尔茨堡是个阴晴不定的城市。可是它不像巴黎那样——一阵雨把脑袋淋湿，紧跟着拨开云层的太阳又把头发晒干。萨尔茨堡的雨常常没完没了。整整一天把你拦在屋里发闷发愁，转天醒来，它在窗外依然起劲地下着。一条条长长的亮闪闪的雨丝无止无休，无法斩断，本地人称这种雨为"绳子雨"。

    一些旅店和餐馆总是在门口备了雨伞。遇到雨的客人们随时可以拿去一用。当你从伞桶里抽出一把雨伞，按一下伞把上的开关，"刷"地将一块晴天撑到头上时，便会感受到此地人的一种善意与人情。

    城中的老街粮食街很像一条巨大蜈蚣，趴在那里。这条蜈蚣太古老，差不多已经成了化石。天天都有成百上千的游人在蜈蚣身上走来走去，寻古探幽。

    且不说街上那些店铺的铁艺招牌，一件件早已够得上博物馆的藏品。连莫扎特故居门前手拉门铃的小铜把手，也依旧灵巧地挂在墙上。它至少在一百年前就不使用了，但谁也不会去把它取下来——删节历史。因为最生动的历史记忆总是保留在这些细节里。

    这里先不说萨尔茨堡人的历史观，往细处再说说这条老街。

    任何老街都不是规划出来的，它是人们随意走出来的，所以它弯弯曲曲，幽深而诱惑。走在粮食街上，我很自然地想起意大利文艺复兴时期的名城西耶纳的那条老街，狭窄又曲折，布满阴影，没有边道。夹峙在街道两边的建筑又高又陡，墙壁上千疮百孔，到处是岁月沧桑的遗痕。

从这条老街两边散布出去的许许多多的小巷，好似蜈蚣又细又密的腿。一走进去，简直就是进入意大利了。这长长的巷子，大多在中间都有一个天井式的院落。四边是三层的罗马式的回廊。只有在中午时分，太阳才会由中天投下一小块叫人兴奋的阳光，使人想起卡夫卡对这种意大利庭院一个很别致的称呼：阳光的痰盂。只靠着这点阳光，每个庭院都是花木葱茏，常青藤会一直爬到房顶去晒太阳。

如果从粮食街直入犹太巷，再拐进莫扎特广场，意大利的气息会更加强烈地扑面而来。

那些铺满阳光的广场，那些森林一般耸立着的雪白的教堂，那些生着绿锈的典雅的屋顶，一群群鸽子在这中间飞来飞去。

从中，我们立刻感受到萨尔茨堡一千年政教合一的历史中，大主教至上的权威——他们的威严和尊贵！瞧吧，当年这些来自罗马的大主教们，多么想在这里过着和梵蒂冈中教皇一样的生活，多么想把萨尔茨堡建成"北方的罗马"！

萨尔茨堡不同于奥地利任何城市，与其相差最远的是维也纳。

维也纳建在一马平川的平原上，宏大而开阔；萨尔茨堡建在峡谷之间，狭窄而峭拔。维也纳的主人是哈布斯堡王朝，雍容华贵的宫廷气息散布全城；萨尔茨堡的主宰者是大主教们，神灵的精神笼罩着小小山城。所以，至今我们可以感受到维也纳的开放自由与萨尔茨堡的沉静封闭——这种历史的气氛。甭说城市，连城市的河流也大相径庭。绕过维也纳城市中心的多瑙河，总是给艺术家们很多灵感；但是从萨尔茨堡城中穿过的盐河，却没给人们更多的诗情画意。因此，逃出大主教阴影的莫扎特发誓他再不回到萨尔茨堡。此

后他竟然连一支以故乡为题材的乐曲也没有。

当然，这是历史。

不管历史是怎样的，最终它都创造了城市各自独有的性格。

于是，宗教城市的静穆，大主教历史的森严和独来独往，山城的峻拔与曲折以及本地人的自信与执著，都已经成为今天萨尔茨堡深层的人文美。

当自以为是的美国人把麦当劳建在粮食街上时，他们第一次屈从了这里的文化传统，而把那种通行于世界的、粗鄙的、红底黄字的商标——大"M"，缩成小小的、镶在一个具有本地特有的古色古香的铁艺招牌中。

全球文化在这里服从了本土文化，从中我们是否看到了萨尔茨堡人的某些性格？

再往广处说，尽管每年来到这小城中的旅客人数高达两万人，本地人的生活方式却依然故我。他们没有被成帮结队、腰包鼓鼓的旅客扰得心浮气躁，一堆堆挤上去兜售生意。那些事都由旅游部门运行得井井有条。萨尔茨堡是用"电子商务"来经营旅游最出色的地方。人们呢？静静地做着自己的工作，并按照他们喜欢与习惯的方式去生活、娱乐和度假。他们远远地避开旅游景点，不喜欢到那种挤满游客的饭店和酒店去餐饮。因为在那些地方，他们找不到生活的温情与熟悉的气息。

如果想看一看真正的萨尔茨堡人，就去奥古斯汀啤酒屋吧！在那个一间间像厂房一样巨大的木头房子里，摆着一排排长条的木桌，看上去像卖肉的案子。桌子两边是木凳。萨尔茨堡人喜欢这里所保持的传统方式——自己去买酒买肉，洗杯和倒酒。陶瓷啤酒杯本来就很重，盛满酒更重；肉是烧烤的，又大又热又香。在这里没有人独酌，全都是一群人一边吃喝一边大声说话。

如果他们想一个人安静地消磨一下，就钻进盐河边的巴札咖啡店里。这家全萨尔茨堡人都去过的咖啡店，一点也不讲究，但这个城市的许多历史都在这家店中。小圆桌和圈椅随随便便放在那儿，进来一坐，一杯咖啡可以让你想呆多久就多久。尽管有人说话也听不见。咖啡店的规矩和教堂一样——保持安静。它和奥古斯汀啤酒屋完全是两个世界、两种情调，但是一个传统。

如果想放纵，想连喊带叫，想与朋友热闹一番，就去奥古斯汀；如果想让精神伸个懒腰，想愣一会神儿，想享受一下宁静与孤独，就去巴札。他们一直依循着这些与生俱来的生活感觉，从不改变。他们也看电视，也打手机，也听 CD，但离不开他们的奥古斯汀和巴札。

在外地人眼里，萨尔茨堡似乎有些因循守旧。甚至有人说维也纳是"音乐之城"，萨尔茨堡是"音乐之乡"，挖苦他们是乡下人。但一位萨尔茨堡人骄傲地说，我们这儿的女孩子从来没人骚扰。

在当今世界，很多城市由于旅游业兴旺，当地的人文风气发生骤变。商业扭曲和异化人们的心灵。然而萨尔茨堡人却岿然不动。他们本分，诚实，循规蹈矩，甚至看上去有点木讷，但叫你信任不疑。外地旅客不识德国与奥国的硬币，买了东西，常常将一把硬币捧给他们，让他们拿。他们决不会多拿一分钱。可是如果在威尼斯和巴塞罗那谁这样做，谁就是傻子。

民风的淳朴来自他们的传统。他们怎么使这传统在利欲熏心的商品世界里不瓦解、不松动？原因其实只有一个：他们深爱甚至迷恋着自己的传统。不要以为他们只是凭着一种传统的惯性活着。在大主教广场上，我看过他们举行的一个非常特殊的活动。一些身穿巴洛克时代服装的年轻人表演着先前的萨尔茨堡人怎么打铁、制陶、造纸、织布，以及怎么化妆、用餐和演戏，等等。我问他们为什么这么做。他们说，一方面使人们亲近传统，一方面吸引外来游客。我问他们，是为了赚游客的钱吗？

他们说，没有赚钱的目的。人家来旅游，不只为了玩和购物，更要看你的文化。我们这样做是为了宣传自己的文化。

老实说，萨尔茨堡人生活在一种很深的矛盾中。焦点就是旅游。

他们和任何旅游城市一样，天天都承受着潮水一般的游客的冲击。所有空间都是人头攒动，到处都是挎着背包和相机的陌客窜来窜去，动不动就举起相机对着他们"喀嚓"闪一下光。重要的是，生活被全部打乱、打碎。一位当地人说，萨尔茨堡已经不是我们的了，它卖给游人了。

然而，萨尔茨堡人又都明白，这座城市至少一半收入来自这些睁大眼睛四处乱看的游人。何况，每当游人们被萨尔茨堡的美震住，他们又从心底感到十分的自豪和满足。

萨尔茨堡人细致、诚恳、敬业，又很会做生意。他们善待每一位客人。每位客人进入这里的旅店，都会看到桌上放着一套"见面礼"。风光画片，旅游手册与地图，一套纪念册，几粒莫扎特糖球，有时还有一顶太阳帽。而为旅客想得如此周到的，不仅仅是旅店，还有餐馆、剧场、车站和各个著名的景点。他们抓住任何一位游客，让人充分享受到这里的精华。关键还是由于，他们真正懂得自己家乡的文化之美在哪里。

可是，如果与他们进一步接触，就会觉得在什么地方与他们总有一点距离，一点隔膜。这便很自然地想到，是不是一千年大主教特立独行的历史，给这座城市造成了一种封闭？

他们很高兴外来的人喜欢他们的文化，但对外来文化却并无很大兴趣。在城中的画廊里，很少能看到现代艺术，至于美国化的流行文化更难在这里立足。

任何在文化上自成系统的地方，总会以自我为中心。也许正是这种文化上的自我，才使它特色鲜明和不可替代，因之也就更具旅游价值。

我在萨尔茨堡有一位好友，名叫威力。他出生在北意大利的米朗特，十岁来到萨尔茨堡。人说米朗特曾经属于奥地利的蒂罗尔。我却坚信他是意大利血统。他见到朋友就张开双臂拥抱，像要放声唱歌；他脸色通红，仿佛时时都是激情洋溢。他不喜欢别人打断他的话。但他要是激动起来，也无法中断自己的话。然而，这位意大利人却是一位十足的"萨尔茨堡通"。他深知这座城市每一幢房子的历史，甚至知道扔在路边每一块有花纹的老石头来自哪里。

历史在史学家手里是一堆可以查证的材料，在民俗学家口中全是能够行走的生命。

他本职工作是铁路局的电气技师。对民俗与地方史的研究则用去全部业余时间。现在他退休了，他说"现在可以用全部生命的时间"了。前几年，州政府颁发给他一枚金质奖章，奖掖他对萨尔茨堡的地方史作出的出色贡献，后来别的组织也要向他颁奖，他却说，不要了，一个就足够了。这些事多了会很麻烦。他说："最重要的不是我，而是萨尔茨堡。"

我问他，为什么他会这么爱萨尔茨堡。

他说：因为它的魅力！

好像说一位他视如生命的女人。

我发现这个意大利血统的人激动起来，不但脸更红，而且眼球像通了电，目光灼亮。

后来，我在拜访萨尔茨堡音乐戏剧节组委会时，感受到在情感意义上他们个个都是威力。尽管距离7月底的音乐节还有三个月的时间，所有筹备工作已经紧张地干起来了。在一座剧场里，人们正在吊装巨大的具有抽象意味的彩绘幕布。音乐节时，这里将上演莫扎特歌剧《后宫诱逃》。他们正在加紧制作布景和道具。

已经有八十多年历史的萨尔茨堡音乐戏剧节是闻名于世的艺术节。他们既有一百米宽和三十米高超大舞台的现代剧院，也有三百年历史的岩石骑术学校剧场。届时萨尔茨堡将有两千五百个临时性工作人员，为来自世界各地的二十万观众服务。他们年年如此。

这位艺术节组委会的负责人对我说："我们要让每一位客人都爱上萨尔茨堡。"

这话叫我吃了一惊。他不是在说大话，他说得很真诚。但叫人

爱上一个城市是不容易的。如果你有这个想法，一定是你自己已经深深爱上它了。

可是，一个城市是否真正强大，正是来自这个城市的人对它的爱。这种爱缘于自信。而最深层的自信来自它独有的不可取代的人文和对这种人文的理解。

我喜欢黄昏时分在城市中散步，穿行于那些迂回辗转、交错不已的老街老巷中。此刻，古老的房屋全成了高高低低群山一般的剪影了，寥落的街上已经晦暗模糊。只有那些伸向天空的教堂鎏金的顶子映着夕照，闪耀着光辉。一些设在道边或街角的露天咖啡店桌上的蜡烛已然点亮。近处一个教堂的钟声方歇，远处一个教堂的钟声又起。忽然一阵钢琴声从前边的街角像一阵风似的吹来。

我感到了萨尔茨堡人对他们的传统与文化的一种依赖。

我不想评论这种依赖是耶非耶，但我却清晰地触摸到它的性格，它结实的、执著的、独立和富于魅力的性格。

燃烧的石头

——罗丹的私人化雕塑

　　我第一次接触到罗丹的原作是在中国，时间为 1992 年。把罗丹的作品搬到东方文明的古国来展出，一时惊动了世界。前往中国美术馆的参观者人山人海，好像去看罗丹本人。我怀着景仰之情挤在人群里，伸头探颈去搜寻罗丹的每件传世名作。可是，这"第一次接触"给我的印象却十分意外。它真正震撼我的并不是那些举世皆知的名作《思想者》《巴尔扎克》《行走的人》和《加莱市民》等，而是一件洁白而透明的大理石双人小像——《吻》。

　　当然，我很早就从画集上见过这件雕塑，这赤裸的男女在相拥而吻的一瞬，和谐优美又充满激情地融为一体。我把它当做一种完美爱情的象征。然而，站在这雕塑面前，我却感到有一种私密的气氛笼罩着这两个纠缠着的男女，无法克制的情爱使他们的肉体在燃烧。跟着，一切生命的欲望全都集中在他们的嘴唇上来。这时我发现，他们的嘴唇并没有接触上，中间还有很小的一个空间。我围着这雕塑转了两三圈，我感到这小空间中似有一种无形的气流。一种热切和急促的气流。他们的嘴唇正在颤抖、发烫！我被这件作品所震撼。这不是冰冷的大理石雕，而是两个活生生的热血沸腾的生命；这不是爱情的象征，而是被情爱点燃的两个"具体的人"。他们是谁？这中间是不是潜藏着罗丹和他的情人卡米尔·克洛岱尔的那个美丽又残酷的故事？

　　从那时，我就很想去巴黎寻找答案了。

在巴黎，《吻》就放在罗丹美术馆里。

这座历史上叫做比隆别墅的美术馆曾是罗丹的故居。但它只是罗丹晚年的住所。1908 年经奥地利诗人里尔克的推荐，罗丹才搬到这座典雅的豪宅中来。克洛岱尔从没到这里来过，她早在这之前就与罗丹决裂了。比隆别墅对于克洛岱尔和罗丹那场狂热又痛苦的恋爱全然不知。是啊，我在美术馆楼上楼下走来走去，感觉它什么也不能告诉我。

故而我看《吻》，竟不如在中国美术馆那样的震撼，为什么？我挺茫然。

可是，静下心再看美术馆大大小小的原作，吸引我的仍然是表现男女情爱的那些小像。有些小像是先前不曾见过的。罗丹怎么会有这么多这类题材的作品？只要专注地观看每一件作品，就会觉得掀开了遮挡罗丹私人生活帷幕的一角，一种幽邃的、私密的、生命深层的气息便透露出来。于是，渐渐觉得与先前从《吻》获取的那种感受又连接上了。

这时，两只手出现在我面前。一只是男人的，一只是女人的。只有这两只手，它们像是由一块石头里"冒"出来的。那男人的手横着伸过去，试探着，又大胆地去触摸女人的手。这是罗丹的作品《情人的手》。这《情人的手》如同《吻》那样——此刻身体的全部神经都跑到手上。手也在发抖和发烫。跟着同样是生命的燃烧。

但是对于爱情来说，"触"比"吻"的意义伟大得多。"触"是圣洁的身体语言的第一个字，它要用无比的勇气来表达。这轻轻的一触依靠的却是内心的千钧之力，它是一种伟大的起点和辉煌的诞生。于是，这《情人的手》比《吻》更具惊心动魄的力量。

谁能像罗丹如此敏锐地发现爱情中这最初的勾魂摄魄的一瞬？发现手的神圣的意义？发现手是心灵的触角？心灵中一切最细微、最真实的感觉全在手上。

罗丹说："如果一个人失去触觉，那么他就等于死了。触觉，这是唯一不可替代的感觉。"

他从哪里获得这样的神示？仅仅听凭一种天赋吗？

当然，这是迷人、性感和天才的克洛岱尔告诉他的。

其实，在罗丹第一次见到克洛岱尔时，就爱上了她。这一半由于她那带着野性的美、傲气十足的嘴，以及赤褐色头发下"绝代佳人"的前额和深蓝的眼睛，另一半则由于她罕见的才气。而同时，克洛岱尔也主动地向这位比自己年长二十四岁的男人敞开了自己纯净和贞洁的少女世界。这完全由于罗丹的天才。男人的魅力就是才华。罗丹的一切天生都从属于雕塑——他炯炯的目光、敏锐的感觉、深刻的思维，以及不可思议的手，全都为了雕塑，而且时时都闪耀出他超人的灵性与非凡的创造力。虽然当时罗丹还没有太大的名气，但他的才气已经咄咄逼人。于是，他们很快相互征服。正当盛年的罗丹与洋溢着青春气息的克洛岱尔如同烈日狂风，一拥而入他们爱情的酷夏。同时，罗丹也开始了他艺术创作的黄金时代。

而对于克洛岱尔来说，她所做的，是投身到一场要付出一生代价的残酷的爱情游戏。因为，罗丹有他的长久的生活伴侣罗丝和儿子。但是已经跳进漩涡而又陶醉其中的克洛岱尔，不可能回到岸边来重新选择。这样，他们只有躲开众人的视线，在公开场合装作若无其事，然后寻找任何一个可能的机会，一点空间和时间，相互宣泄无法抑制的爱与无法克制的欲望。从学院街小理石仓库，到莺歌街的福里·纳布尔别墅，再到佩伊思园……在一个个工作室幽暗的角落里、躺椅上、满是泥土的地上，在未完成的雕塑作品与零件中间，他们滚烫的肉体疯狂地纠结一起。她用沾着大理石碎屑的嘴唇吻他，他用满是石膏粉的手抚摸她——他们用极致的性爱快乐将爱情表达得无比丰盈与真实。虽然这长达十余年的爱恋，一直是私密的、东躲西藏，或隐或显地受着被旁人察觉的威胁，并不断地与不幸的罗丝发生冲突。她甚至从来没有在他身边过夜。但这反而使他们的爱更加充满渴望，充满偷吃禁果的强烈的快感，与压抑下爆发的欢愉。

手是心之具。在他们自己并不十分自觉的情况下，已经把这一切用"会说话的手"捏进泥巴里，或用"有眼睛的锤子与凿子"有力地刻进石头中。

无论是罗丹的《晨曦》，还是克洛岱尔的《罗丹像》，都是热恋者心中的对方。《晨曦》中戴着睡帽的女子，明洁、纯静、高贵、朦胧，连皮肤的表面不都是充满了罗丹的无限的柔情吗？而风格刚毅和锐利的《罗丹像》，不就是克洛岱尔时时刻刻心中激荡着的形象？

在他们的作品中，各有一件"双人小像"，彼此十分相像，便是克洛岱尔的《沙恭达罗》和罗丹的《永恒的偶像》。这两件作品都是一个男子跪在一个女子面前。但认真一看，却分别是他们各自不同角度中的"自己与对方"。

在克洛岱尔的《沙恭达罗》中，跪在女子面前的男子，双手紧紧拥抱着对方，唯恐失去，仰起的脸充满爱怜。而此时此刻，女子的全部身心已与他融为一体。这件作品很写实，就像他们情爱中的一幕。

但在罗丹的《永恒的偶像》中，女子完全是另一种形象，她像一尊女神，男子跪在她脚前，轻轻地吻她的胸膛，倾倒于她，崇拜她，神情虔诚至极。罗丹所表现的则是克洛岱尔以及他们的爱情——在自己心中的至高无上的位置。

一件作品是入世的、血肉的、激情的；一件作品是神圣的、净化的、纪念碑式的。将这两件雕塑放在一起，就是从1885年至1898年最真实的罗丹与克洛岱尔。

可以说，这一开始，他们的爱情就进入了罗丹手中的泥土、石膏、大理石，并熔铸到了千古不变的铜里。

罗丹用泥土描述他抚摸过的美丽的肉体，以石膏再现那些炽烈乃至发狂的情感，用黝黑而发亮的铜张扬他勃发的雄性，并放纵石头去想象浪漫的情爱。这些雕塑是他们爱情的记录，也是爱情的梦想。克洛岱尔的面容、表情、姿态，身体上的那种无与伦比的"法兰西民族线条"，时时出现在他的作品中。他用手中的材料去复制她，体验她，怀念她，想象她，抚摸她。他用充满着她生命感觉的手去再造她。她与他的人生搅拌在一起，也与他的艺术熔化在一起。除去他明确地为她做了许多塑像，她还明明灭灭地出现在他广泛的雕塑中。

罗丹曾对克洛岱尔说：

"你被表现在我的所有雕塑中。"

从《沉思》《圣乔治》《法兰西》《康复中的女病人》《永远的春天》《占有》《逃逸的爱情》《众神的信使伊丽斯》、《罗密欧与朱丽叶》《拥抱》到《罪》《圣安东尼的诱惑》《坏精灵》《亚当与夏娃》《转瞬即逝的爱情》等，可以看到克洛岱尔在爱情中的光彩，情感生活的千姿百态，以及性爱时肉体迷人的美。

这一切，都浸透了罗丹的激情。一切至美的形态，一切动人的线条，一切心神荡漾的意境，全是罗丹的感受与幻想。那种两情的缱绻、缠绵、牵挂和愉悦，以及两性的诱惑、追逐、快乐和狂乱，全都来自罗丹的心灵。

克洛岱尔几乎就是罗丹的一切。于是，我们也就明白，一位伟大的雕塑家为什么创作出如此数量惊人的私人化的作品。何况在《地狱之门》那数百个形象中，我们还可以辨认出克洛岱尔形形色色的身影。

进一步说，克洛岱尔不仅给他一个纯洁而忠贞的爱情世界，还让他感到生命自身的力量与真实，无论是肉体的、情感的、还是心灵的。

罗丹在雕塑史上的最重要的价值，是他把古希腊以来一直放置在高高基座上的英雄的雕像搬下来，还以生命的血肉与灵魂。他真切的爱情经历、身体的体验、灵魂的感受，使他更加注目于生命个体的意义。故而，就使得他同时创作的《巴尔扎克》和《加莱市民》，都是"返回人间"的伟大的凡人。在罗丹美术馆里，我们能看到半裸的雨果和全裸的巴尔扎克，连巴尔扎克的生殖器也生机勃勃地暴露着。故此，这些作品面世之时，都引起不小的风波，受到公众审美习惯激烈的抵制与抨击。但是，当它们最终被人们心悦诚服地接受下来时，历史便迈出伟大的一步。但在这"历史的一步"中，他那些私人体验与私人化的雕塑起到了无形却至关重要的作用。

1900 年以后，罗丹名扬天下的同时，克洛岱尔一步步走进人生日渐深浓的阴影里。

克洛岱尔不堪承受长期厮守在罗丹的生活圈外的那种孤单与无望，不愿意永远是"罗丹的学生"。她从与罗丹相爱那天就有"被抛弃的感觉"。她带着这种感觉与罗丹纠缠了十五年，最后精疲力竭，颓唐不堪，终于于 1898 年离开罗丹，迁到蒂雷纳大街的一间破房子里，离群索居，拒绝在任何社交场合露面，天天默默地凿打着石头。尽管她极具才华，却没有足够的名气。人们仍旧凭着印象把她当做罗丹的一个弟子，所以她卖不掉作品，贫穷使她常常受窘并陷入尴尬，还要遭受雇来帮忙的粗雕工人的欺侮。这期间，罗丹已经日趋成功。他属于那种活着时就能享受到果实成熟的艺术家。他经历了与克洛岱尔那种迎风搏浪的爱情生活后，又返回平静的岸边，回到了在漫长人生之路上与他分担过生活重负与艰辛的罗丝身旁。他在默东买了大房子，过起富足的生活；并且又在巴黎买下了文艺复兴时期的豪宅比隆别墅，以应酬趋之若鹜的上流社会千奇百怪、光怪陆离的人物。这期间，还有几个情人进入了他华丽多彩的生活。当然，罗丹并没有忘记克洛岱尔。他与克洛岱尔的那场轰轰烈烈、电闪雷鸣的恋爱，是刻骨铭心的。他多次想帮助她，都遭到高傲的克洛岱尔的拒绝。他只有设法通过第三者在中间迂回，在经济上支援她，帮助她树立名气。但这些有限的支持都没有在克洛岱尔身上发生真正的效力。

在绝对的贫困与孤寂中，克洛岱尔真正感到自己是个被遗弃者了。渐渐地，往日的爱与赞美就化为怨恨。本来是个激情洋溢的性格，变得消沉下来。

1905 年克洛岱尔出现妄想症，而且愈演愈烈。她常常与一切人断绝来往，一个人呆在屋里。身体很坏，脾气乖戾，狂躁起来就将雕塑全部打碎。1913 年 3 月 3 日克洛岱尔的父亲去世。克洛岱尔已经完全疯了。3 月 10 日埃维拉尔城精神病院的救护车开到蒂雷纳大街六十六号，几位医院人员用力打开门，看见克洛岱尔脱光衣服、赤裸裸披头散发坐在那里，满屋全是打碎的雕像。他们只能动手给克洛岱尔穿上控制她行动的紧身衣，把她拉到医院关起来。

这一关，竟是三十年。克洛岱尔从此与雕刻完全断绝。艺术生命的心律变为平直。她在牢房似的病房中过着漫无边际和匪夷所思的生活。她一直活到 1943 年，最后在蒙特维尔格疯人院中去世。她的尸体埋在蒙特法韦公墓为疯人院保留的墓地里。十字架上刻着的号码为 1943——No. 392。

在疯人院保留的关于克洛岱尔的档案中注明：克洛岱尔死时，没有财物，没有任何有价值的文件，甚至连一件纪念品也没留下。所以克洛岱尔认为罗丹把她的一切都掠夺走了。

在罗丹与克洛岱尔相爱的那些年，他们的作品风格惊人地相近。在克洛岱尔看来，罗丹"从她身上汲到不少东西去滋养了他的才能"。但那是些什么东西呢？其实那就是爱情！爱情不仅给了他们相同的激情与力量，还把他们的艺术语言奇迹般的同化了。那时，克洛岱尔不是感觉"我们惊人的相似，以致我们的手中再也产生不了任何题材新颖的作品了"吗？在那个伟大的时刻，他们从肉体、生命、精神到艺术全部融为一体。如果没有这爱情，克洛岱尔也创作不出《罗丹像》《沙恭达罗》和《窃窃私语》来！从这个意义上说，罗丹的全部私人化的作品都应是他们共同创造的。

克洛岱尔之后，那些走进罗丹情感世界的楚楚动人的女人们，没有人再给他的生命注入同样的"核动力"了。他给法克斯夫人、格雯·约瀚、埃莱娜·德·诺斯蒂丝、舒瓦瑟侯爵夫人等都塑过像，他也爱过这些"美人"；但绝对没有一个塑像能够像《吻》和《情人的手》等一大批作品那样令人震撼！

应该说，造就那些伟大艺术，甚至是造就罗丹的人——同时又是最大的牺牲者，应是克洛岱尔。

那么克洛岱尔本人留下了什么呢？

卡米尔·克洛岱尔的弟弟、作家保罗在她的墓前悲凉地说："卡米尔，您献给我的珍贵礼物是什么呢？仅仅是我脚下这一块空空荡荡的地方？虚无！一片虚无！"

可是，克洛岱尔葬身的这块墓地，后来由于政府的征用也彻底地平掉了。克洛岱尔已经无迹可寻。最后我们还是得回到她和罗丹的作品中，因为艺术家已经把他们的生命留在作品中了。

在克洛岱尔被关进疯人院的同一年，罗丹突然中风。这是巧合，还是一种神秘的生命感应，无从得知，也永无人知。

这一切便是一位大师真实的艺术与人生。

离我太远了，皮兰

如果世界上有一个地方从来没听人说过，去了之后却永难忘怀，这个地方就是皮兰。

对我来说，它实在太远；我在"远东"，它藏在地球西边亚得里亚海最上端那个海湾里，好像掖在欧洲的胳肢窝里。如果驱车从维也纳向南穿过山重水复的阿尔卑斯山，越过边境，路经斯洛文尼亚那个出名的小巧的首都卢布尔雅那，往西不停地开下去，再沿着亚得里亚海的海边弯弯曲曲前行，然后不知不觉驶入一条狭长的伸入大海极小的岬角上；皮兰就在这天涯海角似的地方。

这个只有四千多人的小小的中世纪的古城，密集着层层叠叠两三层的小楼，全是雪白的墙和砖红色的尖顶。如果艳阳高照，白墙更白；一场雨后，红顶瓦变为深红——再给湛蓝、深郁和辽阔的大海一衬，色彩分外独特又鲜艳。这时，偶尔飞来几只极黑的乌鸦，醒目地落在屋顶或烟突上。如此的景象，叫谁看了不醉？

皮兰就像大地鲜亮的舌尖，伸进大海，舔弄着无穷而清凉的碧涛。

走进皮兰，不像进什么名城，心理上会有意无意做点准备。在皮兰海边散着步，边走边看海上的美景，不经意就走到它城中心的广场上。我试了一下，从海边到广场只需要二百步。广场是圆形的，广场周围的建筑排成 U 形，开口处对着大海。海鸥与海风可以更轻易地来到广场上。这就使我看到它源自一个原始码头而一直开放着的历史。

　　欧洲的广场无论大小，四周的建筑都是城市的门面。皮兰的门面可没有花团锦簇般的大厦，一律是墙面斑驳甚至是破损的老楼，然而它们简朴、素雅、沉静，像中世纪的农夫农妇、工匠市民平和地站在那里；铺满广场的石板石钉早已磨得光亮，像铁的；一些长长的石条凳围着广场放了一圈，人们三三两两坐在上边消闲，一看便知是本城的百姓；两个女孩儿坐在那里逗狗，一个女孩的长发金得发亮；一位老妇人抱着婴儿晒太阳，旁边坐着个老头，舒舒服服打着瞌睡；一群男子在下棋，其中一个中年男人穿着很漂亮的海员制服，帽檐却斜着。广场上小孩子们在踢球。年轻的父亲在教他的孩子学步，孩子乍着胳膊摇摇晃晃走在前边，父亲笑呵呵跟在后边，走着走着，情不自禁地和孩子走的姿态一样了。

　　皮兰湾很静，适合扬帆出海，这里有桅樯如林的小码头；皮兰的海水比矿泉水还干净，海边的岩石上常常会躺着一个泳装女子沐日，粗粝的石块和光嫩的皮肤强烈地对比着；海鸥们常常在急转弯时发出一声响亮的尖叫。偶尔能看到一两个背包的旅行者站在广场中心向四边贪婪地拍照。

　　皮兰的地标是在城中鹤立鸡群般高高耸起的尖顶的钟楼，它叫人想到威尼斯圣马可大教堂的钟楼，只是更简约更古朴一些。皮兰历史上曾属威尼斯王国管辖。有人称它是"袖珍的威尼斯"。但它在同海的关系上与威尼斯不同：它像是站在海边的礁石上，向大海眺望；威尼斯已经光着两只脚站在海里了。

　　可是，它被威尼斯统治太久了，广场立着一块石头旗桩，上边刻着的年号是1466，它是威尼斯王国时代的遗物吧。在威尼斯统治漫长的五百年里，它骨子里已浸入太多意大利人的气息与气质。尤其是对历史的态度。街头巷尾处处可以看到历史的见证。一棵与一根石柱死死缠成一体的古藤，东一块西一块有刻痕的建筑残石，多半已经锈烂在土里的铁锚……没人去动它们。让它们以历史的原状存在。城中还有些中世纪的残垣断壁，更是地面上的文物。用不着标明"文保单位"，也被人们当做"沉默的老者"倍受尊崇地活在人间。比如一座中世纪的修道院，早已荒芜，仅存中庭，只有一些残损的雕像或兽头放在廊子上，其它空空如也；人们把庭院打扫干净，却任由野草丛生，播放一些古典音乐——用音乐唤起的想象与情感装满它。这不是意大利人擅长做的事吗？

没有人去拙劣地添油加醋，或者去涂脂抹粉"打造"它。历史是不需要加工的。

无形的音乐是一种灵魂。古典音乐是历史的灵魂，皮兰人用它来轻轻唤醒历史。

它原本就是一块音乐的土地。早在17世纪这里诞生了作曲家和小提琴家塔替尼（1692—1770）。塔替尼那部堪称小提琴"绝品"的《魔鬼的颤音》，其指法与弓法难度之高至今无人超越；作品诡异、超凡、变幻莫测与难以捉摸。塔替尼说他这部音乐来自一次梦中魔鬼的指点，他只不过梦醒之后，把依稀记得的音乐记了下来。这并不见得是故弄玄虚，至少他本人再没有写过与此类似的作品。

皮兰人在塔替尼去世二百年时，仍然怀念他，以他为荣，便制作一尊雕像放在广场的中心。雕塑家的想法很有创意，特意将雕像做得和真人一般大小，看上去好像他们的塔替尼又回来了——拿着小提琴跳在台子上正往前走。在宽阔的广场上，雕塑显得小，但他占满了皮兰人的心。从此皮兰人称这广场叫塔替尼广场。

真正的雕像都是为了一种精神，不是城市广告。

最深厚的皮兰还是在城中往复迴绕的哥特式的老街老巷里。历史的空间向例窄仄。今天的皮兰没有为了"扩大旅游经济"而去放大街道尺度。老墙老屋老门老窗一切依旧，房中的生活设施却正在"现代化"。他们依旧在窗口伸出杆子晾晒衣服，依旧在窗框上挂满花盆，让五颜六色的花朵镶在阳光射入室内的地方；然而，钻进一些地下室地洞似的小门，里边艺术家工作室的照明、通讯与生活设施却十分现代。这些艺术品店很少出售千篇一律乏味的旅游商品，多是艺术家富于个性的创造。不论是陶瓷、玻璃制品、木石雕刻，还是铁艺、布艺与千奇百怪的艺术化的日常物品。他们尊重历史，

却又不是"靠山吃山、靠水吃水";不是一个劲儿在"非物质文化遗产"身上拼命挤奶。

这样的文化才是真正活着的。

山上教堂的钟声响后,一对新婚的男女走下来,穿着白纱裙的新娘一手拈着一朵挺大的红玫瑰,眼睛很美;新郎的脸上溢满幸福。两人穿过广场时,没人上去看热闹,只是几个本城人远远站着,笑嘻嘻看着这两位年轻的熟人。

他们手牵手穿过广场,偶尔会情不自禁停下来,亲吻一下,再走,就像他们的祖父祖母。

美好的传统就这么悠然自得地传承下来。

只可惜它离我太远了,皮兰。

草原深处的剪花娘子

车子驶出呼和浩特一直向南，向南，直到车前的挡风玻璃上出现一片连绵起伏、其势头凶险的山影，那便是当年晋人"走西口"去往塞外的必经之地——杀虎口。不能再往南了，否则要开进山西了，于是打轮向左，从一片广袤的大草地渐渐走进低缓的丘陵地带。草原上的丘陵实际上是些隆起的草地，一些窑洞深深嵌在这草坡下边。看到这些窑洞我激动起来，我知道一些天才的剪花娘子就藏在这片荒僻的大地深处。

这里就是出名的和林格尔。几年前，一位来自和林格尔的蒙族人跑到天津请我为他们的剪纸之乡题字时，头一次见到这里的剪纸。尤其是看到一位百岁剪纸老人张笑花的作品，即刻受到一种酣畅的审美震撼，一种率真而质朴的天性的感染。为此，我们邀请和林格尔剪纸艺术的后起之秀兼学者段建珺先主持这里剪纸的田野普查，着手建立文化档案。昨天，在北京开会后，驶车到达呼和浩特的当晚，段建珺就来访，并把他在和林格尔草原上收集到的数千幅剪纸放在手推车上推进我的房间。

在民间的快乐总是不期而至。谁料到在这浩如烟海的剪纸里会撞上一位剪花娘子的极其神奇的作品，叫我眼睛一亮。这位剪纸娘子不是张笑花，张笑花已于去年辞世。然而老实说，她比张笑花老人的剪纸更粗犷、更简朴，更具草原气息。特别是那种强烈的生命感及其快乐的天性一下子便把我征服了。民间艺术是直观的，不需要煞费苦心的解读，它是生命之花，真率地表现着生命的情感与光鲜。我注意到，她的剪纸很少有故事性的历史内容，只在一些风俗

剪纸中赋予一些寄寓，其余全是牛马羊鸡狗兔鸟鱼花树蔬果以及农家生产生活等等身边最寻常的事物。那么它们因何具有如此强大的艺术冲击力？这位不知名的剪花娘子像谜一样叫我去猜想。

再看，她的剪纸很特别，有点像欧洲十八、十九世纪盛行的剪影。这种剪影中间很少镂空，整体性强，基本上靠着轮廓来表现事物的特征，所以欧洲的剪影多是写实的。然而，这位和林格尔的剪花娘子在轮廓上并不追求写实的准确性，而是使用夸张、写意、变形、想象，使物象生动浪漫，其妙无穷。再加上极度的简约与形式感，她的剪纸反倒有一种现代意味呢。

"她每一个图样都可以印在 T 恤衫或茶具上，保准特别美！"与我同来的一位从事平面设计的艺术家说。

这位剪花娘子到底是怎样一个人，她生活在文化比较开放的县城还是常看电视，不然草原上的一位妇女怎么会有如此高超的审美与现代精神？这些想法，迫使我非要去拜访这位不可思议的剪花娘子不可。

车子走着走着，便发现这位剪花娘子竟然住在草原深处的很荒凉的一片丘陵地带。她的家在一个叫羊群沟的地方。头天下过一场雨，道路泥泞，无法进去，段建珺便把她接到挨进公路的大红城乡三铠夭子村远房的妹妹家。这家也住在窑洞里，外边一道干打垒筑成的土院墙，拱形的窑洞低矮又亲切。其实，这种窑洞与山西的窑洞大同小异。不同的是，山西的窑洞是从厚厚的黄土山壁上挖出来的，草原的窑洞则是在突起的草坡下掏出来的，自然也就没有山西的窑洞高大。可是低头往窑洞里一钻，即刻有一种安全又温馨的感觉，并置身于这块土地特有的生活中。

剪花娘子一眼看去就是位健朗的乡间老太太。瘦高的身子，大手大脚，七十多岁，名叫康枝儿，山西忻州人。她和这里许多乡村妇女一样是随夫迁往或嫁到草原上来的。她的模样一看就是山西人，脸上的皮肤却给草原上常年毫无遮拦的干燥的风吹得又硬又亮。她一手剪纸是自小在山西时从她姥爷那里学来的。那是一种地道的晋地的乡土风格，然而经过半个世纪漫长的草原生涯，和林格尔独有的气质便不知不觉潜入她手里的剪刀中。

和林格尔地处北方游牧文化与中原农耕文化的交汇处。在大草原上，无论是匈奴鲜卑还是契丹和蒙古族，都有以雕镂金属皮革为饰的传统。当迁徙到塞外的内地民族把纸质的剪纸带进草原，这里的浩瀚无涯的天地、马背上奔放剽悍的生活，伴随豪饮的炽烈的情感、不拘小节的爽直的集体性格，就渐渐把来自中原剪纸的灵魂置换出去。但谁想到，这数百年成就了和林格尔剪纸艺术的历史过程，竟神奇地浓缩到这位剪花娘子康枝儿的身上。

她盘腿坐在炕上。手中的剪刀是平时用来裁衣剪布的，粗大沉重，足有一尺长，看上去像铆在一起的两把杀牛刀。然而这样一件"重型武器"在她手中却变得格外灵巧。一沓裁成方块状普普通通的大红纸放在身边。她想起什么或说起什么，顺手就从身边抓起一张红纸剪起来。她剪的都是她熟悉的，或是她的想象的，而熟悉的也加进自己的想象。她不用笔在纸上打稿，也不熏样。所有形象好像都在纸上或剪刀中，其实是在她心里。她边剪边聊生活的闲话，也聊她手中一点点剪出的事物。当一位同来的伙伴说自己属羊，请她剪一只羊，她笑嘻嘻打趣说："母羊呀骚胡？"眼看着一头垂着奶子、眯着小眼的母羊就从她的大剪刀中活脱脱地"走"出来。看得出来，在剪纸过程中，她最留心的是这些剪纸生命表现在轮廓上的形态、姿态和神态。她不用剪纸中最常见的锯齿纹，不刻意也不雕琢，最多用几个"月牙儿"（月牙纹），表现眼睛呀、嘴巴呀、层次呀，好给大块的纸透透气儿。她的简练达到极致，似乎像马蒂斯那样只留住生命的躯干，不要任何枝节。于是她剪刀下的生命都是原始的、本质的，膨脖又结实，充溢着张力。横亘在内蒙草原上数百公里的远古人的阴山岩画，都是这样表现生命的。

她边聊边剪边说笑话，不多时候，剪出的各种形象已经放满她的周围。这时，一个很怪异的形象在她的笨重的剪刀中出现了。拿过一看，竟是一只大鸟，瞪着双眼向前飞，中间很大一个头，却没

有身子和翅膀，只有几根粗大又柔软的羽毛有力地扇着空气，诡谲又生动，好似一个强大的生命或神灵从远古飞到今天。我问她为什么剪出这样一只鸟。她却反问我"还能咋样？"

于是她心中特有的生命精神和美感，叫我感觉到了。她没有像我们都市中的大艺术家们搜索枯肠去变形变态，刻意制造出各种怪头怪脸设法"惊世骇俗"。她的艺术生命是天生的、自然的、本质的，也是不可思议的。这生命的神奇来自于她的天性。她们不想在市场上创造价格奇迹，更不懂得利用媒体，千古以来，一直都是把这些随手又随心剪出的活脱脱的形象贴在炕边的墙壁或窑洞的墙上，自娱或娱人。没有市场霸权制约的艺术才是真正自由的艺术。这不就是民间艺术的魅力吗？她们不就是真正的艺术天才吗？

然而，这些天才散布并埋没在大地山川之间。就像契诃夫在《草原》所写的那些无名的野草野花。它们天天创造着生命的奇迹和无尽的美，却不为人知，一代一代，默默地生长、开放与消亡。那么，到了农耕文明在历史大舞台的演出接近尾声时，我们只是等待着大幕垂落吗？在我们对她们一无所知时就忘却她们？我的车子渐渐离开这草原深处，离开这些真正默默无闻的人间天才，我心里的决定却愈来愈坚决：为这草原上的剪花娘子康枝儿印一本画册，让更多人看到她、知道她。一定！

羌去何处

羌，一个古老的文字，一个古老民族的族姓，早已渐渐变得很陌生了，最近却频频出现于报端。这是因为，它处在惊天动地的汶川大地震的中心。

羌字被古文字学家解释为"羊"字与"人"字的组合，因称他们为"西戎的牧羊人"。在典籍扑朔迷离的记述中，还可找到羌与大禹以及发明了农具的神农氏的血缘关系。

这个有着三千年以上历史、衍生过不少民族的羌，被费孝通先生称之为"一个向外输血的民族"，曾经为中华文明史作出过杰出贡献。但如今只有三十万人，散布在北川一带白云迷漫的高山深谷中。他们居住的山寨被称做"云朵上的村寨"。然而这次他们主要聚居的阿坝州汶川、茂县、理县和绵阳的北川，都成了大灾难中悲剧的主角。除去一千余羌民远居住在贵州省铜仁地区之外，其他所有羌民几乎全是灾民。

古老的民族总是在文化上显示它的魅力与神秘。羌族的人虽少，但在民俗节日、口头文学、音乐舞蹈、工艺美术、服装饮食以及民居建筑方面有自己完整而独特的一套。他们悠长而幽怨的羌笛声令人想起唐代的古诗；他们神奇的索桥与碉楼，都与久远的传说紧紧相伴；他们的羌绣浓重而华美，他们的羊皮鼓舞雄劲又豪壮；他们的释比戏《羌戈大战》和民俗节日"瓦尔俄足节"带着文化活化石的意味……而这些都与他们长久以来置身其中的美丽的山水树石融合成一个文化的整体了。近些年，两次公布的国家非物质文化遗产名录已经把其中六项极珍贵的民俗与艺术列在其中。中国民协根据

这里有关大禹的传说遗迹与祭奠仪式，还将北川命名为"大禹文化之乡"。

在这次探望震毁的北川县城的路上，到处是大大小小的飞石，树木东倒西歪，却居然看到道边神气十足地竖着这样一块大禹文化之乡的牌子，可是羌族唯一的自治县的"首府"——北川已然化为一片惨不忍睹的废墟。

二十天前北川县城就已经封城了。城内了无人迹，连鸟儿的影子也不见，全然一座死城。湿润的空气里飘着很浓的杀菌剂的气味。我们凭着一张"特别通行证"，才被准予穿过黑衣特警严密把守的关卡。

站在县城前的山坡高处，那位靠着偶然而侥幸活下来的北川县文化局长，手指着县城中央堆积的近百米滑落的山体说，多年来专心从事羌文化研究的六位文化馆馆员、四十余位正在举行诗歌朗诵的"禹风诗社"的诗人、数百件珍贵的羌文化文物、大量田野考察而尚未整理好的宝贵的资料，全部埋葬其中。

我的心陡然变得很冲动。志愿研究民族民间文化的学者本来就少而又少，但这一次，这些第一线的羌文化专家全部罹难，这是全军覆没呀。

我们专家调查小组的一行人，站成一排，朝着那个巨大的百米"坟墓"，肃立默哀。为同行，为同志，为死难的羌民及其消亡的文化。

大地震遇难的羌民共三万，占民族总数的十分之一。

在擂鼓镇、板凳桥以及绵阳内外各地灾民安置点走一走，更是忧虑重重。这里的灾民世代都居住在大山里边，但如今村寨多已震损乃至震毁。著名的羌寨如桃坪寨、布瓦寨、龙溪川、通化寨、木卡寨、黑虎寨、三龙寨等等都受到重创。被称作"羌族第一寨"的萝卜寨已夷为平地。治水英雄大禹的出生地禹里乡如今竟葬身在堰塞湖冰冷的湖底。这些羌民日后还会重返家园吗？通往他们那些两千米以上山村的路还会是安全的吗？村寨周边那些被大地震摇散了的山体能够让他们放心地居住吗？如果不行，必须迁徙。积淀了上千年的村寨文化不是注定要瓦解么？

在久远的传衍中，这个山地民族的自然崇拜和生活文化都与他们相濡以沫的山川密切相关。文化构成的元素都是在形成过程中特定的，很难替换。他们如何在全新的环境找回历史的生态与文化的灵魂？如果找不回来，那些歌舞音乐不就徒具形骸，只剩下旅游化的表演了？

在擂鼓镇采访安置点的羌民时，一些羌民知道我们来了，穿着美丽的羌服，相互拉着手为我们跳起欢快的萨朗舞来。我对他们说："你们受了那么大的灾难，还为我们跳舞，跳这么美，我们心里都流泪了。当然你们的乐观与坚强，令我们钦佩。我们一定帮助你们把你们民族的文化传承下去……"

不管怎么说，这次地震对羌族文化都是一次毁灭性的打击。它使羌族的文化大伤元气。这是不能回避的。在人类史上，还有哪个民族受到过这样全面颠覆性的破坏，恐怕没有先例。这对于我们的文化遗产保护工作，无疑是一个巨大的难题。

可是，总不能坐待一个古老的兄弟民族的文化在眼前渐渐消失。于是，这一阵子文化界紧锣密鼓，一拨拨人奔赴灾区进行调研，思谋对策和良方。

马上要做的是对羌族聚居地的文化受灾情况进行全面调查。首先要摸清各类民俗和文学艺术及其传承人的灾后状况，分级编入名录，给予资助，并创造传承条件，使其传宗接代。同时，对于地质和环境安全的村寨，经过重新修建后，应同意原住民回迁——总要保留一些原生态的村落，当然前提是安全！还有一件事是必做不可的，就是将散落各处的羌族文化资料汇编为集成性文献，为这个没有文字的民族建立可以传之后世的文化档案。

接下来是易地重建羌民聚居地时，必须注意注入羌族文化的特性元素；要建立能够举行民俗节日和祭典的文化空间；羌族子弟的学校要加设民族传统文化教育的课程，以利其文化的传承；像北川、

茂县、汶川和理县都应修建羌族文化博物馆，将那些容易失散、失不再来的具有深远的历史和文化记忆的民俗文物收藏并展示出来……说到这里，我忽想做了这些就够了吗？想到震前的昨天灿烂又迷人的羌文化，我的心变得悲哀和茫然。恍惚中好像看到一个穿着羌服的老者正在走去的背影，如果朝他大呼一声，他会无限美好地回转过身来吗？

谁能万里一身行

昨天，摄影家郑云峰跑到天津来，见面二话没说，就把一本又厚又沉的画册像一块大石板压到我怀里。封面赫然印着沈鹏先生题写的三个苍劲的字："三江源"。

夏天里，我在天津大学北洋美术馆为郑云峰先生举办"拥抱母亲河"摄影展时，他说马上就要出版这部凝聚他二十多年心血的大书，跟着又说他还要跑一趟黄河的中下游，把黄河拍完整了。干事的人总是不满足自己干过的事，总是叫你的目光盯在他正在全神贯注的明天的事情上。

在他的摄影展上，郑云峰感动了天津大学年轻的学子们。谁肯一个人拿出全部家财买一条船，抱着一台相机在长江里漂流整整二十年，并爬遍长江两岸大大小小所有的山，拍摄下这伟大的自然和人文生命每一个动人的细节？不单其艰辛匪夷所思，最难熬的是独自一人终岁行走在山川之间的孤寂。他为了什么——为了在长江截流蓄水前留下这条养育了中华民族的母亲河真正的容颜，为了给李白杜甫等历代诗人曾经讴歌过的这条大江留下一份完整的视觉"备忘录"。多疯狂的想法。但郑云峰实实在在地完成了。他以几十万张照片挽留住长江亘古以来的生命形象。为此，我在他的摄影展开幕式讲道："这原本不是个人的事，却叫他一个人默默却心甘情愿地承担了。我们天天叫嚷着要张扬自我，那么谁来张扬我们的山河、我们文化的民族？"

提起郑云峰，自然还会联想到最早发现"老房子"之美的李玉祥。他也是一位摄影家，是三联书店的特聘编辑。二十世纪九十年

代初他推出一大套摄影图书《老房子》时，全国正在进行翻天覆地的"旧城改造"。李玉祥却执拗地叫人们向那些正在被扫荡的城市遗产投去依恋的目光。二十一世纪初凤凰电视台要拍一部电视片"追寻远去的家园"，计划从南到北穿过数百个各个地域最具经典意义的古村落。凤凰电视台想请我做"向导"，可是我当时正忙着启动多项民间文化遗产的普查，便推荐李玉祥。我说："跑过中国古村落最多的人是李玉祥。"

记得那阵子我的手机上常常出现一些陌生地区的电话号码，都是李玉祥在给电视剧组做向导时一路打来的。这些古村落都曾令李玉祥如醉如痴，这一次却不断听到他在话筒的惊呼："怎么那个村子没了，十年前明明一个特棒的古村落在这里呀！""怎么变成这样，全毁得七零八落啦！"听得出他的惋惜、痛苦、焦急和迷茫。也许为此，多年来李玉祥一直争分夺秒地在和这些难逃厄运、转瞬即逝的古村落争抢时间。他要把这些经过千百年创造的历史遗容留在他相机的暗盒里。他是一介书生。他最多只能做到这样。然而他把摄影的记录价值发挥到极致。这些价值在被野蛮而狂躁的城市改造见证着。许多照片已成为一些城市与乡镇历史个性的最直观的见证。李玉祥至今没有停止他的自我使命，依然端着沉重的相机，在天南海北的村落间踽踽独行。古来的文人崇尚"甘守寂寞"和"不求闻达"，并视为至高的境界；然而在市场经济兼媒体霸权的时代，寂寞似与贫困相伴，闻达则与发达共荣，有几人还肯埋头于被闹市远远撇在一边冰冷的角落里？不都拼命在市场中争奇斗艳、兴风作浪吗？

前些天在北京见到李玉祥。他说他已经把江浙闽赣晋豫冀鲁一带跑遍。他想再把西北诸省细致地深入一下。我忽然发现站在面前的李玉祥有点变样，十多年前那种血气方刚的青年人的气息不见了，俨然一个带着些疲惫的中年汉子。心中暗暗一算，他已年过四十五岁。他把生命中最具光彩的青春岁月全支付给那些优美而缄默着的古村落了。

然而，很少有人知道他，因为他并不想叫人知道他本人，只想让人们留心和留住那些珍贵的历史精华。

由此，又联想起郭雨桥——这位专事调查草原民居的学者，多年来为了盘清游牧时代的文化遗存，也几乎倾尽囊中所有。背着相机、笔记本、雨衣、干粮和各种药瓶药盒，从内蒙到宁夏和新疆，全是孤身一人。他和郑云峰、李玉祥一样，已经与他们所探索的文化生命融为一体。记得他只身穿过贺兰山地区时，早晨钻出蒙古包，在清冽沁人的空气里，他被寥廓大地的边缘升起的太阳感动得流泪。他想用手机把他的感受告诉我，但地远天偏，信号极差。他一连打了多次，那些由手机传来的一些片断的声音最终才表达了他难以抑制的激情。上个月我到呼和浩特，他正在东蒙考察，听说我到了，连夜坐着硬席列车赶了几百公里来看我，使我感动不已。雨桥不善言辞，说话不多，但有几句话他反复说了几遍，就是他还要用三年时间，争取七十岁前把草原跑完。

他为什么非要把草原跑完？并没人叫他非这么做不可，再说也没有人支持他、搭理他。那些"把文化做大做强"的口号，都是在丰盛的酒席上叫喊出来的。他一心只是把为之献身的事做细做精。

然而，这一次我发现雨桥的身体差多了。他的腿因劳损而变得笨重迟缓。我对他说再出远门，得找一个年轻人做伴，"能不能在大学找一个民俗学的研究生给你做做帮手？"他对我只是苦笑而不言。是啊，谁肯随他付出这样的辛苦？这种辛苦几乎是没有回报和任何实惠的。此次我们分手后的第三天，他又赴东蒙。草原已经凉了，今年出行在外的时间已然不多，他必须抓紧每一天。

随后一日，我的手机短信出现他发来的一首诗："萧萧秋风起，悠悠数千里，年老感负重，腿僵知路迟。玉人送甘果，蒙语开心扉，古俗动心处，陶然胶片飞。"此时，在感动之中，当即发去一诗：

> 草原空寥却有情，
> 伴君万里一身行，
> 志大男儿不道苦，

天下几人敢争锋？

上边说到三个不凡的人。一个在万里大江中，一个在茫茫草原上，一个在大地的深处。当然还有些同样了不起的人，至今还在那里默默而孤单地工作着。